KB114650

한백림 新무협 판타지 소설

천잠비룡포

Fantastic Oriental Heroes

天蠶飛龍袍

천잠비룡포 14

한백림 新무협 판타지 소설

초판 1쇄 찍은 날 § 2013년 9월 12일
초판 2쇄 펴낸 날 § 2024년 1월 24일

지은이 § 한백림
펴낸이 § 서경석

편집책임 § 황창선
편집 § 박현성

펴낸곳 § 도서출판 청어람
등록번호 § 제1081-1-89호
등록일자 § 1999. 5. 31
어람번호 § 제2-2399호

주소 § 경기도 부천시 원미구 심곡동 163-2 서경B/D 3F (우) 14640
전화 § 032-656-4452 팩스 § 032-656-4453
E-mail § chungeorambook@daum.net

ISBN 979-11-04-92504-7 04810
ISBN 978-89-251-0108-4 (세트)

한백림 新무협 판타지 소설

천잠비룡포
天蠶飛龍袍

Fantastic Oriental Heroes

14. 부활(復活)

도서출판 청어람

목차

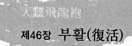

天蠶飛龍袍

제46장 부활(復活)

…(중략)…….

죽음이란 생의 종말, 다시 돌아올 수 없는 상태를 의미한다.

죽음은 모두에게 공평하며 누구나 다 겪는 일이라 했다.

하지만 누군가에게는 그렇지 않은 경우도 있다.

그렇지 않은 경우가 생겨났을 때, 우리는 그것을 천도에 역행하는 일이라고 말한다. 죽음은 무릇 하늘의 뜻이며, 앞에서도 기술했듯 모두에게 약속된 공평함이기 때문이다.

세상이 어지러워진 시대에, 헝클어진 것은 오직 인간의 도리만이 아니었으니, 올곧던 하늘의 길마저 제멋대로 뻗어나가, 이어져선 안 될 길이 열리고 끊어져선 안 될 길이 무너지는 지경에 이르렀다.

부활의 권능은 본디 사람에 허락된 일이 아닐진저.

살아야 할 자가 죽음의 대지에 눕는 일이 셀 수 없이 일어나고, 죽어야 할 자가 세상에 남아 있으며, 이미 죽었던 자가 산 자의 대지를 걷는 일마저 생겨나게 되었다.

죽은 자를 살려내는 일이 마땅한 일인가.

그것이 마땅한 일이 아니라면.

순리에 따라 살던 이가 횡사하는 것은 과연 마땅한 일일까.

무엇이 옳은 것인지 무엇이 그른 것인지 알 수 없는 세상이다.

어지러운 세상을 바로잡기 위해서는 기존의 세상이 파멸에 이르러야만 한다는, 그래서 세상이 온전히 부활할 수 있도록 해야 한다는, 하나의 말이, 여덟의 말이, 틀리지만 않게 들리는 것은, 그저 나의 불안감이 지나치게 커져 버린 까닭일까. 아니면… 진실로 그들이 옳기 때문일까… …(중략)…….

한백무림서 미완
한백의 일기 中에서.

동자가면을 쓴 무인들은 지금껏 만났던 신마맹 졸개들과 또
달랐다.

박차고 달려드는 신법, 봉을 휘둘러 때리는 타법.

투로가 솔직하고 정대했다. 정공이었다. 백주에 사람들 앞에
서 시연해도 보기에 좋은 무공일 것이다.

우지끈! 파지지직!

그래도 적이라는 사실엔 변함이 없다.

가차없는 전격이 쏟아진다.

단운룡은 무지막지한 뇌전을 사방에 흩뿌리며 적들을 섬멸해
나갔다.

쉬이익!

다섯 명의 동자가면이 동시에 달려들었다. 청목봉 다섯 개가

교차하며 그물처럼 단운룡의 정면을 막았다. 단운룡이 손바닥을 앞으로 내밀었다. 극광추다. 본디 극광추는 한 점에 힘을 모아 급소를 꿰뚫는 무공이다. 단운룡은 몸에 둘러진 뇌전을 집중시키지 않고 타점을 넓게 퍼뜨렸다. 극광추의 초식에 힘의 운용은 광뢰포에 가깝다. 그의 손앞에서 사위를 울리는 폭음이 울려 나왔다.

쩌아아아앙!

청목봉 다섯 자루가 일순간에 재가 되어 흩날렸다. 청목봉의 주인들도 당연히 무사할 수 없었다. 경쾌하게 달려들던 그들의 몸이 검게 그을린 다섯 구 시체가 되어 땅바닥과 담벼락에 처박혔다.

따로 분리된 형으로 존재하던 무공들이 온전히 융합되어 광신마체 하나의 무도(武道)가 되었다. 발산과 흡기가 버겁던 광극진기를 자유자재로 다루게 된 경지다.

번쩍이는 뇌전 줄기를 그림자처럼 끌고 질주했다.

마구 흩뿌리는 것 같지만, 무리하는 느낌은 없다. 한없이 내뿜어도 전혀 지칠 것 같지가 않아 보였다.

쩌앙!

달려드는 자들에겐 가차없는 일격이 가해졌다. 동자가면 무인들은 단 일합도 견뎌내질 못했다. 휘둘러 오는 청목봉은 단운룡의 손발에 닿는 순간 재가 되어 흩어졌다. 마광각이든 광검결이든 마찬가지다. 구사하는 무공은 같지만, 확연히 다른 경지에 이르렀음을 알 수 있다. 필경 적벽에서의 폐관수련 덕분이었을 것이다. 뒤따라오는 오기륭과 도요화는 손을 놓고 구경만 해도 될 지경이었다.

쐐액!

내원에 이르자, 덤벼오는 파공성이 달라졌다.

동자 가면 무인들 대신 다른 놈들이 달려든다. 다른 가면이다. 가면 위에 검은 복면까지 한 채 두 겹으로 정체를 감춘 놈들도 있다.

보는 순간 알았다.

저 가면은 이미 본 적이 있다. 놈들의 무기도 그렇다. 복면을 한 놈이든, 가면을 드러낸 놈이든, 똑같이 늑대 이빨처럼 휘어진 쌍곡도를 들었다. 오래전 불산에서 마주친 적이 있는 놈들, 신마맹 견면단 무인들이었다.

채챙! 까아앙!

단운룡은 속도를 줄이지 않았다. 오히려 더 빨라졌다.

한번 상대해 본 놈들이기에 그렇다.

한 번 본 투로는 잊지 않는다. 파훼법은 눈보다 몸이 먼저 기억하고 있다.

뇌전 발동만으로 수많은 견면 괴인들을 일거에 괴멸시켰던 그다. 게다가 단운룡의 무공은 그때와 달리 완전히 새로운 영역에 들어와 있는 상태였다.

수십 자루 쌍곡도가 그의 앞을 막아섰다.

물론 이들 견면단 무인들도 그동안 놀고만 있었던 것은 아니다. 불산에서 봤을 때와는 합격의 정교함이 사뭇 달라져 있다. 공간의 분배, 곡도가 들어오는 시간차가 그야말로 물 샐 틈이 없다.

하지만 단운룡의 눈엔 그저 허점투성이일 뿐이다. 처들어오는 쌍곡도 도신들의 좁은 틈새가, 크게 뚫린 관도만큼 넓게만 보였다.

꽈앙! 콰차창!

폭음이 이어졌다.

십여 명 견면괴인이 무자비하게 튕겨나가 땅바닥을 굴렀다. 맨손이 빚어내는 조화라고는 도저히 믿을 수 없는 광경이었다.

사람 몸보다 더 큰 몽둥이라도 휘두른 것 같았다. 견면괴인들이 한꺼번에 땅을 뒹굴었다.

이십여 명 견면단 무인이 단숨에 땅을 굴렀다.

턱.

하늘을 헤엄치듯, 사위를 휩쓸었던 단운룡의 두 발이 마침내 땅에 닿았다.

그것이 신호라도 된 듯, 적들의 공격이 일순간 뚝 끊긴다.

달려들던 놈들이 덜컥 멈춰 서며, 감히 짓쳐 들지 못한다.

가장 가까운 견면단 무인까지의 거리는 삼 장 정도.

쌍곡도를 위아래로 겨누고는 있지만, 쌍곡도 끝이 덜덜 떨리고 있다. 단운룡의 기세에 압도된 까닭이다. 앞으로 나올 수가 없는 것이다.

또 하나의 변화였다.

단운룡의 몸에서는 더 이상 번쩍이는 전격이 뿜어 나오고 있지 않았다. 파직거리며 주위를 밝히던 뇌기가 스멀스멀 그의 몸으로 스며드는 중이었다.

마구 흩뿌리는 기운이 그의 한 몸으로 응축되니, 그것은 그 자체로 터지기 직전의 폭탄과도 같았다. 건드리면 폭발할 것 같은 위험한 기운이 무한정으로 뿜어 나오고 있었다.

"……!"

견면단 무인들은 움직이지 않았다. 움직일 수 없었다.

광기에 가까운 맹목으로 덤벼들던 신마맹 무리들마저 멈춰 세우는 힘이다.

단운룡은 광신마체 마신(魔神)의 힘을 넘보고 있는 이다. 굳이 발동하지 않아도 내재된 힘은 사라지지 않는다. 이미 그 영역에 발을 들인 단운룡은 단순히 거기에 서 있는 것만으로도 주위에 아무도 접근하지 못하는 공터를 만들 만한 힘을 지니게 된 것이다.

적습이 멈추자, 시야가 탁 트였다.

강씨금상 내원 길이 저 앞이다. 충천하는 화광의 일렁임이 생경하게 다가왔다.

불산의 결전 이후 단운룡은 이 금상에서 한참을 머물렀었다. 따뜻하고, 밝고, 선명했던 기억으로 남아 있는 장소다. 그러나 지금은 그렇지 않았다.

넘실대며 전각을 태우는 불길은 따뜻함과는 거리가 멀었다. 주변을 환하게 밝히지만, 기억 속의 밝음은 아니다. 매캐한 연기 저편으로 누군가의 비명 소리가 들려왔다. 선명하게 눈을 채우던 비단금침 고운 빛깔 기억들이 폭력과 살인으로 얼룩지고 있었다.

단운룡은 치밀어 오르는 분노를 느꼈다.

여기는 원래 이런 곳이 아니었기 때문이었다. 화사한 옷을 입은 강씨금상 식솔들이 윤기 흐르는 비단금침을 만들던 곳이다. 활기찬 목소리, 기분 좋은 웃음소리가 끊이지 않던 곳이기도 했다.

치솟는 불길이 배경처럼 전각들의 위를 덮고 있었다. 내원 저 안쪽에서부터는 쌍곡도 치켜든 견면단 무인들이 달려오는 것이 보였다.

단운룡이 앞으로 발을 옮겼다.

발걸음은 무거웠다.

단순히 화가 났기 때문만은 아니다. 분노도 있지만, 착잡함도 있다.

여긴 단운룡이 아닌, 강설영의 집이다.

강설영과의 헤어짐은 저 불길만큼이나 폭력적이지 않았던가.

그녀가 새겨놓은 흉터가 아직도 그의 어깨에 선명했다.

그런데도 왔다.

왜 왔나.

전략적인 이유에서라면야 물론 그럴 수 있다.

천룡의 후예에게 빚을 만들어 놓기 위해서라면?

사패의 하나, 천룡이란 이름은 전략적인 이용가치가 무궁무진할 것이다. 큰 싸움을 앞둔 의협문에 있어서는 특이나 그렇다.

양무의가 굳이 단운룡을 말리지 않은 것에는 그런 계산이 깔려 있었음이 분명했다.

하지만 단운룡 본인의 의지와는 먼 이야기다.

그가 이곳에 온 이유는 그런 것이 될 수 없다.

천룡의 힘?

단운룡의 성정상, 천룡의 힘을 얻기 위해 왔다는 것은 말이 되지 않는다.

애초에 협제의 후예라는 신분에 있어 천룡대제의 무력이라 함은, 빌려 쓸 힘이라기보다 맞서 싸워야 할 힘에 가까웠다.

하지만 그는 지금 여기에 있다.

오로지 강설영의 서신 한 장 때문에.

천리길을 한달음에 달려온 그다.

그럼에도, 막상 이 싸움판을 돌파하여 강설영을 만나자니, 기대보다는 막막함이 앞선다.

만나서 뭐라고 해야 하나.

쉽게 던질 말 한마디가 떠오르질 않았다.

명쾌한 해답도 없이 무작정 움직이고 만 것이다.

평생에 처음 있는 일일 것이다. 단운룡은 그게 싫었다.

'제길.'

기분 나쁜 일은 또 있다.

이 싸움터엔 신경을 크게 자극하는 무엇인가가 도사리고 있다.

그것은 아마도 대적(大敵)의 존재일 것이다.

그가 여기서 싸워야만 하는 상대.

누구인지는 알 수가 없다.

분명한 것은 예감이 좋지 않다는 사실이다.

단운룡의 육체에 깃든 무력은 뇌기(雷氣)을 기반으로 한다. 그 뇌전의 힘을 공급하는 것은 용량과 순도가 비약적으로 늘어난 뇌정광구였으나, 그 뇌전을 움직이는 중추는 광구가 아닌 그의 상단전, 즉 두뇌에 있었다.

단운룡의 두뇌는 막대한 크기를 자랑하는 뇌정광구와도 완전하게 호응하는 경지에 이른 상태였다. 그에 따라 단운룡은 근래들어, 인간 이상의 초감각을 자각할 때가 종종 있었다.

그가 느끼는 초감각이란, 본래 지니고 있던 육감과는 다소 그성질이 달랐다. 단순히 예감이 좋다 안 좋다를 떠나서, 예지능력이나 천리안에 가까운 이능(異能)을 얻게 된 것이다. 단운룡은 이제 소연신이 특별한 수하들이나 정보조직 없이도 세상사를 속속들이 들여다볼 수 있었던 이유를 어렴풋이 이해할 수 있을 정도였다.

'막강한 상대. 무서운 놈이 온다.'

그런 단운룡은 지금 거대한 적의 존재를 감지하고 있었다.

지금 눈앞에 있는 견면단 무인들이 자잘한 돌멩이들이라면 단운룡의 육감에 느껴지는 적의 존재는 집채만 한 바위, 아니그 이상이었다.

더욱이 신경이 쓰이는 것은 그 숫자가 하나가 아니라는 점이다.

최소한 둘, 셋 이상일 수도 있다.

'하나는 가까이에 있어.'

대적(大敵)이다.

지금 이곳을 침범한 자들의 우두머리이거나 원흉이 될 것이다.

신마맹이라고 한다면 주축고수임에 틀림없다. 이 정도 압력이라면, 그때 속수무책으로 당했던 제천대성이 먼저 떠오를 수밖에 없다. 제아무리 단운룡이 강해졌다고 한들, 제천대성과의 실력 차를 좁히기엔 역부족이다. 승부를 결코 장담할 수 없는 상대였다.

두 번째는 멀다. 하나? 둘? 숫자도 불분명하다. 거리는 너무나도 멀어서 까마득한 느낌이다. 당연히 여기에서 만날 수 있는 적이 아니다.

뒤에서 자꾸만 잡아끄는 느낌과 결부시켜 보자면, 아무래도 마음에 걸리는 것은 역시나 적벽 쪽일 게다. 감당 못할 만큼 강력한 존재가 적벽으로 들이닥치는 광경이 꿈결처럼 머릿속을 스치고 사라졌다.

그리고 마지막 하나.

이것은 적인지 아닌지 모르겠다.

가까운 시일 내에 볼 수 있을지, 아니면 나중에 실체를 확인하게 될 지 알 수가 없다.

어쩌면, 강설영일 수도 있겠다는 생각이 든다.

사실 따지고 보면 당장 이곳에 강설영이 있다는 보장도 없다.

당장 내원 쪽에서 느껴지는 기운을 봐도 그렇다. 강설영의 거처 쪽을 훑어봐도 강설영이라 짐작되는 기운은 걸려들지 않는다.

그것이 강설영이 되었든, 다른 누가 되었든, 그에게 호의적이지만은 않을 것이다. 맞서 싸워서 이겨야 할 상대로 인식이 되지만, 그게 가능한 일인지도 의문이다. 직접 확인하기 전까지는 가늠이 안 되는 존재였다.

모든 것을 투명하게 볼 수 있다면 좋을 것이다. 하지만 그것은 이미 인간의 경지라 볼 수 없다. 미래를 내다본다는 것은 신(神)의 영역이다. 그런 것까진 바라지도 않고 바란 적도 없었다. 차라리 없으니만 못할 정도로 느껴지는 초감각이다. 무언가 어렴풋이 보이는 것 같긴 한데, 어느 하나 명확하지가 않다. 결정을 내리는 데 있어 도움이 된다기보다는 고민만 더 안겨주는 꼴이다.

그래서 그의 발걸음은 한없이 무겁기만 했다. 확신이 없기 때문이다. 복잡한 마음이 다시 분노를 불렀고, 겹쳐진 분노는 더 강대한 힘으로 그의 몸을 둘러쌌다. 그의 몸에서 사방으로 뻗어나가는 기운이 더욱더 강력해졌다.

"……!!"

뛰어오던 견면단 무인들이 오류 장 거리 앞에서 덜컥 멈춰섰다. 가까이 있던 놈들도 뒤쪽을 향해 주춤거리며 물러나기 시작했다.

놀라운 광경이었다.

단순히 기분이 나빴을 뿐인데, 사방의 공기가 요동을 친다.

신마맹을 아는 이라면, 여기 가면 쓴 이자들이 성혈교만큼이나 광신(狂信)으로 점철되어 있음을 알고 있는 이라면, 이 광경을 보며 두 눈을 믿지 못했을 것이다.

뒤에서는 달려오다 멈추고, 앞에서는 뒷걸음치다 멈춰 서니, 견면단 무인들은 두세 줄로 기다랗게 차곡차곡 쌓이는 형국이 되었다. 그 숫자는 순식간에 오십을 헤아릴 정도였다.

"……."

단운룡은 압도적 무력의 위엄을 증명할 그 어떤 말도 하지 않았다.

터엉!

그저 강력한 진각 한 번과 함께 놈들의 한가운데를 향하여 몸을 날렸을 뿐이다.

꽈앙!

폭음이 뒤따랐다.

광뢰포가 연발로 터졌다.

매캐한 연기와 다른 냄새가 코를 찔렀다. 육신이 타는 냄새다. 부서진 가면과 부서진 팔다리가 검게 그을린 내장과 함께 한편의 지옥도를 그려냈다.

꽈아앙! 콰직!

험악한 광경이었다.

명부로 떠나가며 제 몸뚱아리 하나 온전히 남긴 놈이 없었다.

'어마어마하게 강해졌구만.'

오기룡이 혀를 내두르며 단운룡의 뒤를 따랐다.

단운룡은 벌써 저만치 멀어지고 있었다. 견면단 무인들의 벽은 단운룡에게 아무런 장애물이 되지 못했다. 진입로를 가로막고 섰던 견면단 무인들의 중심에는 커다란 구멍이 뚫려 있었다. 박살 나 흩어진 시체들이 땅바닥에 깔렸다. 적진의 한가운데 대포라도 쏜 듯했다.

오기룡과 도요화는 검게 그을린 피바다를 뛰어넘으면서도 아무런 제지를 받지 않았다. 살아남은 견면단 무인들은 덤벼들 엄두조차 내지 못했다. 적진 한가운데를 말 그대로 유유히 통과한 셈이다.

내원의 낮은 담 하나를 뛰어넘은 다음에야 정신이 든 듯, 뒤쪽에서 견면단 무인들이 서둘러 쫓아오는 것을 느낄 수 있었다.

세 사람의 움직임은 거침이 없었다.

앞을 막는 자는 그대로 박살 내며 안쪽으로 들어갔다.

대장원의 중심부다.

단운룡이 잠시 멈춰 선 채 사위를 살폈다. 그러자 그의 머릿속에 몇 개의 장면이 스쳐 지나갔다. 피 튀기는 싸움이 벌어지고 있는 장소들이다. 단운룡은 순간적으로 혼란스러움을 느껴야만 했다. 단운룡이 처음 목적지로 잡고 달렸던 곳은, 장주 강건청의 거처였다. 누가 이곳을 습격했든, 목표는 십중팔구 강씨금상의 상주는 강건청이라는 계산에서다. 하지만 단운룡의 머리속을 스쳐 간 장소들엔 강건청의 거처가 없었다. 흐릿하게 번뜩인 장면들이라 확실하진 않지만, 금약당의 전경이 비쳤던 것 같다. 그 역시 오래전 부상당한 몸으로 신세를 졌던 곳이다. 단운룡이 금약당 쪽으로 눈을 돌렸다. 여기서는 거리가 좀 된다. 강력한 적의 존재와 싸움의 살기를 느낄 수 있었다. 강건청이 있다면 그쪽이 틀림없다.

문제는 그쪽보다 머릿속을 스친 다른 한 곳의 광경이었다.

그곳은 연꽃무늬 가득했던 전각, 금련각이었다. 금련각은 강건청의 처이자 강설영의 어머니인 금련부인 정소교의 거처다. 금련각 바로 뒤 그녀를 위한 개인정원에 검붉은 핏물이 뿌려지고 있었다. 단운룡의 시선이 저 멀리 내원 심처로 향했다.

강건청이냐 정소교냐.

초감각이 준 또 하나의 고민거리다.

잠깐 머릿속을 스쳐 간 장면만으로도 어디쯤인지 알 수 있다. 어느 한 곳도 무시할 수 없는 싸움터였다.

양자택일의 문제가 주어진 격이다.

쉬운 결정이 아니었다. 단운룡은 정소교의 호위무사들을 기억하고 있었다. 그들의 무공 수준이 여전하다면, 이 정도 견면 무인들이나 동자가면 무사들에게 쉽사리 당하지는 않을 것이다. 하지만 역시나 숫자의 차이는 간과할 수가 없다. 백 단위의 적들이 강씨금상 전체에 포진해 있는 상황이다. 여러 무리의 적이 드넓은 금상 전체를 헤집고 있는 것을 느낄 수 있다. 호위무사들이 어찌 어찌 적들을 물리친다 해도, 갈 곳이 없다는 이야기다. 더구나 정소교 본인은 무공이 고강한 고수도 아니었다. 보통 강호인들이 범접할 수 없는 기도를 지녔지만, 그것은 무공 때문이 아닌, 일가를 이룬 예인(藝人)으로서의 비범함 때문이다. 중과부적으로 호위무사들이 쓰러진다면, 정소교 역시도 산목숨이 아니라는 뜻이었다.

단운룡이 잠시 멈춰 있자, 오기룡이 따라붙으며 물었다.

"안 가냐?"

오기룡이 가리킨 방향은 약왕당 쪽이다.

그쪽이 가장 큰 격전지임은 육감 따위 없어도 알 수 있다. 충천하는 화광에 고함 소리, 병장기 소리가 요란하게 들려온다.

단운룡이 결정을 내렸다.

"먼저 가."

단운룡이 오기륭에게 말했다. 오기륭이 다시 물었다.

"너는?"

"도와줘야 할 사람이 또 있어."

오기륭은 더 묻지 않았다.

단운룡은 처음 만난 꼬맹이 시절부터 오기륭이 볼 수 없는 것을 볼 수 있었다. 단운룡이 그렇다면 그런 거다. 오기륭은 지체 없이 몸을 날렸다. 한쪽 다리가 의족이란 것이 무색할 만큼 빠른 움직임이었다.

"요화는 나를 따라와!"

정소교부터 구한다.

강건청은 정소교와 달리 어떤 상황에서도 제 몸 하나는 건사할 수 있는 고수다. 게다가 그의 곁엔 광동천노 곽경무란 기운 넘치는 늙은이도 있지 않았던가. 금분세수, 은퇴했다는 소문을 들었지만 이 지경이 된 금상을 나 몰라라 할 리가 없다. 그리고 무엇보다, 단운룡은 오기륭을 믿었다.

금련각 쪽으로 몸을 날렸다.

도요화가 속도를 올려 단운룡을 따라붙었다.

쒜애애액!

내원의 전각들이 휙휙 뒤쪽으로 사라졌다. 견면단 무인들이 산발적으로 달려들었지만, 그 수는 몇 되지 않았다. 단운룡에게 접근하기도 전에, 도요화의 타고공진격이 먼저 놈들을 땅바닥에 눕혀 버렸다.

금련각이 가까워오자 싸움의 흔적이 급격하게 늘어났다. 무너진 담벼락, 전각 벽에 튄 핏물이 상황의 흉험함을 그대로 보여췄다. 피를 흘리며 쓰러져 있는 무인들이 멀지 않은 통로에도 수십 명을 헤아렸다.

단운룡은 빠르게 나아가는 와중에도 쓰러진 자들의 면면을 놓치지 않았다. 견면단 무인들이 여럿 보였지만, 나뒹굴고 있는 자들 중엔 가면을 쓰고 있지 않은 자들이 훨씬 더 많았다. 가면을 쓰고 있지 않은 자들은 두 부류였다. 강씨금상 비단옷을 입은 무인들과, 제멋대로의 복장을 하고 제각각 다른 모양의 병장기를 지닌 자들이었다.

'낭인들까지 고용한 건가……!'

대놓고 요란한 행색에, 어딘지 모르게 천박해 보이는 무인들이다. 물론, 단운룡에겐 이들을 무시하거나 천대할 생각 따윈 없었다. 다만 지독히도 운이 나빴을 뿐이라 생각했다. 돈 몇 푼에 무공을 팔려왔더니, 하필이면 싸울 상대가 신마맹이다. 악운도 그런 악운이 없을 것이다.

'금상도 급하긴 급했군.'

낭인들이란 대저, 강씨금상 같이 정대한 상회에서 부릴 만한 족속들이 아니었다. 무력을 산다고 거래를 한다면 양지에 나와 있는 표국이나 무림문파들과 하지, 음지의 낭인들과 엮이는 일은 지극히 드물 것이다. 물론, 낭인도 낭인 나름이다. 낭인들의 성향이란 제멋대로인 모습만큼이나 다양하여 정도문파와 거래하기에 어색하지 않을 만큼 점잖은 족속들이 없는 것은 아니다. 하나, 죽은 이들의 행색으로 보아하건대, 그렇게 사람 가려가며 불러모은 것 같지는 않다. 되는 대로 돈으로 산 느낌이 역력하다. 금상이 얼마나 궁지에 몰려 있었는지 절로 알 수가 있었다.

'하기야 그러니 나에게 직접 부탁을 했겠지.'

생각하며 발끝에 힘을 더했다.

타닥.

금련각의 입구에 당도했다.

간간히 보이던 시체들이 이곳엔 그야말로 산더미다.

참혹한 전경이었다.

시체 더미야 오원에 있을 때부터 숱하게 보아왔지만, 거긴 십수 년 전부터 전쟁터나 다름없었던 곳이었다. 어색할 것이 없었다는 말이다.

하지만 여긴 그런 곳이 아니다.

이런 시체들이 어울리지 않는 장소다.

연꽃무늬 가득한 금련각 외벽에는 붉은 피가 줄줄 흘러내리고 있었다. 핏물을 항아리째 갖다 부은 형국이었다. 이쪽 전각과 뒤쪽 지붕 위로 불길이 넘실거리고 있다. 가히 비현실적인 광경이라 표현할 만했다.

금련각 문을 넘었다.

문 바로 뒤엔 견면단 무인들과 금상 무인들, 낭인들의 시체가 발 디딜 틈 없이 들어차 있었다. 싸움이 얼마나 처절했는지 알겠다. 또한 그 싸움은 아직 끝나지 않은, 현재 진행형이었다.

채앵! 채챙!

"이놈들!"

병장기 소리와 호통 소리가 들려왔다.

금련각 정원 쪽이다.

그토록 아름다웠던 정원에는 사방에 불길이 가득했다. 금상 가솔들이 정성들여 가꿔놓았던 수목들이 시뻘건 불꽃에 까맣게 타들어가는 중이었다.

챙! 채채챙!

전황은 한눈에 보기에도 좋지 않았다.

휘어진 곡도를 들고 사납게 달려드는 견면단 무인들은, 그야 말로 들개 떼가 따로 없었다.

금상 무인들의 한가운데엔 실로 오랜만에 보는 금련무인 정소교가 있었다. 피 튀기는 격전 중에도 기품을 잃지 않은 모습이었다.

태연한 신색이나, 결코 태연할 수 없는 상황이었다. 그녀를 지키고 있는 것은 고작 여섯 명이 전부였다. 그에 반에 적들의 수는 스무 명을 훌쩍 넘어 서른에 가깝다.

이쯤 되면 그저 태연한 게 아니라, 죽음 앞에 초탈한 격이라 할 것이다.

흑색 비단무복을 입은 호위무사들은 겨우 넷밖에 남아 있질 않았고, 모두 다 부상을 입고 있었다. 금상의 일반 무인 복장을 한 이가 하나 더 있었지만, 이미 여러 군데 칼을 맞아 기식이 엄엄한 상태였다. 결국 금상 측에서 멀쩡한 것은, 정소교를 제외하곤 단 한 명뿐이었다.

그 한 명은 금상 무인이 아니었다.

행색이 무척 특이한 것이, 금상 무인과는 한눈에 구별되는 자였다. 순간적으로 견면단 무인들과 한패라고까지 생각했을 정도다. 녹색 비단 옷을 입고는 있었지만 금상 무인들과는 전혀 다른 복장을 했고, 휘두르는 무기도 달랐다. 길이는 한 자 정도로 짧은 데다가 손잡이 장식도 삐죽삐죽하니 괴상하게 생긴 칼을 휘두르는 중이었다. 머리카락은 엉망이고 가닥가닥 비단줄을 엮었다. 전체적으로 요란한 행색이라, 겉모습은 신마맹이라 해도 충분히 믿겠다.

하지만 이자의 얼굴엔 가면이 없었다. 그것만 봐도 신마맹은 아니다. 칼을 휘두르고 있는 상대 역시 금상 무인들이 아니라 견면단 무리를 향해서였다.

싸움에 앞서 고용한 낭인 무사들 중 하나인 모양이었다. 얼마나 줬는지는 모르겠지만 이리 튀고 저리 내치는 것이 흑색 비단 호위무사들보다 훨씬 더 몸놀림이 날렸다. 거의 다섯 배에 이르는 숫자 차이를 버텨내고 있는 것도 이 녹색 비단옷의 활약 덕분인 듯했다.

쐐액!

단운룡은 지체없이 손을 썼다.

콰직!

극광추 일격에 견면단 무인 하나의 몸이 훅 날아가 담벼락에 처박혔다. 광뢰포는 쓰지 않았다. 금련부인 정소교 앞에서 험한 인상은 주고 싶지 않기 때문이다.

쾅! 퍼억! 우지끈!

힘을 조절한다고 했음에도, 단운룡의 무위는 너무나 강했다.

견면단 무인 세 명이 순식간에 허물어졌다. 정소교를 지키던 금상 무인들이 놀란 얼굴로 단운룡을 바라보았다. 견면단 무인들의 시선도 단숨에 단운룡에게로 집중되었다.

"웬 놈이냐!"

먼저 소리친 것은 흑색 비단 호위무사들 중 한 명이었다.

견면단 무인들을 물리치고 있음에도 반가움보다는 경계심을 먼저 보이고 있었다. 이유는 단순했다. 이미 한 번 이씨 무가 무인들에게 배신을 당한 그들이었다. 누가 나타나도 경계부터 하는 것이 당연했다.

"걱정 마세요. 우리 편이에요."

정소교가 말했다. 이 아수라장과는 도무지 어울리지 않는 침착한 목소리였다.

그녀는 단운룡을 한눈에 알아본 듯했다. 정소교가 단운룡의 얼굴을 바라보며 가볍게 고개를 끄덕였다. 단운룡이 마주 화답하며 묵례했다. 견면단 무인 하나가 기습적으로 달려들었다.

단운룡의 움직임은 미리 약속이라도 한 듯 자연스럽기 그지없었다. 왼쪽으로 가볍게 한 발. 오른손으로 슬쩍 밀어낸 극광추가 견면단 무인의 흉곽을 으스러뜨렸다. 가면 밑으로 울컥 핏물이 솟구쳤다. 무인의 몸이 줄 끊어진 인형처럼 풀썩 허물어졌다.

견면 무인들 사이에서 수신호가 오갔다.

적들의 살기가 일제히 단운룡에게로 향했다. 휙휙 몸을 날려오는 것이 일사분란 그 자체였다.

퍼억! 콰직!

단운룡의 응대는 한결같았다.

한 번 움직이면 한두 명은 어김없이 땅바닥에 처박혔다. 견면단 무인들의 숫자가 절반으로 줄어들기까지는 그야말로 촌각의 시간도 걸리지 않았다.

"무슨 무공이……!"

정소교의 호위무사들은 말을 잇지 못했다.

빠르다? 강하다?

뭐라고 표현할 길이 없었다.

단운룡은 뇌신의 험악한 진기방출을 몸 안으로 갈무리하고 있는 상태였다. 굳이 말하자면 음속과 뇌신의 중간 단계쯤이다. 그것을 지극히 안정된 상태로 유지하고 있었다. 어지간한 고수의 눈으로는 투로를 좇는 것 자체가 불가능한 수준이었다. 몇몇 굵직한 신체 이동을 제외하고는 세세한 움직임이 아예 육안으로는 분간이 되지 않을 정도였다.

달려들던 견면단 무인들이 주춤주춤 물러나기 시작했다.

내원 앞에서 벌어졌던 일이 이곳에서도 똑같이 벌어지고 있었다.

그때였다.

멀리서부터 심상치 않은 기세가 느껴지는가 싶더니, 금련각 정원 외벽을 넘어 들어오는 일단의 무리가 있었다.

푸른 목봉을 들고 있는 동자 가면 무리들이다.

한데, 이들의 모습은 외원을 지키던 놈들과는 또 달랐다.

가면 색깔이 좀 더 화려하고 이마에 석 삼(三) 자가 새겨져 있었으며, 품고 있는 기세도 상당하다. 숫자도 만만치 않다. 꾸역꾸역 외벽을 넘어오는 줄이 멈추지 않고 이어진다. 넘실넘실 푸른 빛 파도와 같다. 숫자가 삼십 명을 금방 넘어갔다.

"다시 금련각 쪽으로!!"

단운룡이 소리치며 앞으로 나섰다.

정소교의 호위무사들이 그녀와 함께 뒤쪽으로 물러났다.

얼마 남지 않았던 견면단 무인들은 한껏 기세가 오른 녹색 비단옷의 낭인과 힘을 낸 호위무사들이 어렵지 않게 쓰러뜨릴 수가 있었다. 단운룡이 정소교의 바로 앞에 섰다. 정소교의 눈동자가 가볍게 흔들렸다. 두 눈 안으로 복잡한 감정이 엿보였다.

"안전한 곳으로 모시겠습니다."

단운룡은 그녀에게 다른 어떠한 말도 하지 않았다.

그가 앞장섰다.

정소교도 아무런 말없이 그를 따랐다. 몰려오는 적을 보며 호위무사들은 순간적으로 어떻게 해야 할지 결정을 내리지 못했다.

단운룡은 적들을 돌아보지도 않았다. 도요화에게 짧게 한마디 했을 뿐이다.

"막아."

도요화는 대답 대신 등에 멘 전고(戰鼓)를 들었다.

동자가면 무리가 정원의 관목과 연못을 뛰어넘으며 밀물처럼 몰려들고 있었다.

두우웅!

도요화가 손을 들어 가볍게 북을 때렸다.

가벼운 음파가 사방을 채웠다.

두우우웅!

두 번째는 조금 더 강렬했다.

정소교의 호위무사들은 영문을 모르겠다는 표정만이 온 얼굴에 가득하다.

쿵!

도요화의 북에서 세 번째 울림이 퍼져 나왔다.

그 순간.

무서운 기세로 달려오던 동자가면 무리의 선두가 움푹 허물어졌다. 대여섯 명의 동자가면 무인이 풀썩 꼬꾸라져 버린 것이다.

꾸웅! 우우우웅! 콰앙!

다음 일격은 더 무서웠다.

쓰러진 무인들을 뛰어넘으며 달려들던 동자가면 무리의 한쪽이 퍽! 하고 무너져 내렸다. 어깨가 다닥다닥 붙었을 만큼 밀집되어 있던 쪽이다. 쓰고 있는 가면들이 산산조각으로 부서졌다. 드러난 맨 얼굴의 칠공에서는 핏물이 줄줄 흐른다.

"⋯⋯!!"

정소교의 호위무사들의 얼굴을 채운 것은 이제 순수한 경악이었다. 녹색 비단옷의 낭인도 놀란 기색을 감추지 못했다.

적들의 기세가 단숨에 줄어들었다.

놈들 중 몇 명이 수신호를 올렸다. 서로 간의 간격이 넓어졌다. 머리를 쓸 줄 아는 놈들이다. 밀집 대형을 풀고 산개 대형으로 바꾼 것이다.

도요화가 다시 한 번 북을 쳤다.

쾅!

이번에 쓰러진 것은 둘밖에 되지 않았다. 대응해 오는 방식이 제법이었다.

적들은 이제 부챗살 대형을 형성하고 있었다. 공간을 넓게 쓰면서 거리를 좁혀왔다.

도요화의 두 눈에 보랏빛 광망이 어렸다.

음마요신의 능력을 끄집어 낸 것이다. 그녀의 전고에서 단타로 부드럽게 이어지는 북소리가 울려 나왔다. 지금까지는 타고에 일격, 공진격과 공진파로 적들을 쓰러뜨렸다면, 이번 것은 하나의 악곡 연주와도 같았다.

두두두둥! 둥둥둥!

심장을 흔드는 소리가 사방으로 퍼져 나갔다. 앞쪽에서 달려오던 놈들의 신형이 휘청 흔들렸다. 마치 진흙탕에 빠진 듯한 움직임이다. 일정한 간격을 둔 채 달려오던 동자가면들의 대형이 완전히 흐트러졌다. 목봉을 땅에 박고 몸을 가누는 자, 달려들다가 휘청 넘어지는 자, 반응도 제각각이다.

"어서 가세요."

도요화가 말했다.

넋이 나간 듯, 마술과도 같은 광경을 바라보고 있던 호위무사들이 퍼뜩 정신을 차렸다. 그들이 정소교 쪽을 돌아보았다. 정소교는 벌써 단운룡과 함께 금련각 입구를 빠져나가고 있는 중이었다. 호위무사들이 허겁지겁 부상당한 동료를 챙겨 몸을 날렸다.

"요술이다, 요술이야."

녹색 비단옷의 낭인이 탁한 목소리로 혀를 내두르며 호위두사들의 뒤를 따라 땅을 박찼다.

도요화의 눈에 담긴 광망이 더 짙어졌다.

그녀의 옷소매가 북 전체를 휘감듯 움직였다. 연타로 나아가는 북소리가 멈추고, 그녀의 손끝에 눈에 담긴 광망과 같은 색깔의 진기가 환상처럼 깃들었다.

투웅! 꽈아아앙!

마치 천둥이 친 것과 같았다.

동자가면 놈들의 한가운데에서 커다란 폭음이 터져 나왔다. 화탄의 폭발에 튕겨나가듯, 삼십여 동자가면 놈들이 동심원을 그리며 하늘을 날아 땅바닥에 처박혔다.

범위가 넓은 만큼 위력은 타고공진격만 못했다. 주섬주섬 일어나는 자들이 절반을 넘었다. 그래도 비틀거리는 것을 보면 만만치 않은 내상들을 입은 모습이다. 놈들 대부분이 두 귀에서 핏물을 줄줄 흘리는 중이었다.

기세가 완전히 꺾인 그들을 보며, 도요화는 아무렇지 않게 몸을 돌렸다. 그리고는 그녀도 먼저 간 호위무사들처럼 단운룡의 뒤를 따라 땅을 박찼다.

*   *   *

"소연신."

소연신이 누구인지 아는 자.

"직접 기어 나올 줄이야."

구주천하 드넓은 대지를 밟고 선 그 어떤 이라도 이런 말을 하지 못할지니.

그것이 가능한 이가 있다면 그것은 땅을 딛고 있는 자가 아니다.

천외천, 하늘의 경지에 오른 자. 염라마신조차도 소연신 앞에서 언어를 발하는 입술에 자유로움을 얻기 어렵다. 염라마신의 한마디가 괴리감을 선사하는 이유다.

"전대보다 예의가 없군."

소연신이 눈살을 찌푸리며 말했다. 염라마신이 태연히 되묻는다.

"예의? 그런 걸 논할 사이였던가."

십여 장 거리.

염라마신의 발밑에선 검붉은 기운이 스멀스멀 아지랑이처럼 올라오고 있었다. 죽음 그 자체의 기운이다. 마주 선 소연신의 전신엔 밝고도 정대한 빛이 서린다. 밤하늘 높이 솟은 달빛이 오직 그에게만 쏟아지고 있는 것 같았다.

끼리리릭.

한동안 그대로 서 있는 두 사람 사이로, 철운거 바퀴 소리가 침묵을 깼다. 철운거가 뒤쪽으로 물러난다. 철운거에 앉은 양무의의 얼굴은 전에 없이 창백하게 질려 있었다.

이 시대와 전 시대. 말 그대로 고금(古今).

천하에 다시 이런 자들이 나올 수 있을까 싶은 이들의 대치였다. 그에 비하자면 천재 양무의도 고작 까마득한 신진(新進)에 불과할 뿐.

두 압도적 존재들이 빚어내는 기운의 충돌을 양무의가 견뎌낼 수 있을 리 만무했다.

"네놈이 여기 나타났으니, 이제 시작된 것이라 봐도 되겠어."

소연신이 말에 염라마신이 슬쩍 뒤쪽을 바라본다. 염라마신이 낭랑한 목소리로 입을 열었다.

"역시 동요하지 않는군. 저번에도 그랬다고 들었건만. 역시 후계자의 죽음 따위, 사패의 영역에선 큰 의미가 없는 모양이다."

후계자.

소연신의 시선이 염라마신의 눈을 따라 움직인다.

찢어진 깃발. 태자후의 시신이 거기에 있었다. 소연신의 눈동자가 가볍게 흔들렸다.

"아아, 좋은 아이였지."

소연신의 목소리엔 놀랍게도, 진하디 진한 안타까움이 배어 있었다.

신의 광채를 몸에 두르고 인간의 목소리를 낸다.

그 격정을 읽은 염라마신의 발밑에 서려 있던 죽음의 기운이 가벼운 일렁임을 보였다. 만족감의 표출이다. 소연신이 무언가를 잃었다는 것. 그것이야말로 염라마신이 이곳에 직접 나타난 이유였음이다.

"아깝긴 하지만, 어쩔 수 없는 일."

인간의 목소리가.

다시 하늘의 영역으로 돌아간다.

"난 이 시대의 어지러움에 관여하고 싶지 않다."

소연신의 말은 하나의 선언처럼 들렸다.

마치 싸울 의지가 없는 것마냥.

허허로운 기운이 온몸에서 무한정 풀려 나왔다.

염라마신이 물었다.

"바로 앞에 후계자의 시체가 있음에도 개입하지 않겠다? 내가 아는 협제가 맞나?"

소연신이 답했다.

"넌, 날, 모른다."

"물론, 난 당신을 처음 보았다. 하지만 당신을 모르진 않아."

소연신이 피식 웃었다.

허탈한 웃음이다.

하지만 그 웃음이 지워지기까지는 오랜 시간이 걸리지 않았다.

"그래, 그렇겠지."

소연신이 슬쩍 뒤를 돌아보았다.

"아이들아, 이만 나오너라."

양무의 뒤쪽에서, 백가화와 장익이 모습을 드러냈다. 철심무혼이라던 백가화의 얼굴은 양무의의 그것처럼 하얗게 질린 상태였다. 호호탕탕함의 상징인 장익마저 바위처럼 굳어진 표정을 짓고 있으니, 절대자들의 대치 공간이 얼마나 큰 압력을 뿜어내고 있는지 절로 알 수 있을 정도다.

"어서 와서 저들을 데려가."

백가화와 장익은 소연신의 명을 받들 수밖에 없었다.

그들은 지체없이 움직였다. 소연신이 가리키는 곳엔 쓰러진 삼인이 있었다. 태자후, 관승, 그리고 효마였다. 백가화가 먼저 날렵한 몸놀림으로 효마를 들어 올렸다. 태자후와 관승 앞에는 장익이 섰다. 그들을 내려본 장익이 흠칫 몸을 굳히며 소연신을 돌아보았다. 그가 이를 악물며 침음성을 냈다.

"둘 다 이미 숨이……."

그렇다.

당한 것은 태자후뿐이 아니었다. 관승마저도 숨이 끊어진 상태다. 태자후가 죽은 직후에 당한 것이었다. 장익이 혼백 없는 육신 두 개를 내려보고는 다시 소연신에게로 고개를 돌렸다. 소연신은 장익에게 시선을 주지 않았다. 그가 염라에게로 두 눈을 고정한 채로 태연히 말했다.

"그대로 두면 산산조각 날 거다."

장익이 침통한 표정으로 재빨리 태자후를 왼쪽 어깨에 걸쳐 멨다. 관승도 오른쪽 어깨 위에 감아 올렸다. 두 거구를 한꺼번에 들쳐 메자, 마치 산을 진 것 같은 모습이었다. 장익은 그 둘의 시체가 태산을 진 것보다도 더 무겁다고 느끼며 몸을 날렸다. 동료들의 목숨은 천근만근 따위의 표현으로 형언할 수 있는 무게가 아니었다.

"멀리 있거라."

소연신은 마지막으로 그리 말하며 양무의 쪽으로 손을 뻗었다. 끼릭, 바퀴 소리가 가벼워졌다. 철운거가 통째로 하늘을 향해 떠올랐다.

소연신이 손을 가볍게 휘저었다. 철운거가 뒤편으로 날아오르기 시작했다. 장익과 백가화의 눈이 휘둥그레 떠졌다. 자신들과 보조를 맞추듯, 아니 더 빠른 속도로 하늘을 난다. 철운거가 높이 솟은 계단을 넘어 삽시간에 시야에서 사라져 버렸다. 무형기, 염력, 허공섭물, 무엇이라고 표현해도 좋다. 납득불가의 기사(奇事)를 일상으로 만드는 능력이다. 만능자(萬能者)는 달리 만능자가 아닌 것이다.

"지옥에서 기어 나와 대지를 활보하는 망령이라……."

양무의를 장내에서 사라지게 만든 소연신.

그가 서서히 옆을 향해 고개를 돌린다.

그의 말이 소환(召喚)의 주문이라도 된 양, 홀연히 나타나는 또 하나의 마신(魔神)이 있었다. 앞에 있는 염라마신과 거의 그대로의 모습이다. 염라마신 둘. 소연신의 눈이 강렬한 기광을 뿌렸다.

"염라쌍왕(閻羅雙王). 결국 완성했군."

쌍왕이라 했다.

염라마신은 둘이란 이야기.

의협문 문도들은 염라마신의 출현을 두고, 똑같은 두 명이 함께 움직이는 것 같다고 했었다. 선찬에게 올라갔던 보고에는 오류가 없었던 것이다.

"죽은 자는 명부에 있어야 하는 법이거늘. 천륜까지 거스르다니."

소연신의 말에 새로운 염라마신은 웅웅거리며 울리는 목소리로 답했다.

"천륜이란 이미 깨어진 지 오래다. 소연신! 너란 자가 이 땅에 서 있는 것 자체가 이미 어그러진 천륜의 증거!"

음산함과 오싹함 밑에 깔린 것은 부패되어 뒤틀려 버린 원한이다.

새로이 나타난 염라마신은 먼저 나타난 마신보다 더 어둡고 짙은 죽음을 품고 있었다.

"그래서, 복수라도 하겠다는 거냐?"

"물론이다. 나의 목숨을 앗아갔으니, 똑같이 돌려줘야 하지 않겠는가."

그걸로 확실해졌다.

전대 염라다.

새로이 나타난 염라는, 다름 아닌 전 시대의 염라였던 것이다.

사패 시절 막바지, 소연신이 단신으로 신마맹에 쳐들어가 죽음을 선사했던 바로 그자다.

소연신은 망령이라 말했다만, 귀신, 유령, 원혼, 무엇으로 불러도 틀린 말이 아닐 터다. 이미 존재부터 불가(不可)의 영역에 있는 자였다.

"복수를 하시겠다……."

소연신의 입가에 미소가 깃들었다.

"그게 가능할 거라 생각하나?"

전대 염라마신의 가면이 일그러지기 시작했다.

기괴한 일이다.

실체가 아니기 때문일까. 가면과 완전히 동화되기라도 한 듯, 가면 그 자체가 진짜 얼굴처럼 한 가지 표정을 고스란히 드러내고 있었다.

"가능하냐고? 설마하니 알아채지 못할 거라 생각한 것은 아니겠지."

그렇게 떠오른 표정은 다름 아닌 한 줄기 비웃음이었다.

전대 염라가 선제공격이라도 가하는 것처럼 뚝뚝 끊어지는,

그러면서도 어둠을 울리는 목소리로 말했다.

"너의 몸 상태는 정상이 아니다. 누가 널 그렇게 만들었나?"

소연신의 얼굴에 떠올라 있던 미소는 그대로다. 그는 전대 염라의 말을 부정할 생각이 없었다.

"내 몸이 정상이 아니라 한들, 썩어가는 망령 따위에게 당하진 않는다. 산 자들의 대지에서 영원히 소멸시켜 주마."

"착각하지 말지어다. 이번엔 그때와 같지 않을 것이다."

전대 염라가 앞으로 나선다.

그의 손에는 백골명왕두가 잡혀 있다.

뒤에 있는 염라는 나서지 않았다. 그 자리에 그대로 선 채다. 싸움에 끼어들 의도가 조금도 없는 것 같았다. 소연신이 두 눈에 이채를 떠올리며 물었다.

"육신도 없는 혼백만으로 이 소연신을, 혼자 상대하겠다는 건가?"

"말이 많아졌구나, 소연신."

마침내 시작이다.

전대 염라는 말 대신 백골명왕두를 똑바로 겨누었다.

전대 염라와 소연신 사이의 경물이 마구 일그러졌다. 일렁이는 공기, 작렬하는 열기(熱氣) 때문이다. 초강왕의 화탕지옥을 인세에 구현한 지옥술이다. 그 열기는 화염술 최고위 술법이라는 이즉의 겁화에 준한다.

하지만 소연신은 다가오는 열기에도 움직이지 않는다. 피하기는커녕, 도리어 이글거리는 열기 속으로 발을 옮겼다.

마치 산책이라도 하는 듯, 여유로운 걸음걸이다.

"지옥술의 힘이 이 정도라니. 망령의 한계로군."

소연신이 일렁이는 열기 속에서 말했다.

그가 가볍게 오른손을 내저었다. 그의 손끝에서 다섯 개의 빛줄기가 땅으로 쏟아져 내렸다. 보는 것만으로도 숨이 막히도록 휘황한 빛이다.

"사라져라."

그의 목소리가 명령처럼 발해졌다.

빛줄기가 땅으로 스며들어 다섯 개의 광구(光球)를 만들었다. 번져나가는 빛무리에 들끓던 열기가 잡아먹히듯 사그러들었다. 믿을 수 없는 신기다. 도가 계열 최상, 최고위 술법이라는 명계 시왕 지옥술을 부적술 잡기만큼이나 간단히 파훼해 버린 소연신이었다.

"과연 서패왕 협제. 여전한 위용이구나."

전대 염라는 놀라지 않았다. 오히려 당연한 일이라는 듯, 여유롭게 칭찬까지 건넸다.

"그렇다면, 이것도 한번 받아보아라."

전대 염라가 그리 말했다.

웅웅거리는 목소리, 주문이 이어졌다. 초고속 언어다. 수백 마디 주문이 한 음절로 압축된 양, 벌 떼 소리 같은 음성이 울려나왔다.

위이이이잉!

힘이 집중되는 파공성이 퍼져나간다.

주위의 풍경이 변화하기 시작했다. 주문 한마디, 진언 한 구절 없이 펼치던 지옥술과는 격이 다르다. 마치 멀쩡한 현실 위에 그림 하나가 덧씌워진 양, 사방으로부터 비현실적인 가시나무들이 솟구쳐 올랐다.

지옥술의 유형 실체화.

그것이 진정한 지옥술의 모습이다.

전대 염라의 백골염왕두가 하늘 위에 파동을 일으킨다. 검수지옥(劍樹地獄), 검날처럼 뻗어 나오는 가시나무들 사이로, 선혈 묻은 톱니의 환상이 겹쳐졌다. 그뿐이 아니다. 뾰족뾰족한 톱니가 땅을 긁고 나오는 그때, 소연신의 좌우에선 수백 자루 칼날 형상이 나타나 모여들고 있었다. 검수지옥, 거해지옥, 도산지옥, 삼대 지옥술이 동시에 펼쳐진 것이었다.

그것들은 환각과도 같은 환상이면서도 그 보여지는 형상과 똑같은 힘을 품고 있었다. 중생들이 상상하던 지옥의 풍경을 인세에 그대로 구현하여 지옥 그 자체를 불러내는 술법이다. 마침내 진정한 위력을 보인 염라 앞에서, 소연신도 더 이상 여유로울 수만은 없다. 그가 말한다. 짧은 한마디.

"나와라."

지옥의 한가운데서.

가슴 높이로 들어 올린 오른손의 손바닥은 땅을 향하고 있었다.

파지지지직!

아무것도 없는 손 아래에서 전광(電光)이 일었다.

비어 있던 공간이 쪼개지고 부서졌다. 한 자루 빛나는 검이 그 전광 안에서 모습을 드러냈다.

"협제검!!"

전대 염라의 경호성엔 증오와 분노가 깃들어 있었다.

협제검.

검자루 끝에 박힌 보석은 충정의 붉은 빛을 지녔으니.

그 환상적인 검 날은 그저 말고도 맑은 하늘마냥 실체없는 투명함을 지닌다.

소연신이 말했다.

"천라(天羅)."

양팔을 활짝 펼친다. 보석 박힌 투명한 패검이 천 개의 빛줄기가 되어 사방을 채웠다.

조여오던 검수지옥, 거해지옥, 도산지옥의 술력이 협제검법 절초 '천라'와 충돌했다.

버언쩍!

동심원을 그리며 번져 나가는 천라의 빛이 지옥 가득한 칼날들을 지워나간다.

그야말로 엄청난 광경이었다. 마치 빛으로 그 모든 술법이 단지 환영일 뿐이라 말하는 것 같았다. 그 광경은 그야말로 장관 중의 장관이라, 강호 무림의 싸움이 아닌, 고대 신화 전술 속 괴력난신들의 싸움이라 말해야 했다.

후두둑! 후두두둑!

부서진 백석 조각들이 뒤집힌 땅거죽 위로 쏟아져 내렸다.

한가운데 서 있는 소연신은, 주위의 백석 바닥마저 멀쩡하다. 천개의 빛무리로 화(化)했던 협제검은 어느새 처음 나타났을 때 모습 그대로 공중 위에 떠 있었다.

검 끝을 아래로 향한 채, 자루부터 검날을 축으로 천천히 회전하고 있다. 신비롭기 짝이 없는 모습이었다. 소연신이 혼잣말처럼 말했다.

"실로 오랜만에 잡아보는 검이다."

섬섬옥수와도 같은 소연신의 다섯 손가락이 협제검 검자루를 감아쥐었다.

마치 진기로 이루어진 검 마냥, 소연신의 손에 잡힌 검이 뭉클거리는 빛의 파동을 일으켰다. 소연신이 긴 머리를 휘날리며 앞으로 발을 옮겼다.

완성에 이른 무도자.

궁극의 무인이 검을 비껴든다. 미치도록 아름다운 자태다.

전대 염라가 가면과 일체화된 얼굴을 일그러뜨리며, 곤선승을 휘둘러왔다. 소연신이 염라에게로 마주 몸을 날렸다.

몸 전체가 한 덩어리 빛과도 같다. 곤선승이 자아내는 화려한 빛과는 전혀 다른 빛이다. 순수하고, 귀하며, 성스럽다. 염왕곤선승은 소연신의 몸을 때리지 못한다. 그물처럼, 또는 검날처럼 쏟아지는 곤선승 줄기를 그토록 쉽게 피해내며 순식간에 염라의 바로 눈앞에 이르렀다.

"척살. 참수."

협제검 절초.

그 얼마나 많은 변절자와, 그 얼마나 많은 탐관오리들이 그 일초에 목숨을 잃었던가.

그 얼마나 많은 살인자들과, 그 얼마나 많은 마두들이 그 일격을 막아낼 수 없었던가.

바로 그 앞에 있는 마신마저도.

그 징벌의 일초를 피하지 못했었다. 그 옛날 염라마신의 목을 날려버렸던 일격도 바로 이 일초였던 것이다.

하지만.

우우우우웅!

이번엔 달랐다.

그 참수의 신검에 한번 죽어 사라졌던 염라마신은, 같은 신검에 두 번 당하지 않았다.

목을 향해 번져 오는 순백의 광영에, 염라의 입에서 고속의 진언이 흘러나왔다.

전대 염라의 가슴 앞에서 짙은 어둠이 피어올랐다. 마치 방패처럼 둘러친 어둠에, 협제검 광휘의 진기가 빨려 들어가듯 줄어들었다.

번쩍! 쩌어어엉!

또 죽진 않는다. 그렇게 시위라도 하는 것 같다. 죽은 후에도 사념(思念)이 그대로 남아 있었다면, 그 죽음의 순간을 수만 번이고 다시 떠올리지 않고는 배길 수가 없었으리라.

거해지옥 톱니가 전대 좁은 공간 안에서 피어났다. 아직 남아 있던 신검의 광휘가 지옥술과 부딪치며 제 힘을 잃고 흩어졌다.

완벽한 방어였다. 게다가 전대 염라의 응수는 방어로 그치지 않았다. 염라의 반격이 이어졌다.

염왕곤선승이 세 줄기로 갈라지듯 소연신의 머리와 목, 심장을 노렸다. 소연신이 온몸에서 빛의 궤적 남기면서 뒤쪽으로 물러났다. 협제의 후퇴. 세상 천지에 사패로 하여금 공방 중에 후퇴라는 선택을 내리게 만들 수 있는 것은 몇 명 되지 않을 것이다. 그리고 염라에게는 그럴 수 있을 만한 충분한 힘이 있었다.

버언쩍! 꽈광!

다시 휘어져 들어가는 소연신과 마주 날아든 염라의 신형이 교차했다.

소연신은 이미 '빠름'이라는 언어를 초월한 자였지만, 전대 염라의 움직임도 결코 소연신의 그것에 뒤지지 않았다. 무시무시한 속도로 마주쳐 왔다. 극속의 신병들이 하늘에서 부딪쳤다.

투명한 협제검이 염왕의 곤선승을 당장 잘라낼 듯 움직였다. 하지만 염왕곤선승은 결코 잘려 나갈 줄을 몰랐다. 협제검의 광검을 몇 번이나 막아내고도 멀쩡하다는 이야기였다.

번쩍, 번쩍!

달빛만 쏟아지는 밤하늘에 별빛을 지워 버리는 빛의 폭풍이 일었다.

염라마신은 밤하늘의 어둠과 달빛의 광영을 동시에 다루고 있었다. 지옥술 음의 술법과 곤선승의 양의 무공이 완벽하게 조화되어 있다. 반면, 소연신의 협제검은 그야말로 완벽하고 순수한 빛의 상징과도 같았다. 앞으로 나가는 한 발, 휘두르는 팔꿈치와 손끝 어디에나 황홀한 빛이 선명한 궤적을 남기며 따라붙고 있었다.

위이이잉! 화아아악!

소연신의 협제검에서 사위를 휩쓰는 광채가 쏟아져 나왔다. 이미 그것은 검술이 아니었다. 광범위하게 퍼져 나가는 빛줄기 하나하나가 실검(實劍)의 검날과도 같았다. 하지만 그 파도와 같은 검기(劍技) 앞에서도 전대 염라는 아무런 타격을 입지 않았다.

신법도 신법이지만, 전대 염라에겐 애초부터 피와 살로 이루어진 육신이란 것이 없었다. 그 자체로 혼백, 유형화된 진기의 덩어리라 봐도 무방하다는 뜻이었다. 피할 수 없을 듯한 광참의 쇄도에, 전대 염라의 몸이 흐릿하게 변했다. 붉은색 운무처럼 변한 전대 염라가 훅, 꺼지듯 사라진다. 협제검의 기운이 허공을 가르고 먼 밤하늘을 향해 사라졌다.

소연신의 눈에서 기광이 번뜩였다.

그가 왼손으로 공간을 열고 오른손의 협제검을 공중에 띄웠다.

"이기. 추종."

협제검이 무서운 기세로 날아올랐다. 붉은 안개로 나타났다 사라지는 전대 염라를 쫓아 꿰뚫어버릴 듯 짓쳐 든다. 격하게 방향을 꺾고, 하강하다 상승하여 염라를 노렸다. 그 자체로 살아 있는 생명체 같았다. 전설 속 어검술(馭劍術), 진정한 의미의 이기어(以氣馭)였다.

후욱! 우우우웅!

전대 염라가 백골염왕두를 다급히 내저으며 술법들을 펼쳤지만 쫓아오는 협제검을 떨쳐 내진 못했다. 적무(赤霧)로 화(化)하는 망령으로서의 현현(顯現)만이 협제검을 피해낼 수 있는 유일한 방법이었다.

두 번, 세 번. 전대 염라가 협제검을 피해냈다. 소연신이 두 손을 명치 높이로 들었다. 왼손 주먹을 쥐고 앞으로 내밀며 오른손을 그 위에 올린다. 주먹을 쥐었던 왼손 손가락이 가볍게 펴졌다. 오른손 왼손, 열 손가락의 끝이 마주 닿았다. 손가락으로 만든 감옥이다. 소연신이 중얼거리듯 나직히 말했다.

"십검. 봉쇄."

순간.

믿을 수 없는 일이 일어났다.

하늘을 날던 협제검이 열 자루로 늘어났다. 열 자루 검끝이 하늘로 향했다. 무한한 진기를 머금은 광검들이 하늘에 닿는 빛의 기둥으로 변했다.

쇠창살처럼 둘러쳐진 빛 기둥이 전대 염라를 포위했다. 전대 염라의 신형이 덜컥 멈췄다. 좁혀드는 열 개의 빛 기둥에서 빠져 나오려는 듯, 전대 염라의 몸이 붉은 안개로 화했다. 하지만 전대 염라는 사라질 수 없었다. 붉은 안개로 일렁이며 변하던 전대 염라의 전신이 억지로 뭉쳐진 듯 원래대로 실체화되었다. 협제검의 기운 때문이다. 이미 초식이라는 이름을 붙이기조차 어려운 절대의 절초다. 협제의 봉쇄는 세상에 존재하는 모든 형식의 기오막측한 신법은 물론이요, 사이한 비술들을 완벽하게 제압하는 무한의 봉인력(封印力)을 지니고 있었다. 빠져나갈 수 없음을 깨달은 전대 염라가 두 발을 땅에 박았다. 전대 염라의 두 발 밑으로부터 검은 기운의 동심원이 파문처럼 일어났다. 그가 염왕곤선승을 치켜들었다. 곤선승을 휘돌고 있던 현란한 빛무리가 사라지고, 염라마신의 발밑에서 번져 나오는 검은 기운과 똑같은 암흑기(暗黑氣)가 길다란 곤선승을 타고 올랐다.

바치 빛의 허물을 벗은 검은 뱀과도 같다. 가면을 벗고 진짜 얼굴을 드러내는 것처럼, 마침내 제 모습을 드러낸 염왕곤선승이 지극히도 불길한 흑기를 흩뿌리기 시작했다.

'지옥곤선승……!'

소연신은 그와 같은 곤선승의 실체를 익히 알고 있었다. 한 줄기 무서운 열기가 일어나 검은빛으로 변한 곤선승 주위를 가득 채웠다.

화탕지옥술과 같은 열기다.

전대 염라가 곤선승을 휘둘러 하늘에 닿는 협제검의 광주(光柱)를 때렸다. 번쩍이는 빛과 함께, 열 개의 빛기둥이 한꺼번에 흔들렸다.

쩌엉!

깜빡이는 빛기둥과 함께, 곤선승의 열기가 식었다. 뜨거웠던 기운이 한없이 식어가더니, 되려 스치는 지면에 하얀 서리를 남긴다. 이번엔 송제왕의 한빙지옥이다. 곤선승 무공만 해도 천하제일을 넘보기에 손색이 없음에, 지옥술까지 합쳐졌다. 술법의 정화가 극강의 무공과 어우러지니, 그 위력은 상상초월 그 자체다. 소연신의 얼굴이 가볍게 굳어졌다.

쩌저정!

좁혀드는 빛기둥에 곤선승의 강력한 일격이 작렬한다. 철창 안에 갇힌 거대한 괴수(怪獸)가 몸부림치는 것과도 같은 광경이다. 충격을 받은 빛기둥의 밝기가 눈에 띄게 약해졌다.

'안 되겠군.'

소연신이 손을 들고 주먹을 쥐었다.

비어 있던 허공에 빛무리가 모여든다.

심검의 광주들을 그대로 유지한 채, 한 자루의 검이 새롭게 공간을 열고 빛을 발했다.

소연신이 활짝 편 손바닥을 천천히 내밀었다.

"일검. 충심."

충심이란 이름을 지닌 절초.

그것은 그 이름처럼 곧고도 순정한 일격이다. 피하면 그만일 것 같은 정직한 공격이었지만, 전대 염라는 직선으로 찔러오는 검격에서 벗어날 수가 없었다. 순간적으로 모여들며 공간을 차단해 온 열 개의 빛 기둥 때문이었다.

전대 염라의 손이 빨라졌다. 백골염왕두를 땅으로 향한 채, 곤선승을 휘돌린다. 세 개, 네 개, 명부시왕 지옥술이 연이어 펼쳐졌다. 협제검, 회심의 일격을 막기 위해 전대 염라가 쏟아부은 술력(術力)은 실로 어마어마했다. 전대 염라의 전신이 흐릿하게 변했을 정도다. 회피를 위한 적무화가 아니라 혼령으로서의 실체를 단단히 유지하지 못할 만큼 막대한 양의 진기를 소모한 까닭이었다.

우우우우우웅!

지옥술 두 개가 펼쳐지는 순간 협제검의 빛기둥과 부딪쳐 소멸된다. 지옥술은 계속 펼쳐졌다. 빛기둥들을 삼킬 듯 번져 나가는 어둠의 기운 앞에서, 곧게 날아가는 협제검은 멈출 줄 모르고 날아가는 한 마리 흰 새와도 같았다.

어둠 속에서 솟아난 열 개의 빛줄기가 날아오는 빛의 새를 심연의 끝으로 인도한다.

그 심연의 끝에는 전대 염라의 심장이 있다.

꿰뚫으면 끝이다.

지옥을 넘어 현세로 올라온 염라마신이 영원한 소멸의 길을 가야 하는 순간이다.

그때였다.

황폐해져 썩어가는 어둠의 심장 저편으로부터 검은색 기운이 홍수처럼 일어나기 시작했다. 그것은 빛의 새가 꿰뚫어야 할 심장에서 뻗어 나오는 기운이 아니었다. 다른 존재로부터 비롯된 힘이다. 같은 성질이나 훨씬 더 생생하고 격한, 아직 살아서 맥동하는 심장으로부터 솟아난 어둠이었다.

소연신의 몸이 오른쪽으로 돌아갔다.

그의 몸이 광영의 궤적을 남기며 땅을 박차고 하늘 위로 솟구친다. 하늘 위, 그의 발치를 스치고 지나가는 거센 패력이 있었다.

마침내 가세다.

전대 염라의 위기를 보고, 현세의 염라가 출수한 것이었다.

"결국 그렇게 나오는 건가?"

흐트러진 의념에 지옥술을 거슬러 날아가던 충심의 협제검이 전대 염라의 어깨를 스치고 속절없이 허공을 갈랐다. 전대 염라를 둘러싸고 있던 빛의 기둥들도 제 힘을 다한 듯 아릿한 광흔(光痕)을 남기며 사그러 들었다.

"과연 협제다. 멀쩡하지도 않은 몸으로 이 정도 무공을 아무렇지 않게 구사하다니."

현세 염라의 낭랑하고 맑은 목소리가 사위를 울렸다.

그의 손에서 또 한 줄기 염왕곤선승이 풀려나왔다. 전대 염라가 이제 완전히 사라진 빛기둥의 봉쇄를 뚫고 나와 자리를 잡았다.

절대 고수 세 명이 품(品) 자 형으로 섰다.

염라마신 둘.

전대의 신마맹주와 당대의 신마맹주 둘을 앞에 둔 셈이다. 하지만 소연신은 전혀 긴장한 기색이 없었다.

그가 천천히 왼손을 들어 올렸다. 파직거리는 전광과 함께 허공에서 협제검 한 자루가 더 생겨났다.

"그래. 이 정도는 돼야 싸울 맛이 나지."

소연신은 웃었다.

전대 염라가 웅웅거리는 목소리로 말했다.

"우매한 자여, 결국 너의 죽음으로 끝날 싸움이다. 모든 것이 뒤집어질 세상, 새 시대를 여는 제물로 너의 심장을 지옥에 바치겠다."

전대 염라는 말을 맺기 무섭게 고속의 진언을 외우기 시작했다. 동시에 현세 염라의 입에서도 주문이 흘러나온다.

두 자루 백골염왕두가 소연신에게로 향했다. 명부시왕 지옥술 중 여섯 개의 지옥술이 한꺼번에 펼쳐졌다. 달빛마저 먹어버릴 듯한 암흑이 사위를 뒤덮는다. 무지막지한 법술의 인세 출현에 온 산이 지진이라도 난 듯 우르릉 흔들렸다.

쿠구구구구구구! 꽈광!

팔황수괴, 염라마신 둘.

그리고 사패의 하나.

충돌의 결과는 처음부터 극명했다.

협제검 두 자루, 쌍으로 펼쳐진 천라(天羅)의 검은 이 천 개의 빛줄기로 지옥술을 상쇄했지만 막대한 힘의 여파를 모조리 떨쳐 낼 수는 없었다.

그 어떤 힘에도 간섭받지 않고 흔들리던 흑단 같은 머리카락이 산발되어 흩날렸다. 최고급 비단 옷깃이 부스러져 떨어진다.

뒤로 물러나 땅에 내려선 소연신의 모습은 전과 달랐다.

너무나도 완벽했기에 도리어 작은 흠집만으로도 큰 타격을 입은 것처럼 보였다. 낭패를 보았음은, 굳이 천하를 노릴 고수의 안목이 아니더라도 충분히 알아 볼 수 있을 정도였다.

"죽어라, 협제."

두 염라마신의 합공이 이어졌다. 하나만으로도 중원 최강을 넘보는 괴물이다. 가면을 매개로 하여 이어진 두 존재의 합격은 그야말로 두 몸이 하나인 것처럼 완벽하기만 했다.

검게 변한 곤선승 두 줄기가 그물처럼 소연신을 노려온다.

놀라운 위력이었다. 좀처럼 벗어날 수가 없다. 같은 사패를 상대할 때에도 회피 자체에 어려움을 느낀 일이 드물었던 그다. 쾌(快)라는 한 글자에 있어서는 과거에나 지금에나 천하제일이 틀림없을 소연신이었지만, 염라마신 두 명이 자아내는 완벽한 무공의 포위망은 좀처럼 깨뜨릴 수가 없어 보였다.

번쩍! 우르르릉!

이미 동작 하나하나를 식별하는 것이 불가능한 공방이었다.

아니, 처음 전대 염라와의 격돌부터 지금까지, 그야말로 촌각의 시간밖에 흐르지 않았다. 번쩍이는 빛과 어둠이 엇갈리면, 땅거죽이 뒤집어지고, 아름드리나무가 박살이 났다.

꽈광!

깊게 패인 구덩이 아래서 지옥술이 올라왔다. 빛으로 화한 협제검이 지옥술을 덮어 눌렀다. 그러자 이번엔 하늘 위로부터 한빙지옥 냉기가 쏟아진다. 정면에선 온 천하를 휘감는 곤선승이 바람을 찢어발겨 왔다.

화악! 쏴아아아아!

빛이 퍼져 나간다.

충격파가 온 산을 타고 내려가면서 숲 전체에 나뭇잎의 비를 내렸다.

꽝!

짧고 강렬한 폭음과 함께, 빛과 어둠이 분리되어 갈라졌다.

울컥.

결국… 있을 수 없는 일이 일어난다.

소연신의 입에서 핏물이 흘러나오고 있었던 것이다.

그것은 신의 영역을 넘보던 '인간' 의 증거였다. 저 사패조차도 강대한 힘을 만나면 타격을 입을 수밖에 없다는 뜻이었다.

"할 수 없군."

소연신의 입가에 또 한 번의 미소가 깃들었다.

그 미소는 이전과 달랐다.

여유로움이 아닌, 씁쓸함의 미소였다.

소연신이 부스러진 옷깃으로 입가를 닦았다. 나란히 선 염라마신을 보며, 항상 나른해 보였던 자세를 곧게 세웠다.

그가 오른손을 위로 올렸다.

전대 염라의 머리 위쪽, 하늘을 향했다.

전대 염라가 고개를 들었다. 파직, 하늘 위로 붉은 보석 협제검이 나타났다. 천라(天羅)의 빛처럼, 협제검이 쪼개진다. 그 광경을 보고 있던 현세의 염라가 청아하고 맑은 목소리로 위대한 절기의 이름을 말했다.

"만천화우……!"

전대 염라는 자신의 머리 위에서 흩날리는 빛의 꽃잎들에서 시선을 떼지 않았다. 전대 염라가 고개를 든 채, 비웃음이 섞인 어투로 말했다.

"일대일 대결에서 방어가 가능한 기예라는 것은 이미 입증되었던 바……."

전대 염라는 만천화우란 이름에서 아무런 두려움을 느끼지 못하는 듯했다.

그럴 수 있다.

팔황은 그동안 숨어만 있었던 것이 아니었다.

세상에 다시 나오려는 이때. 사패, 또는 그 후예들과의 싸움을 예견하고 그들이 지녔던 무공에 대한 대응법을 오랜 시간 준비해 왔던 그들이다.

특히나 만천화우와 같은 경우엔, 비인부전의 비기(秘技)라고는 해도 그 실체와 구결이 꽤나 노출되어 있는 무공에 속했다. 전대 염라에 이어, 현세의 염라가 염왕곤선승을 비껴 내리며 말했다.

"만개(滿開)까지의 시간 소요, 막대한 진기 소모, 시전 중의 방어 약화. 만천화우는 시대에 뒤처진 무공이다."

도발이다.

소연신의 입가에 떠올랐던 미소가 더 짙어졌다.

"너희가 달라진 것처럼 이것도 그때와는 다르지. 새 시대의 주역들에겐 미안하지만, 네놈들은 이만 사람이 사는 이 땅에서 사라져 줘야겠다."

소연신이 손을 폈다.

광극(光極). 만천(滿天). 광화(光花).

광휘의 꽃이 봉우리를 드러낸다.

예상치 못했던.

소연신의 가진 무한대의 뇌력과 이능이라 불릴 만한 예지력으로도 예상하지 못했던 상황이 발생한 것은, 바로 그때였다.

소연신이 서 있는 양옆의 땅 속에서 두 개의 검은 그림자가 불쑥 솟아올랐다.

소연신의 입가에 머물렀던 미소가 일순간에 사라졌다.

'일월!!'

나타난 것은 백색 가면의 괴인들이었다.

관리들이 쓰는 검은색 봉관을 썼고, 온몸엔 흑색 관복, 허리 아래로 경장 갑주를 장비했다. 고대의 무관(武官)이 황제를 알현할 때 입는 복식이다. 가면의 색은 흰색이지만 범용전력인 백면뢰(白面儡)와는 차원이 다른 고수들이었다.

나타난 자들이 소연신의 양 측면으로 쇄도했다.

치이잉!

날카로운 발검음이 들렸다. 놈들이 함께 가슴 앞에 가지런히 모았던 검을 뽑아들었다. 검날의 색은 칙칙한 흑색이다.

소연신은 광화의 절기를 완성하지 못했다. 짓쳐 드는 검격의 기세가 강력하기도 했거니와, 그들이 어떤 자들인지 익히 알고 있기도 했던 까닭이었다.

파직! 버언쩍!

협제검 한 자루를 허공 위에 꺼내 들고, 흑색 검날의 예봉을 막아냈다. 소연신은 그들을 가벼이 보지 않았다. 그들은 염라마신의 졸개가 분명했지만, 그저 그런 호위무장쯤으로 치부해서는 안 되는 놈들이었다.

먼저 검을 날려온 놈이 그 이유를 극명하게 보여주었다.

쩡!

튕겨나가는 놈의 가슴에는 날일(日) 자가 박혀 있었다. 그 이름 일직차사(日直使者)라 불리는 놈이다.

삼 장 거리를 뒷걸음쳤지만, 놈이 지닌 흑색의 검날은 멀쩡했다. 소연신의 협제검은 세상 어떤 보검으로도 쉽게 막아낼 수 있는 검이 아니었다. 지니고 있는 공력의 깊이가 괴물 수준이란 뜻이다. 애초에 소연신이 이만큼이나 접근을 허용했다는 것만으로도 능력의 증명은 충분했다.

쉬이익! 쩌엉!

두 번째 놈이 짓쳐 들었다.

놈의 옷에 새겨진 글자는 달 월(月)이었다. 월직차사(月直使者)다.

일직차사와 월직차사. 죽은 자의 영혼을 명부로 인도한다는 염라대왕의 심복, 두 명의 저승사자가 출현한 것이다.

쩡! 쩌저저정!

소연신은 수십 년 전에도 이들과 똑같은 모습, 같은 이름을 지닌 놈들과 싸워본 경험이 있었다.

그때도 그들은 항상 염라마신의 곁에 있었다. 그들은 협제검에도 쉽사리 꺾이지 않는 강력한 검기(劍技)를 지니고 있었고, 그들의 습격에 소연신은 혈육과도 같던 동료를 두 명이나 잃어야만 했다.

망각이란 단어가 소연신과는 결코 어울리는 것이 아니었지만, 소연신은 그들을 계산에 두지 않았다.

실책이었다.

염라쌍왕 둘의 존재가 지나치게 컸기 때문이다. 그들의 힘이 두 차사의 기운마저 덮어버린 것이다. 더욱이 이 차사들의 기운은 본디 염라쌍왕의 그것과 본질적으로 비슷한 성질을 지니고 있었다. 사방 천지에 흩어진 지옥술의 잔존술력도 그들과 동질의 힘을 지녔다. 그 누구라도 차사들의 기운을 감지하는 것이 불가능했을 것이다.

꽝! 채애앵!

두 자루 흑색 명부검(冥府劍)의 위력은 여전했다.

종과 횡으로 검은빛 검영(劍影)이 난무했다.

협제의 목숨을 위협할 실력은 못 되겠지만, 정신을 분산시킬 정도의 힘은 넘치도록 지녔다. 그게 문제다. 소연신은 광극의 만천화우를 하늘 위에 띄워 놓은 상태였다. 의념으로 연결된 광화(光花)의 협제검은 지금 이 순간에도 소연신의 진기를 끊임없이 잡아먹는 중이다. 펼쳐 내기만 하면 무적(無敵)의 비기가 분명하지만, 이대로는 쓸 수 없다. 현세의 염라마신도 이 기회를 놓치지 않겠다는 듯 염왕곤선승에 진기를 더하고 있었다.

소연신은 깨달았다.

염라마신은 바로 이것을, 만천화우를 노리고 있었다는 것을.

졸개들까지 동원했다?

익히 알고 있었다. 이들에겐 자존심 따위는 중요치 않다.

신마맹 무리는 정도의 무인들이 아니다. 특히나 염라마신이라면 요마련의 수좌다. 사마외도의 정점에서도 정점이라고 할 것이다.

만천화우를 시전하는 순간.

염라마신은 그 순간을 기다리고 있었던 것이 틀림없었다.

아마도 몇십 년 동안. 기어코 만천화우를 꺼내 들어야만 했을 상황에 맞추어 역공을 준비했을 것이다.

문제의 근원은 정상이 아닌 몸 상태에 있었다. 그래서 판단력까지 흐려져 버렸다.

오랜 세월 동안 그에겐 마르지 않는 진기가 있었다. 광극진기를 완성한 이래, 천지간의 뇌기(雷氣)는 그의 몸에 무한정으로 머물며 상상을 초월한 힘을 허락해 왔다.

동등한, 어쩌면 그 이상의 힘과 부딪치기 전까진 분명 그랬다.

영원히 마르지 않을 것 같던 힘을 바닥까지 소모했다. 벌써 몇 달 지난 일이지만, 바다만큼의 힘을 잃고 나니, 끊임없이 쏟아져 들어오는 강줄기로도 그 그릇을 다 채우지 못하고 있었던 것이다.

그가 온전한 상태였다면.

만천화우는 이미 염라마신의 머리 위에 쏟아져 내렸어야 했고, 협제검에 담긴 힘은 단숨에 일직차사와 월직차사를 쪼개 버렸어야 마땅하다. 마땅했을 것이다.

하지만 그러한 마땅함은 어디까지나 '그'와 싸우기 전에 가능했을 이야기다.

지금은 지금이다.

위기를 느낀다. 소연신에겐 선택의 여지가 많지 않았다.

'광화(光花)는 회수한다. 사자들을 먼저 참(斬)할 수밖에……'

펼쳐졌던 손을 감아쥐었다.

하늘 위를 수놓던 빛의 조각들이 모여들어 검의 형상으로 돌아갔다. 공중의 휘돌던 협제검 두 자루가 소연신의 양손에 잡혔다.

치잉! 쩌엉! 콰과과과과각!

일직차사와 월직차사의 명부검을 튕겨내고, 현세 염라의 염왕곤선승을 받아냈다.

받아내고, 휘두르고, 튕겨낸다.

소연신은 강하다.

현세 염라와 전대 염라의 공격을 번쩍이는 광채로 무산시켰다.

일 대 사의 격전.

소연신은 쓰러지지 않았다. 그의 몸에서는 눈을 멀게 할 것 같은 광영이 맥동하고 있다. 그 맥동하는 빛의 물살이 사방을 휩쓸 때면, 일직차사와 월직차사는 그저 미친 듯이 물러나 방어 태세를 갖추기에 바빴다.

기백이나 격정으로 싸우는 것이 아니었다.

조화롭고, 자연스럽다.

이전 시대의 무적자들, 사패의 위용이다.

하지만 그러한 협제에게도 한계는 있다. 그들 사패는 절대(絶對)에 한없이 가깝게 다가간 이들이나, 아직도 절대(絶對) 그 자체는 아니었다.

세상에는 그러한 그들의 무위를 넘보며 힘을 키워온 자들이 있었고, 현세의 염라는 그들이 쌓아온 무적의 힘에 근접한, 온 천하에 몇 안 되는 존재 중 하나였다.

마침내.

처음으로.

전대 염라가 휘두른 염왕곤선승 일격이 소연신의 가슴을 쳤다.

꽈아앙!

폭음과 함께 밀려난다. 거의 직격이라 봐도 무방할 만한 일격이었다.

촤아아악!

소연신의 발이 땅을 긁고, 그의 몸이 휘청 흔들린다.

궁극자의 고고함은 여전하나, 세상의 모든 아름다움은 언젠가 시들어버릴 날이 오게 마련이라는 듯.

소연신의 얼굴은 이제 창백하게 변해 있었다.

"끝이다."

전대 염라가 말했다.

백골염왕두를 치켜들고, 염왕곤선승을 겨눈다.

암흑기의 파랑을 일으키며 두 명의 염라가 시시각각 다가왔다.

한 발자국, 한 발자국이 지옥으로 인도하는 발길과도 같다. 문득, 소연신이 체념이라도 한 듯 고개를 숙였다.

그의 입으로부터 그 순간과 어울리지 않는 나직한, 한마디가 흘러나왔다.

"끼어들지 마라."

그의 목소리.

협제가 지닌 드높은 자존심이 함께한다.

두 명의 염라가 다가오던 발걸음을 멈추었다.

일직차사와 월직차사의 몸이 흠칫하며 한순간 굳어진다. 그들이 급작스런 공격을 피하기라도 하듯, 황급히 뒤쪽으로 몸을 날렸다.

"나서지 말랬잖느냐."

소연신의 말투엔 담겨 있는 것은 완연한 분노였다. 거의 역정을 내는 거라 봐도 무방할 만한 어조였다.

저벅. 저벅. 저벅.

발소리가 들렸다.

모습을 드러내지 않았음에도, 강대한 존재감이 사위를 뒤덮는다.

소연신의 존재가 빛으로 염왕의 어둠을 지웠다면, 새로이 나타난 이 존재는 그가 거기에 있기에 생겨나는 압력만으로 염왕의 짙은 어둠을 짓눌러 밀어내고 있었다.

꾸웅.

어둠 저편에서 나타난다.

마지막 한 발자국이 모두의 심장을 울린다.

철탑 같은 체격.

팔구 척 거신(巨身)은 아니지만, 그보다 작은 키로도 거대한 철탑 같다는 인상을 받는다.

천근, 아니 만근의 압박감으로 서 있다.

전대 염라의 입에서 마신(魔神)이 아닌 인간으로의 침음성이 흘러나왔다.

"공선······!"

공선.

그가 누구였던가.

전설의 이름이 지닌 무게는 소연신의 그것과 같다.

또 다른 사패. 소림사 역대 최고최강의 무재(武才)로, 소림 파문 이후 전륜회를 이끌었고 남법왕이라 불리웠다.

세월의 흔적이 새겨진 얼굴에 두 눈의 안구는 눈동자가 사라진 백색이다. 소림의 산람에 돌아가 모든 업보를 씻어냈다는 그였지만, 아직까지도 전장을 내달릴 것 같은 노장(老將)의 기상이 온몸 가득 풍겨 나오고 있었다. 웅혼하게 흔들리는 백색의 가사자락이 대장군의 전포(戰袍)처럼 보일 정도였다.

"어찌할 텐가."

공선이 입을 열었다.

단순한 질문이나, 그것이 의미하는 바는 결코 단순하지 않았다.

전대 염라의 표정이 가볍게 일그러졌다. 가면이 고정되어 있는 현세의 염라도 가면 속의 표정은 비슷했을 것이다.

"선택이 가능한 상황이던가?"

전대 염라가 되물었다.

범접치 못할 위엄으로, 전혀 대화가 가능할 법 같지 않은 얼굴을 하고 있음에도, 공선은 대답했다.

"억겁과 찰나의 선택이란 언제나 열려 있게 마련이다."

전대 염라의 얼굴에 한 줄기 괴이한 웃음이 스쳤다.

그 웃음과 함께, 현세 염라가 말했다.

"이해할 수 없군."

그 말 그대로였다.

소연신이 내상을 입었다고는 하나, 소연신은 단지 그 이름 석 자만으로도 내상 따위 가볍게 무시할 수 있는 자다.

거기에 공선까지 왔다.

제아무리 염라 두 명이 강하다고 해도, 사패 둘이 나서면 승산이 바닥을 칠 것이다. 일직차사와 월직차사? 논외다. 사패 하나의 정신을 다소 분산시키는 정도가 그들의 한계일 뿐. 사패 둘이라는 압도적 힘 앞에서는 아무런 의미가 없다.

"돌아간다."

전대 염라와 현세 염라가 동시에 말했다.

선택이란 것이 주어졌다면, 지극히 당연한 결론이었다.

공선의 의지는 명백했다.

여기서 멈추겠다면 더 싸우지 않겠다는 거다.

공선이 무상대능력을 펼치지 않고 그 자리에 서 있음은, 그냥 보내줄 수도 있다는 사실을 그 무엇보다 확연하게 보여주는 증거라 할 수 있었다.

일직차사와 월직차사가 먼저 땅으로 꺼지듯 자취를 감추었다.

전대 염라가 마지막으로 소연신을 돌아보았다.

지극히 낮은 확률이라며 소연신의 출현을 예견했던 옥황도, 공선의 존재는 언급하지 않았다. 그렇다고 옥황을 탓할 필요는 없다. 소연신과 공선의 행보란 뭍 천신들과 요마들의 신통력으로도 예상할 수 없는 영역이다. 그럼에도 기회를 잡았건만.

저 소연신, 저 사패의 하나를 지옥으로 보내 버릴 수 있었다. 하지만 전대 염라는 물러나야만 했다.

나타난 것은 다른 누구도 아닌 공선이다.

공선이 온 이상 소연신의 목숨을 빼앗는 것은 불가능한 일이었다.

"다음에 만나면 반드시 죽이겠다."

전대 염라가 말했다.

소연신이 여유롭게 웃으며 답했다.

"날 다시 만날 일은 없을 것이다."

그의 대답은 모든 신통력을 넘어선 예언같이 들렸다.

전대 염라가 붉은 운무로 흩어진다.

현세의 염라가 어둠의 기운을 그림자처럼 끌고서 새까만 밤의 품으로 사라졌다. 멀리서 괴이한 울음소리가 들린다. 들소의 울음소리와 같은 그 괴성은 필경 염라가 타고 온 괴수(怪獸)의 포효였을 것이 틀림없었다.

잠시의 정적 후.

소연신이 공선을 돌아보았다.

그가 공선에게 물었다.

"왜 그냥 보내줬지?"

공선이 대답했다.

"자네에겐 허락된 시간이 길지 않다."

"그건 네가 관여할 문제가 아니다."

"그것은 저들에게도 마찬가지다. 시간이 얼마 남지 않았어."

공선이 손을 들어 소연신의 등 뒤편을 가리켰다.

양무의와 백가화, 장익이 사라진 바로 그 방향이었다. 소연신이 그쪽으로 고개를 돌렸다. 그의 표정이 묘하게 변했다.

"……."

"서둘러라."

공선의 어조는 단호했다.

소연신이 입을 다물고, 굳은 표정을 지었다. 짧은 침묵이 지난 후, 소연신이 퉁명스럽게 말했다.

"보답받을 생각은 버려라. 난 해줄 게 없다."

공선은 대답하지 않았다. 그의 얼굴엔 표정이 없었다.

염화시중 같은 미소라든지 눈썹을 치켜 올린다든지 하는 반응은 공선에게서 기대할 수 없다. 도리어 미간을 찌푸린 것은 소연신이었다.

언제나와 똑같다. 공선은 몇십 년 동안 하나도 변한 게 없다. 아무것도 계산하지 않을 것처럼 생겨먹은 주제에 상황을 꿰뚫어 보는 안목 하나는 기가 막히도록 빠른 놈이다.

소연신이 몸을 돌렸다.

공중에 거꾸로 서 있던 협제검 두 자루가 촛불이 꺼지듯 훅, 하고 사라져 버렸다.

공선의 말대로, 그는 서둘러야 했다.

그에겐 해야만 할 일이 있었다.

몸을 날렸다.

죽은 이들이 옮겨진 곳을 향해서, 그를 기다리는 모두를 향해서였다.

　　　　　＊　　　　＊　　　　＊

　"이 녀석은 안 되겠어. 가망이 없다."

　소연신의 첫 마디다.

　그의 앞엔 태자후의 시신이 있었다. 누가 있어 죽은 자를 살릴 수 있을까.

　가슴에 머리통만 한 구멍이 뚫린 자를 말이다.

　하지만 양무의는 소연신의 말에서 그 안에 담긴 다른 뜻을 읽을 수 있었다.

　소연신은 말했다.

　'이 녀석은' 안 된다라고.

　다른 사람들에겐 가망이 있다는 말로 들린다.

　태자후, 궁무예, 막야흔, 관승, 선찬이 식어가는 시체가 되어 그들 앞에 누워 있었다. 겨우 수습한 엽단평, 효마, 왕호저도 기식이 엄엄한 상태였다.

　주축 고수 대부분이 전멸에 가까운 타격을 입었다.

　다시 봐도 믿어지지 않는 광경이다. 처참지경 앞에서 소연신은 그보다 더 믿어지지 않는 일을 벌이려 하고 있었다.

　"역시나 사망안에 당했다."

　소연신이 관승을 내려보며 말했다.

　관승이 어떻게 죽었는지 아무도 모른다. 아니, 다른 이들도 어떻게 죽었는지 분명치 않다.

　소연신은 안다.

무엇이 가능하다는지, 사망안이 뭘 뜻하는지는 모르겠지만, 소연신는 사패의 하나다. 그가 의미없는 말을 할 리 없다. 모두의 눈이 그에게 집중되었다.

소연신이 빠르게 죽은 자들을 살펴 나갔다. 그가 이번엔 선찬을 보며 말했다.

"이 친구는 안 되겠군. 시간이 너무 많이 흘렀어."

소연신이 말을 이었다.

"저 둘은 묻어주어라."

태자후와 선찬.

그는 두 명만을 딱 집어 말했다.

그렇다면 나머지는 어쩌려는 생각인가.

그제야 장익도 낌새를 챈 듯, 황급히 주저앉아 관승의 손목을 잡아든다. 장익의 표정이 침울해졌다. 맥박은 느껴지지 않는다. 심장이 멈추었단 이야기다.

심장이 멈추었다는 것은 곧, 죽음을 의미한다. 죽은 자는 되돌릴 수 없다. 그게 이 세상의 이치였다.

하지만 소연신은 그 세 명을 묻을 생각이 없는 것 같았다.

그가 먼저 막야혼의 옆에 섰다.

손을 한번 휘젓자, 막야혼의 상의가 부스스 바스러져 내렸다.

탄탄한 상체가 드러났다. 이곳저곳 흉터가 새겨진 가슴은 미동도 보이질 않는다. 살아 있는 사람이라면 응당, 호와 흡, 가슴통이 오르내려야 정상이다. 막야혼에겐 그런 것이 없었다.

피부색은 이미 칙칙해져 있었고, 입술도 새파랗게 변했다. 보이는 모든 것이 막야혼의 죽음을 다시금 확인케 해주고 있었다.

소연신의 얼굴에선 아무것도 읽을 수 없었다.

그가 막야혼의 가슴 위쪽 허공에 손을 내밀었다.

우우우웅.

공기를 떨게 만드는 기이한 울림과 함께, 막야혼의 가슴이 위아래로 움직이기 시작했다.

'무형기!!'

안 그래도 부리부리한 장익의 두 눈이 더 커졌다. 염라마신이란 재앙을 맞닥뜨리지 않고 운 좋게 살아남은 의협문 문도들도 두 눈을 휘둥그레하게 떴다.

꾹, 꾹 내리찍듯, 막야혼의 가슴이 내려갔다 올라온다.

숨 쉬는 것과는 다르다. 심장 위치에서 좁은 범위로 오르락내리락 하는데 그 속도가 대단히 빨랐다.

"너, 이쪽으로 오너라."

소연신이 슬쩍 옆을 보더니, 백가화를 불렀다.

그녀는 갑작스런 지목에도 당황하지 않았다. 그녀가 지체없이 움직여 소연신의 옆에 섰다.

"보이지? 심장 위치에 손바닥을 대고 두 치 깊이로 눌러라. 속도는 지금 보이는 이 속도다. 한 호흡에 열 번 이상은 눌러야 해."

그녀는 즉각 시키는 대로 막야혼의 가슴 위에 손을 올렸다.

그녀는 눈치가 빨랐다.

소연신은 죽은 시체들을 놓고 무언가를 시도하는 중이었다. 자신의 짝인 양무의가 행하는 기적을 숱하게 보아왔지만, 이것은 그것과 또 달랐다. 그녀는 또 한 번 기적의 목도를 예감했다.

어디서 본적도, 들어본 적도 없는 일이 벌어지고 있음을 알 수 있었다.

"이 느낌이다. 할 수 있겠나?"

소연신이 막야혼의 가슴에 올려진 백가화의 손을 보며, 자신의 손을 가볍게 밑으로 내렸다. 백가화는 자신의 손이 저절로 움직이는 것을 느낄 수 있었다. 종전과 같은 깊이, 같은 속도로 백가화의 손까지 한꺼번에 염역으로 감싸 누르는 것이다.

"내력은 운용하지 마라. 힘이 과하면 늑골이 부러진다."

여인인 백가화부터 옆에 앉힌 이유다.

섬세한 힘 조절이 필요한 일이라는 뜻이었다.

소연신이 서서히 손을 옆으로 치웠다. 백가화는 누르는 힘을 그대로 이어받아 막야혼의 가슴을 빠르게 내리눌렀다.

지켜보고 있던 자들 중, 가장 상황파악이 빠른 이는 다름 아닌 양무의였다.

그가 철운거에서 내려와 궁무예의 옆에 주저앉았다.

"이렇게 하면 되는 겁니까?"

가슴을 일정한 속도로 내리누르는 것.

무공으로 치자면 지극히 단순한 동작이다. 양무의는 즉각 백가화의 움직임을 베껴서 따라했다. 소연신이 흡족한 듯 고개를 끄덕였다. 그러자, 장익도 뒤질세라 그들 양무의, 백가화 한 쌍처럼 관승의 가슴을 내리누르기 시작했다. 우악스럽게 누르면 어쩌나 싶었지만, 기우에 다름 아니다. 장익은 뛰어난 내가고수였다. 섬세함이란 그의 외모나 성정과 도통 어울리지 않는 것이었지만, 내력의 수급과 초식의 연련에는 힘 조절의 세밀함이라는 게 반드시 필요한 법이다. 이 정도 단순한 동작도 못 한다면, 그 정도 고수가 되었을 리 만무했다.

진풍경이었다.

세 사람이 하는 모습을 보며, 소연신이 이번엔 막야흔의 머리 쪽으로 이동했다. 그가 손목을 가볍게 뒤집자 막야흔의 턱이 위쪽으로 훅 젖혀졌다. 손가락을 지긋이 움직이자, 막야흔의 입이 쩍 벌어졌다. 무형기의 운용과 조절이 그야말로 신의 경지에 이르러 있었다.

"가슴을 누르는 것은 심장을 억지로 쥐어짜기 위함이다. 그러면 혈도가 열려 전신에 통혈(通血)이 이루어진다. 하지만 그것만으로는 부족하다. 지금 몸을 도는 것은 기(氣)가 깃들지 못한 사혈(死血)이다. 사혈을 생혈(生血)로 바꾸기 위해서는 폐장을 통해서 외기(外氣)가 들어가 줘야 한다."

모두에게 들으라는 듯 말하며 오른손을 감아 쥐었다. 그가 손끝을 막야흔의 입쪽으로 내렸다. 마치 보이지 않는 물을 입안으로 흘려보내는 느낌이었다. 막야흔의 가슴이 느릿느릿 부풀어 올랐다. 백가화가 멈칫하자 소연신이 즉각 말했다.

"멈추지 마. 심장은 계속 움직여야 해."

백가화가 곧바로 압박을 이어갔다.

소연신도 멈추지 않았다. 염력으로 기(氣)를 움직여 직접 폐장에 공급하고 있는 것이다.

호(呼)와 흡(吸).

죽은 자의 호흡을 억지로 되돌린다. 기사(奇事)다. 기사도 그런 기사가 없다.

"……!!"

불과 촌각의 시간도 지나지 않아, 놀라운 변화가 일어나기 시작했다.

시퍼렇게 변했던 막야혼의 입술에 붉은 기가 돌아온 것이다. 칙칙하게 죽어가던 피부색에도 생기(生氣)가 깃들었다.

실로 극적인 변화다.

그때였다.

"도와주지."

육중한 울림이 있는 목소리가 모두의 귀를 울렸다.

공선이다.

언제 어떻게 나타났는지도 몰랐다. 꿍 꿍, 묵직한 발소리를 내지 않고서는 못 배길 것 같은 존재감인데, 나타날 때는 또 연기처럼 홀연하다.

그가 관승과 궁무예의 사이에 서서 두 손을 아래로 내렸다. 투박한 두 손에 은은한 금광(金光)이 어렸다. 태산북두소림신공 무상대능력이다. 그가 좀처럼 열리지 않을 것 같은 입을 열어 말을 이었다.

"역륜회혼(逆倫回魂)의 법(法)은 소림만이 가진 비기(秘技)로 알았건만."

소연신의 눈썹이 가볍게 꿈틀했다. 대꾸하는 목소리는 가볍지 않았다.

"소림에도 있다? 그거 의외로군. 사람의 심장이 뛰는 이치는 누구나 똑같은 법이다. 다만 의문인 것은 숭산이 어찌 이런 외도의 술을 알고 있느냐는 거겠지."

"산(山)에도 치부가 있게 마련이다."

공선의 대답은 짧았다.

소연신이 피식 웃었다.

"깨끗이 인정하니 할 말이 없다."

소연신이 시도하는 소생술은 인체 해부, 그것도 살아 있는 사람을 대상으로 하지 않고서는 알 수 없는 지식에 기반하고 있었다. 불법의 요람이라는 숭산에서는 알 수도 없고, 알아서도 안되는 좌도의 술(術)이라 할 것이다.

그렇기에 공선은 그것을 치부라 이야기했고, 그 이상 어떤 설명도 더하지 않았다.

그저 펼치고 있는 무상대능력에 힘을 더할 뿐이다.

관승과 궁무예의 입은 크게 열렸고, 은은한 금광이 그들의 입술 위에서 원을 그리고 있었다. 그 원 안으로 공기가 빨려 들어갔다가 다시 빨려 올라온다. 관승과 궁무예의 가슴이 천천히 오르내렸다. 소연신이 하는 것처럼 호흡을 만들어주고 있는 것이다.

불과 몇 호흡 되지 않아, 막야흔 때와 마찬가지로 관승과 궁무예의 얼굴에 혈색이 돌아오기 시작했다.

소연신이 그쪽을 일별하고는 다시 막야흔에 시선을 돌렸다. 그가 한 순간 두 눈을 빛내며 백가화에게 말했다.

"잠깐, 멈춰 보아라."

백가화가 손을 뗐다.

"맥은 어떻지?"

소연신은 막야흔의 호흡을 유지시키면서도 시시각각 다른 두 명의 용태를 계속하여 살폈다. 소연신의 질문에 백가화가 막야혼의 손목을 잡았다. 백가화의 눈이 크게 뜨였다.

"돌아왔어요!! 그런데 맥이……."

"엉망이지?"

"네. 엉망일 뿐 아니라, 아! 다시 없어졌어요."

"괜찮아, 다시 눌러."

소연신은 전혀 당황한 눈치가 아니었다. 백가화다 다시 가슴을 내리눌렀다. 스무 번, 서른 번이나 되었을까. 소연신이 다시 손짓으로 백가화를 멈추었다.

"지금은?"

"맥이… 잘 느껴지지 않아요. 아주 미세하게 있는데, 떨리는 느낌이 마치 주화입마 같은……."

백가화의 말을 듣자마자 소연신은 직접 막야혼의 가슴에 손을 댔다.

소연신의 눈에서 광채가 번뜩였다.

"됐다."

그가 오른손을 감아쥐었다.

소연신의 주먹에서 파직거리는 기운이 일어났다. 모두는 그와 똑같은 것을 본 적이 있었다. 다름 아닌 단운룡의 무공을 통해서다. 번쩍이는 뇌기가 소연신의 주먹을 감쌌다. 그가 주먹을 펴고, 오른손으로 왼손을 마주잡았다.

파지지지지직!

두 손을 떼자 뇌전의 진기가 둘로 나눠지듯, 양손에 번뜩이는 기운이 머물렀다. 소연신이 막야혼의 왼쪽 쇄골 밑에 오른손을,

심장 아래쪽에 왼손을 댔다.

"비켜나 있어라."

백가화가 막야흔의 손목을 놓고 뒤쪽으로 물러났다.

소연신의 손에 머물렀던 기운이 일순간 폭발적으로 강해졌다.

퍼엉!

실제 소리는 없었지만, 모두는 그런 소리를 들은 것 같았다. 막야흔의 몸이 펄떡 뛰어올랐다.

소연신이 곧바로 막야흔의 맥을 짚었다.

"좋다. 광극진기를 지녀서 반응이 빨라."

막야흔의 가슴이 서서히 올라왔다.

소연신의 도움을 받지 않고, 스스로 들이쉬는 숨이다. 백가화가 놀란 눈으로 막야흔의 맥을 짚었다.

쿵. 쿵. 쿵.

제대로 뛰고 있다.

미약하게 흔들리던 종전의 맥에 비하자면 두 손가락에 닿는 맥이 천둥처럼 느껴진다.

아직 의식은 없지만, 심맥이 돌아왔다. 완전히 멈추었던 심장이, 힘차게 제 기능을 하고 있었다.

소생.

기적이다.

말 그대로 죽음에서 부활한 것이다.

기적은 그것으로 끝이 아니었다.

소연신이 이번엔 관승에게로 옮겨갔다.

공선이 보이지 않는 두 눈으로 소연신을 보았다. 공선이 물었다.

"마지막은 잘 모르겠군. 회혼의 법에는 없는 소생술이다."

"그런가?"

"심장이 제멋대로 꿈틀대다가 올바로 뛰기 시작했다. 뇌전력을 주입하여 무엇을 어떻게 한 것이지?"

"하!"

소연신의 얼굴에 의외라는 빛이 떠올랐다.

그가 웃음기 머금은 얼굴로 말을 이었다.

"천하의 공선이, 가르침을 구하다니."

"염라가 세상에 나왔다. 숭산도 대비를 해야 하지 않겠더냐."

"숭산이 대비를 해? 역시 네놈은 거짓말이 서투르다."

소연신은 말을 멈추고, 관승의 맥부터 짚었다.

양무의가 완벽한 동작으로 심장을 쥐어짜고 있지만 돌아오려면 아직이다.

소연신은 좀 더 기다렸다.

관승의 머리가 착각할 때까지.

심장에서 머리로 생혈을 올려, 죽지 않고 살아 있다고 두뇌를 속일 때까지. 그리하여 죽어가던 뇌가 깨어나 심장이 뛰고 있다고 믿을 때까지.

막야흔에겐 광극진기가 있었기에, 두뇌도 빨리 깨어났다.

관승은 다르다.

시간이 필요했다.

그가 이번엔 궁무예의 맥을 짚었다.

궁무예쪽은 더 안 좋다. 심장이 멈춘 지 오래된 까닭이다.

역륜회혼의 법. 소연신의 소생술엔 그런 거창한 이름이 붙어 있지 않았다.

아니, 아예 이름조차 붙이지 않았다.

성공률?

산출 불가다. 소연신은 오래전 염라마신의 신마맹과 싸우며, 이들과 같은 죽음을 숱하게 보았었다.

눈과 눈이 마주치는 순간, 죽음을 맞이하는 즉사의 술법.

심판의 눈, 사망안이라 불렸던 염라만의 이능은, 신마맹과 대적하는 모든 이들에게 공포의 대상일 수밖에 없었다.

그 눈 앞에서 온전히 자유로운 자는, 소연신이 유일했다. 그가 지닌 뇌정의 기운 때문이다.

그는 심판의 눈에 대응할 힘이 있었고, 그것을 동료들과 나눠 가질 방법을 생각했다.

그러나 당시의 그는 광극진기의 연성법을 완성하지 못했기에, 그가 지녔던 저항의 능력을 동료들과 나눌 수가 없었다. 게다가 설사 나눠가진다 한들, 완전한 저항은 여의치 않았을 것이다. 염라마신의 힘에 맞설 수 있는 경지란, 술잔을 돌리는 것처럼 간단히 채울 수 있는 성질의 것이 아니었기 때문이다. 천하제일궁사 궁무예조차도 단숨에 죽일 수 있는 능력이었다. 속수무책일 수밖에 없었다.

그래서 차선책으로 연구한 것이 심정지에서의 소생술이다.

방어할 수 없다면, 당한 후의 대응책이라도 만들어보려 했던 것이다. 은편 장기홍도 그렇게 죽었다 살아났다. 육겸 능라는 살리지 못했다. 죽은 후의 발견이 늦어서였다.

몇몇 사람들을 살려내는 데 성공하고, 또 실패하며 소연신은 분명한 사실 하나를 깨닫게 되었다.

심장이 멈춘 시간이 짧으면 짧을수록 살아날 가능성이 커진다.

시간제한은 길어야 일다경이었다.

내가 고수들에게 해당하는 시간이다. 내공력이 막강한 자들은 그 시간이 늘어날 수 있겠지만, 그래도 큰 차이는 없다.

보통사람들에겐 일다경은커녕, 반다경도 길다. 그 이상 시간을 끌면 살아나도 산 게 아니다. 활혈, 생기가 뇌에 일정 시간 공급되지 못하면 머리가 망가진다. 불구가 되는 것이다.

그렇기에 소연신은 하나의 원칙을 세웠다.

'살아날 가능성이 가장 높은 자부터 살린다' 가 그것이었다.

두 명이 당해서 누워 있을 때.

하나 살고 하나 죽은 것이, 불구 두 명보다 낫다.

냉혹한 일이나, 맞서 싸워야 할 적이 있는 상황에선 그게 옳다.

그런 면에서 막야흔의 소생은 몇 가지 행운이 겹친 결과라고 할 수 있다.

소연신은 막야흔의 시신에서 광극진기의 흔적을 보았다. 가장 먼저 소생술을 시작한 이유다. 궁무예보다 늦게 죽었으니, 소생술까지의 시간도 짧았다.

그렇게 막야흔을 살렸고, 이번엔 관승이다.

"돌아온다. 이쪽도 될 것 같아."

소연신이 장익에게 말했다.

"멈춰라."

소연신이 관숭의 맥을 잡았다.

손가락으로 느껴지는 맥은 지극히 미약했고, 느껴지는 맥조차도 백가화의 말처럼 주화입마에 빠진 것처럼 제멋대로인 상태였다.

바로 이때가 중요하다.

지금이 바로 심장이 두뇌를 속여 넘긴 순간이다.

역륜회혼의 술이 폐장을 통해 천지간의 기운이 담긴 외기를 공급하면 심장에서 이어지는 혈맥을 따라 생혈이 두뇌로 공급된다. 기(氣)는 모든 생의 근원이라, 중지된 뇌도 일부나마 살릴 수가 있었으니, 두뇌가 죽은 몸을 살아 있다고 받아들이게 될 때 뇌는 곧 심장에 스스로 뛰라는 명령을 내리게 된다.

하지만 육체가 죽었던 것은 분명한 사실이라, 뇌는 심장을 제대로 통제하지 못한다. 뛰라는 명령이 불완전하기 때문이다. 그래서 심장은 정상적으로 박동하지 못한 채, 꿈틀거리며 뛰는 흉내만 낸다. 심장은 근육 덩어리이며 근육을 움직이는 것은 상단전에서 내려 보내는 뇌기이되, 곧게 내려와야 할 뇌기가 제멋대로 뒤엉키니 심장마저 흔들리게 되는 것이다.

소연신의 뇌전력이 빛을 발하는 것도 바로 이때다.

강력한 뇌전력이 심장을 감싸고돌며 모든 잡스런 움직임을 바로잡는다. 잡음을 없애고 올곧은 소리만을 들리게 하는 셈이다.

"살릴 수 있다."

소연신이 장익을 뒤로 물리고 두 손에 뇌전을 만들었다. 막야혼 때처럼 관승의 심장 위아래에 가져다 대고 가볍게 꾹 눌렀다. 관승의 몸이 펄떡 뛰어올랐다.

이내, 관승도 스스로 숨을 내쉬기 시작했다.

공선이 오른손을 거둬들였다. 역륜회혼의 술로 은은하게 밝혀 있던 금광이 사그러들며 관승의 입안으로 삼켜졌다.

관승의 숨은 지속되었다.

심장도 힘차게 뛴다.

두 번째 기적이다. 소연신은 그렇게 관승까지 살려낸 것이다.

"이번엔 어렵겠어."

마지막은 궁무예다.

소연신의 어조는 무심한 가운데, 안타까움이 배어 있었다.

"시간이 너무 많이 지났다. 지닌 바 공력이 깊었다 하나……."

그가 소연신의 맥을 짚으며 한 번 저었다.

도무지 살아날 기미가 보이질 않는다.

이건 좋지 않다.

지금쯤이면 반응이 와야 한다. 얼굴색은 살아 있는 사람의 그것이었지만, 공선이 역륜회혼의 술을 멈추고 양무의가 손을 멈추면, 삽시간에 시체로 돌아갈 것이었다.

'이러면 살아나도…….'

정상이 아니게 된다.

심장이 뛰고 있어도 뇌가 받아들이지 못한다는 것은, 두뇌가 이미 타격을 받았다는 뜻이다. 일단은 끝까지 해봐야겠다는 생각으로 추이를 지켜보려 했다. 공선이 다시 입을 연 것은 그때였다.

"어지러워진 심장의 기운을 뇌전력으로 정화했다. 하나 지금 문제는 심장이 아니라 뇌다. 자네의 그 힘으로 멈춰 버린 뇌를 다시 깨울 수는 없는 것인가?"

소연신은 먼저 했던 공선의 질문에 대답하지 않았었다.

대신, 한 번 더 기적을 행했을 뿐이다.

공선은 충분히 이해했다. 그는 천하제일 내공력의 소유자로 알려졌고, 기(氣)에 통달한 심공의 절대자였다.

두 번이나 눈앞에서 본 것을 이해하지 못했다면 그는 이미 공선이 아니다. 그렇기에 그는 소연신조차 생각하지 못했던 새로운 소생의 술(術)을 즉흥적으로 제안할 수가 있었다. 소연신이 궁무예의 손목을 내려놓고 공선의 말을 곱씹었다. 이내 소연신이 되물었다.

"소림에서는 어떻게 하지?"

"중단전과 상단전을 잇는 기(氣)의 다리를 놓는다. 역륜회혼의 술은 성공률이 지극히 낮다. 소림공은 순탄하고 견고한 산(山)의 내공이다. 자네처럼은 할 수 없어."

"다리를 놓는다라……. 다리 대신 방벽을 쌓을 수는 없나?"

"가능하다."

공선은 짧게 대답했다.

둘 만이 서로를 이해할 수 있는 대화였다. 천재인 양무의조차 도 따라잡기 버겁다.

소연신이 양무의를 뒤로 물리고 왼손을 궁무예의 심장 위치에 댔다.

그의 손에서 종전보다 약한 강도의 전광이 번져 나왔다. 전광이 규칙적으로 맥동하며 궁무예의 가슴으로 스며들었다.

공선의 입술이 희미한, 미소 같은 모양을 만들었다.

"뇌전력으로 직접 심장을 뛰게 만드는군. 그런 것도 가능했던가."

뇌기(雷氣)라 함은 육십사괘 기운들 중에서도 가장 난폭하고 막강한 성질을 지닌다. 사람이 넘볼 수 없는 힘으로 하늘만이 다룰 수 있는 기운이다. 그런 뇌전력을 이토록 섬세하게 다룬다는 것은 분명 인간의 영역이 아니다.

소연신은 칭찬임이 확실한 공선의 말에도 대꾸하지 않았다. 정신을 집중하며 심장을 움직이고, 오른손을 뻗어 궁무예의 이마에 댔다.

"그 잘난 무상대능력으로 상단전을 채워 놔라. 잘못하면 뇌가 타버린다."

공선 역시 말을 아꼈다.

철탑같은 몸을 굽혀 두터운 오른손을 궁무예의 백회혈에 가져갔다.

따로 시작하겠다는 말도 없었다.

굳이 묻지 않아도 느낄 수 있다. 비어 있던 궁무예의 상단전에 무상대능력이 한껏 채워졌다. 소연신의 손에서 번쩍이는 전광이 명멸하더니 궁무예의 이마 한가운데로 서서히 스며들었다.

심장에 뇌전력을 쏟아부었을 때와는 확연히 다르다. 천천히, 미약한 뇌전력을 지속적으로 흘려 넣어 죽어버린 뇌를 깨워보려는 것이다.

'돌아오나?'

사패의 두 사람이 머리를 맞댔다.

시간이 꽤 흐른 한순간, 소연신은 궁무예의 두뇌에서 심장으로 이어지는 미약한 한 줄기 뇌기를 감지하고, 그 흐름에 힘을 더했다. 그러자, 공선이 채운 상단전에서 무상대능력이 호위처럼 따라와 중단의 심장으로 이어지는 길에 굳건한 다리를 놓았다.

두근!

심장을 뛰게 만들던 왼손에 궁무예 스스로 이루어낸 첫 심장 박동이 닿았다.

소연신의 입가에 한 줄기 미소가 깃들었다.

"됐다."

첫 박동은 힘겨웠지만, 그다음부터는 굴러가기 시작한 바퀴와도 같았다. 첫 박동이 다음 박동을 부르고, 다음 박동이 그 다음 박동에 힘을 실었다.

소연신이 궁무예의 가슴에서 왼손을 뗐다.

심장은 멈추지 않았다.

되돌리는 데 성공한 것이다.

이내, 공선도 손을 거두었다. 역륜회혼의 술이 중단되자, 궁무예의 입 위에 일렁이던 금광이 빨려들 듯 입안으로 들어갔다.

태자후, 선찬, 도협, 그리고 의협문의 소중한 문도들. 그들은 돌아오지 못했지만, 막야흔, 관승, 궁무예는 죽은 자의 영역에서 산 자의 영역으로 넘어올 수 있었다.

그렇게.

누군가는 영원한 잠에 빠지고, 누군가는 기적적인 부활을 경험한다.

산 자와 죽은 자가 갈리는 순간이었다.

*   *   *

"한 가지만 묻겠다."

공선이 목소리는 무거웠다.

"얼마든지."

소연신이 가볍게 답했다.

"누구였나?"

질문의 의도는 명백했다.

염라와 싸우기 전부터 몸 상태가 정상이 아니었던 소연신이다.

누가 그렇게 만들었냐는 뜻이었다.

모든 것을 꿰뚫고 보는 심안(心眼)을 지닌 공선이지만, 사패가 걷는 길은 공선 같은 자로서도 완벽한 통찰을 보장할 수 없는 세계다. 직접 묻지 않고서는 해답을 얻을 수 없었다.

"누구겠나?"

소연신이 되물었다.

공선이 고개를 가로저었다.

모르니까 묻는 거다. 공선은 유희로 말을 섞는 자가 아니었다. 넘겨짚고 확인하며 희희낙락하는 화술(話術) 따윈 그와 결코 어울리지 않는다.

"여전히 재미없는 놈이다."

소연신의 입가에 쓸쓸한 웃음이 걸렸다.

그의 입에서 이름 석자가 흘러나왔다.

"진 무 혼."

마치 회심의 일격처럼.

천년 동안 그 표정 그대로일 것 같았던 공선의 얼굴이 기어코 한 번의 흔들림을 겪었다.

공선이 다시 물었다.

"이겼는가?"

소연신이 대답했다.

"그래. 이겼다."

화아아악!

공선의 몸 주위로 진기의 파랑이 일었다. 초토화된 대지에 흙바람이 일었다. 놀라움으로 얼룩진 심동(心動)이 바깥으로 표출된 것이다.

"진무혼은 셋을 꺾었어. 그리고 이제 내가 그를 꺾었지."

소연신의 입가엔 흡족한 미소가 떠올라 있었다.

마치 어린아이가 제 친구에게 자랑이라도 하듯, 지극히도 순수한 웃음이었다.

"이 내가, 천하제일이란 거다."

장난스럽게 덧붙였다.

일가를 이룬 이래, 단 두 번의 패배만을 겪어본 남자.

수십 년의 세월을 넘어, 마침내 하나의 패배를 설욕했다.

그리고, 이 세상에 오직 셋밖에 없을 동등한 경쟁자의 앞에서 그 사실을 마음껏 말해본다. 공선의 반응은 기대 이상이었고, 소연신은 그 사실이 더할 나위 없이 만족스러웠다. 인간 소연신의 생에서 이보다 통쾌한 순간은 없을 것이다.

"길지는 않을 거라는 것. 알고 있겠지?"

심동을 가라앉힌 공선이 물었다.

소연신이 초월자의 내밀한 곳에 있던 사람의 모습을 한껏 보여준 순간, 공선마저도 사람이 된다. 마치 시기나 질투라도 하듯, 목소리 안의 못마땅한 감정이 생생하다.

그게 소연신에겐 더욱 큰 즐거움이다. 그가 대수롭지 않다는 듯 답했다.

"아아, 물론이다."

"철위강은?"

"마저 꺾어야지. 진짜 천하제일이 되려면."

"천하제일이란 말이 그렇게도 의미가 있나?"

"네놈에겐 아닌가?"

공선은 긍정도 부정도 하지 않았다. 아무것도 비치지 않는 흰 눈이 소연신을 직시했다. 소연신이 웃으며 그 눈을 바라보았다.

소연신은 아직까지도 천하최강의 허울에 집착하고 있다.

그런 소연신이 가엾다.

초월자로서의 공선은 그리 생각했다.

하지만, 사람으로서의 공선은 아니다. 따지고 보면, 네 명 중에 가장 뜨거운 피를 지녔던 공선이다. 천하제일이란 소연신의 말에 긴 세월 동안 부동의 경지를 이루었던 심장이 새로이 힘차게 뛰는 것을 보면, 그 역시도 태생부터 무인이긴 한 모양이었다.

사람 공선은 인간 소연신의 만족감을 그 누구보다 뿌리깊게 공감할 수가 있었다.

"서두르지 말아라. 이미 선을 넘었다. 자칫하면 되돌리지 못한다."

"오호라, 걱정해 주는 거냐? 활불(活佛)이 다 되셨군. 전륜의 파순(波旬)이라고까지 불렸던 사람이."

"너 하나만의 문제가 아니다."

"소림 출신 아니랄까 봐, 고집은."

"균형이 깨지게 될 터."

"균형은 이미 예전에 깨졌다. 숭산만 실패한 게 아냐. 그만 받아들여라."

공선은 빛없는 눈으로 한참동안 소연신을 바라보았다.

서로 죽일 듯 겨루었던 사패라고 했혔지만, 기실 소연신과 공선 두 사람에겐 특별한 은원이랄 게 없었다. 세상이 지금만큼 미쳐 돌아가던 그때에도, 입정의협살문과 전륜회는 직접 부딪친 적이 없었던 까닭이다.

그렇기에 지금 이 순간에도 공선은 적대자보다는 조력자가 될 수 있었고, 더불어 이해자도 될 수 있었던 것이다. 공선은 소연신을 보며, 소연신의 선택이 무엇인지를 깨달았다.

공선이 말했다.

"너는, 이제 사람의 삶을 살려고 하는군."

소연신은 잠시 동안 말이 없었다.

정곡을 찔렸나. 아니다. 스스로 과연 그런 것인가, 다시 한 번 고민해 보는 것 같다.

소연신이 입술을 뗐다. 관옥 같던 청년의 얼굴엔 언제부턴가 얇은 주름살이 생겨 있다.

"사람의 삶이라. 우리가 언젠 사람이 아니었나."

"……."

"네 말 뜻이 무엇인지는 알겠다. 제자의 일에 이토록 나선 것도 사실은 쪽팔린 일이지. 네놈도 제자를 키워봤으니 알겠지만."

"……."

"아아, 그러고 보니 너는 입장이 다르겠군. 제자란 놈들이 그 꼴들을 하고 있으니."

"순리대로 해결될 것이다."

"순리? 업보가 아니고? 중놈 주제에 도사 같은 말을 하는군. 상황을 보아하니, 네가 직접 나서는 것만큼은 나로서도 나무라지 못하겠다. 나와는 다르겠지. 다음 세대의 일은 다음 세대가 해결해야 해."

"그게 너의 대답인가."

"그렇다."

공선이 고개를 끄덕였다.

이리저리 꼬아서 말했지만, 소연신은 결국 범인이 아닌 초월자의 삶을 살겠다 말한 셈이다. 말하자면 공선이 원했던 대답이라 할 것이다.

공선이 마지막으로 덧붙였다.

"관여할 일은 아니다만, 궁사(弓士)는 십중팔구 깨어나지 못할 것이다."

"그렇겠지. 사패의 둘이 힘을 합쳤는데도. 우습게 되었어."

"생과 사를 결정하는 일이다. 사패의 이름 따위가 무슨 소용인가."

"농담이 안 통하는 놈이란 건 익히 알고 있었다. 그래도 이 정도 세월이면 슬슬, 둥글둥글해질 때도 되지 않았느냐?"

공선은 대답이 없다.

그가 간다는 말도 없이 몸을 돌렸다.

"잘 가라."

소연신이 웃으며 말했다. 주름진 손이라도 흔들어줄 기세였다.

억겁이라는 말이 있다.

선녀가 사방 사십 리에 걸쳐 있는 돌산을, 백 년에 한 번씩 하늘에서 내려와 비단 치마를 스쳐, 그 바위가 다 닳아 없어질 때까지 걸리는 시간을 일(一) 겁이라고 한다.

그렇게 억(億) 겁이다.

소연신은 보지 못했지만, 돌아서 걸어가는 공선의 입가엔 한 줄기 미소가 깃들어 있었다.

억겁의 시간 끝에 핀 꽃처럼, 드물고, 편안한 웃음이다.

벗을 만나고 돌아가는 자의 미소였다.

＊　　　＊　　　＊

꽝!

"크억!"

비각십이대 출신, 금륜대 최정예로 십육 년 동안 강건청을 보필해 왔던 호위무사는 자신의 뱃속이 헤집어지는 것을 느끼며 어쩔 수 없는 신음성을 토해내야만 했다.

신음이나 비명이란 것은 나약한 자들만의 전유물이라 생각했었고, 죽음의 끝에서도 비명만큼은 지르지 않으리라 다짐했건만, 마음대로 되지 않았다. 삼첨양인도, 세 개의 창끝이 내장을 토막내는 고통은 이를 악문다고 참을 수 있는 성질의 것이 결코 아니었기 때문이다.

"상주님, 물러나십시오!"

호위무사는 마지막 기력을 짜내어 두 손으로 삼첨양인도의 창봉을 감아쥐었다. 움직이지 못하도록, 동료들의 목숨을 더 이상 빼앗지 못하도록, 온 힘을 다해서 버텨볼 생각이었다.

하지만, 생각은 생각으로 끝이었다.

갑주를 입은 삼안흑면의 장수, 상주는 눈앞의 이자를 광동 이가의 진명 대공자라고 했다. 이랑진군이라고도 했던가.

이자의 정체가 뭐가 되었든 호위무사의 결심을 부숴 버리기엔 손목 한 번 트는 것으로 충분했다.

우직!

손아귀가 찢어져라 붙잡고 있던 두 손이 가볍게 비틀렸다. 진명 대공자, 이랑진군의 공력은 상상을 초월했다. 삼첨양인도 창봉을 타고 오는 진기가 그의 손목뼈를 단숨에 바스러뜨렸다. 둔중하면서도 날카로운 통증이 손목을 타고 올랐다.

"크으옥!"

손아귀의 힘이 절로 풀렸다. 뱃속을 헤집는 삼첨양인도가 미칠 것 같은 통증을 선사했다.

'어째서……!!'

가면 속의 이자가 진짜 진명 대공자인지는 아직도 모르겠다. 상주가 그렇다면 그런 것이겠지만, 그게 맞다 해도 믿고 싶지 않았다. 십육 년 전부터 상주를 보필했으니, 진명 대공자도 새파란 소년이었을 때부터 보았던 셈이다. 나이도 어린 녀석이 보통 침착한 게 아니라며 그릇이 남다르다 칭찬했던 기억이 있건만, 그토록 호감있게 보았던 자가 괴악한 가면을 쓰고서 삼첨양인도로 내장을 쑤시는 중이다. 믿고 싶지 않은 현실이었다.

"돌파해라!"

"상주께서 안쪽에 계신다!"

"저놈들만 쓰러뜨리면 된다! 힘을 내자!!"

금륜대원들의 호통소리가 아련하게 들려왔다.

금약당 바깥쪽에서 들려오는 목소리들이다.

'이대로… 죽을 수는……!'

상황은 절망적이었다.

염금원에서 불러 모았던 금륜대원들은 제때 당도하지 못했다. 금륜대원들이 오기도 전에 금약당 외원은 순식간에 가면 쓴 무리들로 에워싸였다. 가주와 금륜대원들은 독 안의 쥐가 되는 것을 알면서도 금약당 안쪽까지 들어와야만 했다.

금약당 대문을 걸어두고 시간을 벌려 했지만 이랑진군의 괴력은 그깟 나무문 두 겹으로 막을 수 있는 수준이 아니었다. 대문을 틀어막는 사이에만 두 명이 죽었고, 그나마 닫은 문도 삼첨양인도 일격에 박살 났다.

이랑진군은 거침이 없었다.

강건청이 온 힘을 다해 금선신장을 전개해도, 남은 금륜대 정예 다섯 명이 한꺼번에 달려들어도 물러나는 것은 강건청과 금륜대 쪽이어야 했다.

염금원에 저지선을 형성했던 금륜대원들이 뒤늦게 금약당 외원에 당도했지만, 이미 강건청은 역으로 금약당 건물 안에 갇혀버린 후였다.

농성(籠城)은커녕, 바깥에서 이쪽으로 들어와 강건청을 구출해 내야 하는 형국이 된 것이다.

'문 쪽으로 조금만 밀어내면 창문으로라도 나가실 수 있을 터……'

바깥에서 들려오는 호통 소리 중엔, 금륜대주 도담, 도 대주의 목소리도 있는 것 같았다.

도담은 고수였다.

상주님께 향하는 삼첨양인도를 막아보겠다고 배까지 들이민 그보다 고수임은 물론, 어쩌면 상주님보다도 뛰어난 무공을 지녔을 것이다.

이를 악물고 창문 쪽을 돌아보았다. 그의 눈이 크게 흔들렸다.

'상주, 무엇 하나 만만치 않습니다.'

금약당 창문은 완전개방형이 아니라, 장문 전체에 황동노송 장식이 덧대어진 반 차폐형이었다. 창틀째로 부수지 않고서는 나갈 수가 없다는 말이었다.

"철! 창문을 부숴라!"

큰 소리로 고함을 내지르고 등과 배에 힘을 주었다. 손목뼈가 으스러졌으니, 몸뚱아리로라도 묶어놔야 할 판이었다. 힘을 줌과 동시에 뱃속 깊은 곳으로부터 참을 수 없는 비명성이 뿜어져 나왔다.

"크으으으… 크아악!"

삼첨양인도 창날이 근육을 찢어발겼다.

지옥같은 고통을 참으며 온 힘을 다해 조인 근육은 손아귀 힘보다도 강했다. 이랑진군의 신형이 기적처럼 한 발 뒤로 밀렸다.

"도 대주가 당도한 것 같습니다! 밖으로 피하십……!"

그의 말은 끝까지 이어질 수 없었다.

"참으로 충성스런 수하를 두셨소이다."

냉혹한 목소리와 함께, 이랑진군이 가볍게 손을 밀었다.

푸학! 하는 소리가 뒤따랐다. 등 뒤쪽이 시원해졌다고 생각했다. 지옥 같은 고통이 일순 사라졌다.

"허억……."

헛바람과 함께 입안으로 울컥 핏물이 솟구쳤다.

등까지 관통했던 삼첨양인도가 그의 배에서 빠져나오는 것을 보았다.

눈앞이 흐려졌다.

무릎이 풀썩 꺾이는 듯하더니, 세상 전체가 빙글 돌아갔다. 옆머리가 꿍 하고 땅에 처박혔다. 꽤 세게 머리를 박았는데도 이상하게 아프지가 않았다. 비참하게 죽는구나 싶었다.

마지막으로 가주의 모습을 찾았다.

가주는 창문으로 몸을 날리지 않았다. 석상처럼 굳어진 채, 미련하고 무능력한 수하의 눈을 바라보고 계셨다.

목숨 바쳐 시간을 벌어보려고 했는데.

'죄송합니다.'

입술이 움직이지 않았다.

아무것도 볼 수 없었다. 아니, 아무것도 못 보게 되어 다행이었다.

상황은 그가 목숨 바쳐 바란 대로 돌아가지 않은 까닭이었다.

퍼억!

창문을 부수라고 지시했던 호위무사 황철은 창틀에 닿지도 못했다.

이랑진군의 삼첨양인도는 십육 년 동안 강건청을 지켜준 호위무사 구삼의 배를 꿰뚫고 나온 직후, 십일 년 동안 충직했던 호위무사 황철의 머리를 깨부숴 버렸다. 황철의 머리통이 쥐어터뜨린 과실마냥 괴이한 모양으로 뒤틀렸다.

꿍! 하고 호위무사의 몸이 창틀 밑에 처박혔다.

그것으로 일곱 중에 넷이다.

강건청이 비통한 목소리로 소리치며 금선신장 일장을 내쳤다.

"이놈! 그만해라!"

진명 대공자, 이랑진군이 여유롭게 삼첨양인도를 밀어냈다. 출수가 늦었음에도 어느새 눈앞이다.

더 앞으로 나갔다가는 되려 강건청의 목이 날아갈 판이었다. 내치던 손을 억지로 되돌리고 허리를 젖히며 온 힘을 다해 물러났다.

무서운 무공이었다.

이랑진군은 더 쇄도해 오지 않은 채, 이진명의 목소리로 말했다.

"소상주가 올 때까지 살아 있겠다 말씀하신 건 다른 누구도 아닌, 상주십니다."

더불어 상도를 논했던 시절의 목소리로 조롱을 던진다.

강건청은 정신을 다잡기 위해 무던히 애를 써야만 했다.

배신감은 둘째다. 사방에 널린 호위무사들의 시체들이 그의 마음을 아프게 찢어발기고 있었다.

"손까지 떠는 겁니까? 아까의 기개는 어디로 간 것이오? 상주께서 이리도 심약한 분이셨는지 몰랐소이다."

짧게는 몇 년에서 십수 년 동안 동고동학한 무인들이다.

심약함으로 치부할 수 있는 성질의 것이 아니었다.

대저, 성공한 상인들 중엔 냉혈, 냉심으로 유명한 이들이 많다고 하였다. 강건청은 그런 부류와 달랐다. 냉혹하게 이해(利害)를 따지는 상인들이 있다면, 정리(情理)와 의리(義理), 우(友)와 애(愛)를 기반으로 삼는 상인들도 있게 마련이다. 강건청이 바로 그런 위인이다. 그는 강인한 심성을 지녔지만 수하의 죽음까지 아무렇지 않게 넘길 수 있는 사람은 결단코 될 수가 없었다.

"진명 대공자, 그동안, 자네는 이토록 잔인한 심성을 어찌 숨겼던 것인가⋯⋯!"

"숨긴 적은 없소이다. 보려 하지 않으셨을 뿐."

"⋯⋯!"

강건청은 분노의 호통을 내지르려다가 이를 악물고 손을 들어 금선신장 기수식을 취했다.

어차피 대화가 통할 상대가 아니었다.

상대는 모두를 죽이러 왔으니 이쪽에 남은 선택은 순순히 죽어주느냐, 맞서서 살아남느냐 두 가지밖에 없는 것이다.

당장에라도 공격할 준비를 하고 있는 호위무사 세 명에게 명했다.

"함부로 선공하지 말고 이쪽으로 물러서게. 어떻게든 버텨보세."

호위무사 세 명이 조심스레 벽에 붙으며 강건청 쪽으로 물러섰다.

이랑진군은 공격을 서두르지 않았다.

금약당 외벽에서 꿍! 하는 소리가 났다. 바깥의 소란이 거세지고 있었다. 하지만 금륜대원들은 한 명도 안으로 들어오지 못했다. 거금을 들여 섭외해 온 낭인들도 별 소용이 없는 듯했다.

결국 여기 있는 사람들로만 이 상황을 타개해야 한다는 이야기다.

포위된 채로, 갇힌 채로 말이다.

"나도 돕겠소, 상주."

금약당주 가순약이 강건청의 옆에 섰다.

강건청은 가순약을 말리지 못했다.

도망칠 곳은 없었다. 문 앞에는 이랑진군이 삼첨양인도를 든 채로 버텨 서 있다.

강건청에게 도망칠 의지가 없다는 것도 문제다.

다름 아닌, 곽경무 때문이었다. 강건청의 뒤, 안쪽 방에는 혼수상태인 곽경무가 눕혀져 있었다. 곽경무뿐이 아니다. 강설영의 시비인 여은도 그 방 안에 있다.

어찌 어찌 창문을 부수고 도망친다 한들, 어차피 이 금약당은 적들에게 포위당한 상태였다. 탈출해도 포위망을 뚫어야 한다. 곽경무와 여은을 모두 데려가긴 지극히 어렵다. 두고 간다면, 당연한 말이지만, 둘 모두 산목숨이 아닐 터였다.

우우우우우우!

어디선가 늑대 울음소리와도 같은 기성(奇聲)이 들려왔다. 아까부터 몇 번이나 들었던 소리였다. 이랑진군의 삼첨양인도가 멈칫 흔들림을 보였다.

이랑진군이 말했다.

"더 이상은 못 기다리겠군요. 상주의 죽음을 소상주가 직접 보게 하고 싶었건만."

강설영이 강건청의 죽음을 두 눈으로 목도하게 하겠다.

냉혹한 심산이다. 바로 도륙하지 않고 여유를 부린 이유가 바로 거기에 있다.

'설영아, 대체 어디 있는 것이냐!'

그야말로 속수무책이었다.

살아 있어 주겠다 큰소리를 쳤건만, 그에겐 그럴 만한 무공이 없음을 잘 알고 있다.

한 발, 한 발, 이랑진군이 다가온다.

금약당 내당의 규모가 제법 넓은 편이라지만, 저 삼첨양인도
의 사정거리는 금약당의 절반을 덮고도 남을 것이다.

호위무사 셋이 서로 간에 눈빛을 주고받았다.

"상주, 의약고 뒤쪽에 나갈 수 있는 창문이 하나 있습니다."

"나는 가지 않을 걸세."

"천노 어르신은 제가 모실 테니, 먼저 가십시오."

이랑진군이 바로 앞에서 듣고 있었지만, 개의치 않았다. 이러
나저러나 죽기는 매한가지다. 호위무사들의 목소리는 비장했
다. 참으로 충성스런 이들이다. 뭐라도 시도해 보고 죽으려는
심산이었다.

"대원들의 말이 맞네. 자네라도 살아야지. 자네는 뒤로 피하
시게."

이번엔 가순약이 말했다.

가순약은 머리카락의 절반 이상이 하얀색이었다. 한때는 의
술과 무공 양면에 있어 광동 전체를 주름잡는 인재였지만, 지금
은 의술에만 전념하고 있는 의원일 뿐이지 무공 고수와는 거리
가 먼 위인이었다.

내공심법이야 수신양생을 위해 꾸준히 연마하고 있었다지만
무공투로는 손에서 놓은 지 오래였다. 실전에서의 실력은 금륜
대원만도 못할 거란 뜻이다.

그런 사람까지 앞으로 나서고 있었다. 이랑진군이 덤벼들면
강건청 대신 삼첨양인도라도 맞아줄 기세였다. 그들의 말을 듣지

않는 것은 한결같은 충심에 대한 배신이나 다름없을 것이었다.

우우우우우우!

종전의 울음소리가 한 번 더 들려왔다.

그것이 신호였다.

이랑진군이 땅을 박찼다. 모두가 일제히 움직임을 시작했다.

텅! 콰직! 쐐애애액!

쭉 뻗어오는 삼첨양인도에, 금륜대원 한 명의 오른팔이 단숨에 잘려 나갔다.

핏물이 쏟아지는 순간, 금륜대원 하나는 뒤쪽으로 몸을 날려 곽경무가 누워 있는 내실로 뛰어들었다. 곽경무를 꺼내가지 않고서는 상주가 한 발짝도 움직이지 않을 것임을 잘 알았던 까닭이었다. 이렇게까지 하는 마당에, 강건청도 가만히 있을 수는 없었던 지라, 이를 악물고 뒤쪽의 의약고를 향해 땅을 박찼다.

하지만.

쐐액! 스걱!

"큭!!"

강건청은 의약고 안에 들어가지조차 못했다.

뒤에서 들려온 외마디 신음성 때문이었다.

그 신음 소리는 다름 아닌 가순약의 것이었다. 강건청은 저절로 돌아가는 고개를 막지 못했다. 그의 몸엔 자기 사람 하나하나를 소중히 생각하는, 미련하고 바보 같은 대상인의 피가 흐르고 있었기에.

그는 바깥으로 도망칠 수 있는 단 한순간의 기회를 놓치고 만 것이다.

"당주!!"

금약당 당주 가순약.

한때 호형호제하던 사이였지만, 세월이 흐르며 당주라는 호칭이 입에 익어버렸기에, 다시 형님이라 부르기도 어색해진, 이 위급한 순간에도 형님이란 말보다 당주라는 허례가 먼저 토해지기에 아쉬움이 앞서는 사람이다.

삼첨양인도가 갈라놓은 가슴팍에서 더운 핏물이 울컥울컥 쏟아지고 있었다.

가순약의 눈이 강건청의 눈과 마주쳤다.

그 눈이 원망을 말하고 있었다.

왜 당장 버리고 도망치지 않느냐고.

긴 세월 형님 된 자가 동생 된 사람 밑에서 고생해 온 대가를 이렇게 무의미한 죽음으로 치르게 할 것이냐고.

털썩.

가순약의 몸이 바닥으로 고꾸라졌다.

콰직!

가순약을 쓰러뜨리고, 금륜대원 하나를 또 쓰러뜨리고.

이랑진군이 걸음을 옮겨왔다.

강건청은 못 박은 듯 그 자리에서 움직이지 못했다.

오만가지 생각이 머릿속을 헤집었다.

사내대장부로 장렬히 몸을 날려 부끄럽지 않은 가주가, 딸아이에게 당당한 애비가 되어야 하는가. 아니면 지금이라도 등을 보이고 있는 힘껏 도망을 쳐야 하는가.

턱.

그가 막 움직이려고 했을 때, 그의 어깨를 꽉 잡아 세우는 손 하나가 있었다.

"가주, 정신 바짝 차리시오."

화상으로 검게 그을린 손이다.

온몸에 붕대를 칭칭 감고, 강건청의 옆을 뚜벅뚜벅 지나쳐, 오래 된 산처럼 거대해 보이는 등판으로 그의 눈을 한가득 채운다.

광동천노, 곽경무였다.

"금상을 이렇게 만들고도 무사할 줄 알았더냐."

그는 강건청의 노복을 자처하며 금상을 지키는 일에 모든 인생을 건 남자였다. 그의 몸에서는 한참을 혼수상태로 보낸 사람이라고는 상상조차 못할 기세가 뿜어져 나오고 있었다.

"대단하오, 광동천노. 죽어가는 사람이 아니구려."

이랑진군은 곽경무를 가벼이 보지 않았다.

그가 삼첨양인도를 고쳐 잡았다. 곽경무의 몰골은 누가 봐도 망신창이였으나, 이랑진군은 목숨을 불태우며 일어난 사람의 기백을 무시할 만큼 어리석지 않았다.

"하지만 이번만큼은 당신도 어찌할 수 없을 겁니다."

이랑진군이 이진명의 목소리로 말했다.

곽경무는 대꾸하지 않았다.

그가 이랑진군에게 시선을 고정한 채, 한 손을 옆으로 뻗으며 말했다.

"월륜을 다오."

곽경무을 들쳐 업고 나오겠다며 내실로 들어갔던 금륜대원이 황급히 달려와 곽경무에게 은월륜을 두 개를 건넸다. 저번 상행에서 거의 녹아내리다시피 했었던 은월륜은 새로 만든 것처럼 멀쩡한 형태로 돌아와 있었다. 당장 제대로 고쳐 날을 벼려 놓으라 했던 강건청의 지시 덕분이다. 이렇게, 언제고 다시 일어날 것을 믿었던 강건청이었다.

치잉.

곽경무가 두 개의 월륜을 양쪽으로 비껴들었다.

이랑진군과 곽경무는 한동안 말이 없었다.

멀리 바깥으로부터 또 한 번 늑대 울음 같은 소리가 들려왔다.

이랑진군이 항상 함께 다닌다는 신견(神犬) 효천의 울음소리였을 것이다. 어딘지 급박하게 들리는 소리를 두고, 이랑진군이 먼저 한발을 내딛었다.

꿍.

진각 한번으로 무섭게 내려친다.

세로로 넓게 반원을 그린다.

삼첨양인도의 세 칼날이 높다란 천장을 스치며 바람을 쪼개왔다.

쩌엉!

곽경무는 굳건히 버텨선 채로 오른손 반월륜을 들어 삼첨양인도 일격을 막아냈다. 그의 두 발밑으로 나무바닥이 우지끈 쪼개졌다. 곽경무가 오른발을 쭉 끌고 앞으로 나갔다. 발밑에서 나무파편이 튀었다. 그의 왼손 반월륜이 이랑진군의 목덜미를 향하여 예리한 곡선을 그렸다. 이랑진군이 뒤쪽으로 몸을 꺾어 반월륜을 피하고 한 손으로 삼첨양인도를 높이 들어 올렸다.

위이잉! 채앵!

올라간 삼첨양인도의 경력이 곽경무의 목을 향해 폭포처럼 쏟아졌다.

서로의 목을 노리는 일격이다. 이랑진군은 곽경무의 살초를 가볍게 피해냈지만, 곽경무는 그것이 쉽지 않았다. 위에서부터 내려오는 압력이 온몸을 옭아매고 있었다.

"큽!"

곽경무가 한 발 옆으로 이동했다. 그 일보에 온몸의 기력을 쥐어짜야 했다.

삼첨양인도가 아슬아슬하게 빗나갔다.

반격을 할 요량으로 왼손의 은월륜을 횡으로 휘둘렀지만, 곧바로 다급히 회수해야 했다. 삼첨양인도는 장병임에도 불구하고 엄청나게 빨랐다. 대각으로 쳐올리며 왼팔의 팔꿈치를 쪼개버릴 듯하더니, 팔을 접자 순식간에 휘어지고, 옆으로 피하자 또다시 휘어지며 가슴의 요혈을 노려왔다. 굉장히 화려한 움직임이었다.

곽경무는 움직임을 최소화하고 방어를 굳혔다. 곽경무의 쌍월륜은 둘레가 기껏 주먹 두 개 정도 크기밖에 되지 않았다. 그와 같은 단병은 자고로 기민한 변초에 강하게 마련이었다. 그러나, 삼첨양인도는 길이가 쌍월륜의 열 배를 넘으면서도 수급은 오히려 더 빠른 듯했다.

쩡! 치이잉! 채챙!

짧은 순간 몇 번의 공방이 오갔다. 불꽃이 튀었다.

곽경무의 대응은 단단하고 확고했다. 오른손 왼손 은월륜 한 쌍을 단타로 후려치며 삼첨양인도의 사나운 살수들을 모조리 막아냈다.

콰직! 꽈광!

막아내면 막아낼수록 삼첨양인도의 기세는 계속 거세지기만
했다. 드넓은 범위로 몰아치는 공격이 금약당 내부를 엉망진창
으로 만들었다. 선반이 무너지고 약장이 박살 났다. 의자와 탁
자가 부서지며 튀어드는 나무파편에만도 금륜대원의 살갗에 생
채기가 생길 정도였다.

꽝!

폭음이 터졌다.

그래도 곽경무는 그 자리에 있다.

그는 그 자체로 하나의 거대한 인간방패와도 같았다. 금약당
이 무너질 듯 흔들리고 있었지만, 그가 버텨선 뒤쪽은 아니었
다. 자기약병 하나조차 깨질 줄을 몰랐다. 강건청에게도 한 줄
기 경풍조차 닿지 못했다.

"대단하오. 인신의 힘만으로는 안 되겠어."

이진명이 삼첨양인도를 거두고 일 보 물러나며 말했다.

"일이 이렇게 되어 유감이오. 광동이가 대공자로서는 마지막
으로 드리는 인사요. 명복을 빌겠소."

이진명이 왼손을 올려 가면을 훑었다.

헐렁하게 걸려 있던 가면을 딱 맞게 고쳐 쓰는 모양새였다.
뻥 뚫린 가면의 눈 안으로 이진명의 눈빛이 기이한 변화를 보였
다. 잠깐 사이에 전혀 다른 사람이 된 것 같다. 이마에 새겨진
눈 문양에서도 새롭게 빛이 솟아나는 것 같았다.

"후우우욱."

이진명, 아니 이랑진군이 가슴 가득 숨을 들이켰다.

감옥에 갇혀 있다가 오랜만에 세상 공기를 마셔보는 자가 그러할까.

새 몸에 적응하는 듯 손마디를 쥐었다 폈다 하더니, 광망이 서린 눈으로 곽경무를 바라보며 입을 열었다.

"금상의 노복이여, 아직도 죽지 않았구나. 천신이 행하는 일을 방해하는 자! 이만 염왕이 다스리는 풍도로 떠나거라."

지극히 고풍스런 말투다.

목소리도 깊게 깔려 이진명의 그것 같지 않았다.

이랑진군이 느릿느릿 오른발을 앞으로 내딛고 왼발을 뒤로 두더니, 삼첨양인도 창봉을 양손으로 잡아 세 개의 칼날로 중단을 겨누어 왔다.

그야말로 고대의 장수를 신화의 전장에서 만난 것 같다.

발해지는 기세가 실로 무서웠다.

이전까지가 천신의 가면을 쓴 젊은이였다면, 이제는 하늘에서 내려온 천신 그 자체라고 할 것이다.

이랑진군이 꿍, 진각을 밟고 삼첨양인도를 곧게 찔러왔다. 단순한 동작이지만 그 무게는 천근만근이었다.

곽경무의 등 근육이 꽉 조여졌다. 두 팔에 힘을 더하여 쌍월륜을 교차해 막았다.

쩌엉!

강력한 충격이 두 팔을 휩쓸었다. 밀고 들어오는 힘이 어찌나 거센지, 어깨 뒤쪽으로 견갑골이 뜯겨져 나갈 것 같았다.

반격은 시도조차 하지 못했다. 이랑진군이 곧바로 진각을 내딛고, 횡격으로 허리를 휩쓸어 왔다.

"……!!"

기합성 내지를 힘도 아꼈다. 이를 악물고 앞으로 한 발 전진
하며 삼첨양인도 창봉에 쌍월륜을 때려 박았다.

쩡! 하는 소리와 함께 곽경무의 두 발이 덜컥 땅에서 떨어졌다.

'이런 괴력이……!'

내력을 밑으로 끌어내려 몸을 낮췄다. 고작 몇 치 정도 공중
에 떴을 뿐이지만, 충격은 삼 장을 날아가 돌담에 처박힌 것처
럼 강렬했다.

이랑진군의 공격은 몰아치는 파도와도 같았다. 그의 몸이 공
중으로 떠올랐다.

삼첨양인도를 어깨 뒤에서부터 크게 휘둘러 내리찍는다.

'이건 크다!'

가볍게 막을 일격이 아니다. 힘이 모자라면 손과 팔이 날아가
고 어깨부터 몸통이 반 동강 나게 되리라.

"흡!"

쌍월을 머리 위로 올리고, 온몸의 내력을 끌어올렸다.

쫘앙!

머리가 아찔하게 울렸다. 폭음에 가까운 소리가 그 위력을 알려
주었다. 손에서부터 시작된 충격이 파도처럼 온몸을 휩쓸고 내려
왔다. 팔과 몸뚱이를 감싼 붕대가 군데군데 터져 나갈 정도였다.

"크윽!"

휘청이며 물러나면서도 강건청의 정면만큼은 완전하게 사수
했다.

이랑진군이 아무리 신묘한 공부를 지녔어도 곽경무를 뛰어넘어 강건청을 노리는 것은 불가능할 것으로 보였다.

"대단하도다, 그 용력!"

이랑진군이 고대의 장수처럼 말하며 다시금 삼첨양인도를 겨누어 왔다. 곽경무는 억지로 끌어올렸던 내공이 잔뜩 진탕된 상태였다. 낯빛이 창백하게 변한 채다. 굳어진 얼굴로 한 발 내딛으며 오른손은 상단에, 왼손은 중단에 올려 쌍월륜을 고쳐 잡았다.

'이 상태로는 고작 세 합, 아니, 두 합이 한계……'

사실, 한계는 이미 몸을 일으켜 세운 시점에서 넘어선 상태다.

목숨이라도 내줘야겠다.

미련한 강건청은 노복이 살아 있는 한, 이곳을 홀로 벗어나려 하지 않을 것이다.

"가주, 하나만 약속을 해주시오."

"못 하오."

강건청은 즉각 곽경무의 말을 잘랐다.

무슨 말을 하려고 하는지 알고 있는 까닭이다.

"내가 죽으면, 시신은 나중에 수습해 주시오. 곧바로 도망가시란 말이오."

"곽 노대는 죽지 않을 거요."

힘주어 말했다.

그리고는 걸음을 옮겨 곽경무의 옆에 섰다.

"가주, 못들은 게요? 뒤로 물러서란 말이오."

강건청은 고집스런 표정을 지으며 두 손에 진기를 모았다.

아까부터 끼어들려고 했었지만, 그러지 못했다. 곽경무가 그럴 틈을 주지 않았기 때문이다. 전방과 양 측면에 같은 편조차 허용하지 않는 방벽을 세워 놓은 곽경무였다.

하지만 이제는 아니다.

곽경무의 방벽엔 좁은 틈 정도가 아니라, 군데군데 숭숭 구멍이 생긴 상태였다.

강건청이 불쑥 걸어 나와 옆에 서는 데도 곽경무는 반응하지 못했다. 그것은 곧, 곽경무의 몸 상태가 바닥을 치고 있다는 뜻일 터였다.

이대로 두면 곽경무는 죽는다.

강건청이 미력한 힘이라도 보태지 않고서는 채 몇 합도 버티지 못할 것이다.

"나란히 서보는 것도 오랜만 아니요?"

강건청이 애써 호기로운 웃음을 지어보였다. 곽경무는 일그러진 피부로 웃음조차 마주 짓지 못했다.

이랑진군은 더 기다려 주지 않았다.

위잉!

장대하게 휘두르는 삼첨양인도의 풍압으로 그들의 말을 끊고, 곧바로 진각을 박으며 무섭게 질러들어 왔다. 곧 쓰러질 것 같던 곽경무가 전광석화와 같이 앞으로 파고들었다. 오른손은 월륜으로 삼첨양인도 창대를 치받아 올렸다.

쩡!

굉음과 함께, 곽경무의 몸이 크게 흔들렸다. 옆으로 밀려 그대로 고꾸라질 기세였다.

순간.

부드러운 미풍이 곽경무의 등을 감싸듯 밀어올려 그의 몸을 바로 서게 만들었다.

강건청의 손바닥이 만든 조화였다.

위이이잉! 째앵!

웅장한 파공음과 찢어지는 금속성이 사위를 채웠다.

삼첨양인도 연환격이다. 이번에도 곽경무는 충격을 해소하지 못했다. 전신이 측면으로 한껏 기울어졌다. 삼첨양인도가 빠르게 선회하며 곽경무의 복부로 짓쳐 들었다.

강건청은 즉각 두 손을 휘돌려 곽경무의 옆구리를 끌어올렸다.

곽경무의 상체가 거짓말처럼 옆으로 틀어졌다.

삼첨양인도 칼날이 곽경무의 반대편 옆구리를 훑고 지나갔다. 붕대가 찢기기는 했지만 상처는 얕았다. 기껏해야 살짝 긁힌 정도다.

패력강공보다 차력미기의 수가 돋보이는 금선장의 묘미였다.

어차피 강건청의 용력으로는 이랑진군과의 정면승부가 불가능했다. 곽경무의 운신이라도 도와줘야 목숨을 연장할 수 있으리라 판단한 것이다.

쉬익! 쐐애액!

이랑진군이 빠르게 쇄도하더니 진각 없이 단타로 창봉끝을 올려쳤다. 곽경무가 왼발을 사선으로 밟고 이랑진군의 외측면을 타고 돌았다. 강건청의 손이 그의 등 뒤에 힘을 보탰다.

후웅!

삼첨양인도 창봉이 허공을 갈랐다.

금선장의 도움을 받아서 확보한 반의반 보 간격이 반격할 공

간을 만들어주었다. 좁디좁은 틈새였지만 곽경무가 왼손 은월
륜을 쑤셔 넣기엔 결코 부족하지 않았다.

채앵!

또 한 번 불꽃이 튀었다. 이랑진군의 방어는 그야말로 놀라울
정도였다. 한참 위로 내질렀던 삼첨양인도를 잡아당겨 막는데,
그 힘과 속도가 그야말로 신기(神技)에 이르러 있었다.

어렵사리 집어넣은 반격이었지만 결과는 좋지 않았다.

은월륜이 튕겨나가는 서슬에 곽경무의 몸이 균형을 잃고 뒤
로 쏠린 것이다.

이랑진군이 삼첨양인도를 번쩍 뒤집었다. 수급이 엄청나게
빨랐다. 삼첨양인도 칼날 끝이 없어졌다 나타나듯 순식간에 확
대되었다.

'흡(吸)!'

강건청의 대응이 빛을 발했다.

오른손으로는 금선장 흡성초를 펼쳐 곽경무의 허리를 뒤로
끌어내고, 왼손을 뒤집어 곽경무의 상체를 옆으로 비틀었다.

목젖을 파헤칠 기세였던 삼첨양인도가 일순간 틀어지며 곽경
무의 턱을 스쳤다.

곽경무의 턱에 얇은 혈선(血腺)이 생겼다.

또 한 번 사선을 넘긴 곽경무는 당황하지도, 안도하지도 않았
다. 흐트러진 자세에서도 오른손 은월륜을 삼첨양인도 창봉에
내리쩍었다. 이어지는 쇄도를 사전에 봉쇄하려는 의도였다.

이랑진군의 두 눈에서 번뜩이는 빛이 흘러나왔다. 반보 뒤로
물러나며 삼첨양인도의 공격 거리를 만들더니, 시위에서 화살

을 튕기듯 강력한 직선 공격을 쏘아왔다.

쩌어엉!

곽경무가 쌍월륜을 전방에 모았다. 온 힘을 다해 버텨내려 했지만, 몸 전체가 덜컥 뒤쪽으로 떠올랐다.

강건청이 다급하게 금선장을 펼쳐 보려 했지만, 이랑진군은 그보다 더 빨랐다. 즉각 표적을 돌려 강건청에게로 삼첨양인도 연환격을 쏟아부은 것이다. 강건청은 맨손으로 삼첨양인도를 막아낼 능력이 없었다. 있는 힘껏 몸을 젖혀 뒤로 물러난 것으로도 모자라 땅바닥에 몸을 던져야 했다.

콰직!

뒤따라와 찍어 내린 삼첨양인도에 나무 바닥이 박살이 났다. 한 치 차이다. 한 치만 더 늦었어도 어깨째로 땅바닥에 꼬치가 될 뻔했다.

쫘앙! 우지끈!

삼첨양인도가 약장을 부수고 벽에 구멍을 뚫었다. 곽경무가 황급히 이랑진군의 어깨 위에 은월륜을 내려쳤지만, 그 황급함이 곧 실책이었다. 상체 한 번 비트는 것으로 은월륜을 비껴내고는 짧고 굵게 삼첨양인도를 밀어냈다.

퍼억!

곽경무의 허리 위에서 가슴 아래쪽으로 세 개의 구멍이 뚫렸다. 그의 몸이 단숨에 뒤쪽으로 허물어졌다.

강건청의 몸이 굳어졌다.

두 번째 실책이었다.

이랑진군은 곽경무를 돌아보지도 않고 그대로 전진하여 삼첨양인도를 아래쪽 사선으로 내리그었다.

"큭!"

피가 튀었다.

강건청의 허벅지가 쫙 갈라지며 핏물이 한 움큼 쏟아졌다. 그의 몸이 휘청 벽에 몰렸다. 이랑진군이 일 보 강하게 내딛고는 어깨 뒤로부터 던질 듯한 자세로 삼첨양인도를 질러왔다.

피할 틈이 없었다.

온힘을 다해 몸을 비틀었지만, 역부족이었다. 무지막지한 충격이 오른쪽 갈빗대를 타고 올랐다.

"커억!"

신음성이 절로 나왔다. 강건청이 고개를 숙여 아래쪽을 보았다. 삼첨양인도 세 개의 바깥쪽 날 하나가 오른쪽 흉판에 박혀 있었다. 치명상에 가까운 중상이었다.

강건청이 두 손을 올려 삼첨양인도 창봉을 꽉 잡았다. 이랑진군도 삼첨양인도를 잡은 손에 힘을 더했다. 오른쪽에서 왼쪽으로, 몇 치만 더 오면 심장이다. 그대로 가슴 한복판을 갈라 버릴 심산인 모양이었다.

"큭!"

강건청에겐 버틸 힘이 충분치 못했다. 파동처럼 흘러들어 오는 공력이 오른쪽 가슴 전체에 무서운 고통을 선사하고 있었다. 고문이라도 하듯, 삼첨양인도 칼날이 한 치 더 심장 쪽으로 왔다. 느릿느릿 파고드니 더더욱 참기 힘들다. 차라리 단숨에 갈라냈다면 이렇게 고통스럽지는 않았을 게다. 통증과 절박감이, 바로 저기 쓰러진 곽경무의 모습이 그의 심장을 무지막지하게 옥죄고 있었다.

쉽게 죽어줄 수는 없는지라 두 눈을 부릅뜨고 온 힘을 쥐어짜고 있을 때다.

부릅뜬 두 눈이 휘둥그레 커졌다.

곽경무가 다시 일어나고 있었던 것이다.

몸통에 구멍이 세 개나 뚫렸다. 내력으로 끊어 친 일격이다. 즉사도 이상하지 않았다.

곽경무가 비척비척 일어나 상체를 꼿꼿이 세웠다.

이랑진군마저 놀란 듯 고개를 돌렸다.

곽경무의 용태는 결코 좋지 않았다. 낯빛은 창백하고 오른팔도 축 늘어져 은월륜까지 놓친 상태였다.

기이한 것은 방금 당한 상처다. 쏟아지는 피의 양이 이상하게 적었다. 오른쪽 가슴에서 배까지, 관통상이 세 개다. 화상으로 감아놓았던 붕대까지 앞쪽과 뒤쪽 모두 다 터져 나갔다. 핏물이 울컥울컥 쏟아져야 정상이다.

'어떻게⋯⋯?!'

출혈도 출혈이지만, 삼첨양인도에 깃든 공력을 생각하면 오장육부가 뒤틀리고 폐장과 심맥이 파열되었어야 맞다. 운 좋게 거기까지 안 갔더라도 최소한이 회생불가의 내상이다.

그런데도 일어났다.

다시없는 기사(奇事)다.

강건청이 불신의 눈으로 곽경무를 바라보다가 상처 부위에서 시선이 딱 멎었다.

처음에는 착각인 줄 알았다.

내장이 흘러내리는 것인가 싶어서 두 눈을 몇 번이나 깜빡 거렸다.

착각이 아니다.

뚫린 구멍 안쪽에서 기이한 빛이 꿈틀거리고 있었다.

빛의 색은 분홍색이다.

내장도 아니요, 핏물도 아니었다. 말 그대로 빛이다. 밝게 빛나는 분홍색 광망이, 뚫린 구멍 주변으로 새어나오고 있었다.

"그 손, 멈추어라!"

곽경무가 무겁게 일갈하며 이랑진군을 향해 돌진해 왔다.

죽기 직전에 이른 사람이 잠시 동안 제 기력을 찾는다는, 회광반조의 현상이라도 되는 것일까. 하나, 회광반조라고 하기엔 그 기세가 실로 만만치 않다.

이랑진군이 창봉에서 왼손을 뗐다.

심장으로 시시각각 다가오던 삼첨양인도 칼날에서 절반만큼의 힘이 사라졌다.

그래도 강건청은 삼첨양인도를 뽑아내지 못했다. 강건청의 가슴에 박아둔 칼날을 한 손만으로 유지한 채, 왼손을 휙 뒤집어 일장을 날렸다. 득달같이 달려들던 곽경무의 은월륜이 이랑진군의 어깨 어림에서 딱 막혔다.

"흥미롭군."

이랑진군은 왼손바닥은 곽경무의 손목에 맞닿아 있었다.

곽경무가 손목을 빼며 반격을 가하려 했지만 이랑진군이 조금 더 빨랐다. 그가 그대로 손가락을 접어 곽경무의 손목을 낚아챘다.

낚아챈 손목을 팔뚝 채로 비틀어 후속타를 원천적으로 봉쇄했다. 곽경무가 이를 악물고 오른손을 내뻗으려 했지만, 오른손은커녕, 몸 전체를 마음대로 움직일 수가 없었다. 이랑진군의 손에서 흘러드는 공력이 그의 전신기혈을 크게 진탕시킨 까닭이었다.

"위타천의 화인(火印)에 당하고도 어떻게 살아났나 했더니."

이랑진군의 눈은 강건청이 그랬던 것처럼 그의 상처 부위에 머물러 있었다.

세 개의 구멍에서 새어나오던 광망은 처음보다 희미해 있었지만, 꿈틀거리는 양상은 더 격해지는 중이었다. 흘러들어오는 이랑진군의 공력에 대항하려는 것처럼 보였다.

"그 기운의 정체는 무엇인가?"

곽경무에겐 답이 없었다.

그는 지금 그의 상처에서 꿈틀거리는 분홍빛 광망을 아예 인식조차 못하고 있었기 때문이었다. 그저 그에겐 가주인 강건청을 살릴 생각밖에 없었다. 가슴에 뚫린 구멍 때문에 들어 올리기 힘들었던 오른손이 다소나마 움직여진다는 것을 깨닫고, 어떻게든 뿌리칠 요량으로 내력을 끌어 모았다.

"대답할 마음이 없는 모양이로군."

탐색은 끝이다.

이랑진군이 강건청의 손목을 토해 쏟아내던 공력을 단숨에 거둬들였다. 빨려들 듯 잡아당겨지는 힘에 곽경무의 몸이 휘청 균형을 잃었다.

손목을 놓고 손바닥을 뒤집어 곽경무의 가슴을 내리찍었다.

퍼억!

소리는 크지 않았으나, 그 안에 실린 힘은 무지막지했다.

곽경무의 무릎이 풀썩 꺾였다.

몸에 뚫린 구멍에서 일렁이던 분홍색의 빛무리도 힘을 잃었다.

곽경무가 고개를 들고 강건청을 올려보았다. 마주 보는 강건청의 눈빛은 무척 맑았다. 오른쪽 가슴이 꿰뚫린 채로, 강건청이 아무렇지 않은 듯 입술을 열었다.

"수고 많았어, 곽 노대."

"포기하지 마십……."

곽경무는 말조차 끝까지 하지 못했다. 의식이 흐려지는 듯, 휘청하더니 다시 손을 내려 고꾸라지는 몸을 버텨냈다. 그때서야 배에 뚫린 구멍에서 핏물이 왈칵 솟구쳤다.

그래도 곽경무는 쓰러지지 않았다.

아무것도 못할지언정, 주군의 위기 앞에 드러누울 수는 없다고 말하는 듯하였다.

이랑진군은 그런 곽경무를 일별하고는 다시 두 손으로 삼첨양인도를 잡았다. 어렵사리 잡아 버티고 있던 강건청은 베어 오는 힘이 두 배가 되었음을 느끼고 다시금 이를 악물었다.

버텨야 했다.

곽경무의 말대로 포기하지 않을 생각이었다. 그것이야말로 지금, 부들부들 떨리는 손으로, 온몸에 붕대를 감은 채, 의식도 없으면서 쓰러지지도 않는 노복에 대한, 최소한의 보답이라 할 터였다.

컹컹컹컹!

개 짖는 소리가 요란하게 울려온 것은 바로 그때였다.

이전과는 판이하게 다른 소리였다.

떠돌이 야생견을 발견한 토박이 집 개마냥 발악적으로 짖고 있었다. 게다가 들리는 거리도 아까와 다르다. 아까는 먼 느낌이 있었지만, 지금은 바로 근처다. 바로 이 금약당 벽 너머로 들리는 듯했다.

컹컹! 꽈앙!

이랑진군이 퍼뜩 고개를 돌렸다. 짧은 순간 강건청은 읽을 수 있었다. 이랑진군의 가면 속 눈빛에 떠오른 것은 명백한 당혹감이었다.

콰직! 꽈광! 우지끈!

나무벽 한쪽이 무너진 것은 바로 다음 순간이었다. 노송장식 창틀도 함께 부서져 땅바닥에 떨어졌다.

"금수 주제에. 참으로 사납구나."

우직! 우지직!

남아 있는 파편을 손으로 뜯어내며, 한 남자가 들어왔다.

쩔룩.

걸음걸이가 어딘지 모르게 불안정하다.

한발 들어오며 가슴을 펴고, 장내를 휘이 둘러보더니 대수롭지 않은 목소리로 말했다.

"이건 뭐, 말 그대로 절체절명이구만."

그가 걸어 들어왔다.

이랑진군이 물었다. 가면 속 목소리엔 이제 분명한 떨림이 함께하고 있다.

"효천견을 어떻게 했느냐."

"효천견? 그게 개였나? 산더미처럼 크더니만?"

"효천견을 어떻게 하였나 물었다."

이랑진군은 다시 물었다. 목소리에 깃든 떨림은 강력한 분노를 담고 있었다.

"때려 눕혔다. 죽었는지 살았는지는 모르겠군."

그가 한발 더 다가오며 말했다.

이랑진군의 가면 속 눈빛에 광망이 서렸다.

"죽어야 할 자로구나. 이름이 무엇인가."

"나 몰라?"

그가 되물었다. 짐짓 실망했다는 듯 얼굴을 찌푸리고는 왼발로 탁탁 바닥을 튕긴다.

"가면 쓴 놈들은 모조리 마음에 들지 않아. 알려주마. 내가 누군지."

탁.

왼발이 멈추었다.

그러더니, 일순간 무서운 속도로 땅을 박찼다.

쐐애애액!

기습적인 쇄도! 이어지는 것은 누가 뭐래도 발도각이다.

이랑진군은 곽경무를 물리칠 때처럼 왼손 일장만으로 대응했다. 하나 그는 바로 다음 순간 그것이 실책임을 알았다.

상대의 쇄도는 보기보다 빨랐고, 이어지는 각력은 예상했던 것보다 두 배는 더 강력했던 것이다.

퍼엉!

장력과 각력이 충돌했다. 이랑진군의 상체가 충격으로 크게 흔들렸다.

발도각에 이어, 몸 전체를 반 바퀴 회전시킨다. 회전의 끝으로 예리한 도기(刀氣)를 품은 족도참격이 뒤따랐다.

"……!!"

육장으로 받을 수 없는 일격이었다. 갑주를 둘렀지만, 갑주 채로 잘려 나갈 힘이다.

삼첨양인도를 써야 했다.

힘주어 강건청의 가슴을 쪼개고 빼낼라고 했더니, 순간적인 저항이 만만찮다. 도리 없이 반대편으로 잡아챘다. 저항이 사라졌다. 강건청의 가슴에서 핏물이 울컥 쏟아지는 것을 보았다.

'늦었다!'

짧은 시간 멈칫거린 대가는 만만치 않았다. 막아보려 했지만 방도가 없었다. 삼첨양인도를 올려치며 다급히 몸을 젖혔다.

스가각!

이번엔 예상대로다.

연철을 댄 견갑이 통째로 잘려 나갔다. 이랑진군의 왼쪽 어깨 어림에서 선혈이 솟구쳤다.

쿵!

진각을 굳게 박고, 삼첨양인도를 거세게 뿌려냈다.

타닥.

상대는 왼쪽 발끝으로 경쾌하게 땅을 차며, 어렵지 않게 삼첨양인도 연환격을 흘려냈다. 왼손에 오른손을 더하고 삼첨양인도를 돌려 중단으로 내질렀다. 상대가 번쩍 뛰어올라 무서운 속도로 오른발을 후려쳐 왔다.

퀴잉!

파공음이 엄청났다. 즉도전충격, 앞에 있는 모든 것을 부숴 버릴 기세다.

이랑진군의 대응은 대단히 빨랐다.

삼첨양인도를 툭 쳐올려 날카로운 칼날을 상대의 발 앞에 들이대는데, 없었던 공간에 삼첨양인도가 나타나는 느낌이 들었을 정도였다. 칼날과 발이 부딪치는 찰나, 이랑진군은 곧바로 다음 일격을 준비했다. 삼첨양인도 칼날은 단금절옥의 예리함을 지닌다. 상대는 발을 뺄 수밖에 없을 것이고, 빼는 순간엔 우상단 두 자 위에 상대의 복부를 꿰뚫을 수 있는 투로가 열린다.

거기에 집어넣기만 하면 된다. 격중해도, 행여 막히거나 피해도, 상대의 투로는 흐트러질 수밖에 없다. 다음 공방에선 우위다.

그렇게 예상했다.

한데.

따아앙!

'따앙……?!'

들려온 소리는 금속성이다. 손아귀에서 삼첨양인도 창봉이 진동하며 팔꿈치까지 강렬한 충격을 안겨주었다.

'무슨!'

재빨리 뒤로 물러나며 거리를 벌렸다.

오판의 연속이다.

다시 상대를 파악할 필요가 있었다.

툭툭, 딸깍.

상대는 어인 일인지 곧바로 쫓아 들어오지 않는다. 허리를 굽혀 오른쪽 무릎을 만지는데, 각반이라도 고쳐 대는 듯하다.

'철각반? 아니다……!'

다시 보니 무릎 아래가 이상하다. 선이 곧지 않고 어긋나 있는 느낌이다.

"잘못하면 빠지겠군. 잘 붙여놔야겠어."

태연하게 말하며 이음새 두 곳을 조이는 것 같더니 툭툭 쳐서 위치를 바로잡는다. 이랑진군의 가면 속에서 또 한 번 광망이 번뜩였다.

'의족?!'

천신의 가면 안으로 인신(人身)의 의식이 간섭해 왔다.

이진명의 머릿속에 들어 있는 정보였다.

사천 억양.

다리를 잃은 자.

족도로 참격을 구사할 수 있는 내가각법고수.

'구룡보, 참룡방……!'

"불패신룡?"

기이한 음성으로 오기룡의 별호를 말한다.

이랑진군과 이진명의 목소리가 섞여 있는 듯한 목소리였다.

"그래, 진즉에 알아봤어야지."

오기룡이 씨익 웃으며 강건청 쪽을 돌아보았다.

그가 물었다.

"괜찮은 거요?"

강건청의 낯빛은 백짓장처럼 창백했다. 관자놀이와 콧등에 땀

방울이 맺힌 것이 여간 위태위태해 보이지 않는다. 그러면서도 강건청은 미소를 지어 보였다. 그가 바람 새는 목소리로 말했다.

"오랜만이오. 또다시 구명지은이라니, 참으로 묘한 인연이군."

강건청은 잊지 않고 있었던 것이다.

오원에서, 촉사와 향독에 중독되어 위기에 빠졌던 날, 그를 구해줬었던 오기룡을 말이다.

"아아, 그랬었지. 공교롭게도."

오기룡이 왼발을 버릇처럼 탁탁 털며 말을 이었다.

"그때 같이 있었던 꼬마를 기억할 것이오. 이번에도 함께 왔소. 구할 사람이 더 있다고 하더이다."

"……!!"

강건청은 또 기억한다.

너무도 총명했던 아이. 문득 드는 생각이 있다. 데려다가 큰 일을 맡기고 싶었던 그릇. 그런 아이가 금상에 있었다면, 이런 위기도 막을 수 있지 않았을까.

"그렇다면……!"

"지금은 대단한 고수가 되었소. 걱정되는 사람이 있다면, 한 시름 놓으셔도 될 것이오."

꿍!

이랑진군이 삼첨양인도 창봉으로 땅바닥을 꽝 찍으며, 두 사람의 대화를 끊었다.

"가관이로다. 인간의 틀에 갇혀 있는 자들이 이 무슨 오만인가."

분명 그렇다.

과거를 회상하며 잡담이나 나눌 때는 확실히 아니었다.

이랑진군의 전신에서 뭉클거리는 기운이 새어나왔다. 천신으로서의 자존심이 상한 모양이다. 명백한 분노의 감정을 느낄 수 있었다.

"모조리 죽여주마."

이랑진군이 꽝, 진각을 박고 거세게 짓쳐 들었다.

오기룡을 향해서다.

쩡!

오기룡의 발목이 삼첨양인도와 정면으로 부딪쳤다. 두 사람의 몸이 충돌의 반탄력에, 반대편으로 튕겨 나왔다. 오기룡이 자세를 가다듬고는 도발이라도 하듯, 한마디를 더했다.

"마음대로는 안 될 거다."

헌원력에게 받아왔다는 의족은 그 하나로 훌륭한 무기였다. 숨겨진 암기나 기관병기는 없었지만 단단하기로는 어떤 신병이기 못지않았다. 한눈에 보기에도 범상치 않은 삼첨양인도와 몇 번을 부딪쳤는데도 흠집 하나 나지 않았다.

강건청의 상태가 썩 좋아 보이지 않는 게 마음에 걸린다만, 무엇이 어떻게 되어도 질 것 같은 느낌은 없다.

그는 불패신룡이다.

어떤 상황에서도 패배를 모르는 남자였다.

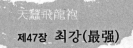

天蠶飛龍袍

제47장 최강(最强)

천하에 다툼들이 계속되니 구주엔 혼란만이 가득하다.

영웅난세, 효웅천하라, 그 누구의 독주도 허용치 않는 시대다. 드넓은 땅 위에서 가장 강한 자를 꼽으라고 한다면, 그 누구라도 명쾌한 답을 내놓기가 어려운 때가 온 것이다.

누군가는 이야기한다.

이 시대의 최강은 이미 정해진 것이 아니냐고.

정점을 넘보는, 또는 정점에 이른 자들은 달리 이야기한다.

인간에게 허락되지 않은 힘으로는, 최강을 논할 수 없다고.

사람의 한계를 넘어 입신(入神)의 경지에 이른 자들에겐 인간의 법도를 적용할 수 없다고 하였다.

아마도, 그것은 옳은 말일 것이다.

반선(半仙)의 인간이 신선(神仙)의 힘을 발하면 사람보다 하늘에 가까워지게 되어 있으며, 하늘에 이른 자는 더 이상 사람이 아니게 될 터였다. 등선(登仙)과 해탈(解脫)이란 신(神)으로의 완성을 뜻하되, 범부의 눈으로 보기에는 천수를 누린 평온한 죽음과 다를 게 없는 법일 터이니 말이다.

최강을 논한다는 것은 결국, 입신(入神)의 경계에 이르지 못한 자들만의 특권이라 할 것이다. 가진 바 무용을 마음껏 드러낼 수 있는 이들에게만 최강을 말할 자격이 있으리라.

…제천십익이 최강을 넘보는 자들이란 것에는 이견의 여지가 없다.

하지만, 그들조차도 최강의 칭호를 얻기 위해서는 반드시 극복해야 할 자들이 있다.

팔황의 수좌들은 물론이요, 팔황이 키워낸 초절정고수들 중엔 제천십익에 버금가는, 심지어 능가하는 재능들이 존재하는 까닭이다.

대표적인 이들을 꼽아보자면, 성혈교의 어린 열세 번째 사도를 비롯하여,

숭무련의…(중략)…….

…그리고, 저 제천십익이라 할지라도 무너뜨리기 힘든, 독보적인 아성을 구축하고 있는 신마맹 초고수 제천대성과, 최강자(最强者)의 칭호에 가장 가깝게 다가서고 있는 새로운 무신(武神) 위타천에 이르기까지…….

재앙이라 해도 과언이 아닌 이 시대의 혼란이, 흘러넘치는 인간의 재능과 힘에서 초래된 결과라 한들, 그리하여 누군가가 이것을 틀어막고 멈춰야 한다고 생각했다 한들.

옳고 그름을 따지지 말아야 할 기록자의 신분으로서 어떤 판단을 내려야만 하는지, 나는 알 수가 없을 뿐이다…(중략)…….

한백무림서 미완
한백의 일기 中에서.

'**집**으로 돌아가야 해!'

강설영은 마음이 급했다.

하늘 저편에 붉은 빛이 감도는 것을 보았다.

금상 쪽이다.

화광(火光)이란 것을 깨닫기까지는 긴 시간이 필요치 않았다.

당장 뛰어가려 했지만, 그녀는 집으로 갈 수가 없었다.

'한데……'

이군명, 아니 나타태자 때문이다.

그녀에게 사랑까지 고백했던 이였다.

그토록 긴 시간, 고된 여정을 함께해 준 이가, 신마맹 무리의 가면을 쓰고 있었다. 매끄러운 동자(瞳子) 가면을 보고 있자니, 절로 소름이 끼쳤다.

꽈앙!

천룡파황권의 경기가 바람을 가르고 땅 위에 폭음을 냈다. 땅 거죽이 뒤집어졌다. 야생초 한 무더기가 사방을 어지럽혔다.

'벗어날 수 없어.'

나타태자는 빨랐다.

발밑에 불길과 같은 기운을 두른 채 놀라운 몸놀림으로 강설영의 공격을 무산시키고 있었다. 불바퀴를 타고 하늘을 나는 것 같다. 풍화륜을 타고 다닌다는 나타태자의 전설이 실재(實在)가 되어 눈앞에 펼쳐지고 있었다.

'이토록 짧은 시간에 이 정도 성취라니……!'

나타태자는 강했다.

나타태자의 강함은 곧, 이군명의 강해짐과 같은 뜻을 지닌다. 짧다면 짧다고 하고, 길다면 긴 시간이었지만 어찌 되었든 이렇게 무공이 달라지는 것은 있을 수 없는 일이다.

폐관수련만으로는 안 된다. 절대 안 된다.

'서왕모의 복숭아……!'

기연 말고는 없다.

온갖 종류의 전설에서 말하길, 서왕모의 복숭아는 불사의 상징이라고 했다.

그저 찾아온 자에게 불사의 영약을 그리도 쉽게 대접할 리는 만무하거니와, 서왕모 스스로도 그것이 불사의 영약은 아니라고 하였었다.

하지만 서왕모의 복숭아는 보통 영약이 아닌 게 맞다. 그녀가 그녀의 몸으로 느낀 바가 그랬다. 하지만 그것만으로 이 정도 성장은 설명이 되지 않는다.

내공 증진, 근골 강화의 효능이 있는 것은 분명했지만 이렇게나 강해질 정도는 절대 아니다. 함께 강호를 주유했던 모든 순간, 그녀는 단 한순간도 이군명보다 약했던 적이 없다. 두 사람의 무력엔 분명한 차이가 있었고, 그것은 몇 달, 한두 해 수련을 한다고 넘어설 수 있는 성질의 것이 아니었다. 내공, 자질, 익혀온 무공 그 자체, 어느 하나도 이군명이 단기간에 그녀를 앞지를 수 있는 가능성은 전무하다고 생각했었다.

쐐액! 꽈아앙!

한데, 지금의 공방은 그녀의 판단을 송두리째 뒤흔들고 있다.

지나친 자만이었을까.

애초부터 이군명이란 남자를 잘못 본 것이었을까. 그녀의 천룡파황권은 이번에도 나타태자의 옷깃조차 스치지 못했다. 땅거죽을 또 한 번 뒤집으며 산야의 들꽃만 어지럽게 흩날렸을 뿐이다.

'이건 아니야. 이럴 수는 없어.'

소위 영약이란 이름이 붙은 물건들이란, 모두에게 동등한 힘을 주는 것이 아닐 것이며, 누군가는 같은 영약을 통해 상상 외의 효력을 볼 수도 있을 것이다.

그렇다 해도 이렇게까지 차이가 나는 것은 납득할 수 없다. 그녀는 물론이요, 곽경무만 해도 이 정도 효과는 보지 못했다. 검은 머리가 다시 나고 근골이 젊을 때처럼 강건해졌다지만, 무공 측면에서도 비약적인 성장이 있었냐고 한다면 답은 아니오였다.

불사(不死)라는 말은 또 어떠한가.

곽경무는 기식이 엄엄한 상태로 실려 왔다. 불사의 영약은 아니라는 말일 게다. 물론, 위타천의 공격에 당연히 죽어야 했을 것을 복숭아 덕분에 살아서라도 온 것이었다면 이야기가 다르겠지만 말이다.

'이 정도 힘으론 안 돼. 공력을 더 끌어올려야……!'

그녀가 꽉 쥔 두 주먹에 힘을 더했다. 하단전에서부터 꿈틀, 올라온 천룡무제신기가 주먹 주위의 허공에 은은한 진동을 만들었다.

텅! 쐐애애액!

땅을 박차는 속도도 더 빨라졌다. 그녀의 주먹이 무서운 파공음을 일으켰다.

퍼어어어엉!

또다.

나태태자의 몸은 이미 일장 앞 측면으로 비껴나 있다.

의문과 불신이 절로 짙어졌다.

서왕모의 복숭아 덕분이든, 아니면 저 괴이한 가면의 요사스런 공능 덕분이든, 나태태자는 천룡파황권의 압도적인 용력을 너무도 쉽게 피해내고 있었다.

'왜지?'

천룡파황권은 이렇게 회피할 수 있는 무공이 아니었다. 전개와 동시에 나선형의 경파가 주위를 채워 직격 범위 바깥에 있는 자도 충격 범위 내로 빨아들이는 특성을 지닌다. 피하려고 하면 경파를 뿌리치거나 중화시킬 수 있는 내공운용이 있어야 했다.

이정도로 가볍게 피한다는 것은 곧, 그와 같은 내공운용을 아무렇지도 않게 해내고 있다는 뜻이다.

'게다가⋯⋯!'

쉬익! 파아아앙!

믿기 어려운 것은 그뿐이 아니었다. 그녀가 물러서려고 하면, 순식간에 거리를 좁히며 공격을 가해오는데 이것이 또 예측불허다. 특별히 강한 것도 아니요, 물리치기가 어렵지도 않은데, 공방 후에 발이 떨어지는 위치를 보면 허락된 공간이 지극히도 빡빡했다. 힘으로 밀어내거나, 흘려서 비껴 내거나 어느 쪽을 택해도 마찬가지다. 자세를 잡고 보면 그 자리가 다시 그 자리였다.

'완전히 묶여 버린 상태야.'

처음엔 전혀 의식하지 못했지만, 지금은 확실히 느낀다.

무엇을 어떻게 해도 거리를 벌릴 수가 없었다. 처음 이군명이 끌어낸 야생화 공터에서 한 발짝도 나서질 못하고 있었던 것이다.

'뭔가 있어.'

이군명은 위타천이 온다고 말했다.

금상의 하늘로 고개를 돌리면 시뻘건 화광을 확인할 수 있다.

당장 가야 했다.

그런데 갈 수가 없다.

뛰어넘어 땅을 박차려 해도, 때려 부수고 뿌리치려 해도, 눈앞에선 야생화 꽃잎만 나풀거린다. 마치 이 들판이 영원토록 이어져 있는 것 같다.

'무공 때문이 아니야.'

갑작스레 눈앞이 밝아지는 느낌이 들었다.

이건 정상적인 무공 대결이 아니다. 그저 붙잡아두고 싸우는 것과, 누군가를 한정된 공간에 가두는 것은 완전히 다른 문제였다.

좁은 방 안도 아니요, 이렇게 탁 트인 벌판에서, 뿌리치려고 애쓰는 무공고수를 옴짝달싹 못하게 만들기 위해서는, 상대보다 몇 수, 아니 몇 배의 무공을 지니고 있어야 했다.

강설영보다 몇 배 더 강하다?

그것도 이군명이?

말이 되는 이야기일까.

기연이니, 가면이니, 폐관수련이니, 그런 걸로는 안 된다. 몇 배 더 강하다는 것은 어불성설이다. 들판도 마찬가지다. 끝없이 이어지는 들판도 말이 안 된다. 그저 그렇게 보일 뿐이다. 강한 것처럼, 끝없이 이어진 것처럼.

'술법……!'

어불성설을 어성설로 만들 수 있는 것이 무엇이었나.

그녀는 그와 함께했던 시간 동안 충분히 보아왔다.

강설영의 눈빛이 달라졌다.

그녀가 무서운 속도로 나타태자에게 쇄도했다. 천룡무제신기를 있는 대로 끌어올려 어깨부터 주먹의 궤도 전체에 강력한 경파의 소용돌이를 만들었다.

나타태자의 움직임이 처음으로 다급해졌다.

화르륵!

발끝에 달고 있는 불꽃 같은 기운이 빠르게 회전하며 나타태자의 몸을 공중으로 띄워 올렸다. 강설영은 나타태자의 움직임을 쫓지 않았다. 주먹 주위의 허공에 채워놓았던 천룡무제신기를 모조리 앞으로 뻗어내며 역방향으로의 추진력을 얻었다.

그녀의 몸이 허공에 덜컥 멎었다.

후우우웅! 콰아앙!

바람이 빨려든다. 압축된 바람이 강력한 폭발음을 내며 그녀의 몸을 반대편으로 튕겨냈다.

천룡무제신기의 힘으로 뻗어나가는 그녀는, 두 눈으로 뒤따라오는 나타태자의 움직임 대신 야생화 들판의 땅바닥을 훑었다.

막무가내로 끌어내, 다른 곳도 아닌 이 벌판에 데려왔다. 비밀도… 비밀에 대한 답도 이 땅에 있어야 옳다. 땅바닥에 눈을 박고 앞으로만 달렸다. 들풀 줄기가 눈앞을 어지럽혔다. 야생화 꽃 무더기가 막 시야 한가운데에 들어왔다. 문득, 그 꽃 무더기가 둥글게 휘어진다는 느낌을 받고 황급히 고개를 들었다. 분명 직선으로 달렸다고 생각했는데, 방향이 한참 틀어져 있었다. 그녀가 몸을 튼 것은 분명 아니었다. 마치 그녀를 가만히 두고 온 세상이 비틀린 듯했다.

'진법에 걸렸구나!'

확실히 알았다.

술법과 진법.

둘의 경계를 무엇이라 해야 할지 그녀는 몰랐다. 구분이 되기는 되는 건지, 굳이 구분해서 불러야 할 필요가 있는지도 알 수 없었다.

다만 확실한 것은, 이대로는 어떻게 해도 여기에 잡혀 있어야 한다는 사실이었다. 해결책을 찾지 못하고서는 나타태자를 이길 수도, 금상으로 갈 수도 없을 터였다.

'생문(生門)을 찾는 것은 불가능하겠지. 그래도 진법이란 것이 결국 기(氣)의 조화로 이루어지는 것이라면…….'

강설영은 총명했다. 진법에 대한 무지(無知)는 깨끗이 인정했지만, 그렇다고 파훼를 포기하진 않았다. 시야의 왜곡, 균형감의 왜곡을 만드는 게 이 진법의 공능이라면 그 왜곡을 무시할 만큼의 힘과 속도로 돌파하면 될 것이라 보았다.

주먹에 모았던 천룡무제신기를 하단으로 끌어내려 두 발끝에 힘을 더했다. 오래전 세인들이 천룡강림보(天龍降臨步)라 불렀던 보법투로가 그녀의 발을 통해 세상에 나왔다. 야생화 꽃잎이 바스라지고 색깔 없는 잡초들이 몸을 숙였다.

눈으로 보지 않고 보법을 밟아 앞으로만 나아갔다.

'저항이……!'

쭉 나아가던 그녀의 발이 한순간 멈칫했다.

길이 없었다.

밟아야 할 투로를 선점당한 기분이었다. 절세의 고수가 막아선 것 같은 압력이 온몸으로 전해져 왔다.

그녀는 천룡무제신기를 더 끌어올렸다. 거의 바닥까지 끌어쓰자, 마침내 압력을 거스르고 나아갈 힘이 생겼다. 그녀의 몸이 달빛 받은 잡초 더미를 훌쩍 뛰어넘었다.

압력이 사라지고, 눈앞이 달라졌다.

바로 전까지만 해도 끝없이 펼쳐진 야생초 들판을 보고 있었는데, 한 발 뛰어넘고 보니 들판 가장자리 경계가 눈앞에 펼쳐져 있었다.

아예 벗어날 심산으로 땅을 박찼다. 그러려니 다시금 들판 전체가 움직이는 것 같았다. 다시 내공을 있는 대로 끌어올려 앞으로 나아갔다. 갑자기 안개가 낀 것처럼 시야가 흐릿해지고 몸 전체에 후끈거리는 열기가 느껴지기 시작했다. 열기는 강력한 화기(火氣)였다. 타는 냄새도, 흔들리는 불꽃도 없는데 뜨거운 열감이 사방에 가득했다. 이 정도 열기면 내공 운용을 멈추는 순간 곧바로 화상을 입을 게 틀림없었다.

호풍환우, 축천축지(縮天縮地)하는 진짜 진법이다. 한 발 더 나아갔다. 야생초 풀밭과 흙 밭 경계에는 쇠창살 같은 환상까지 보였다. 쇠창살은 반투명하게 뒤쪽의 흙 밭을 투영시키고 있었다. 실체는 없겠지만 만지려고 하면 만져 질 것이 분명했다.

발에 몰아넣었던 천룡무제신기를 온몸에 둘러치고 침습해 오는 모든 외기(外氣)를 무시하기로 했다. 느껴지던 열기가 조금 줄어들었다. 주먹에 힘을 모아 쇠창살 부숴 버릴 생각으로 땅을 박찼다.

하지만 그녀는 채 두세 발도 전진하지 못한 채, 그 자리에 멈춰야만 했다. 뒤에서 들려온 무시무시한 파공음이 그녀의 발길을 막은 까닭이었다.

키이이이잉!

파공성이 바람을 찢어발겼다. 위기감이 머리를 스쳤다.

'화살? 암기?'

재빨리 몸을 돌려, 날아오는 투사체(投射體)를 확인했다. 금색으로 빛나는 작은 물체다. 번쩍이는 금광이 무서운 속도로 확대되었다.

'피해선 안 돼.'

순간적인 판단이다.

피할 수 있는 방위는 한정되어 있었다. 거기에 넘어가면 안 된다. 나타태자는 지금껏 절묘한 공격으로 그녀의 이동 방향을 제한해 왔다. 이번 것도 마찬가지다. 여기서 방향이 틀어지면 눈앞에 펼쳐진 모든 광경이 변할 것이다. 지금껏 당해온 진법의 효용이 그랬다.

'제자리에서 받아낸다.'

천룡무제신기를 꽉 쥔 주먹에 모았다. 어깨를 뒤로 뺐다가 그대로 발사하듯 뻗어낸다.

주먹 끝에 날아오던 금광이 비껴 맞았다.

꽝! 콰광!

폭음이 터지고 금광이 방향을 틀었다. 무서운 기세로 튕겨나간 금광은 땅바닥에 틀어박히며 또 한 번의 폭음을 냈다. 찌릿하는 통증이 주먹에서 팔꿈치를 타고 올랐다. 천룡파황권을 익힌 이래, 마음먹고 뻗은 주먹으로부터 이런 충격을 받아본 것은 실로 몇 번 되지 않았다.

키이이이잉!

눈을 돌려 금광의 정체를 확인하려 했다. 하지만 그녀는 움푹 팬 땅바닥을 제대로 살필 수가 없었다. 또 한 발의 금광이 더 날아왔기 때문이었다.

'진기의 운용은 이미 파악했어!'

금색 투사체의 힘은 물체 전방이 아닌 후방의 회전력에서 나온다. 던지는 순간 전사력를 후첨에 걸어 추진력을 배가시킨 게 분명했다. 해법은 다른 게 없다. 천룡무제신기의 경파에 회전을 걸어 중화하면 투사체의 힘을 절반 이상 꺾을 수 있을 것이다. 손가락을 펴고, 천룡무제신기를 허공에 퍼뜨렸다. 팔꿈치를 들고 손목을 틀며 정면으로 날아오는 금광을 날렵하게 낚아챘다.

파앙!

생각은 쉬웠지만, 위력은 만만치 않았다. 손목을 통해 묵직한 통증이 전해져 온다.

손에서 부르르 떠는 물건을 보니, 야밤에도 빛이 나는 금덩이였다. 마치 기왓장처럼 생겼다. 묵직한 무게감이 진짜 금(金)인 듯했다.

"법보(法寶) 금전(金磚)을 맨손으로 받아내?"

나타태자의 목소리엔 놀라움이 깃들어 있었다.

이군명의 그것과 거의 같은 목소리다.

다시 한 번 소름이 쫙 끼쳤다.

목소리가 아예 달라졌으면, 다른 사람이겠거니 하겠지만, 이군명과 비슷하니 더 듣기가 힘들었다. 후끈거리는 화기가 천룡무제신기 바깥에서 기승을 부리고 있었지만, 마음만큼은 냉굴에 빠진 듯 차갑기만 했다.

"보통 아녀자가 아니로구나. 인신과의 완전동화(完全同化)가 어렵다 했더니, 그럴 만한 이유가 있었다. 그럴 만한 이유가 있었어."

이번엔 좀 달랐다.

이군명의 목소리에 처음 듣는 소년의 목소리가 섞여 있다. 말투도 이 시대 사람이 아니다.

더욱더 미칠 지경이었다. 그녀는 긴 시간 동안 술가(術家)의 기인이사들을 만나러 다녔다. 귀신에 씌었다는 사람들에 대한 이야기도 숱하게 들었다.

말하자면 익숙한 일이란 뜻이다.

하지만 그녀는 결코 태연할 수 없었다. 한 다리 건너서 듣는 것과 직접 눈으로 보는 것은 다른 법이요, 직접 보는 것이라도 생면부지의 타인의 일과 잘 아는 지인의 경우는 또 한번 다른 법이었다.

이군명은 그녀에게 사랑 고백까지 했던 남자였다. 기약없는 모험을 함께하며, 오롯이 그녀의 편이 되어주었던 사람이다.

그랬던 사람이 이토록 괴이한 모습으로, 괴이한 목소리로, 처음 보는 사람처럼 말을 해오고 있다.

평정심이 흐트러질 수밖에 없었다.

이질감. 분노. 배신감. 조급함. 괴리감. 안타까움.

항상 솔직했던 그녀의 얼굴에 온갖 감정이 담겼다.

너무나도 변한 모습으로 서 있지만, 아직 변하지 않은 그가 그 안에 있다면.

그가 그녀의 말을 들을 수 있다면.

"가야 해요. 이만 보내줘요."

자신도 모르게, 입 밖으로 나온 목소리다.

"······!!"

강설영을 똑바로 바라보던 나타태자가 순간적으로 휘청했다.

그녀도 예상치 못했던 반응이다. 나타태자가 한 손으로 머리를 잡고 몸을 세웠다. 머리를 잡았다기보다는 가면을 붙잡은 것 같은 모양새였다.

"남녀간의 정(情)이란 혼탁한 마음의 총아와도 같거늘, 천신을 모시는 혼주(魂主)의 심중엔 있어서는 안 될 업(業)이로다. 그저 붙잡아 두려고 했건만. 너는 마땅히 죽어 없어져야 할, 방해자로구나."

나타태자의 목소리엔 완연한 분노가 깃들어 있었다.

그가 두 팔의 소매를 털었다.

파락! 하는 소리와 함께, 스스로 법보 금전이라 부른 두 개의 금기왓장이 양손에 잡혔다.

강설영의 얼굴이 침중함으로 물들었다.

슬쩍 뒤를 돌아보자, 그사이 위치가 어긋난 듯 쇠창살 모양의 환상이 희미해지고 있었다.

가볍게 툭 땅을 차고 후방으로 물러났다.

나타태자의 출수는 즉각적이었다. 번쩍 몸을 날리며 두 손의 금전을 날려온 것이다.

강설영은 두 가지를 확신할 수 있었다. 나타태자의 안엔 아직 이군명이 있다. 그녀를 사랑한다 말했던 그가 아직 사라지지 않았음을 알았다.

또 한 가지는, 바로 이 뒤에 진법을 빠져나갈 생로(生路)가 있다는 사실이다. 절대 뒤로 못 보내겠다는 듯 폭발적인 기세로 던져낸 두 개의 금전이 그 사실을 증명한다.

키잉! 쩌엉!

허리를 틀어 먼저 날아온 금전을 피했다. 스치고 지나간 어깨 어림이 얼얼했다. 손바닥을 펴, 두 번째 금전을 쳐냈다. 몸 전체가 크게 흔들렸다. 끌어올린 내력으로 충격을 흩어내고 곧바로 뒤를 향해 몸을 날리려니, 나타태자가 어느새 코앞이다. 축지법이라도 쓴 듯, 먼 거리를 눈 깜빡할 새에 뛰어넘어 온 것이다.

말이 안 된다는 생각은 접었다.

여기는 이름 모를 진법의 안쪽이다. 나타태자의 영역이란 말이다. 그녀가 즉각 주먹을 쥐고 천룡파황권을 쳐냈다. 두 발은 땅에 박고 움직이지 않았다.

파아앙!

천룡파황권의 경기가 허공에 바람의 소용돌이를 만들었다. 나타태자의 몸은 벌써 일 장 옆이다. 그의 발밑엔 불바퀴가 일어나 있었다. 그녀는 나타태자를 쫓지 않았다. 대신 발끝에 힘을 집중하여 정 후방을 향해 몸을 돌렸다. 희미해졌던 쇠창살 형상이 오장 여 앞 쪽에 나타났다. 나타태자가 발밑의 불바퀴를 끌고 그녀와 쇠창살 형상 사이에 섰다.

그가 두 손으로 허리춤을 훑었다.

어디서 솟아났는지, 황금색으로 빛나는 두 자루 단봉이 두 손에 나타났다. 황금 단봉들의 한쪽 끝에는 붉은색 보석이 박혀 있었다. 그가 황금 단봉 반대편 끝을 마주댔다. 보석이 없는 쪽이다. 철컥, 하는 소리와 함께 두 황금 단봉이 합쳐져 하나가 되었다. 합쳐서 네 자다. 더 이상 단봉은 아니었지만 여전히 장봉(長棒)이라 부르기엔 부족한 길이였다. 그래도 휘둘러 후려치기엔 충분하고 남는다. 황금봉의 재질도 범상치 않았고, 양끝에 박혀 있는 보석들도 강도(强度)로는 최고를 다투는 홍금강(紅金剛)으로 보였다.

강설영의 눈빛이 가볍게 흔들렸다.

나타태자의 분위기는 또 달라져 있었다. 갇혀 있는 새가 날아가지 못하도록 새장을 지키는 파수꾼에서, 새를 잡아 죽이려는 사냥꾼이 되어 있다.

기도의 변화가 그러했다.

화려한 홍금강 백철곤을 겨누어 오는데, 활시위에 화살을 올린 살인자와 마주 선 듯했다.

명명백백한 살기였다.

온몸에 천룡무제신기를 둘러쳐 공방을 대비했다. 주먹을 말아 쥐고 왼손을 상단에, 오른손을 허리춤에 두었다. 홍금강 황금봉의 사정거리를 가늠하며 반보 앞으로 움직였다. 나타태자가 훅, 하고 다가왔다. 황금봉이 금빛 잔영을 남기며 그녀의 왼쪽 옆구리를 노려온다. 팔꿈치를 위로 올리고 아래로 손바닥을 내려 황금봉의 일격을 막아냈다.

퍼엉!

횡축으로 몸을 띄워 충격을 흩어내야 했지만, 그녀는 두 발을 움직이지 않은 채로 힘의 여파를 온전히 버텨냈다. 그래야 했다. 무조건 앞으로 나가야 한다. 여기서 조금만 방향이 틀어지면 진법의 조화에 먹혀 버릴 것이다.

위이잉! 파앙!

그녀는 또다시 제자리에 선 채, 허리를 틀고 손바닥을 비껴쳐 내려치는 황금봉을 받아냈다. 그리고 온몸에 진기를 실어 굳건히 일보 더 전진했다. 나타태자의 움직임이 격해졌다. 그가 황금봉을 풍차처럼 휘돌리더니, 그녀의 좌측면으로 돌아가 빠르게 연환봉을 찔러내왔다. 강설영은 금강부동이다. 마치 소림의 신법을 보듯, 흐트러지지 않은 자세로 오른발을 정확히 직각으로 틀어 중앙성을 교묘하게 이동시키고는, 좌수 오연환 권격으로 질러오는 홍금강 황금봉을 일일이 튕겨냈다.

놀라운 권법이었다.

목표를 정했으니 흔들리지 않는다. 그녀가 다시 한 발 나아갔다. 다급해진 것은 나타태자 쪽이다. 발밑의 불바퀴 불꽃이 더 선명해졌다. 손속도 불꽃처럼 빨라졌다. 강설영의 정면과 측면을 오가며 봉을 휘두르는데, 황금봉 잔영이 사방을 채운다. 마치 두 팔이 네 개 여섯 개로 불어난 듯했다.

강설영은 물러나지도 피하지도 않았다.

주먹과 손바닥, 권장을 자유자재로 변환하며 찔러오는 것은 지르기로 맞받고, 휘둘러오는 것은 장타로 비껴냈다.

철컥!

나타태자의 손이 더 빨라졌다. 황금봉을 둘로 분리시켜 두 단봉을 번갈아 때려냈다. 한 바퀴 빙글 돌며 휘둘러오는데, 봉첨의 홍금강석이 칼날처럼 뾰족하게 일어났다. 주먹으로 맞받으려던 강설영이 급하게 손을 뺐다.

스각!

소매가 찢기고 팔꿈치 근처 상완에 작지 않은 상처가 생겼다.

황금봉이 황금단봉으로, 그중 하나는 홍금강 단창이 된 셈이다. 기관으로 작동하는지, 홍금강 보석이 다시 쑥 들어가고, 거기서 송곳처럼 얇고 긴 칼날이 튀어 나왔다. 실초와 허초가 뒤섞이고 황금단봉 병장기가 형태를 바꾼다.

황금색의 화려한 잔영이 팔의 개수를 더 많아 보이게 한다. 그 수는 가히 여덟 개로 보일 정도였다.

'팔비나타!'

나타태자를 달리 부르는 이름이다. 여덟 개의 팔로 여덟 병장기를 다룬다는 전설의 천신이다. 가면의 생김새마저도 악귀처럼 변한 것 같다. 아니, 실제로 변해 있다. 동자 가면 두 뺨과 입 주위에 없었던 문양이 떠올랐다. 성난 악귀의 그것처럼 보이는 형상이었다.

파앙! 쩌엉! 빠박!

어떻게든 앞으로 나아가려는 강설영과 그녀의 앞을 막아서는 대천신 팔비나타의 싸움이다.

회피와 이동이 불가능한 그녀는 이기(異器)인 나타태자의 변환병기를 모조리 정면으로 받아내는 중이었다.

천룡무제신기가 그녀의 육신을 강철의 강도로 만들어주지 않았더라면, 진즉에 무너졌을 공방이었다. 끊임없이 솟아나는 내력마저도 일순간 진탕시킬 만큼의 유효타가 지속적으로 들어오고 있었다.

쾅!

'큭!'

신음 소리를 목으로 삼켰다.

이 보 좌전방으로 뛰어나가 반격을 가했어야 할 순간이다. 그래야 나타태자의 투로를 끊고, 다음 공격의 기세를 꺾을 수 있었을 것이다. 하지만 그녀는 반격을 할 수 없었다. 이동이 허용된 것은 전방뿐이었기 때문이다.

절대적으로 불리한 싸움이다. 길지 않은 단봉일지라도, 적수 공권과는 그 사정거리에 있어 분명한 차이가 존재할 수밖에 없다. 나타태자의 공격을 점점 더 기세를 더해가고 있었고, 그녀는 단 한 번의 공격도 격중시키지 못한 채, 방어 일변도로 버텨야만 했다.

'이렇게는 안 돼.'

몇 합을 막아냈을까.

메마르지 않는 내공의 우물이라도 지닌 것처럼, 강설영은 꿋꿋했다.

팔비나타, 진정 팔이 여덟 개라도 된 듯 맹공을 퍼붓고 있는데, 작은 체구 소녀 하나가 그 공격을 모조리 다 쳐내고 있다.

누가 봐도 혀를 내두를 만한 광경이었다. 그렇지만, 결코 보이는 것만큼 상황이 좋지는 않았다. 그녀는 더 이상 앞으로 나아갈 수가 없었다. 금상 쪽에 화광이 충천한 지도 한참이 되었건만, 불과 몇 장 앞의 철장에 속절없이 갇혀 있는 상태였다.

'잘못된 선택이었어. 군명 오… 아니, 이자부터 꺾었어야 해.'

강설영은 또 한 번 깨달았다.

진법이 문제가 아니다.

이 야생초 밭을 나갈 수가 없다는 데 사로잡혀 버린 나머지, 진정한 문제의 원인을 외면해 버린 셈이다.

상대는 강했다.

이 정도 강함이라면 처음부터 죽을 각오, 죽일 각오로 덤볐어야 했다.

그런데…….

그렇게 죽여야 할 상대가, 이군명이라는 사실이 그녀의 판단력을 흐리고 말았다.

이만 보내달라고, 자신도 모르게 말했을 때, 가면 안에서 휘청거렸을 정도로 흔들린, 바로 그 이군명이었다.

'신마맹. 받아들여야 되는 거였어. 적이라는 사실을.'

무의식 중에, 지금 이 순간에도 받아들이지 못하고 있는 것이다.

휘둘러오는 봉을 튕겨내고, 주먹을 뻗었다. 나타태자가 절묘한 간격을 두고 훌쩍 물러섰다. 강설영의 전진을 막을 수 있는 완벽한 위치에 내려서서 뾰족하게 일어난 홍금강 황금봉을 겨누어왔다.

'소중한 인연이었지만.'

아버지, 어머니, 곽 노대, 여은, 금상의 수많은 식솔들.

그녀가 가슴 깊이 숨을 들이쉬었다.

'나에겐 더 소중한 사람들이 있어.'

손을 펴고 손가락 하나하나에 진기를 밀어 넣었다. 천룡의 의지가 충만해진 두 손을, 새끼손가락부터 다시 차곡차곡 말아 쥐었다.

그녀의 눈 깊숙한 곳에서, 수신(水神), 용왕의 진기가 번쩍이는 빛을 발했다.

남녀간의 정이 혼탁한 마음의 총아라는 것은 그녀에게도 똑같이 해당하는 일이라. 미망을 걷어낸 그녀는, 마침내 진정한 전투태세로 돌입할 수 있었다.

후우우욱!

기파 자체가 달라져 버렸다.

발산보다는 수렴이다. 몇 장 앞, 쇠창살 환상까지 일렁였을 만큼, 주위의 기운을 한껏 빨아들이며 용형의 진기를 더욱더 키워간다.

나타태자도 그 변화를 무시할 수 없었던 듯, 지금까지와는 다른 한 수를 꺼내 들었다. 황금단봉 두 자루를 두 바퀴 휘돌리더니, 눈 깜빡할 사이에 마술처럼 두 단봉을 하나로 합쳤다. 한쪽 끝 홍금강 보석은 창날처럼 뾰족하게 일어난 상태다. 그가 오른발을 한 번 구르자, 발밑에 있던 불바퀴의 화기가 화르륵 소리를 내며 올라와 홍금강 보석 주위를 감쌌다.

"팔비신은 통하지를 않고, 화첨창까지 꺼내 들게 만들다니!"

팔비신, 화첨창.

전설 속 나타태자를 일컬을 때 항상 함께 나오는 이름들이다.

그러나 그녀는 그의 말을 곱씹지 않았다. 아예 듣지도 않았다. 나타태자가 비껴서 있는 우전방을 향해 폭발적인 기세로 땅을 박찼을 뿐이다.

꽝!

진각 소리가 사위를 울리고, 그녀의 주먹이 공기를 압축해 터뜨렸다. 정방향을 고집하지 않고, 짓쳐든 그녀의 선공에 나타태자가 대경하며 몸을 틀었다.

후욱, 퍼어어엉!

나타태자는 그녀의 천룡파황권을 완전히 피해내지 못했다.

이번 일격은 실로 무시무시했다.

하늘을 나는 듯 신기의 신법을 구사할 수 있게 해주었던 풍화륜 술법의 기운마저 천룡파황권 일격으로 빨아들여 버린 것이다.

권격의 경파를 스쳐 맞은 나타태자가 쓰러질 듯 이 보 물러나, 급하게 자세를 바로했다. 어깨어림의 옷깃이 걸레짝처럼 너덜거리고 있었다. 강설영은 얼굴은 아까와 완전히 달랐다. 혼란이 가득하여 모든 감정을 드러내던 표정은 온데간데없다. 청동 조각상처럼 무표정한 얼굴로 나타태자를 향해 짓쳐 들고 있었다.

나타태자가 화첨창을 빠르게 휘돌려 그녀의 몸 한가운데를 향해 살초를 내뻗었다. 불꽃을 머금은 홍금강 창날이 위협적인 기세를 선보였다. 하지만 그녀는 그야말로 거침이 없었다. 쑤셔 박을 테면 박아보라는 듯, 속도를 더하며 전진하더니 천룡무제 신기 머금은 손날로 화첨창 황금창대를 무섭게 후려친다.

쩡!

홍금강 화첨창날이 허공을 찔렀다.

꽝!

왼발로 진각을 박고.

후욱!

주먹을 내뻗는다.

천룡파황권 경파가 일장에 이르는 소용돌이를 만들었다.

퍼어어엉!

"크윽!"

풍화륜 신법은 확실히 놀랍긴 놀라운 비술이라.

이번에도 직격을 면한 나타태자다. 그가 그녀와 일 장여 거리를 두고, 상체를 바로세웠다. 옆구리 옷깃이 바스러진 사이로, 나선형으로 긁힌 상처가 보였다.

강설영은 주먹을 거두면서, 곧바로 진기를 다시 모았다. 그녀는 주위를 돌아보지 않았다. 보지 않아도 다시 사방엔 야생초밭만 끝없이 이어져 있을 거란 걸 잘 알고 있었다.

해답은 흐트러짐 없이 앞으로 나아가는 것이 아니었다.

답은 나타태자에게 있다.

방향이 조금만 틀어져도 눈에 보이는 경물이 변하는 진법이지만, 살아 움직이는 나타태자만큼은 분명 보이는 그대로의 위치에 있다.

그가 바로 열쇠다.

너무 늦게 알아버린 진정한 해답이었다.

꽝!

땅을 차고, 나타태자에게 뛰어들었다. 나타태자는 처음처럼, 풍화륜 신법을 최대로 끌어올려 강설영을 떨쳐 내려 했다. 하지만 그녀는 똑같이 당해주지 않았다. 진정 싸워 이기기로 의지를 굳힌 천룡은 힘도 속도도 아까와는 판이하게 달랐던 것이다.

꽈앙! 콰아앙!

폭음이 이어졌다.

천룡무제신기의 핵심 요소는 내공의 용량이나 무공투로의 초식 같은 것이 아니었다.

시전자의 감정과 의지가 모든 것에 우선한다.

필요하다면 이군명이라도, 그녀를 사랑했던 남자라도 죽이겠다.

그렇게 마음먹은 그녀의 움직임은 풍화륜 신법이 제아무리 신기의 술법무공일지라도 가볍게 뿌리칠 수 있는 것이 아니었다.

일권, 일각, 그녀의 몸이 태풍처럼 휘돌았다.

불길을 일으키며 휘둘러진 화첨창이 그대로 튕겨 나갔다.

나타태자가 급히 화첨창을 둘로 분리시켜 두 자루 단창으로 화첨창을 전개했다.

팔비신, 쾌속의 연환타가 이어졌지만, 그녀의 움직임은 대지의 힘을 얻어 승천하는 신룡과도 같았다. 화첨의 황금단창 연격이 속절없이 깨져 나갔다.

"이런 힘이……!"

천룡의 진면목이란 그와 같았다.

나타태자가 풍화륜 신법을 극성으로 끌어올리며 뒤쪽으로 몸을 뺐다. 따라붙는 강설영의 속도는 종전에 비할 바가 아니었다. 나타태자의 신법에도 전혀 뒤지질 않는다. 그것은 곧, 권각의 간격을 유지할 수 있다는 뜻이기도 했다.

퍼엉!

나타태자가 절묘하게 몸을 젖혀 따라붙는 일격을 피해냈다.

허공에서 경력이 폭발하며 나타태자의 전면을 휩쓸었다.

후우욱!

강설영이 오른손을 펴 그 폭발력을 감싸쥐듯 끌어당기고, 이어, 왼주먹을 내질렀다. 허공에 소용돌이쳐 흩어졌던 천룡무제신기가 무시무시한 흡력을 만들었다. 나타태자의 풍화륜 불꽃을 빨아들이고, 그의 몸까지 끌어당겼다. 나타태자는 더 이상, 천룡의 힘에 저항할 능력이 없었다.

쫘앙!

오른가슴에 직격이다.

나타태자의 몸이 화살처럼 뒤로 튕겨나가 땅바닥에 처박혔다.

턱.

강설영의 두 발이 땅을 밟았다. 그녀가 큰 숨을 들이켰다. 쓰러져서 다시 못 일어날 줄 알았던 나타태자가, 두 손으로 야생초 풀더미를 쥐어 긁으며, 비척비척 몸을 일으켰다.

가슴팍 옷깃이 바스러져 흘러내렸다. 움푹 들어간 가슴팍이 보였다.

울컥.

가면 밑으로 피거품이 쏟아졌다.

강설영의 눈살이 가볍게 찌푸려졌다. 죽일 각오로 내쳤지만, 피를 뿜고 있는 것은 분명 이군명의 육신이었다. 한데, 움푹 들어간 나타태자의 가슴팍이 이상했다. 피부 안쪽으로부터 분홍빛 빛무리가 내비치고 있었던 것이다.

"쿨럭!"

나타태자의 가면 및 턱을 따라 한 번 더 핏물이 흘러내렸다. 꿈틀, 움푹 들어갔던 가슴팍이 다시 원상태로 차오르고 있었다. 우득, 우득, 부서졌던 갈빗대가 맞춰지는 소리가 들렸다. 가슴이 원상태로 수복되자, 분홍빛 빛무리는 착각이었던 것처럼, 금세 사라져 버렸다.

'무슨……?!'

기이한 조화였다.

완전한 회복은 아닐 것이다. 아닌 것이 확실했다. 강설영은 탁해진 나타태자의 숨소리로부터 폐장이 진탕된 극심한 내상을 감지할 수 있었다.

"영 매는… 실로 강하군."

이군명의 목소리다.

강설영은 아무 말도 하지 않았다.

사박, 사박, 야생초를 밟으며 나타태자의 바로 앞에 섰다.

나타태자의 발밑을 휘돌던 불바퀴는 진즉에 사라진 상태다.

그녀가 먼 하늘에 시선을 주었다.

강씨금상 쪽 하늘은 대낮처럼 밝아져 있었다. 화광이 충천하고 있는 것이다.

'아버지, 어머니, 무사하셔야 해요.'

행여라도, 무슨 일이 생긴다면.

그녀와 나타태자. 그녀와 이군명은 불공대천지수가 된다. 그리고 그것은 그녀가 지금 이순간까지도 절대 바라지 않는 일이었다.

그녀가 나타태자의 옆을 지나쳤다.

나타태자는 제대로 싸울 수 없는 상태였다. 이렇게 일어난 것 자체가 신기할 지경이었다.

"영 매."

나타태자의 입에서 다시 한 번 이군명의 목소리가 흘러나왔다.

투툭.

그의 두 손에서 황금단봉 두 자루가 땅에 떨어졌다.

"가지 마, 영 매."

강설영의 발이 멈칫했다.

자상했던 목소리.

그녀의 말이라면 결코 안 된다 말하지 못했던 시절의 목소리였다.

그녀가 막 입술을 떼려고 할 때였다.

이군명이 몸을 돌렸다.

강설영은 순간 그의 두 손에서, 투명한, 보이지 않는 무언가가 둥글게 번져 나오고 있음을 알 수 있었다.

오싹한 느낌이 치달아 올랐다.

'죽는다!'

허리 높이보다 조금 더 위다. 천룡무제신기를 무한정 끌어올리며 오른발로 땅을 밟았다. 발목에서 시작된 회전을 허리로 끌어올리고, 온몸을 틀어 막강한 전사력을 형성했다.

스가각!

옆구리에 예리한 통증을 느낀다.

등부터 허리까지 모든 혈도에 천룡무제신기를 때려 붓고, 등부터 밀어냈다.

천룡파황고가 전개되었다.

쫘아앙!

폭음이 사위를 울렸다.

나타태자의 몸이 덜컥 공중으로 떴다.

꿍!

그의 몸이 줄 끊어진 연처럼 하늘을 날아, 땅바닥에 나뒹굴었다.

천룡파황고에 직격당한 반신이 피투성이로 변한 채였다.

챙강.

강설영의 발치에도 떨어진 물건이 있었다.

후두둑.

투명한 물건 위로 핏물이 한 움큼 떨어졌다. 강설영의 옆구리에서 쏟아진 피였다. 그녀가 세 군데 혈도를 점해 출혈을 막았다. 시선을 내리자, 뿌려진 선혈이 투명한 물건의 형태를 드러내주고 있었다.

'권(圈)……!'

원형의 칼날 병기, 바퀴 모양 금속에 날을 세운 병장기다.

이게 금속인지 뭔지 재질은 알 수 없었지만, 강설영은 그 권의 이름을 능히 짐작할 수 있었다.

건곤권.

전설 속 나타태자의 선술병기의 이름이었다.

강설영이 눈을 들어 나타태자를 일별했다. 나타태자, 이군명은 미동도 하지 않고 있었다. 생명의 위협을 느끼고 온 힘을 다해 펼친 천룡파황고이니만큼, 차고도 넘치는 살상력을 지니고 있었을 게다. 이 정도 직격이라면, 제아무리 강골의 내가고수라도 생명이 위험할 터, 저 상태로 죽어도 하등 이상할 게 없었다.

"으윽."

옆구리에서 시린 통증이 올라와 내뱉을 수밖에 없는 신음 소리를 만들었다.

상처는 깊었다. 내장까지 다치진 않은 모양이지만, 옆구리에서 등까지 길게 갈라진 데다가 아래쪽 갈빗대 두 대는 비스듬히 쪼개진 상태다.

이를 악물고 혈도 하나를 더 점했다. 통증이 조금 줄어들자, 고개를 들고 주위를 둘러보며 방향을 가늠했다.

'까마득하네.'

싸우면서 진법에 다시 제대로 말려들었는지, 일단 보이기엔 야생초 밭 한가운데였다.

일단 화광이 비치는 하늘 방향으로 몸을 날리려 할 때였다.

"쿨럭!"

피가래가 찬 기침 소리를 들었다. 이군명의 그것이었다.

외면하려 했다.

나타태자는 이군명의 목소리로, 꼭 이군명이 돌아온 것 같은 목소리로 그녀를 속이기까지 했다.

그녀는 끝까지 그의 정(情)을 끊어내지 못했기에, 불의의 일격을 당해야만 했다.

그럼에도.

발길은 다시 이군명 쪽을 향한다. 그게 정(情)이다. 그녀가 쓰러진 이군명 앞에 섰다.

당연히 나타태자의 얼굴을 볼 줄 알았건만, 그녀가 본 것은 이군명의 맨얼굴이었다. 땅을 구르며 벗겨진 듯, 나타태자의 가면은 어디론가로 없어진 상태였던 것이다.

"쿨럭."

이군명의 입에서는 피거품이 끊임없이 솟구치고 있었다.

기식이 엄엄한 상태였다.

그가 고개를, 두 눈을 들었다.

강설영은 이군명의 눈을 똑바로 볼 수 없었다.

행여나, 아니, 틀림없이 거기에 담겨 있을, 그녀를 향한 그의 연정(戀情)을 다시 볼 수가 없어서였다.

'안녕. 다시는 볼 수 없겠죠.'

그녀가 기어코 몸을 돌렸다.

눈은 끝까지 마주치지 않았다.

이군명이 손을 들었다. 그는 일어나지 못했고, 희미해져 가는 눈으로, 그녀의 등에, 그녀의 몸에 닿지 못하는 자신의 손을 보았다.

텅!

강설영이 땅을 박찼다.

그 소리가 그렇게도 단호하게 들릴 수가 없었다.

머지않아, 이군명은 쫘앙! 하는 폭음을 들을 수 있었다.

그가 어젯밤 이곳에 공들여 펼쳐 놓았던, 구룡신화조(九龍神火罩)의 술진을 그녀가 돌파하는 소리였다.

소리가 사라지고, 이어 밝은 화광이 어두워지는 시야로 비쳐 들었다.

진을 억지로 열려고 하면, 구궁(九宮)의 화염기를 집중시켜 가둔 이를 태워 버린다는 구룡신화조의 구룡화진(九龍火陳)이 발동되고 있었지만, 나타태자가 아닌 이군명은 그녀가 그 구룡화기를 능히 견뎌낼 것을 알고 있었다.

'부디 늦기를. 내가 충분히 오랫동안 잡아놓았기를.'

어둠이 모든 것을 덮기까지.

그는 계속하여 빌어보는 것밖에 할 수 있는 일이 없었다.

그녀가 무사하기를.

아무 일도 없기를.

상처받지 않기를.

그 바람이 이루어지지 않을 것임을 알면서도.

* * *

쩌엉! 파앙!

삼첨양인도 칼날은 의족으로, 삼첨양인도 철봉은 육신으로 받아냈다.

오기륭은 분명 강했다.

이랑진군은 더 강했다.

힘, 속도, 초식의 정교함.

전반적인 기량은 이랑진군이 우위에 있는 것이 분명해 보였다.

그런데도 오기륭은 전혀 밀리는 기색이 없었다.

경험의 힘이었다.

승리란 대저, 더 힘세고 빠른 자의 차지가 되게 마련이었다. 이랑진군이 더 강하니, 이랑진군이 이겨야 옳은 일일 터였다.

하나, 오기륭에겐 그 모든 것을 극복할 만한 대응 능력이 있었다. 힘에서 심각히 밀려도 순식간에 균형을 찾았고, 속도에서 한참 뒤지면서도 제대로 된 일격은 하나도 허용하질 않았다.

누가 강한가를 논하기가 어려워지는 시점이다.

한쪽 발이 의족인 오기륭은 투로 전개에 있어 종종 완전하지 못한 움직임을 보이는 상태였다. 좌우의 균형 차도 명확했고, 특히나 오른 발목의 유연성은 아예 포기해야 했으며, 마찬가지로 오른발 발가락과 발바닥을 이용한 섬세한 힘 조절은 기대조차 할 수 없었다. 물론, 범인의 눈으로 보기엔 미세하거나, 아예 알아챌 수조차 없는 차이일 것이다. 하지만 이랑진군 정도의 고수에겐 그 하나하나가 공략할 만한 충분한 허점이 될 수 있었다. 게다가 이랑진군은 거기서 생기는 약점들을 주저하지 않고 공격하고 있는 중이었다.

그런데도 호각이다.

시종일관 오기륭이 수세를 취하는 듯하지만, 마음먹고 내치는 반격에는 힘에서 우위라는 이랑진군조차도 감히 마주 받을 수가 없었다. 오히려, 직격만 들어갔으면 결정타였을 공격은 오기륭 쪽이 더 많았다. 힘과 속도에서는 열세, 그러나 흐름의 총합을 놓고 보면 호각이라 말하기에 부족함이 없다는 뜻이었다.

"이제 그만 쓰러지거라!"

꽝! 쐐애애액!

이랑진군이 고대의 장수처럼 일갈하며 땅을 박찼다. 그가 무서운 기세로 쳐들어와 머리위로부터 삼첨양인도를 내리찍었다.

오기룡은 공력이 가득 실린 정면으로 받을 생각이 없었다. 다급히 물러나며 삼첨양인도의 경력을 피해낸 후, 족도참격으로 반격을 가하려다가 다시 몸을 뒤로 뺐다.

마주 싸우지 않은 것은 실로 정확한 판단이었다. 이랑진군의 삼첨양인도가 언제 아래로 내리찍히고 있었냐는 듯, 순식간에 방향을 정반대로 바꾸어 오기룡의 중단을 노려온 것이다.

오기룡이 부드럽게 좌측으로 빠지면서 삼첨양인도를 가볍게 비껴냈다. 마치 약속이라도 한 것 같은 움직임이다. 오른발이 의족인만큼 민첩성과 유연성이 떨어짐에도, 어찌 그런 회피동작이 가능한지 불가사의할 정도였다.

꽝! 우지끈!

목표를 잃은 삼첨양인도가 그대로 나무벽을 부수고 들어가면서 요란한 소리를 냈다. 삼첨양인도를 뽑아내는 짧은 순간, 오기룡은 이랑진군의 좌측 허리춤에서 실낱같은 틈새를 보았다. 단파각을 내치면 타격을 입힐 수 있는 틈새였다. 그러나 오기룡은 무리하지 않았다. 공격이 성공한다 한들, 치명상을 입힐 수도 없을 뿐더러, 디딤발이 의족인 상태로는 원하는 만큼의 날카로움을 구현할 수 없다는 판단에서였다.

휘릭. 타닥!

훌쩍 뒤로 몸을 날려 왼발을 뒤에, 의족을 앞에 두고 내려섰다. 이랑진군이 후웅! 하고 삼첨양인도를 휘둘러 비껴들고는,

나직한 목소리로 말했다.

"쥐새끼처럼 도망치기만 할 셈인가?"

"쥐새끼? 어린 놈이 말버릇 좀 보게."

오기륭이 여유롭게 답했다.

여유로운 척하는 것이 아니라 진짜 여유다. 오기륭은 언제나 불리한 싸움을 해왔던 남자였다.

까마득히 오래전.

단운룡을 처음 만났을 때부터 그는 그랬다. 아등바등 살아남기 위해 목숨을 걸어왔고, 절망과 고난을 헤치며 진흙탕을 전전했다.

그런 면에서 이랑진군의 무력은 오기륭에게 육체적인 위협이 될지언정, 심리적인 위협은 될 수 없었다. 몇 명 되지도 않는 참룡방 식솔로 사천땅 손꼽히는 대문파였던 구룡보와 십 년의 싸움을 했던 그였다.

구룡보와만 싸웠던가? 그가 상대했던 자들 중엔 해남장문 위원홍 같은 초고수도 있었다. 전대의 원로 고수들이나, 백전의 노마두(老魔頭)들을 제외하고는, 비슷한 연배를 놓고 볼 때 적어도 경험이란 측면에서 그를 따라갈 자가 흔치 않을 터였다.

꽝! 쩌어엉!

쳐들어오는 철봉을 족도참격으로 밀어내고 재빠르게 뛰어들며 오른발 의족으로 단파각을 쳐냈다.

이랑진군의 대응은 완벽했다. 삼첨양인도를 순간에 잡아당겨 오기륭의 발을 막고, 왼손을 튕겨 기습적인 장력으로 오기륭의 가슴을 노려왔다.

허리를 급격히 꺾으며 이랑진군의 손바닥을 피해냈다. 자세를 바로잡으려니, 어느새 휘돌린 삼첨양인도로 정수리를 찍어오고 있었다. 아예 왼손을 땅에 대고 몸 전체를 회전시켜 후방으로 물러났다. 삼첨양인도가 아슬아슬하게 그의 머리 옆을 스치며 땅바닥에 꽂혔다.

'이크!'

이번 것은 진짜 위험했다.

확실히 만만치 않는 놈이다.

목소리를 들으면 젊은 놈이 분명한데, 공력의 깊이가 실로 대단하다.

무공의 견고함이 금성철벽과 같다. 이런 무공을 무너뜨리기 위해서는 더 강력한 힘으로 깨뜨려 버리거나, 차력미기, 사량발천근의 묘미 운운하는 산중고수들이 비기가 필요할 것이다.

불행이도 오기룡에겐 둘 다 없는 능력이다.

오른발이 멀쩡했으면 또 모르겠지만, 돌이킬 수 없는 것 찾아봐야 아무런 소용이 없다.

버티면서 방법을 찾는다?

가능하다. 이랑진군은 강했지만, 구룡보 무인들처럼 떼로 덤비는 것도 아니요, 해남장문 위원홍처럼 압도적인 자도 아니다.

문제는, 지금 이 자리에 있는 것이 오기룡 혼자만이 아니라는 사실이다.

강건청은 용케 두 다리로 서 있었지만, 지금 당장 의원의 보살핌이 필요한 상태였다. 반송장이 된 곽경무는 말할 것도 없었다. 두 사람의 안전을 확보하기 위해서는 오기룡이 이랑진군을 꺾어야 한다.

지금 당장. 가능한 한 빨리. 그래야만 모두의 활로를 열 수 있다.

'어쩌나, 이걸?'

단운룡이 오면 해결될 일이다. 하나, 무작정 버티는 것도 정답이 아니었다. 시간이 그의 편이란 보장은 아무 데도 없다. 금약당 바깥이 아수라장인 까닭이다.

오기륭은 적진을 직선으로 돌파해 왔을 뿐, 바깥의 적들을 모조리 박살 내고 들어온 것이 아니었다. 금륜대원들의 저지선이 무너지면, 바깥의 까마득한, 아직도 몰려들고 있는 적들은 가차없이 이 안으로 난입해 들어올 것이다.

그럼 끝이다.

오기륭 한 사람이야 어떻게든 몸을 보전할 수 있겠지만, 강건청과 곽경무는 확실히 죽는다. 어쩌지도 이러지도 못한 채 서 있는 마지막 금륜대원 한 명도 마찬가지다.

그래도, 오기륭은 다급해하지 않았다.

이보다 더 험한 상황을 수없이 겪어본 그였다. 다급해하면 사태는 더 악화된다는 것을 지난 세월을 통해 충분히 배워왔다.

이랑진군의 쇄도를 한 번 더 막아냈다.

오기륭의 눈이 강건청과 곽경무를 훑었다. 강건청이 피가래를 쏟는 것을 보았다. 얼굴은 아까보다 더 하얗게 변해 있었다. 금륜대원은 곽경무 옆이다. 주화입마에라도 빠졌을까 함부로 건드리지도 못한 채, 어르신 어르신 조심스레 부르며 깨워볼 시도를 하고 있었다.

당장 다른 사람이라도 바깥으로 내보내야 하나 생각했다. 그러나 아직은 아니다. 전투불능이 두 사람과 금륜대원 하나만으로 바깥의 난전을 통과하기는 만만치 않을 것이다. 게다가 처음엔 긴가민가했던 일인데, 저 뒤쪽 방에서도 미약한 인기척 하나가 느껴지고 있었다. 이 금약당 식솔 중 하나인 모양이었다. 그럼 바깥으로 내보낼 사람만도 넷이란 말이 된다. 결국 처음부터 그리 생각했듯, 차라리 그의 시야 안에 두는 것이 안전할 것이다. 적어도 이 안에서 생명의 위협이 될 만한 자는 이랑진군 한 명뿐이니 말이다.

'그래도 이대론 안 돼.'

이랑진군을 당장 때려눕히긴 어렵다. 다른 이들만 바깥으로 내보내는 것도 뒷일을 예상키 힘들다.

세 번째 선택은 그가 강건청과 곽경무를 대동하고 다 함께 밖으로 나가는 것이다. 이랑진군은 당연히 그들을 따라붙을 것이고, 그 견제는 온전히 오기룡의 몫일 것이며, 바깥의 난전도 훨씬 더 험해지겠지만, 싸우고 있는 금륜대원들을 잘만 규합한다면 활로를 열 수 있을지 모른다.

챙! 쩌엉!

이랑진군의 삼첨양인도를 밀어내고 뒤로 물러섰다.

결단을 내리려는 순간이었다.

하지만 오기룡은 곧, 그 결단을 뒤로 미뤄야만 했다.

한 줄기 빛이 부서진 창문을 통해 흘러들어 온 까닭이었다. 번쩍이다가, 스며들듯 사라지는 빛이었다. 일렁이는 화광(火光)과 분명한 차이를 보이는 그것은, 오기룡이 익히 보아왔던 빛과 같았다.

명멸하는 뇌전의 빛이었다.

'운룡!!'

오기륭의 얼굴에 확실한 여유가 깃들었다. 운룡이 온 이상, 굳이 서두르지 않아도 된다. 지금까지처럼 이랑진군만 묶어두면 된다. 그걸로 충분했다.

'방심은 금물. 한데…….'

끝까지 긴장을 풀지 않을 요량으로 한 발 좁히며 거리를 쟀다.

막 단파각부터 연환으로 몰아쳐 보려는데, 상대의 기파가 묘했다.

의아함이 머리를 스쳤다.

'이놈 분위기가…….'

오기륭이 여유를 찾은 것은 그렇다 치지만, 이랑진군까지도 어딘지 여유가 생긴 것 같았다. 단파각을 접고, 두 발 가볍게 횡으로 이동하여 승천각 참격의 간격을 잡았다. 삼첨양인도가 느릿하게 움직여 오기륭의 진격 방향을 가로막아 왔다.

번쩍!

다시 한 번 시야 한쪽으로 뇌전의 불빛이 비쳐 들었다. 빛의 강도로 봤을 때, 아까보다 분명 가까워진 거리였다.

'이제 곧이다.'

당장에라도 운룡이 들이닥친다.

그렇게 생각했다.

멀리서부터 느껴지는 힘도 그렇다. 강대한 힘의 접근이다. 아까보다도 더 강한, 누구도 감당하기 힘들만큼의 기파가 전해져 왔다.

그때다.

오기륭의 미간이 가볍게 좁혀졌다. 승천각에서 발도각으로 투로를 전환하려는데, 발끝이 말을 듣지 않았다.

몸이 무겁다.

올가미에 걸린 것처럼 마음대로 움직이기가 어려워지고 있었다.

'이 힘은 대체……?'

모든 것을 압도할 힘이 다가오고 있었다. 오기륭은 그제야 알았다. 다가오는 힘의 파동이 너무나도 강력하여 그의 발목에까지 족쇄를 채우고 있다는 사실을.

'운룡이 이 정도로 강했던가?'

자신도 모르게 한 발 물러났다.

머리보다 몸이 먼저 반응한 셈이다. 이랑진군에 대한 전의를 꺾자, 압력도 줄어들었다. 무시무시한 기운이 사방에 가득했다. 이랑진군의 목소리가 안개처럼 그의 앞에 깔렸다.

"이제 보니, 여유를 부릴 때가 아니로다."

오기륭의 미간이 더 좁혀졌다.

'여유를 부려? 누가?'

오기륭에겐 더 이상 여유가 없다. 가슴속 깊은 곳에서 스멀스멀 올라오고 있는 것은, 설명할 수 없는 일에 대한 불안감이다.

설명할 수 없는 것을 이해하게 해주는 진실.

오기룡의 머리 속에 벼락처럼 스쳐 가는 뭔가가 있었다.

"벌써 당도했구나, 이러다간 공을 다 빼앗기겠다. 하나 그래서는 안 되는 일. 천신에게 내려진 황명은 반드시 지켜야만 할 터."

여유는 오기룡의 것이 아닌 이랑진군의 것이었다.

이랑진군이 고개를 돌렸다. 강건청과 곽경무가 있는 쪽을 향해서였다.

"당장 도망치시오!!"

이번에도 생각보다 몸이 먼저다. 소리를 침과 동시에 땅부터 박차고 보았다.

쩡!

오기룡의 의족이 이랑진군의 삼첨양인도 창봉에 부딪치며 찢어지는 금속성을 냈다. 그가 허리를 틀고 왼발로 단파각을 쳐냈다.

팡! 파팡!

접근하는 자가 발하는 막대한 힘이 오기룡의 무공 전개를 뿌리부터 방해하고 있었지만, 그는 그런 압력에 굴할 자가 아니었다. 백전불패의 정신력과 집중력으로 압력을 떨쳐 내며 지닌 바 무공을 충실히 엮어냈다.

쉬익! 후웅!

삼첨양인도가 종횡으로 베어왔다.

날을 세우고, 살기를 담았다. 오기룡을 떼어 내려는 의도가 명백했다.

오기룡이 회피를 위해 물러나자 이랑진군이 즉각 몸을 틀어 강건청과 곽경무 방향으로 몸을 날렸다. 오기륭은 지체없이 따라붙었다. 이랑진군이 이번엔 중단과 상단으로 연환공격을 가해왔다. 오기륭은 피하지 않았다. 집요하게 거리를 좁히며 단파각을 쳐 냈다. 삼첨양인도가 어깨 어림을 스치며 옷깃을 베어냈다.

오기륭은 강건청과 곽경무 쪽은 돌아보지도 않았다.

신경을 분산시키며 싸울 수 있는 상황이 아니었다. 먼 곳에서부터 죄어오는 압력도, 이랑진군의 기량도 감당키가 벅찼다.

"곽 노대! 곽 노대!"

강건청 쪽도 이 상황이 벅차기는 매한가지였다.

곽경무는 대답이 없다.

도주해야 함을 알고 곽경무를 들쳐 업으려 했지만, 그의 몸 상태는 지금 다른 사람의 안위를 걱정할 만한 형편이 되지 못했다.

"어르신은 제가!!"

금륜대원이 빼앗아 들 듯, 곽경무를 부축해 업었다. 강건청은 자신이 챙기겠다는 고집 따위 부리지 않았다. 대신 뒤쪽에 있는 방을 향해 소리쳤다.

"여은아! 너도 어서 나오너라!!"

일개 시비 하나까지 챙길 만한 상황이 아니었다. 하지만 강건청을 여은을 버려둘 수 없었다. 강설영에게 얼마나 각별한 아이인지, 너무나도 잘 아는 까닭이었다.

장롱문이든, 약장 문이든, 안쪽에서 문 하나가 열리는 소리가 들리고는, 작은 인영 하나가 째깍 밖으로 뛰어나오는 게 보였다.

"가주님! 피가……! 앗! 당주님!!"

장롱 안에 숨어 무작정 귀라도 틀어막고 있었던 것이었을까.

여은은 뭐가 어떻게 돌아가고 있는지 아무것도 몰랐던 듯했다. 숨어 있다가 나와서, 이제 와 처음 눈으로 확인한 광경이란, 그저 충격 그 자체일 수밖에 없었을 것이다.

무시무시한 장수가 세 갈래 창날을 험악하게 찔러대고 있었고, 강건청은 백짓장처럼 창백한 얼굴에 가슴팍과 입 주위가 온통 피투성이였다. 금륜대원의 등에 업힌 곽경무는 축 늘어진 게 죽었는지 살았는지조차 모르게 생겼고, 바닥에는 그녀를 스승처럼, 때로는 아버지처럼 챙겨주었던 가순약이 시체처럼 쓰러져 있는 상태였다.

"정신 차리거라! 금약당 바깥으로, 쿨럭! 나가야 한다!"

여은이 퍼뜩 눈을 감았다 떴다.

발밑이 후들거렸지만, 그녀는 넋 놓고만 있을 만큼 바보가 아니었다. 그녀가 타닥, 몸을 날려 강건청의 뒤에 섰다. 그녀의 몸놀림을 본 강건청이 두 눈에 이채를 띠며 말했다.

"신법이 제법이로구나! 쿨럭! 너를, 돌봐줄, 사람이 마땅치 않다. 쿨럭! 뒤처지지 말고 따라만 오너라!"

강건청을 말을 하면서도 두 번이나 각혈을 했다. 여은이 울상이 되어 말했다

"가주님부터 당장 치료를 해야……!"

강건청은 여은의 말을 듣지 않았다. 오기룡이 사력을 다해 접근을 막고 있었지만, 오기룡을 뿌리치기로 마음먹은 이랑진군

은 당장에라도 이쪽에 삼첨양인도를 내칠 수 있을 만큼 가까운 거리에 당도해 있었다. 곽경무을 들쳐 업은 금륜대원도 사태 파악만큼은 확실했던지라, 벌써 저만치 뻥 뚫린 벽 한쪽에 붙어 선 채로 바깥 동향을 살피는 중이었다.

"어서 가자!"

울상이 된 여은이 강건청을 따라 몸을 날렸다. 바닥에 쓰러진 가순약 쪽을 연신 돌아보았지만, 가순약은 더 이상 숨이 붙어 있지 않은 모양인지 아예 미동도 하질 않았다.

울상이 된 여은의 얼굴에 눈물이 줄줄 흘러내렸다. 그래도 이 급박한 상황에서 징징 짜다가 짐이 되어서는 안 될 일이었다.

두 다리에 힘을 더하고 강건청 뒤에 바짝 붙어 섰다. 강건청이 쿨럭! 기침을 했다. 여은의 얼굴에 몇 방울 피가 튀었다. 가슴부터 등까지 입은 관통상으로부터 튄 피였다. 정신이 번쩍 났다. 기침으로 상처에서 이렇게 피가 튄다는 것은 흉강 내에 출혈이 계속되고 있다는 뜻이었다. 이 정도면 당장 조치를 취해도 생사를 장담할 수 없을 것 같았다. 치료부터 받아야 할 때라고 다시 한 번 말하고 싶었지만, 그녀는 입을 열 수 없었다. 이 상황에서 가능하지도 않을 일로 가주의 심기를 어지럽히기엔 그녀가 지나치게 총명했던 까닭이었다.

"이쪽 벽에는 적들이 얼마 없습니다! 먼저 나가겠습니다!"

금륜대원이 힘차게 소리치고 용감하게 바깥으로 몸을 날렸다. 강건청이 여은에게 말했다.

"너도 어서 따라가거라!"

눈물 콧물이 범벅된 얼굴로 여은이 고개를 끄덕이고는 재빨리 금륜대원 쪽으로 몸을 날렸다. 설영이를 잘 부탁한다 덧붙이려했으나, 곧바로 삼켜 버렸다. 가주로서 그렇게 나약해져서는 안 될 일이었다. 누구에게 딸을 챙겨달라 부탁할 것이 아니라, 어떻게든 살아서 직접 챙겨주리라.

그가 마지막으로 이랑진군 쪽을 돌아보았다.

참룡방주 오기륭.

사천땅 구룡보와 싸우는 불패신룡의 소문은 익히 들어왔었다. 긴긴 세월을 뛰어넘어 만난 저 사내는, 그야말로 목숨을 내놓고 싸우며 이랑진군을 붙잡아주고 있었다.

'고맙소.'

감사의 말도 삼켰다. 모두가 살아남은 뒤에, 재물이든 비단이든 충분한 사례를 안겨주며 말할 것이라 다짐했다.

그가 몸을 돌리고, 막 뛰어나가려고 했을 때였다. 강건청은 후끈한 열기와 함께, 눈앞이 확 밝아지는 것을 느끼고는 본능적으로 두 팔을 들어 머리 주위를 감쌌다.

사위를 환하게 밝히는 그 빛.

벼락처럼 내리치는 번갯불이 아닌, 하늘을 가르는 불덩이를 보았다.

다음 순간.

꽈아아아아아앙! 하는 폭음이 지축을 뒤흔들었다.

*　　　　*　　　　*

금련각 주위에는 적들이 많았다.

서쪽 외벽까지 벗어나는 동안, 단운룡과 도요화는 거의 오십에 달하는 동자가면과 견면괴인들을 쓰러뜨려야 했다.

곽경무의 금분세수 때 그간의 공을 치하하며 세워준 전각인 은월당에 이르렀다. 쌍월의 청동조각을 앞에 두고 적습에 버티고 있던, 금륜대원 아홉 명과 일곱 명의 낭인 무리를 만날 수 있었다.

"맡긴다."

단운룡은 도요화에게 짧게 말하고는 바로 땅을 박찼다.

맡긴다는 것은 다름 아닌, 금련부인 정소교의 안위다.

도요화는 강하다. 새롭게 전력이 될 만한 자들도 생겼다.

그 정도 숫자면 신마맹 주력이 나타나도 문제없다. 어지간한 놈이면 도요화가 충분히 막아낼 수 있을 것이요, 예상 못한 강자의 출현에 도요화가 묶이더라도 금륜대원들과 낭인들이 합심하여 금련부인 한 명 피신시키는 것은 어려운 일이 아닐 터였다.

진기를 더하여 담벼락을 박차고 전각 위 지붕에 올랐다.

이곳저곳, 불길이 거셌다.

저기 먼 곳에 금약당 지붕이 보였다. 아직 금약당 지붕엔 불이 붙지 않았다. 주변으론 난전(亂戰)이 벌어지고 있는지 어지럽게 뒤섞이는 살기를 감지할 수 있었다. 이 넓디넓은 금상 전체에서도 가장 격한 싸움터가 되어 있는 듯했다.

쭉쭉 달려 나가 발끝으로 지붕 끝을 밀고, 다음 전각으로 몸을 날렸다. 막 지붕 위에 내려서려는데, 불화살을 들고 지붕 위에 오르는 세 명의 견면 괴인과 정면으로 마주쳤다. 속도를 줄이지 않은 채로 오른손에 뇌신의 기운을 담아 극광추를 내쳤다. 한 놈의 가슴팍이 타들어가고, 이어서 휘둘러지는 광검결에 두 번째 놈의 목이 날아갔다. 마지막 놈은 다시 극광추로 어깨와 가슴을 통째로 날려 버렸다. 들고 있던 활이 박살 나고 어깨에 메어 있던 활통이 뇌전의 기운에 휩쓸려 불꽃과 함께 사방으로 흩어졌다.

그때였다.

쐐애애애애애액!

단운룡은 뒤쪽으로부터 무시무시한 파공음을 듣고, 본능적으로 광극진기를 끌어올리며 눈 앞의 공간으로 몸을 던졌다.

꽈아앙!

단운룡의 몸이 사라졌다 나타나듯, 일 장의 거리를 두고 몸을 돌렸다.

바로 직전까지 단운룡이 서 있던 지붕 한쪽이 폭음과 함께, 터지듯 부서져 나가는 게 보였다. 박살 난 기왓장들이 하늘을 날았다.

'빠르다.'

폭음을 내고 지붕을 부순 것은 암기나 병장기가 아니었다.

사람이다.

엄청난 속도로 쇄도하여 장력을 날렸다.

그리고 지금.

단운룡을 습격자의 움직임을 눈으로 포착할 수가 없었다.

무시무시한 속도였다. 시야에 들어오지도 않은 빠르기로 선회하여, 이번엔 그의 오른쪽 측면을 향해 날아들고 있었다.

우우웅!

단운룡은 진기를 더 끌어올려 음속을 전개해야 했다.

상대의 속도는 음속 발동의 경지에 준한다는 판단에서다. 허리를 틀고 한 발 뒤로 물러나며 우선 눈이 아닌 감각으로 상대의 움직임을 쫓았다.

두 손에 광뢰포 구결로 진기를 밀어 넣고, 중단을 겨누었다.

음속 돌입으로 모는 것이 느려졌다. 마침내 상대를 모습을 시야 안에 둘 수 있었다.

"······!!"

눈으로 확인한 의외의 얼굴 때문에, 단운룡은 광뢰포를 끝까지 전개할 수 없었다.

상대가 손을 뻗어왔다.

강력한 장력의 쇄도를 느낄 수 있었다.

위이이이이잉!

단운룡이 뇌정광구의 힘을 한껏 끌어올리며, 후방으로 몸을 뺐다.

음속 전개 중에서도 최대 속도다.

뻗어 나오는 장력의 압력이 순식간에 사라졌다. 그토록 느려졌던 모든 것이 제법 빠르게 느껴질 만큼, 단운룡의 움직임은 이전과 또 다른 경지에 이르러 있었다.

꽈아아앙!

단순히 뒤쪽으로 몸을 날렸을 뿐인데도, 그가 있던 허공에서 강력한 폭음과 함께 사위를 휩쓰는 충격파가 터져 나왔다.

타닥!

다음 순간, 단운룡의 신형은 한참 뒤쪽의 흑석 바닥에 이르러 있었다. 저 위에 부서진 지붕이 제법 멀리 보일 정도다.

음속발동의 충격파에 휩쓸려 저편으로 날아갔던 상대가, 훌쩍 담장 하나를 넘고 단운룡의 삼 장 거리에 섰다.

그 얼굴.

칠흑처럼 검은 피부는, 찰나 간에 검은 가면으로 착각했을 정도다. 아니, 지금 이렇게 보는데도 가면 같다. 두툼한 입술에 짧게 꼬인 머리카락은 확실히 보통 사람의 얼굴은 아니다.

'곤륜노.'

검은 피부의 이방인을 일컫는 말이다.

입고 있는 옷에는 갈색과 붉은색 문양이 가득하다. 복식이 특이하면서도 검은 피부와 잘 조화되어 있어, 지닌 바 장대한 기세를 더욱 돋보이게 한다.

그토록 가면 같은 얼굴과, 독특한 외견에도 신마맹 무리가 아니라고 확신하는 데에는 다른 이유가 없다.

처음 만나는 자가 아니기 때문이었다.

"왜지?"

왜 공격했는가를 묻는 것이다.

상대의 대답은 반문이었다.

"뇌전(雷電). 위타천?"

완전한 한어인데도 어딘지 투박하게 들렸다.

탁한 목소리로 툭툭 쏘듯이 던지는 말투 때문일 것이다. 게다가 질문 자체의 의미도 이상했다. 의미를 바로 알아듣지 못한 단운룡이 미간을 좁히자, 상대가 한 발 더 다가오며 다시 한 번 말했다.

"위타천이냐고 물었다."

"뭐?"

단운룡의 눈썹이 위쪽으로 치켜 올라갔다.

"대답하라."

상대가 한 번 더 재촉한다.

마음에 들지 않는 어투다.

'확 박살을 내버릴까.'

생각했을 때다.

대답은 다행히도, 다른 자가 대신 해주었다.

"흑번쾌. 그는 위타천이 아니다."

단운룡의 눈에서 뇌룡(雷龍)의 기운이 꿈틀했다.

그래, 그런 이름이었지.

단운룡은 이 곤륜노의 이름을 기억한다. 그리고, 이 이름을 말하는 남자 역시도 분명히 기억하고 있었다.

흑번쾌의 등 뒤, 저 멀리로부터 터벅터벅 걸어오는 자가 보였다.

또 다른 용의 현신, 천룡의 후예.

볕에 그을린 적이 없는 하얀 피부에, 문사에 가까운 기도를 지녔다.

백색의 장포자락에는 황금색 천룡이 새겨졌다. 뒤로 넘긴 머리는 흑단처럼 검고, 짙은 검미 아래 눈동자는 별빛과도 같았다.

천룡상회주, 유광명이었다.

＊　　　＊　　　＊

웅웅웅웅!

강건청은 정신을 차릴 수가 없었다.

웅웅거리는 소리가 모든 소리를 먹어치우고 있었다.

눈이 잘 보이지 않았다. 오른손을 들어 눈 주위를 눌렀다. 시야 전체에 검은 얼룩이 진 것 같았다. 세상이 어둑어둑하게 보였다. 힘겹게 몸을 세웠다. 검은 재가 사방에 흩날리고 있었다. 밝게 타올랐다가 꺼져가는 불똥이 어두워진 눈앞을 어지럽혔다.

'화탄……!'

정신이 돌아오며 가장 먼저 떠오른 생각이었다. 강건청은 일찍이 향로산(香爐山) 앞바다에 정박한 수군 군영에서 철제 화기 공융포(功戎砲)의 시연을 구경한 적이 있었다. 당시에 화포를 정비하는 수군 군감 하나가 말하길 화탄이 지척에서 터지면 바로 이와 같은 일을 겪는다고 하였었다.

"폭발에 휩쓸리면 말입니까? 일단, 사지가 제대로 붙어 있는지부터 확인하셔야지요!"

강건청이 눈을 몇 번 더 깜빡거리며 정신을 다 잡고, 고개를 숙여 손발을 내려다보았다. 피투성이이긴 했지만, 폭발 때문은 아니었다. 전부 다 가슴에서 흘러나온 피였다. 다행히도 사지는 멀쩡했다. 손가락 하나 날아가지 않았다.

그가 다시 고개를 들어 금약당을 돌아보았다.

금약당은 말그대로 반파 상태였다. 지붕은 반밖에 남지 않았고 평주(平柱)들도 성치 않았다. 약실(藥室)과 환실(患室) 쪽은 대들보까지 박살 나 아예 폭삭 무너져 버렸다. 무너진 잔해 위로는 불길까지 넘실대고 있었다. 곽경무가 누워 있었던 곳도 그쪽이었고, 여은이 숨어 있었던 것도 그쪽이다. 데리고 나오지 않았다면 저기에 깔려 횡사를 피하지 못했을 것이다.

'곽 노대!'

화탄이 터진 거라기엔 무너진 형태도 이상했고 화약 냄새도 나지 않았다. 하나, 강건청은 거기까지 생각할 겨를이 없었다. 이랑진군과 오기릉이 보이지 않는 것도 순간적으로 의식하지 못했다.

비척비척 걸음을 옮겨 곽경무부터 찾았다. 검은 연기가 혹, 올라와 시야를 가리고는 이내 안개처럼 흩어졌다.

"가주님!"

멀리서부터 얇은 목소리가 들려왔다. 연기를 많이 들이마셔서인지, 눈앞이 어질했다.

"가주님! 이쪽이요!"

앞으로 두 걸음 더 옮기자, 목소리가 좀 더 뚜렷해졌다. 여은의 목소리였다. 그리고 강건청은 곧이어, 그 목소리가 멀리서 들려오는 것이 아니라 무척 가까이서 들린다는 사실을 알 수 있었다.

"가주님! 도 대주님께서 저쪽에 계셔요!"

여은은 바로 지척에 있었다. 귀가 아직도 먹먹했다. 쿨럭쿨럭

피가래를 뱉으며 여은의 앞에 섰다. 여은은 멀쩡해 보였다. 곽경무를 들쳐 업은 금륜대원도 멀쩡했다. 등에 업힌 곽경무도 당장 숨이 끊어질 것 같지는 않았다.

"가주님! 저쪽이요!"

여은이 재촉에 고개를 돌렸다. 난데없는 폭발로 일순 잠잠해졌던 난전이 다시금 시작되고 있는 것을 볼 수 있었다. 난전이라지만 싸우는 이는 의외로 많지 않았다. 견면 괴인 십여 명과 동자가면 무인 십여 명이 결사항전하는 금륜대원들을 몰아붙이는 형국이었다.

싸우는 이가 적은 이유는 단순했다. 서 있는 사람보다 쓰러진 사람이 더 많아서였다. 시체들이 땅바닥에 깔려 있는 것이 마치, 끝없이 펼쳐진 융단과도 같았다.

밤하늘은 저토록 어두운데, 충천하는 화광으로 사위는 대낮처럼 밝았다. 불똥이 이리저리 흩날렸다. 어디선가 우지끈 무너지는 소리가 나면, 어디선가는 처절한 비명성이 울려왔다. 시체들의 산이 금상의 건물 위로 쌓였고, 핏물의 강이 금상의 대지를 적시고 있었다. 그야말로 인세의 지옥도였다.

후우우우웅! 화르르르륵!

갑작스레 동쪽 하늘이 붉어지는가 싶더니, 커다란 불덩이 하나가 밤하늘을 가로질러 왔다. 불덩이가 그들의 머리 위를 지나쳐 금약당 저편의 날염당에 떨어졌다. 콰아아앙! 하는 폭음과 함께 날염당 지붕이 날아갔다. 기왓장 파편이 사방으로 튀는 것을 보았다.

화탄이 아니었다. 화탄은 저렇게 터지지 않는 법이었다. 그냥 불덩이였다. 건물 하나를 단숨에 부숴 버리는 위력을 지닌 불덩이다. 믿을 수 없는 기사(奇事)였다.

"뒤! 조심하십시오!!"

눈앞에 연이어 펼쳐지는 충격적인 광경에, 강건청은 사고 자체를 제대로 할 수 없었다. 지옥도가 되어버린 금상 때문만은 아니었다. 육체도 한계였다. 피를 너무 많이 흘렸고, 폐장까지 아작 난 마당에 화기로 인한 탁기를 너무 많이 들이마셨다. 정상이 아닐 수밖에 없었다.

콰르륵! 터엉! 위이이잉!

금약당 담벼락을 부수고 솟구쳐 불꽃과 함께 하늘에서 내려치는 삼첨양인도도 제대로 감지하지 못했다. 금륜대원이 곽경무를 내던지다시피하고 몸을 날려 강건청을 밀어냈다.

콰직!

"크아악!"

강건청의 몸이 튕겨나가 땅바닥을 굴렀다. 불행히도 금륜대원은 무사하지 못했다. 삼첨양인도 칼날이 스친다 싶었는데, 왼쪽 발목이 통째로 잘려 나간 것이다. 금륜대원이 피가 쏟아지는 정강이를 부여잡고 비명성을 울렸다.

쉬익! 쐐애애액!

이랑진군은 금륜대원을 놔둔 채, 다시금 강건청 쪽으로 몸을 돌렸다. 고함 소리가 들린 것은 바로 그때였다.

"거기 서!"

우지끈! 콰직!

오기룡이 금약당 무너진 나무 더미에서 몸을 일으키고 있었다. 오른팔이 축 늘어진 것이, 어디에 잘못 깔리기라도 한 모양이었다.

이랑진군이 오기륭을 한번 돌아보고는 다시 강건청에게 눈을 돌렸다.

오기륭도 강건청을 보았다. 강건청은 몸조차 제대로 못 가누고 있었다.

다급히 땅을 박찼다. 이랑진군도 동시에 몸을 날렸다. 강건청은 이랑진군의 바로 앞에 있었고, 오기륭은 한참 뒤에 있었다. 당연히 막을 수 없다.

이랑진군의 삼첨양인도가 바람을 가르고 막 몸을 일으키는 강건청의 허리를 향해 반원을 그렸다.

쐐액! 쩌엉!

기적처럼 파공성이 울리고, 삼첨양인도가 허공에서 멈추었다. 날아들어 삼첨양인도를 막은 것은 은색으로 빛나는 반월륜이었다. 곽경무의 반월륜이 아닌, 금륜대주 도담의 반월륜이었다. 주군의 위기를 보고 무작정 달려오다 반월륜을 던져 낸 것이다.

지극히 짧은 시간이었지만, 오기륭에겐 결코 짧지 않은 시간이었다. 멀었던 거리를 단숨에 좁혀 이랑진군에게 달려들었다.

파앙!

족도참격의 공력을 실어 발도각을 내쳤다. 이랑진군도 무시할 수 없음을 알았다. 삼첨양인도를 돌려 오기륭의 공격을 막았다.

오기륭은 곧바로 승천각 연환각을 내쳤다. 왼발로 진각을 밟고, 오른발 의족을 올려찼다. 이랑진군의 삼첨양인도가 종축으로 회전하며 오기륭의 의족과 부딪쳤다.

카가가각!

힘으로 밀어내며 다시 발도각으로 전환하려는 순간, 무언가 툭, 끊어지는 느낌과 함께 오른쪽 발목이 확 허전해졌다.

'……!!'

그것은, 말 그대로 재앙과도 같았다.

금약당을 파괴한 불덩이 때문이었든, 이랑진군과 계속 부딪쳤기 때문이든.

정강이를 감싼 걸쇠가 망가진 것에 더해, 묶어서 고정해 놓았던 가죽 끈까지 끊어져 버린 것이다.

카칵! 채앵!

힘을 받지 못한 의족이 오기륭의 발목에서 저 멀리로 떨어져 나갔다.

무너지는 대들보에 오른쪽 어깨까지 부상을 입었고, 제 몸처럼 익숙하게 갈고닦았던 의족까지 사라졌다. 전신의 균형이 흐트러질 대로 흐트러졌으니, 결과는 불 보듯 뻔하다. 전광석화처럼 뒤집어져 찔러오는 삼첨양인도가 오기륭의 허리춤을 훑었다.

'큭!!'

신음성을 목구멍으로 삼키며 손으로 땅을 짚었다. 아까 당한 어깨 부상이 생각보다 심했는지, 팔 전체에 힘이 쭉 빠졌다.

땅바닥을 굴렀다. 불에 데는 듯한 통증이 허리로부터 올라왔다. 내장은 다치지 않은 것 같았지만 베어진 깊이는 만만치 않다. 제대로 된 싸움은 이제 못할 상처다. 싸움은커녕 당장 움직이지조차 못하겠다. 머리 위에서 삼첨양인도가 날을 세우는 것을 보았다. 절체절명의 위기였다.

"위잉!

삼첨양인도가 떨어져 내렸다. 그러나 오기륭도, 강건청도, 목숨 한번 질기다. 이번엔 황급히 달려온 도담이 하나 남은 반월륜으로 이랑진군의 배후를 노려 오기륭의 목숨을 구해줬던 것이다.

"이놈들이!!"

이랑진군이 일갈하며 도담에게로 삼첨양인도를 휘둘렀다.

도담은 다섯 합도 버티지 못했다. 이미 수많은 견면괴인들과 동자가면들을 물리치며 온몸에 적지 않은 상처를 입은 그였다. 이랑진군의 괴력을 받아내기는 역부족이다. 순식간에 등허리와 가슴팍에서 피를 쏟으며 강건청의 바로 옆에 쓰러지고 말았다.

비틀거리던 강건청이 한손으로 머리를 감싸쥐고는 털썩, 땅바닥에 주저앉았다. 삼첨양인도를 굳이 쑤셔 박지 않아도 곧 죽어 넘어질 것 같은 상태였다.

이랑진군의 승리였다.

누구라도 손 한 번만 휘두르면 죽일 수 있는 상황까지 왔다.

오기륭이 왼손으로 땅을 짚고, 몸을 일으켰다. 후두둑 하고, 허리춤에서 선혈이 쏟아졌다.

싸움이 안 된다는 것을 알지만, 그래도 이대로 죽어줄 수는 없는 거 아니겠는가. 이랑진군이 그런 오기륭을 인정하듯, 그에게로 삼첨양인도를 겨누어 왔다.

화르르르르륵!

다시 한 번 동쪽 하늘에서 불덩이가 날아왔다. 이번엔 그들 머리 위를 지나더니 어디 떨어지는지도 모르게 날아가 버렸다. 이어, 건물 너머로 번쩍하는 뇌광도 보았다. 참으로 어처구니가 없다. 아까부터 느껴졌던 무지막지한 존재는 이제 보니, 불과 번개를 뿜는 괴물이라도 되는 모양이었다.

'운룡 네놈은, 이 내가 죽게 생겼는데도 안 올 거냐.'

오기륭은 죽음이 두렵지 않았다. 오히려 죽기에 좋은 풍경이라는 생각도 했다.

편안한 마음으로 삼첨양인도를 맞이했다. 이랑진군의 삼첨양인도가 허공을 가르고 그의 가슴을 향해 다가왔다.

모든 것이 느리게 보였다. 움직이지 않는 오른 어깨를 내주고, 왼발로 땅을 밟았다. 삼첨양인도 날카로운 칼날이 점점 더 느려졌다. 공기의 흐름 하나까지 읽을 수 있을 것 같았다. 삼첨양인도 날 끝에 피 한 방울 얼룩까지 볼 수 있었다. 불씨를 머금고 하늘로 날아오른 조그마한 나무 조각이 그의 눈앞을 지나갔다. 왼발로 땅을 밀어내자 세상이 그를 잡아당겼다. 오기륭의 몸이 삼첨양인도 창봉의 안쪽 궤도로 들어갔다. 발도각을 차내려면 바로 여기서 허리를 틀어야 했지만 오기륭은 그 간격을 그냥 지나쳤다. 그에겐 오른발이 없었다. 그래서 정강이를 접고, 무릎으로 발끝을 대신하기로 한 것이다. 미끄러지듯 안으로 들어가 마지막 순간 왼발 끝으로 땅을 튕기고, 몸 전체를 띄워 무릎을 올려쳤다. 너무나도 단순하고 간단한 동작이었지만, 구결과 투로를 무시하고 들어가는 일격을, 이랑진군은 어인 일인지

도저히 막아낼 수가 없었다.

콰직!

그의 슬격(膝擊)이 이랑진군의 가슴에 박혀들었다. 가슴파 경장갑주가 산산조각으로 부서졌다.

오기룡도 성치 못했다. 몸의 한계를 넘어선, 소위 깨달음의 순간과 함께 내친 일격은 그 위력이 실로 대단했지만, 그만큼 그의 몸에 준 부담도 컸기 때문이었다. 오기룡은 버텨 서 있지도 못했다. 내력이 진탕된 채, 땅바닥을 굴렀다. 입에서 핏물이 울컥 솟아올랐다. 옆구리의 상처에서도 선혈이 험악하게 번져 나왔다.

꿍, 꿍.

이랑진군은 세 걸음 묵직한 걸음으로 뒤로 물러나더니, 아무렇지 않다는 듯 허리를 쭉 펴고 섰다. 이내, 가면 아래 턱선을 핏물이 줄줄 흘러나왔다. 내상을 입은 것이다.

"모조리, 죽여주마."

이랑진군의 목소리는 이미 천신의 그것이 아닌 요마련 마귀의 그것과 같았다.

삼첨양인도를 휘두르려는데, 그의 몸이 일순 굳어졌다.

누군가 다가오는 기척을 느낄 수 있었다. 무시무시한 속도였다.

위타천이 아니었다. 누군지는 어렵지 않게 짐작할 수 있었다. 이랑진군이 삼첨양인도를 강건청에게로 돌렸다. 하나라도 확실히 죽여야 했다.

쿨럭!

막 창봉을 휘두르려는데, 가면 밑으로 핏물이 한 번 더 울컥 흘러나왔다. 허리를 꺾고서 숨을 몇 번이고 들이쉰 다음에야 이랑진군은 몸을 곧게 펼 수 있었다.

"그러게, 크크크. 끝까지 방심하지 말았어야지."

오기룡은 피를 흘리며 땅바닥에 누운 자세조차 편해 보였다. 빙글 웃음까지 지으며 충고하듯 말한다.

"갈!"

그가 신경질적으로 삼첨양인도를 들어 올렸다.

"멈춰."

그리고 이랑진군은 뒤에서 들려온 목소리를 들었다. 쐐액! 하는 파공성에 이어, 앞뒤 가리지 않고 짓쳐드는 파괴적인 경력도 감지했다.

"......!!"

빠르게 삼첨양인도를 휘두르며 몸을 반대로 뒤집었다.

콰아아!

허공에서 진기가 소용돌이치는 소리가 났다. 천룡파황권의 권력이었다.

쩡! 하는 소리와 함께 두 사람이 뒤쪽으로 물러나 섰다.

"소상주."

이랑진군의 목소리는 나직했다.

그녀는 아무 말도 하지 않았다. 단 한순간도 쉬지 않고 달려 여기까지 온 그녀였다. 그럼에도 숨소리 하나 흐트러지지 않았다. 그녀의 눈꼬리가 파르르 떨렸다. 피범벅이 된 채, 숨소리가 점점 가빠져 가는 아버지가 바로 옆에 있었다. 아버지, 강건청의 상태는 한눈에 봐도 심각해 보였다.

그러나 그녀는 상대를 앞에 둔 채, 아버지부터 부여잡고 울만한 바보가 아니었다.

이군명을 쓰러뜨리고 금상에 올 때까지, 화광이 충천한 하늘을 보며 까맣게 타들어가던 마음은 그 누구도 짐작할 수 없다. 지옥이 되어버린 금상을 가로지르며, 강설영은 좌절과 슬픔 대신, 싸우기 위한 투지만을 차곡차곡 쌓아두었다.

그녀의 두 주먹에 천룡무제신기가 실렸다.

터엉! 콰아아아!

이랑진군은 다른 어떤 행동도 할 여유가 없었다. 오기룡, 강건청, 곽경무, 도담, 그 누가 되었든 한 걸음, 한 손이면 불귀의 객으로 만들 수 있었지만, 강설영은 그 한순간의 틈조차 주지 않았다.

콰앙!

이랑진군의 삼첨양인도가 단숨에 밀려 나갔다. 맨주먹으로 양인도 칼날과 부딪쳤는데도, 강설영의 주먹엔 생채기 하나 나지 않았다.

타닥! 쐐액!

근접 거리로 치고 들어와 다시 한 번 천룡파황권을 날렸다. 이랑진군이 다급하게 팔꿈치를 틀어 삼첨양인도 창봉으로 일격을 막아냈다. 창봉과 주먹이 부딪치자 쩌엉! 하고 병장기끼리 부딪친 것과 같은 소리가 울려 퍼졌다. 동시에 이랑진군의 가슴팍에서 퍼엉! 하는 격타음이 터졌다. 부서져 너덜너덜하게 붙어 있던 갑옷과 견갑 조각이 사방으로 튕겨나갔다. 천룡파황권의 권력이 창봉을 관통하여 이랑진군의 가슴에까지 타격을 가한 것이다.

쿨럭!

이랑진군의 턱 밑으로 피거품이 한 움큼 흘러내렸다. 오기룡에게 당했을 때부터 줄줄 흘러 내렸던 피가 목덜미와 쇄골까지 적시고 있었다.

터엉! 꽈앙!

강설영의 기세는 노도와 같았다. 이랑진군은 일타 일격 제대로 받아내지 못한 채 오 장여 거리를 속수무책으로 후퇴해야 했다. 이랑진군으로서는 누구 하나도 확실히 죽이지 못한 채 물러나게 된 셈이었다. 죽이기는커녕, 본인의 목숨이 위태로울 지경이었다. 그럼에도 이랑진군은 초조한 기색이 없었다. 이상한 일이었다. 방어 일변도로 침착하게 강설영의 권격을 견뎌내고 있었다. 지금 당장은 수세에 몰리고 있지만 언제든 전세가 바뀔 거라고 믿는 것 같았다.

쩌정!

연달아 짧게 끊어 치는 권격으로 삼첨양인도 칼날을 튕겨냈다.

강설영은 이랑진군의 대응이 어떠하든 조금도 동요하지 않았다. 나타태자의 건곤권에 당한 옆구리에서 번져 나온 피가 비단옷에 붉은 얼룩을 넓혀가고 있음에도 전혀 의식하지 못하는 듯했다.

쩡! 퍼어엉!

연환권으로 권력을 누적한 천룡파황권이 다시 한 번 경파의 폭발을 일으켰다. 이랑진군의 옆구리에서 호쾌한 격타음이 울리고, 그의 몸이 퉁! 하고 뒤쪽을 향해 튕겨 나갔다. 이랑진군은 공중에서 몸조차 제대로 가누지 못했다. 그가 다급히 몸을 틀어 삼첨양인도를 땅에 박고 균형을 잡았다. 강설영은 이미 그의 눈앞이다. 그녀의 주먹이 이랑진군의 심장을 향해 박혀들었다.

꽝! 우직! 뿌드득!!

이랑진군에겐 선택의 여지가 없었다. 회피불가, 방어불가다.

왼쪽 어깨를 황급히 들이대 심장 직격을 면했다. 대신 이랑진군은 어깨뼈와 쇄골, 가장 위쪽의 갈빗대 세 개가 박살이 소리를 생생하게 들어야 했다.

챙강!

삼첨양인도가 땅에 떨어졌다. 땅에 드러누울 수 없다는 듯 오른쪽 무릎을 꿇은 채 손으로 땅을 짚고 왼손으로는 왼무릎을 잡았다. 두 손 모두 부들부들 떨리고 있었다.

"쿠울럭!"

천신의 위용으로 무겁게 발해지던 목소리가 피를 머금은 탁음으로 변했다. 가면 밑으로 벌쉬익! 하고 바람 빠지는 소리가 났다. 뼈만 박살이 난 것이 아니라 왼쪽 폐 상부가 모조리 터져 버린 것이다. 방어하려고 돌려막은 심장 역시도 파황권의 침투경에 큰 충격을 입었다. 이랑진군은 몸을 일으킬 수조차 없었다. 심장은 곧, 혈맥의 원천이자 중심지였다. 심장이 진탕되었으니 전신 혈맥으로 가는 공력마저 일순간 끊겨 버린 까닭이었다.

심맥내상. 강설영은 이랑진군의 상태가 어떠한지 한눈에 알 수 있었다. 보고 아는 것이 아니라 기의 흐름으로 느끼는 것이다.

일격이면 충분했다. 이랑진군이 강건청이나 오기륭에게 그랬듯, 단 한 번의 움직임으로 이자를 불귀의 객으로 만들 수 있는 상황이었다. 그리고 강설영에겐 더 이상 한 움큼의 자비도 망설임도 없었다. 이군명의 혈육이란 것도 개의치 않았다. 지체 없이 마지막 일격을 꽂아 넣으려 했다.

하지만 그녀는 그럴 수 없었다.

이랑진군과 똑같이 심맥에 충격을 받기라도 한 것처럼 온몸이 굳어져 버렸기 때문이다.

그녀가 천천히 돌아섰다. 이랑진군이 아직 죽지 않은 채, 그녀의 등 뒤에 있었지만 그녀는 몸을 돌릴 수밖에 없었다. 어차피 이랑진군은 전투불능이다. 어찌어찌 삼첨양인도를 들어 올릴 수야 있겠지만, 천룡의 무제기가 온몸을 둘러치고 있는 이 상황에서는 등 뒤를 내주고 맞아도 생채기 하나 나지 않을 것이다.

이랑진군이 위협이 되고 말고를 떠나, 그녀는 새롭게 나타난 이 상대로 인해, 죽음의 경계에 들어서 있음을 알았다.

천룡무제신기로도 심혼의 흔들림을 막을 수 없는 상대다.

돌아선 그녀의 두 눈에, 불타오르는 금상의 전경이 비쳐 들었다. 불꽃이 화르르 휘어져 올라가며 더운 바람을 밀어왔다. 점점이 검은 하늘에 떠올랐다 꺼져 버리는 수만 개 불똥이 현세에 나타난 지옥의 풍광을 아름답도록 처절하게 장식하고 있었다.

그 한가운데에, 그 남자가 있었다.

지옥도의 풍광을 한 몸에 빨아들이기라도 하듯, 한 번 시선을 주자 주위의 어떤 경물조차도 보이지 않았다. 절대로 눈을 뗄 수가 없는 존재감이었다.

존재감보다 놀라운 것은 그가 있는 위치다.

하늘이다. 하늘에 그가 있었다.

공중에 떠 있다는 말이다.

허공답보라고 했다.

말로 설명할 수 없는 수많은 일들을 겪으며, 세상엔 불가능한 일이 없음을 알았다.

하지만 역시나 직접 눈으로 보는 것은 충격이다.

그는 온몸에 갑주를 두르고 있었다. 백색과 황금색의 갑주는, 그 매끈한 표면에 일렁이는 화광과 춤추는 그림자를 비춰 내며 더할 나위 없이 신비롭고 휘황한 색조의 향연을 보여주고 있었다.

그는 또한 머리에 투구를 쓰고 있었다. 귀 뒤쪽 사선으로 늘씬하게 뻗은 날개장식이 멋지다. 투구 밑에 있는 것은 엷게 웃음 짓는 미소년의 가면이었다.

그가 땅 위에 내려왔다.

강설영은 굳어진 채, 그 자리에 서 있을 수밖에 없었다.

마음 속 깊은 곳으로부터 치밀어 오르는 생경한 감정이 있었다. 그녀는 이내 그것이 두려움이라는 것을 알 수 있었다.

그때였다.

"싸우다 말고 사라지다니!"

우렁찬 목소리와 함께, 담벼락을 뛰어넘으며 미친 듯이 달려오는 자가 있었다. 산발이 된 금발을 휘날리며 달려오는 그는 녹색 눈동자를 지니고 있었다. 황색과 녹색이 어우러진 장포는 군데군데 타들어갔고, 오른팔과 허벅지는 피투성이가 되어 있다. 한눈에 봐도 망신창이인 상태인데 달려오는 기백만큼은 놀랍도록 대단했다.

가면의 남자가 왼손을 들었다. 왼손에서 일렁이는 불꽃이 생겨났다. 불꽃이 커다랗게 뭉친 불덩이로 변하는 것은 순식간이었다. 그가 왼손을 가볍게 뒤로 튕겼다. 어린아이 몸통만 한 불덩이가 달려오는 자에게 날아갔다.

달려오는 자가 오른손에 든 물건을 앞으로 내밀었다. 팔괘 문양이 새겨진 팔각태극경이었다. 일반적인 태극경보다 훨씬 큰 크기다. 얼핏 보기엔 작은 방패 같았다.

화르르륵! 키이이이잉!

불덩이가 팔각태극경에 부딪치자 마치 살아 있는 맹수처럼 요동을 치더니, 펑! 하는 소리와 함께 저 멀리 밤하늘을 가로질러 날아가 버렸다. 하늘을 날아와 건물들을 부순 불덩이들은 바로 그렇게 두 사람의 싸움에서 비롯된 일이었던 것이다.

색목 금발의 무인, 백금산이 팔각태극경을 뒤로 돌리고 미친 듯 달려와 장력을 내쳐 왔다.

"귀찮아졌다."

가면의 남자가 한마디 했다. 미소년의 얼굴만큼이나 젊은 목소리였다.

그가 순간, 훅 꺼지듯 사라졌다. 백금산의 장력이 허공을 갈랐다.

그가 다시 나타난 것은 백금산의 등 뒤였다. 백금산이 다급하게 몸을 돌리려고 했을 때, 그는 이미 땅에 발을 밟고, 진각에 회전을 더하여 허리를 틀고 있었다.

강설영의 눈이, 경악으로 얼룩졌다.

허리를 틀고, 몸을 돌려 등과 어깨에 진기를 집중한다.

그리고 밀어내듯 내친다.

그것은 다름 아닌 천룡파황고의 일격일지니.

꽈아아앙!

백금산의 몸이 무서운 속도로 날아가 담벼락에 처박혔다.

그가 몸을 돌렸다. 그가 가면 속의 눈으로 강설영을 직시하며 말했다.

"이제야 만나는군."

젊고 나직한 목소리.

가면의 남자, 위타천이 덧붙였다.

"사매."

*　　　*　　　*

"위타천은 동쪽이다. 백금산이 놈의 움직임을 감지했다."

흑번쾌가 유광명과 단운룡을 한 번씩 돌아보고는 말 한마디 없이 동쪽을 향해 몸을 날렸다.

그때도 느꼈고, 이번에도 느꼈지만, 신법 하나는 정말 기가 막힌다. 단운룡의 음속에도 준할 정도가 되었으니, 그동안 또 다른 성취가 있었던 듯했다. 종전과는 판이하게 달라진 경지였다.

"단 공자가 여기에는 어인 일이오?"

흑번쾌가 괄목상대의 경지로 나타났다면, 어찌 된 것이 이놈은 하나도 변하질 않았다. 사람을 홀릴 듯한 그윽한 목소리에, 정중한 태도도 똑같다. 높은 품격을 드러내는 반면, 무공을 익히지 않은 듯한 기도도 그대로였다.

"내가 물을 말이다."

처음 만나서 유광명이 이름을 물었을때, 단운룡은 알 바 없잖느냐 대답했었다. 이번에도 같은 대답을 해주려 했지만, 지금은 이놈에게 무작정 적의를 드러낼 때가 아니었다. 단운룡이 덧붙여 물었다.

"이곳에 나타나서 무작정 나를 공격한 이유가 무엇이지?"

"그것에 대해서라면, 수하를 대신하여 내가 사과하겠소. 단 공자를 위타천으로 착각한 모양이오."

"나를 위타천으로?"

"그렇소."

"이유는?"

"위타천은 뇌인(雷印)이란 천신기(天神技)를 지니고 있소."

유광명의 설명은 길지 않았다. 하지만 단운룡은 그것만으로도 충분히 알아들었다.

뇌인이란 이름으로 볼 때, 필경 뇌전력을 기반으로 한 절기일 것이다. 시전 시 뇌전의 방출이 있다면 단운룡의 뇌신과 비슷하게 보는 것도 그럴 법한 일일 터였다.

"이곳엔, 소상주를 도와주러 온 건가?"

"일단은, 그렇소."

단운룡은 유광명의 대답으로부터, 무언가 다른 이유가 있다는 느낌을 받았지만, 굳이 캐묻지는 않았다.

이놈은 적이 아니다.

적어도 지금은.

뇌정광구의 기운이 열어놓은 상단전이 그렇게 말하고 있었다.

"목적이 같다면 지체할 이유가 없지."

단운룡은 대화를 길게 하고픈 마음이 없었다.

지금 이 짧은 시간조차도 허비하지 말았어야 했다는 생각이 불현듯 들었던 까닭이다. 단운룡이 땅을 박차려는데, 유광명이 마지막으로 입을 열었다.

"협제신기 없이는 위타천을 상대할 수 없소. 위타천과 맞서지 마시오."

무슨 이야기를 하나 했더니, 들을 가치조차 없는 말이다.

단운룡은 대답하지 않았다. 그의 몸이 무서운 속도로 유광명을 지나쳐 갔다. 흑단 같은 머리카락이 바람결에 흩날렸다.

'협제신기를 익히지 않았다……. 반쪽임이 분명할진대. 하지만 그 뇌전의 힘이란……! 그는 어쩌면 우리와는 다른…….'

유광명은 단운룡을 따라가지 않았다.

그는 위타천과 마주할 수 없었다.

별빛 같은 두 눈에 그늘이 졌다.

지나치게 거대한 사부를 모시게 된 대가로, 그는 단운룡이란 이에게서 비슷한 운명의 굴레를 예감했었다.

하지만 이제와 다시 만나고 보니, 그 예감이 틀린 것인지도 모른다는 생각이 든다.

무엇보다, 단운룡에겐 그의 목숨을 노리는 사형제가 없을 테니까.

그 사형제가 이곳에 와 있는지도 모르는 지금.

그는 가혹한 선택을 해야만 했고, 잔인한 결정을 내려야만 했다.

다만 이제와 그가 할 수 있는 일이 있다면.

그저 모든 일이 끝난 뒤에 미래를 도모하는 것뿐.

그러기 위해서는, 살려야 하는 사람이 있었다.

아니, 그의 예상대로라면 이미 늦었겠지만, 최소한 살려보려는 시도는 해야 했다.

그가 단운룡이 달려온 방향을 바라보았다.

단운룡은 이쪽으로 오면 안 되는 일이었다. 그녀를 안전한 곳에 두었다고 생각했겠지만, 지금 이 금상에 안전한 곳은 아무데도 없기 때문이었다.

계산과 예측을 완전히 무시할 수 있는 자가 이곳에 있었다. 그의 존재는 모든 것에 앞선다. 어떤 초감각이나 예지능력조차도 비껴가게 만들 수 있는 자였다.

'늦지 않았기를.'

강씨금상을 송두리째 잃는다 해도, 이제는 어쩔 수 없다.

톱니바퀴는 돌기 시작했다. 그가 내린 선택의 책임은, 무고한 자들이 져야 한다. 결정의 정당함에 대한 의문은, 훗날 다가 올 결과가 말해주게 되리라.

그가 걸음을 옮겼다.

한없이 무거운 발걸음이었다.

*   *   *

위타천이 다가왔다.

강설영은 상대를 둘러친 진기의 흐름을 느끼며 경악을 금치 못했다. 완성을 향해 치달려가는 천룡무제신기를 보았기 때문이었다.

"어째서……?!"

겨우 입술을 뗐다. 모든 질문이 한꺼번에 담긴 한마디였다.

대답을 기대하고 한 말은 아니었다.

하지만 위타천은 대답했다.

"궁극에 이르기 위해서다."

질문만큼 많은 것이 함축된 말이었다.

그녀는 일찍이 사부로부터, 다른 천룡의 후예를 만나면 무조건 도주하라는 이야기를 들은 바 있었다.

그녀는 어렸다.

어렸던 그녀는 왜인지 질문하지 않았다. 그녀의 사부는 본디 많은 것을 가르쳐주는 사람이 아니었기 때문이다. 그때 알아야 했던 일이라면 먼저 말씀해 주셨을 것이요, 알려주지 않더라도 때가 되면 자연히 알려줄 분이라고 생각했었다.

그때 바로 물어보았어야 했다.

무공 외엔 거의 다른 말을 하지 않으셨던 사부의 무정함에.

질문할 엄두조차 내지 못했던 그녀의 불찰이었다. 답을 알기엔 너무 늦었다. 최악의 순간에, 금상이 무너져 가는 이때에 이르러서야 오랜 의문의 답을 얻게 된 것이니 말이다.

강설영은 숨을 한 번 깊이 들이쉬고는, 하단전 깊은 곳으로부터 천룡무제신기를 있는 대로 끌어 올렸다.

상대방이 뿜어내는 압도적인 기파에, 분노로 쌓아올렸던 투지가 무참히 꺾이고 있었지만, 더 이상은 약해질 수 없었다. 짊어진 목숨이 하나둘이 아닌 까닭이었다.

무작정 주먹부터 뻗어볼까 했지만, 그래서는 안 된다는 것을 알았다.

본능적인 선택이었다. 무(武)로는 어찌할 수 있는 상대가 아니라 판단했다. 그래서 그녀는 다시 질문했다. 위타천의 진의를 알고자 함이었다.

"그래서 그 가면에 궁극의 길이 있던가요?"

다가오던 위타천이 멈춰 섰다.

강설영은 미청년의 가면 안으로부터 작은 웃음소리를 들었다고 생각했다. 정말 웃은 것인지, 그녀가 잘못 들은 것인지는 알 수 없었다. 영원히 알 수 없을 것이다.

위타천이 그녀를 가만히 바라보더니, 단호한 목소리로 말했다.

"궁극의 길이 있을 리 없지, 가면 따위에."

"……!"

의외의 대답이었다.

가면 따위라 했다. 신마맹 무리에게서 나올 말이 절대 아니었다.

"그럼 왜 그 가면을 쓰고 있는 거죠?"

결국 그것이 핵심이었다.

그녀가 희망을 걸고 있는 것도 거기에 있다.

천룡의 후예가 신마맹 무의 상징이라는 위타천의 가면을 쓰고 있다면.

그것은 자의에 의해서인가. 타의에 의해서인가.

당연한 의문이었다.

부질없는 바람이나, 그것이 혹 자의에 의해서라면, 신마의 무리에 침투하여 암약하는 천룡의 후예라는 것도 불가능한 일이 아니게 되는 것이다.

"이제 보니 사매는, 헛된 기대를 하고 있었군."

위타천이 왼손을 들었다.

그는 그녀의 질문과, 그녀의 눈빛을 통해, 그녀의 마음까지 간파해 버린 것 같았다. 그리고 위타천은 그녀의 희망을 망설임 없이 산산조각 내버렸다.

"나는 위타천의 가면을 썼지만 이 가면은 나에게 하나의 병장기에 불과하다."

그가 가볍게 한 발을 앞으로 두고 그녀를 향해 손짓했다.

"무공을 펼치거라. 나는 오직 단 한 명의 천룡으로, 너와 나의 사부를 넘어 하늘에 이르려는 이다."

위타천의 전신에서 막대한 진기가 폭풍처럼 뻗어나왔다.

그녀보다 훨씬 더 막강한 경지에 이른 천룡무제신기였다.

강설영은 상대할 수 없음을 알면서도 주먹을 쥘 수밖에 없었다. 그녀가 마지막으로 주위를 한번 둘러보았다. 아버지는 기식이 엄엄하나, 아직은 안전했다. 금륜대원 몇 명이 강건청과 도담, 곽경무 곁에 달려와 있는 것을 볼 수 있었다. 여은이 아버지의 용태를 살피기 위해 몸을 숙이고 있는 것도 보았다.

컹! 컹! 하고 느닷없이 개 짖는 소리가 들리더니, 곰처럼 커다란 백색의 영물 하나가 달려와 그녀의 측면을 멀찍이 지나쳐 갔다. 그녀는 그 영물이 이랑진군 전설에 언급되는 효천견임을 알았다. 이랑진군이 효천견의 갈기를 잡아챘다. 효천견은 거대한 영물이라, 목숨이 경각에 처한 주인을 태우고는 그대로 바람처럼 장내에서 사라져 버렸다. 고개를 돌려서 본 게 아님에도, 눈앞에 펼쳐지듯 느낄 수 있었다.

그 모든 일이 남의 일 같았다. 현실에서 벌어지는 일 같지가 않았다. 이 흉사의 원흉이니, 쫓아야 된다는 생각도 스치듯 지워졌다.

가슴이 콱 막혔다.

위타천이라는 괴물의 존재가 모든 상황을 산처럼 뒤덮고 있었다.

이젠 어쩔 수 없었다.

숨을 한껏 들이마시며 가슴 채운 답답함을 싸우기 위한 의지로 바꿔 나갔다.

싸워야 하는 상황이니 싸워야 했다. 일단 싸우기로 했으면 그녀가 가진 모든 힘을 다 쏟아붓는 것이 맞다. 그게 천룡의 법칙이었다.

죽음을 각오하고 하단전을 바닥내겠다는 심정으로 진기를 끌어올렸다. 분노와 의지, 감정의 격랑을 한데 섞어 두 주먹에 담긴 힘으로 압축했다.

위타천의 눈에서 번뜩이는 빛이 솟아올랐다.

그가 말했다.

"사매는 중단전(中丹田)이군."

밑도 끝도 없는 말이었다. 강설영은 듣지 않았다.

위타천은 명백한 적(敵)이었다.

만에 하나를 기대한 그녀가 바보였다. 이제는 어떤 말로도 흔들리지 않으리라.

위타천이 한 발 더 다가왔다.

한 발만큼 압력이 거세졌다.

텅!

그녀는 선공을 택했다. 마음이 일어나는 순간, 몸은 벌써 반응하고 있다. 그녀의 오른발이 땅을 밟았다. 강력한 진각이 일어났다. 그녀의 작은 몸이 총포에서 발사되는 탄환마냥 무서운 속도로 쏘아졌다.

콰아아아!

그 어느 때보다도 강렬하게 뻗어낸 천룡파황권이었다. 강설영의 작은 주먹이 거대한 진기의 소용돌이를 만들었다.

후욱!

위타천의 대응은 주먹이 아닌 손바닥이었다.

강설영은 배운 적이 없는 장법이었다. 하지만 강설영은 그것이 같은 기원을 가진 무공이란 것을 직감할 수 있었다. 소용돌이치는 경파, 천룡무제신기의 운용, 사방에 몰아치는 기(氣)의 흐름이 그 사실을 확신케 했다.

콰가가가가각! 파아아앙!

두 경파의 충돌이 어마어마한 충격파를 만들었다. 터져 나온 굉음은 마치 거대한 강철 톱니바퀴 두 개가 맞물리며 나는 소리 같았다.

강설영이 삼권을 연환으로 쳐 내고, 한 발 치고 들어가 틈을 만들었다. 감당 못할 상대라고 생각했으나, 뿌리가 같은 무공이어서인지, 어느 정도 흐름을 읽을 수가 있었다. 곧바로 허리를 틀며 천룡파황고를 시전했다.

꽈아아앙!

허공에서 폭음이 울려 퍼졌다. 위타천에겐 그녀가 익히지 못한 장법 외에도, 도무지 따라잡을 수 없는 신출귀몰한 신법이 있었다. 시야에서 일순간 완전히 사라졌을 정도다. 천룡무제신기의 기파로 위치를 찾아 무작정 천룡파황권 일권을 질러넣었다.

콰아아아! 터어어엉!

강설영의 두 눈이 크게 뜨였다.

그녀의 일권을 막은 것은, 위타천의 손바닥이었다. 한데, 그 손바닥은 장법으로서의 손바닥이 아니라 손가락을 접은, 추법(錐法)의 일격이다. 단 공자, 단운룡이 펼쳤던 것과 거의 같은 동작이었다.

꽈앙!

폭음이 터져 나오고, 강설영의 몸이 덜컥 뒤로 밀렸다.

위타천은 그 자리 그대로였다. 뒤로 밀리기는커녕, 흔들리지도 않았다.

강설영은 완전무결이라는 네 글자를 떠올렸다. 천룡무(天龍武)의 완성형이 그녀 앞에 있었다. 그러면서 그녀는 새삼 깨닫는다. 사부는 그녀에게 천룡의 무공을 온전히 전수하지 않았다는 사실을 말이다.

할 수 없다고 생각했다. 지금은 생각을 많이 할 때가 아니었다. 추법의 초식이 단운룡의 그것과 비슷하다고 느낀 것도, 의문을 가질 겨를이 없었다.

우우우웅!

진기를 끌어올려 힘을 더하는 데에만 집중했다. 내력을 옆구리로 몰아넣어 스멀스멀 올라오는 통증을 막아내고, 혈맥과 근골의 내구력을 재정비했다.

텅!

그녀가 다시 위타천에게로 뛰어들었다.

모든 것을 내려놓았다. 버티다 보면 조력자가 나타날 것이라는 기대도 접었다. 오로지 위타천만을 보고, 눈앞의 상대를 부숴 버리겠다는 의지만 마음속에 가득 채웠다.

쫘아앙! 쫘앙!

일타 일격에 경력의 폭발이 일어났다. 충격파를 이겨내는 것만 해도 내공의 삼분지 일을 써야 했다. 위타천은 그러한 폭발력에 아무런 영향을 받지 않는 것 같았다. 심지어 옷깃 하나 흐트러짐이 없다. 동작도 크지 않았다. 갑주와 투구가 번쩍이는 색채를 띄고 있었기에 조그만 움직임도 화려하게 보였지만 실제로는 지극히 간결한 무공투로만을 선보이고 있었다.

꽝!

위타천이 한 발 가볍게 움직여 손바닥을 밀어냈다. 강설영은 아무렇지 않게 밀어내는 장력을 마주하며 거대한 해일이 몰려오는 듯한 느낌을 받았다.

"합!"

기합성을 짧게 터뜨리고, 다시금 천룡파황고를 펼쳤다. 곧게 펼쳐진 위타천의 손바닥이 그녀의 어깨에 닿았다.

툭.

소리는 크지 않았다.

강설영은 온힘을 다해 내친 천룡파황고 경력이 가닥가닥 흩어지는 조화를 경악으로 마주해야 했다. 위타천과의 무공격차를 뼛속 깊이 실감했다.

위타천은 손목 하나 돌리지 않은 채, 허리부터 시작된 회전력을 완벽하게 상쇄해 버렸다. 기(氣)의 발출과 조절이 상상초월의 경지에 이르렀음을 뜻하는 일이었다. 하단전에서부터 끌어올려 등과 어깨로 발출한 고법 경파는, 넓게 퍼뜨린 장력으로 송두리째 덮어 눌렀다. 공력의 경지가 믿을 수 없을 만큼 깊었다.

터엉, 콰아아!

통하지 않는 공격은 버리고, 곧바로 몸을 돌렸다. 진각을 내딛고는, 천룡파황권을 연이어 쳐냈다. 그녀가 가장 자신있게 펼칠 수 있는 공격이자, 가장 제대로 된 위력을 낼 수 있는 공부였다.

위타천은 왼손으로 강설영의 손목을 밀어내고, 오른손으로 팔꿈치를 비껴내며 너무도 쉽게 천룡파황권 연환권을 무위로 만들어 버렸다. 소용돌이치는 경파와 흡인력이 사위를 채우고 있음에도, 아무런 영향을 받지 않았다. 두 사람의 차이는 명백했다. 상승에 이른 무공 고수가 저잣거리 파락호의 주먹질을 제압하는 듯했다.

콰아아!

바람을 찢어발기는 소리는 험악했지만, 천룡무제신기의 운용력 자체에서부터 비교불가의 차이가 있었다.

강설영이 이를 악물며 천룡파황권. 다시 천룡파황고, 다시 천룡파황권으로 이어지는 급속삼연환 공격을 시도했다. 막대한 진기 소모를 각오하고 펼쳐 내는 연환격에 주위의 공기가 요동을 쳤다.

천룡무제신기의 분쇄력이 일순간 지름 삼 장여에 이르는 공간을 가득 채웠다. 그 공간 안에 들어가는 것만으로도 내상을 각오해야 할 만큼, 강력한 역장이 발생했다. 하지만 위타천만큼은 그 안에서도 한없이 자유로울 뿐이었다.

손가락을 접은 추법으로 권격을 봉쇄하고, 장력으로 천룡파황고를 밀어낸 후, 전광석화처럼 몸을 돌리며 머리 위까지 반원을 그리는 각법으로 천룡파황권 경력을 흩어냈다. 강설영은 또 한 번 그 각법에서 단운룡의 그림자를 보았다. 같은 뿌리의 무공이라 해도 믿을 만큼, 각법 투로가 비슷했다.

터엉! 콰아아아!

회심의 일격도 통하지 않았다. 이어서 내친 천룡파황권도 마찬가지다. 몇 번이나 허공을 갈랐는지 셀 수조차 없다. 바람만 거세게 비명을 질렀다.

위타천의 응수는 더욱더 간결해졌다. 추법도, 각법도 쓰지 않았다. 주먹은 아예 쥐지도 않았다. 물론, 천룡파황권도 없었다.

이윽고, 위타천이 가볍게 손바닥을 밀어 쳤다. 강설영의 어깨 어림에서 경쾌한 타격음이 터져 나왔다.

"……!!"

강설영은 비명성조차 지르지 못했다.

온몸이 벼락 맞은 듯 굳어졌다.

위타천이 강설영의 바로 앞에 섰다. 올려보면 가면 밑 턱이 보일 만큼 가까운 거리였다.

"그게 다인가?"

위타천이 그녀를 내려다보며 물었다.

강설영은 대답할 수 없었다. 기량을 바닥까지 끌어냈고, 이 정도가 그녀의 한계인 것이 맞다. 위타천이 그녀에게 손을 뻗었다. 그녀가 반사적으로 주먹을 내질렀다. 위타천은 어린아이 손목 비틀 듯 가볍게 그녀의 손목을 낚아챘다.

콰악!

강설영이 잡힌 손목을 잡아당겼다.

위타천은 놔주지 않았다. 어깨와 팔꿈치에 남은 힘을 있는 대로 밀어 넣었지만, 미동도 할 수 없었다.

"으윽!"

그것으로 끝이 아니었다.

그녀의 입에서 고통에 겨운 신음성이 흘러나왔다. 잡힌 손목을 통해, 위타천의 진기가 흘러들어 오기 시작한 까닭이었다.

"……!!"

목 깊은 곳에서 올라오는 신음성은 이내, 아무 소리도 나지 않는 비명성으로 바뀌었다. 소리를 낼 수가 없었다. 온몸의 근육이 기능을 멈춰 버린 까닭이었다.

'혈맥을……'

위타천의 진기가 손목에서부터 온몸으로 퍼져 나갔다. 기경 팔맥 곳곳을 누비는 것이, 기혈의 운용을 속속들이 뜯어보는 느낌이었다. 고통도 있었다. 위타천의 진기가 훑고 간 혈도에는 날카롭게 찢어내는 듯한 통증이 뒤따라 남았다.

사지를 누빈 위타천의 진기가 하단전을 강타했다. 온몸이 덜컥, 흔들렸다. 하단전 중핵으로 들어온 진기는 곧바로 중단전을 향해 치달아갔다. 위타천의 진기가 중단전에 이르자, 한 줄기 천룡의 진기가 중단전 깊은 곳에서 홀연히 일어나더니, 위타천의 내공과 맞서 싸우기 시작했다. 중단전의 방패는 생각보다 단단했다. 강설영 본인조차도 그런 힘이 남아 있다는 사실에 놀랐을 만큼, 저항력이 강했다. 급기야 위타천이 비어 있던 오른손으로 강설영의 왼손목을 마저 잡아챘다. 강설영은 움직이지도 못하는 상태였지만, 위타천은 이와 같은 내공침투의 기공을 펼치면서도 운신에 아무런 제약이 없는 모양이었다.

'방어할 수 없어……!'

위타천의 진기가 양손목을 통해 흘러들어 왔다. 중단전의 방패가 부숴지기까지는 오랜 시간이 걸리지 않았다. 위타천의 진기가 구경이라도 하듯, 강설영의 중단전으로 스멀스멀 흘러들었다. 진기의 움직임은 살아 있는 사람 같았다. 작은 위타천이 그녀의 혈도를 타고서 중단전에 걸어들어 온 듯했다. 마치 그녀의 중단전이 무공 수련을 위한 석실이라도 되는 듯, 그리고 그 석실 벽에 그녀가 익힌 무공구결이라도 새겨져 있는 듯, 천천히 휘돌면서 중단전 구석구석을 샅샅이 훑어나갔다.

탐색을 끝낸 진기가 그녀의 상단전으로 목표를 바꾸었다. 진기가 올라온다는 느낌이 드는 순간부터, 정신이 아득해졌다. 머리 속까지 속속들이 파헤치려는 의도를 감지할 수 있었다.

위타천의 진기가 상단전으로 침투했다. 상단전은 혼(魂)이 머무는 장소라고 했다. 진기가 들어오자 두 사람의 의식이 섞여들었다. 혼백의 동조(同調)였다. 강설영은 순간, 그녀가 평생토록 익혀온 무공의 핵심 구결을 빼앗김과 동시에, 위타천이 생각을 부분적으로나마 엿볼 수가 있었다.

'무공을 가져가는 것이 이자의 목적⋯⋯!'

중단전에서 느낀 것은 그녀만의 상상이 아니었다.

그녀가 생각한 그대로였다.

기(氣)는 물과 같다. 흐르는 물은 흔적을 남기는 법이었다. 거센 물이 흐르면 굽이치는 협곡이 되고, 잔잔한 물이 흐르면 완만한 강줄기가 되듯, 진기도 기경팔맥에 저마다의 줄기와 흔적을 남기게 되어 있었다.

위타천이 훑은 것은 바로 그 진기운용의 흔적이었다. 중단전을 상세히 탐색한 이유는 그녀가 중단전을 무공의 핵으로 사용하고 있었기 때문이며, 내공 운용의 비결을 온전히 가져가기 위함이다.

'나 하나가 아니었던 거야.'

강설영은 동조된 위타천의 의식으로부터 또 하나의 충격적인 사실을 알게 되었다.

무공을 빼앗긴 것은 그녀만이 아니다.

위타천은 전에도 이런 적이 있다.

그녀 외에 다른 천룡의 후예로부터.

천룡무(天龍武)의 완성을 위해서다. 사부는 그녀에게처럼 이 위타천에게도 자신의 무공을 모두 다 가르치지 않은 것이 분명했다. 그래서 이런 일이 벌어지고 있는 것이다.

'게다가 이것은 본디 나도 가능한… 천룡의 능(能)……!'

위타천의 진기가 상단전에서 빠져나왔다.

동조가 끊겼다. 더 이상 위타천의 생각은 읽을 수 없었다.

대신, 위타천이 직접 입을 열어 말한다.

"이것으로 끝이다. 사매의 무(武)는 이제 나에게 종속된다."

위타천은 자신의 진기만 가져가지 않았다.

상단전에서 내려간 위타천의 진기가 다시 중단전을 뚫고 들어왔다. 중단전을 제 집처럼 들어온 진기는 이내 둘로 갈라지더니 빙글빙글 꼬리를 물고 돌면서 하나의 소용돌이를 만들기 시작했다. 도는 속도가 점점 빨라졌다. 거센 흡인력이 생겨났다. 전신의 공력이 중단전으로 몰려들었다.

'빼앗긴다……'

강설영은 아무 것도 할 수 없었다.

소용돌이 중심이 뭉클뭉클 흔들리더니, 두 줄기 진기가 솟아올라 중단전 바깥으로 빠져나갔다. 빠져나간 진기는 양쪽 팔을 거쳐 양손목으로, 양손목에서 다시 위타천의 손으로 넘어갔다.
중단전의 소용돌이는 강설영에게 있어 절망 그 자체였다. 내공
의 강탈이다. 기억조차 가물가물한 어릴 때부터 평생토록 축적
해 왔던 내공이, 통째로 사라지고 있음을 생생하게 느낄 수 있
었다.

진기를 빼앗기니 기력이 쇠한다.

시야가 흐려졌다. 아득해지는 의식을 붙잡으려 애쓰는데, 픽!
하는 작은 소리 하나를 들을 수 있었다. 소리의 진원지는 옆구
리에 입은 상처였다. 핏물이 다시 터져 나오는 소리다. 혈도를
누르고 출혈을 막았던 기(氣)까지 빠져나간 것이 그 원인이었
다.

옆구리 옷자락에 번져 있던 붉은 얼룩이 삽시간에 그 범위를
넓혀갔다. 다리에 힘이 풀렸다. 서 있을 수가 없었다.

털썩.

위타천이 강설영의 손목을 놓았다. 강설영의 몸이 줄 끊어진
인형처럼 땅바닥에 고꾸라졌다. 앞쪽으로 고꾸라지느라 깨진
돌바닥에 얼굴까지 찢었다.

고운 얼굴에 긁힌 상처가 났다. 머리조차 제대로 가눌 수 없
었다. 온 힘을 다해 손을 짚고 몸을 일으켜 보려 했지만 고개를
조금 들어 위쪽을 올려보는 것 이외에는 할 수 있는 일이 없었
다.

흐려지는 눈으로 위타천이 두 주먹을 쥐는 것을 보았다.

후욱.

위타천이 숨을 한번 깊이 들이쉬고는 가볍게 주먹을 앞으로

뻗는 것이 보였다.

콰아아아.

천룡파황권이었다.

강설영에게 빼앗기 전에는 펼치지 못했던, 천룡회주 철위강의 권법이었다.

"이거였군, 사부의 권법은."

위타천의 목소리엔 그의 과거가 담겨 있었다.

그녀는 너무나도 명백한 사실을 하나 더 깨달았다. 이자는 그녀를 어렵지 않게 제압할 능력이 있었다. 그럼에도, 그녀가 마음껏 무공을 시전하도록 내버려 두었다.

천룡파황권의 초식을 송두리째 가져가기 위함이다. 반격을 가하지 않은 채, 초식과 투로를 보았다. 빼앗을 수 있는 만큼 보고 나면 그것으로 끝이다. 초식, 투로, 내공까지 거두어간다.

무서운 자였다.

'내가 죽으면, 모두가 무사하지 못해.'

아무리 무서운 자라도, 이대로 죽어줄 수는 없었다.

그녀는 포기하지 않았다.

깜빡거리는 의식을 다잡고 다시 땅을 짚었다.

부들부들 떨리는 손으로 땅을 밀었다. 고개가 들리고 상체가 들렸다. 위타천이 그녀를 내려다보았다. 가면 속 그의 눈에서 놀라움의 빛이 떠올랐다.

털썩.

그녀는 몸을 완전히 일으키지 못했다. 겨우겨우 몸을 뒤집은 것이 전부였다.

뒤집힌 세상에, 그녀의 두 눈으로 밤하늘이 비쳐 들었다. 밤하늘은 검었다. 일렁이는 화광이 바깥쪽 시야를 어지럽히고 있었다.

숨을 깊이 들이쉬고 진기도인을 시도했다. 도인되는 진기는 없었다.

하단전이 허했다. 아무 것도 남아 있는 것이 없었다. 옆구리로 핏물이 빠져나가는 것만 새삼스럽게 느꼈다. 등허리가 축축하게 젖어들고 있었다.

'진기는 바닥을 쳤어. 당장 출혈을 막지 못하면 죽음을 피하지 못할 텐데.'

육신은 망가졌지만, 판단은 냉정했다.

아니, 천룡무제신기를 익힌 이래, 그 어느 때보다도 냉정하게 생각할 수 있게 된 것 같다. 어떤 일을 해도 끝장을 보겠다는 의지가, 어떻게 해도 충족되지 않은 채 가슴속에 활활 타오르던 무언가가 사라져 버렸다. 그 의지가 없어진 자리는 얼음 같은 평정심이 대신하고 있었다.

'살려둘 이유가 없다. 십중팔구 죽이겠지.'

그녀는 생각했다. 몸으로 할 수 있는 것이 없다. 머리라도 굴려야 했다.

'사형제라고 망설일 성정은 절대 아니야. 그럼에도 주저함이 없진 않아. 이유가 뭐지?

진기를 모조리 거두어 간 지금, 그녀는 무공을 익히지 않은 보통 사람만도 못한 상태였다. 말 그대로 손짓 하나면 죽음에 이르고도 남을 것이다.

하지만 위타천은 그 작은 손짓 하나를 뒤로 미루고 있었다. 그저 그녀를 내려다보고 있을 뿐이었다.

'사부님이 두려워서? 그럴 리 없어. 두려움이 없을 수는 없겠지만, 이자는 그런 것에 영향을 받을 자가 아냐.'

그녀가 고개를 위로 꺾었다.

위타천의 눈을 보기 위해서였다.

'주저하는 이유만 알 수 있다면……'

깜깜한 하늘 밑으로 위타천의 가면을 보았다.

그녀가 볼 수 있는 것은 거기까지였다. 깊은 밤에도 대낮처럼 환하게 볼 수 있었던 그녀였지만, 이제 그녀에겐 그럴 만한 안력이 없었다.

가면에 드리워진 작은 음영조차도 걸러내지 못했다. 눈빛을 읽기는커녕, 가면에 뚫린 두 개의 구멍을 분간하는 것에만도 미간을 잔뜩 찌푸려야만 했다.

'가늠하고 있는 거야. 내가 죽으면 이자는 목숨을 걸어야 해. 목숨을 건다는 것은 그럴 만한 상대가 있다는 뜻. 사부님! 사부님이 가까이에 있어.'

생명이 경각에 달려 있기 때문일까.

그녀는 어느 때보다도 민감하게 모든 것을 느낄 수 있었다. 잘 보이지도 않는 위타천의 두 눈으로부터 선택의 기로에 놓인 자의 갈등을 읽을 수가 있었던 것이다.

'사부님이 온다 해도 죽는 건 순간이겠지. 계산 따위는 모조리 무시해 버리고, 언제든 내 목숨을 앗아갈 수 있는 자야. 내 살길은 내가 찾아야 해.'

강설영은 주위 공기가 떨리는 것을 느끼며, 위타천이 마음을 굳혀가고 있다는 사실을 감지할 수 있었다.

위타천을 둘러친 진기가 위험한 기운을 품기 시작했다. 내공이 없어도 눈치챌 수 있는 기운이었다. 위타천의 기(氣)는 근본적으로 그녀가 평생 동안 수련했던 기와 다를 바가 없었다. 당연히 볼 수 있고, 들을 수 있다.

그 기가 말하는 것은 죽이고자 하는 의지다. 그녀를 향한 살기(殺氣)였다.

강설영의 마음이 급해졌다.

'지금 내가 할 수 있는 것은 세 치 혀를 움직이는 것뿐이야. 뭐라고 말해야 하지? 이자의 살기를 꺾을 수 있는 말이 무엇이 있을까?'

항상 머리보다 몸이 먼저 나갔던 그녀였지만, 이번만큼은 머리가 몸을 한참 앞서고 있었다.

무인으로서, 천룡의 후예로서.

상대방에게 주먹조차 쥐고 싶지 않은 순간이 있다면.

계시처럼 그녀의 머릿속을 스치는 한마디가 있었다.

그녀가 두 눈을 질끈 감았다.

아버지, 어머니.

쓰러진, 쓰러져 가는 모든 이들의 얼굴을 떠올렸다.

자존심 따위는 문제가 아니었다.

그녀는 무인이기에 앞서, 누군가의 딸이었고, 누군가의 가족이었다.

살아야 했다.

다시 싸우기 위해서든, 복수를 위해서든.

그렇기에.

그녀가 떨리는 입술로 입을 열었다.

"살려줘요."

위타천의 몸이 얼음처럼 굳어졌다.

위타천이 그녀의 얼굴에 시선을 고정했다. 마치 자신이 제대로 들은 게 맞나 확인하는 듯했다.

"살려줘요. 살려주세요."

예전의 그녀 같으면 상상도 못할 말이었다.

이 방법 외에는 떠오르는 것이 없었다. 상대가 천룡의 제자임을 감안할 때, 이보다 더 상대를 자극하는 말은 없을 것이며, 이보다 더 상대를 허무하게 만드는 말은 없을 것이다.

그렇게 생각했다.

위타천의 전신에서 일어났던 살기가 무지막지하게 커졌다.

숨이 막혔다.

내공이 없는 그녀로서는 버티는 것 자체가 어려운 힘이었다. 퍽, 하고 무언가가 터지는 느낌과 함께 코와 귀 주위가 뜨뜻해졌다. 두 뺨으로, 귀 뒤쪽으로 핏물이 주르륵 흘러내리는 것을 느낄 수 있었다.

"목숨을 구걸하는가?"

그녀는 위타천의 목소리를 듣지 못했다.

고막이 터졌는지, 양쪽 귀에 날카로운 통증이 가득했다. 윙윙거리는 소리만 났다.

위타천이 왼손을 드는 것이 보였다.

"너는, 천룡으로서의 자격이 없다."

그의 왼손에서 불꽃이 일어났다. 불꽃은 점점 커져, 아까와 같은 불덩이가 되었다.

'역시 안 되는 거로구나⋯⋯.'

강설영은 눈을 감지 않았다. 열기가 느껴졌다.

산 채로 태워지는 거라면 그보다 비참한 죽음도 없겠지만, 불덩이의 위력을 보니 죽음도 순간이겠다 싶었다.

'고통은 잠깐일 거야. 미안해요. 아빠, 엄마.'

위타천이 손을 휘둘렀다.

불덩이가 날았다.

그녀의 눈동자가 가볍게 흔들렸다. 불덩이가 그녀를 향해 떨어진 것이 아니라, 저 멀리 다른 방향으로 날아가고 있었기 때문이었다.

"죽일 가치조차 없음이니."

위타천이 분노에 찬 목소리로 말했다.

그녀 또한 틀림없는 천룡의 후예였기에, 모든 것을 버리고 입 밖에 낸 회심의 일격이 예상대로의 결과를 이끌어낸 것이다. 하지만 그녀는 그것조차도 들을 수 없었다. 계속되는 출혈 때문에 머리가 핑 돌았다.

어지러움을 참으면서 어렵사리 고개를 돌렸다.

화르르륵!

불덩이가 땅을 스치며 날아가는 것을 보았다. 거의 땅에 닿을 듯 날다가 살아 있는 것처럼 방향을 휙, 틀더니 염금원 방향 담벼락 쪽으로 솟아올랐다.

불덩이가 위로 올라오기 무섭게, 쐐액! 하고 담벼락을 넘어 날아드는 인영이 있었다. 인영은 굉장히 빨랐다. 불덩이가 다시 방향을 틀었다. 날아든 자를 향해서였다.

타닥!

날아든 자는 검은 피부를 지녔고, 갈색과 적색 무늬 옷을 입었다.

흑번쾌였다.

화륵! 쐐애애액!

불덩이에 속도가 붙었다. 목표를 쫓아가는 것이 정말 살아 있는 짐승 같았다. 흑번쾌가 측면을 흘끗 보면서 불덩이를 확인하고는, 도리어 신법의 속도를 줄였다. 쾌속한 신법으로 뿌리치면 될 것도 같은데, 굳이 멈춰 선다. 그러고는 품속에서 길쭉한 뭔가를 꺼내 들었다.

촤라라락!

그것은 하나의 두루마리였다. 두루마리 가장자리엔 철장식 테두리를 둘러놓았다. 펼쳐지며 나는 금속성이 맑고 경쾌했다.

강설영은 이젠 정말 어두워진 두 눈으로, 두루마리 한쪽 면에 그림 하나가 그려져 있음을 보았다. 흑번쾌가 두루마리를 세로로 좍 펼치더니, 두루마리로 얼굴과 몸을 비틀어 막았다. 각도도 안 좋은데다가, 안력이 많이 떨어져 있어 제대로 볼 순 없었지만, 뱀 모양의 괴수 그림이 그려져 있음을 알 수 있었다.

쏴아아아아아아아!

불덩이의 열기가 흑번쾌에게로 훅 끼쳐 들었다. 그러자, 두루마리로부터 기이한 소리가 울려 나오기 시작했다. 폭풍우와 함께 몰아치는 빗소리와도 같았다. 물론 강설영은 그 소리도 듣지 못했다. 흑번쾌가 두 다리를 땅에 박고 힘있게 버텨 서는 것이 보였다. 불덩이가 두루마리를 덮쳤다.

치이이이이이익!

불덩이가 꿈틀대며 두루마리의 괴수도(怪獸圖)를 밀어붙였다. 그림과 불덩이 사이에서 하얀 수증기가 격하게 솟아올랐다. 처음엔 불덩이의 기세가 훨씬 더 거셌으나, 그것은 오래가진 않았다. 솟구치는 수증기가 거의 안개처럼 흑번쾌의 전신을 감쌀 정도가 되었다. 불덩이의 크기가 점점 줄기 시작한 것도 그때부터다.

치이이익! 화륵!

불덩이가 수증기에 삼켜지듯 힘을 잃었다. 마지막 몸부림처럼 불덩이가 한번 크게 일렁였다. 그리고는 결국 훅! 하고 꺼져 버리고 말았다.

촤륵!

흑번쾌가 두루마리를 접었다. 그러고는 다시 위타천을 향해 땅을 박찼다.

위타천이 다시금 왼손을 들어 불덩이를 만들었다. 이번에 만들어진 불덩이는 아까보다 컸다. 위타천이 불덩이를 거세게 던져냈다.

짧은 순간 꽤 가까이 온 흑번쾌가 다시 두루마리를 펼쳐 들었다. 강설영은 비로소 두루마리의 괴수도를 제대로 볼 수 있었다. 사람 얼굴에 뱀의 몸을 하고, 붉은 머리카락을 늘어뜨린 형상이다. 강설영은 그와 같은 괴수를 이런저런 책을 통해 여러 번 본

적이 있었다. 고대의 홍수신(洪水神), 악신(惡神) 공공(共工)의 그림이 저렇다. 신묘한 법구가 분명한 공공도(共工圖)였다.

쏴아아아아아아! 치이이이익!

불덩이를 받아낸 그림이 마구 흔들리며 사방으로 수증기를 뿜어냈다. 흑번쾌의 신형도 함께 흔들렸다. 그렇게 버텨서는 것만으로 쉽지 않아 보였다. 불덩이가 점점 줄어들었다. 흔들리던 흑번쾌의 몸도 차차 안정을 찾았다.

쐐애애액!

흑번쾌는 불덩이가 꺼지기 무섭게 위타천에게로 달려들었다. 두루마리는 어찌나 빨리 접어 품속에 넣었는지, 이미 마술처럼 손에 없다.

눈 깜짝할 사이에 거리를 좁혀, 대뜸 일장을 내쳐 왔다. 위타천의 몸이 측면으로 돌아갔다. 흑번쾌의 일장이 허공을 갈랐다. 흑번쾌가 격하게 몸을 돌리며 다시 일장을 내쳤다. 위타천은 다시 한 걸음 움직여 흑번쾌의 공격을 무위로 만들었다.

흑번쾌의 움직임과 일장은 엄청나게 빠른 것처럼 보였고, 위타천은 그다지 빨라 보이지 않았다. 그 미묘한 차이는 일견 작아 보였지만 사실은 무척 컸다. 흑번쾌는 극히 짧은 순간에 주먹과 손바닥을 열 번이나 휘둘렀지만, 어느 하나도 위타천의 옷깃조차 건들지 못했다.

땅바닥에 누운 채, 눈부시도록 빠른 공방을 보고 있던 강설영은 어느 순간, 더 이상 어지럽지 않다는 사실을 깨닫게 되었다. 가물가물했던 눈도 맑아졌고, 당장에라도 훅 꺼질 듯 아득하게 가라앉던 정신도 온전히 돌아온 상태였다.

무언가 이상하다고 생각한 그녀는 이내, 몸 속 깊은 곳으로부터 한 줄기 기운이 홀연히 일어나는 것은 느낄 수 있었다. 위타천의 진기가 침입했을 때에도 깊이깊이 숨어서 드러나지 않았던 기운이었다. 사지백해에 흩어져 있던 기운이 스며 나오듯 일어나 망가진 기혈을 타고 흐르기 시작했다.

천룡무제신기와는 성질이 다른 기였다. 그 기운이 가장 먼저 흘러든 곳은 단전이 아닌 옆구리의 상처 부위였다. 상처 부위를 어루만지는데, 그 느낌이 어릴 적 잡아주던 엄마의 손처럼 따뜻하고 부드러웠다.

"……!!"

통증이 줄어들고 살아나길 반복했다. 상당량이 기운이 빗물처럼 내려와 옆구리 상처에 고이듯 모여들었다. 일부는 심맥을 타고 얼굴 쪽으로 올라왔다. 귀와 코에서도 바늘로 쿡 쑤시듯 날카로운 통증이 왔다. 코의 통증은 금방 가셨지만, 귀는 얼굴이 절로 찌푸려질 만큼 아팠다. 아픈 것은 곧 천천히 줄어들었다. 윙윙거리는 소리도 점점 잦아들었다.

콰아아아아!

윙윙거리는 소리가 어느 순간 사라지고, 그 대신 공기가 요동치는 경파음을 들을 수 있었다. 그녀가 그녀의 주먹에서 항상 듣던 소리다. 천룡파황권의 파공음이었다. 그것이 위타천의 주먹에서 나오고 있었다.

'청력이 돌아왔어.'

터진 고막이 제 기능을 하기 시작한 것이다. 강설영은 옆구리에서도 비슷한 일이 벌어지고 있음을 알았다.

'복숭아……!'

연관 짓기는 어렵지 않았다. 서왕모의 복숭아가 이 기운의 근원일 것이다. 강설영은 나타태자, 이군명의 가슴팍에서 비쳤던 분홍빛을 떠올렸다. 천룡무제신기는 위타천이 모조리 긁어갔으니, 그와 같은 영약의 기적 말고는 달리 설명할 길도 없었다.

손가락을 움직여 보았다. 아까는 손끝 하나 마음대로 하기가 힘들더니, 이제는 손목까지도 제법 자유롭게 움직인다. 이제는 몸을 일으키는 것 정도까지도 가능할 것 같았다.

내친 김에 숨을 들이쉬고 진기를 도인해 보았다. 이 기운을 무공진기로 써먹을 수 있을까 싶어서였다. 하지만 서왕모 복숭아의 기운은 그녀의 의지대로 움직여 주지 않았다. 누구 말도 듣지 않은 채, 환자 옆에만 붙어 있는 의원이라도 되는 듯했다. 망가진 부위에만 몰려든 채, 꿈쩍도 하질 않았다.

콰아앙!

한순간, 굉굉한 폭음이 들려왔다. 강설영은 흑번쾌의 몸이 아까의 백금산처럼 맥없이 날아가 땅바닥에 처박히는 것을 볼 수 있었다.

용맹한 자였다. 그러면서 한편으로는 상대도 안 되는데 만용을 부렸다는 생각도 했다. 저 정도 고수라면 위타천의 무위를 단숨에 알아챌 수 있었을 텐데, 무슨 배짱으로 기세 좋게 덤볐는지 좀처럼 이해할 수 없었다.

위타천이 쓰러진 흑번쾌를 보고, 다시 강설영에게로 고개를 돌렸다.

위타천에게선 아까와 같은 살기가 더 이상 느껴지지 않았다.

마치 흑번쾌와 싸우며 분노와 허무까지도 털어버린 듯했다.

그래서 강설영은 더 긴장했다. 위타천이 어떻게 나올지 몰라서였다. 위타천은 저 멀찍이서 강설영을 일별하더니, 이번엔 또다른 방향으로 눈을 돌렸다. 강설영이 위타천의 시선을 쫓았다.

박살 나 무너진 담벼락 쪽이었다.

덜그럭 소리와 함께, 돌무더기 안에서 엉망진창이 된 백금산이 걸어 나오고 있었다. 강설영의 눈이 놀라움으로 얼룩졌다. 천룡파황고가 제대로 들어가는 것을 분명히 보았기 때문이었다. 그 정도면 즉사 내지는 빈사 상태여야 정상이었다. 한데, 백금산은 죽지 않았다. 죽기는커녕, 멀쩡해 보인다. 겉모습은 망신창이가 맞지만, 오른손으로 뒷목을 잡고 왼쪽 어깨를 빙글빙글 돌리며 걸어오는 행태가 마치 산책이라도 나온 듯했다. 물론 빈사 상태와도 거리가 멀어 보였다.

"재생능(再生能)? 재미있는 자들을 만들었군. 사부답지 않게."

위타천이 백금산에게 말하고는 턱짓으로 흑번쾌를 가리켰다. 흑번쾌도 마찬가지냐 묻는 것이었다. 백금산은 위타천의 몸짓을 분명하게 알아들은 듯했다. 그가 사자처럼 하얀 이빨을 드러내며 말했다.

"저놈은 나와 달라. 한참 걸리지. 신경 끄고 다시 한판 붙자."

패기가 실로 놀랍다.

위타천이 사양치 않겠다는 듯, 왼손을 들었다.

손 위에 불덩이가 맺혔다. 백금산이 입술을 달싹였다.

"하나. 둘. 셋. 넷."

백금산은 숫자를 셌다. 셋을 세자 불덩이의 크기가 아까처럼 커졌다. 백금산은 숫자 넷을 셈과 동시에 땅을 박찼다. 팔각태극경을 꺼내 든 것도 동시였다.

불덩이가 백금산에게로 날아들었다. 백금산이 다시 중얼거렸다.

"다시 하나, 둘."

불덩이가 팔각태극경을 덮쳤다. 요동치던 불덩이가 저 멀리로 날아갔다. 백금산은 흔들렸던 몸을 바로 잡으며 계속 숫자를 셌다.

"넷. 다섯. 여섯."

파지지지직!

위타천이 오른손을 들었다. 오른손에 번쩍이는 뇌광이 맺혔다. 거의 푸른색에 가까운 백색의 뇌전이었다. 뇌전의 빛을 먹은 백색 갑주가 눈부신 광휘로 가득 찼다. 번개를 다루는 신(神)이 진정 이 땅에 현신이라도 한 것 같았다.

"일곱."

백금산은 아랑곳하지 않고 숫자를 셌다. 뇌전은 불덩이보다 훨씬 더 빨랐다. 또한 훨씬 더 위험해 보였다. 백금산이 미처 일곱을 다 세기도 전에 뇌전은 이미 팔각태극경 한가운데에 이르러 있었다.

번쩍! 파지지지직!

백금산의 다음 대응은 조금 달랐다.

불덩이 때처럼 들고 막은 게 아니라 뇌전이 짓쳐 드는 찰나 팔각태극경을 손에서 놓아버린 것이다. 팔각태극경이 파직거리는 뇌전을 머금고 땅에 떨어졌다. 태극경이 뇌전과 함께 요동을 쳤다. 바닥에 나무뿌리 같은 얼룩이 새겨졌다. 흙이 융해되며 만들어진 흔적이었다. 작은 낙뢰(落雷)가 땅에 떨어진 것과 같았다.

"여덟, 아홉."

백금산이 아홉을 세기 무섭게 팔각태극경을 주워 들었다. 그리고는 전광석화처럼 몸을 틀며 팔각태극경을 어깨 위로 치켜들었다.

쩌엉! 파지지지지직!

강렬한 충격음이 사위를 채웠다.

위타천의 장력이 태극경을 때리며 낸 소리였다.

실로 믿을 수 없는 속도였다. 위타천은 엄청나게 빨랐다. 공간을 격하고 나타난 것처럼, 그 짧은 순간 육 장이 닿는 거리까지 좁혀와 있는 것이다.

백금산은 뇌전에 뒤덮인 팔각태극경을 재빨리 손에서 놓고, 횡축으로 몸을 옮기며 쌍장을 앞으로 내쳤다. 하얗고 커다란 손이 무지막지한 장력을 뿜어냈다.

콰아아아! 파아아앙!

쌍장을 막은 것은 단 하나의 주먹이었다.

강설영에게 빼앗은 천룡파황권이다. 쌍장의 분쇄력이 파황권의 경파에 모래처럼 흩어졌다.

무서운 무력이었다.

눈에 보이는 위용 또한 화려하기 그지없다.

팔각태극경에 붙잡힌 뇌전의 광영이 백색갑주 위타천의 전신에 휘황찬란한 광채를 흩뿌려주고 있었다.

"몇 번 봤다 이거로군. 반응이 좋아."

위타천의 칭찬은 순수했다.

예로부터 믿어지길, 신(神) 위타의 이름은 곧 완전한 무(武)의 상징이라 했다.

그 이름에 담긴 뜻은 천신의 수좌라는 옥황이나 요마의 괴수라는 염라와 또 달랐다. 그가 천룡의 후예이든 아니든 마찬가지다. 위타천이라 불리게 된 이상 그는 이름 뜻 그대로 무력의 화신이어야 했다. 그렇기에 그는 백금산의 무용을 솔직하게 인정했고, 진심으로 감탄해 주었다. 신 위타에게 강력한 무공이란 온전한 삶과 같은 뜻이며, 인정할 만한 무(武)를 만나는 것은 흔치 않은 즐거움이기 때문이었다.

그러나 무신(武神)의 이름을 가진 자에게 있어, 진정한 지락(至樂)이란 훌륭한 무공의 목격이 아닌, 그 무공의 완전한 분쇄일 터일지니.

위타천이 왼손을 쫙 폈다.

손가락 끝까지 펴고, 다섯 번째 손가락부터 차곡차곡 감아쥐었다.

이윽고, 그의 왼쪽 주먹이 붉게 달아올랐다.

주먹만 붉게 변한 것이 아니었다. 백색갑주 팔꿈치까지 은은한 붉은 빛으로 물든다.

붉은 빛이 선명해지자, 위타천은 다시 왼 주먹을 풀었다.

가볍게 편 손에 이글거리는 적광이 맴돈다. 붉은 기운의 정체는 너무나도 명확했다. 주변 공기까지 일그러뜨릴 만큼 강력한, 화기(火氣)다.

위타천의 왼손, 아그니의 불꽃이라 일컬어지는, 화인(火印)이었다.

"어디 한번 해봐라."

백금산은 위축되지 않았다. 그렇다고 호기만 부리는 것은 아니었다.

저 정도 화기(火氣)를 눈에 보일 만큼 유형화하여 인간의 육신에 묶어놓는 것은, 아무나 할 수 없는 신기(神技)였다. 백금산이 땅에 떨어진 팔각태극경을 들어 올렸다. 뇌전의 기운은 이제다 흩어진 상태였다. 백금산이 팔각태극경을 뒤집었다. 팔각태극경의 뒷면엔 팔을 끼울 수 있는 비구 모양의 널찍한 가죽 띠가 달려 있었다. 애초에 소형방패처럼 팔에 붙여서 쓸 수 있도록 고안된 술법무구(術法武具)였던 것이다. 백금산이 팔각태극경을 오른팔에 장착했다. 쫙 편 왼손은 앞으로 내밀고 기수식을 취했다. 천룡의 계보라고 하나, 누구와도 비슷하지 않은 자세였다. 강설영의 무공은 물론이요, 강건청의 금선장과도 다르다. 위타천이 보여준 천룡무와도 다른 장법이었다.

서로를 응시한 시간은 길지 않았다. 선공과 기합성은 위타천이 아닌, 백금산의 몫이었다.

"합!"

백금산이 번쩍 몸을 날려 앞에 두었던 좌장(左掌)을 그대로 내뻗었다. 마치 어깨 뒤에서부터 힘껏 휘두른 것마냥 전방을 채우는 장력이 거셌다.

위타천의 응수는 단순했다. 오른손을 가볍게 들어 올린 것이 전부다. 그저 그 동작만으로 백금산의 장력이 지워지듯 사라져 버렸다. 백금산의 녹색 눈동자가 굳어졌다. 그가 본능적으로 몸을 틀며 오른팔 팔각태극경을 위로 올렸다.

화륵!

불바람 소리가 들렸다. 위타천의 몸은 어느새 공중에 있었다. 위에서부터 찍어내린다. 팔각태극경의 중심에 위타천의 오른손 화인이 박혀들었다. 백금산의 한쪽 무릎이 속수무책으로 꺾였다. 팔각태극경이 삽시간에 붉은색으로 달아올랐다.

"캇!"

백금산이 거칠게 기합성을 내지르며 몸을 세우고 왼손을 거세게 휘둘렀다. 불리한 싸움을 하는 자라고는 믿을 수 없을 만큼 장쾌한 몸놀림이었다. 뿜어내는 장력도 강맹하기 이를 데 없었다.

그러나, 상대는 무(武)의 화신이었다.

텅!

위타천의 발끝이 백금산의 손목을 쳐 냈다. 어떻게 그 상태에서 발끝으로 손목을 쳐 내는지, 이해 불가의 움직임이었다. 백금산의 팔이 떨어져 나갈 듯 뒤로 재껴졌다.

백금산이 이를 악물고, 오른손 팔각태극경을 앞으로 끌어당겼다.

정확한 판단이었다.

위타천의 화인이 팔각태극경에 꽂혀들었다. 붉게 달아오른 팔각태극경의 가운데에서 붉은 기운의 동심원이 일었다.

"큭!"

팔각태극경은 더 버티지 못했다. 쩡! 하는 날카로운 소리와 함께, 태극경 중심부에 한 줄기 금이 갔다. 화인 그 자체의 충격과 그것이 품고 있는 강력한 화기(火氣)를 견뎌내지 못한 것이다.

빠악!

다음 격타음이 터져 나온 것은 화기의 뜨거움으로 인해 백금산의 얼굴이 일그러지기도 전이었다.

왼쪽 허벅지에 위타천의 무릎이 박친 것이다. 백금산의 몸이 왼쪽으로 기울어졌다.

빠박!

이어, 백금산의 오른쪽 옆구리와 옆머리에서 경쾌한 타격음이 터져 나왔다.

주먹 바깥쪽으로 끊어 친 연타였다.

공기를 찢어발기는 파공성도, 사위를 채운 경파도 없었다.

연결 동작은 아예 분간이 되지 않았다. 번쩍이는 갑주의 잔영도 없었다.

분절로 뚝뚝 끊어져 보일 정도의 움직임이었다. 지극히 간결하고, 지극히 강력한, 극속(極速)의 무공이었다.

털썩.

백금산은 그 이상 서 있을 수 없었다. 두 무릎이 꺾이고 머리가 땅에 떨어졌다. 지금까지 잘 버텼던 것이 무색할 정도로 허무하게 무너져 버리고 말았다.

위타천이 몸을 돌렸다.

마지막에 보여준 무공은 천룡의 무공이 아니었다. 위타천 스스로 말하길, 용(龍)이란 변신의 동물이라 했다. 자유자재 완전 무결이다. 화인의 강력함과 극속의 간결함이 어우러진 또 하나 완성형 무공이다.

무신(武神), 위타의 무공이었다.

위타천이 몸을 돌렸다.

강설영의 옆엔 그사이에 한 사람이 주저앉아 있었다. 작은 몸집, 시비 여은이었다. 그녀가 "아가씨, 아가씨!" 눈물을 흘리며 피투성이가 된 손으로 강설영의 옆구리 자상을 하얀 천으로 싸매는 중이었다.

위타천이 걸음을 옮겼다. 방향은 그녀들 쪽이었다.

여은이 화들짝 놀란 얼굴로 위타천을 올려보았다. 그녀는 울상이었지만 도망치지 않았다. 천하를 압도하는 위타천의 기세에 온몸을 부들부들 떨고 있었지만, 용케 정신을 잃지 않았다. 죽어서도 강설영 곁을 지키겠다는 듯, 결연한 각오가 온 얼굴에 가득했다.

저벅저벅, 위타천의 걸음을 빨랐다.

여은은 위타천에게서 눈을 떼지 않았지만, 위타천은 여은을 보고 있지 않았다. 심지어 위타천의 시선은 강설영에게도 머물러 있지 않았다.

위타천이 그대로 강설영과 여은의 옆을 지나쳤다. 여은은 숨조차 제대로 쉬지 못했다. 지나간 위타천을 돌아볼 생각도 할 수 없었다.

위타천은 계속 걸었다. 그가 향하는 곳에는 땅에 쓰러진 흑번쾌가 있었다.

그가 흑번쾌의 근처에 다다르자, 흑번쾌가 "끄웅" 하는 신음성을 내며, 몸을 일으켰다.

위타천은 흑번쾌가 이때쯤 일어날 것이라는 것을 미리 간파하고 있었던 듯했다. 흑번쾌가 검은색 두 손으로 땅을 짚고 상체를 세우더니, 머리를 좌우로 흔들며 "흑!" 하고 짧은 숨을 내쉬었다.

흑번쾌가 위타천이 바로 앞에 있다는 것을 감지한 듯, 튕기듯이 몸을 세웠다.

위타천은 흑번쾌와의 싸움을 오래 끌 생각이 없었다. 그가 왼손을 내리고, 오른손을 들어 올렸다.

파지지지직!

위타천의 오른손에 뇌신(雷神) 인드라의 분노가 맺혔다. 백광에 가까운 뇌전이었다.

흑번쾌가 무표정한 얼굴로 후방을 향해 땅을 박찼다.

이제 겨우 정신을 차린 그였다. 거리를 두고 육체를 정비할 심산이었다. 그러나 지금의 위타천 앞에서는 그런 사치가 허용될 수 없었다.

흑번쾌는 빨랐지만 위타천은 더 빨랐고, 흑번쾌가 뇌인에 대응하기 위하여 품속에서 갈색 두루마리를 꺼내 들었을 때, 이미 위타천의 손은 흑번쾌의 가슴에 닿아 있는 상태였다.

파지지지직! 터어어엉!

위타천의 손에서 뇌인(雷印)이 뿜어졌다. 흑번쾌의 몸이 뒤쪽으로 튕겨 나갔다. 말 그대로 벼락에 맞은 셈이었다. 흑번쾌의 몸이 바닥에 쓰러진 채, 부들부들 경련을 일으켰다.

백금산과 흑번쾌.

두 사람은 중원천하 그 어디에서도 이렇게 간단히 당할 만한 이들이 아니었다. 상계(商界)는 무가(武家)들과 달라 전반적으로 고수층이 두텁지 않다지만, 윗선으로 올라가면 올라갈수록 세간에 알려지지 않은 숨겨진 고수들이 적지 않게 포진해 있는 바였다.

억만금을 지닌 거부(巨富)들은 상상초월의 황금을 들여 고수들을 곁에 두었다. 돈이란 모든 것을 가능케 하는 마물(魔物)이었다. 돈만 있다면 무인도 살 수 있고, 무공도 살 수 있으며, 무인을 더 강하게 만들어줄 신병이기는 물론, 무인에게 힘을 더해줄 영약까지도 구하는 게 가능했다. 하지만, 돈에 팔린 무(武)는 당당하기 어려운 법이다. 그래서 상계에는 이름없는 실력자들이 많았고, 몇몇 고수들에겐 산중의 구파 장로들에게도 뒤지지 않는 무공이 있었다. 그렇게 숨겨진 이들을 다 뒤져도, 천룡흑백 이상의 무력을 지닌 이는 찾기가 어렵다. 그게 지금의 그들이 지닌 이름값이었다.

위타천은 그렇게 막강한 고수들을 아무렇지 않게 격파하고, 그 자리에 섰다.

누군가를 기다리듯 위타천이 흑번쾌가 넘어왔던 담벼락 쪽을 바라보았다.

마침내.

한 사람이 담벼락 위로 모습을 드러낸다.

비룡의 출현이다.

불기운을 품은 더운 바람이, 그가 입은 쪽빛 비단자락을 가볍게 흔들었다.

단운룡이었다.

단운룡은 그 위에 선 채, 위타천을 보았고, 오기룡을 보았으며, 강설영을 보았다.

오직 위타천 외에는 서 있는 자가 없는 것 같았다.

'늦었어.'

너무 시간을 지체했다. 하지만 완전히 늦은 것은 아니었다.

걱정했던 누구도 멀쩡하진 않았으나, 그들 중 누구도 아직은 죽지 않았기 때문이다.

그거면 된 거다.

단운룡은 말없이 담벼락에서 몸을 날렸다.

그는 흑번쾌처럼 서두르지 않았다. 위타천도 무작정 불덩이부터 내 쏘지 않았다.

단운룡이 뚜벅뚜벅 걸어와 위타천의 앞에 섰다.

단운룡은 키가 컸지만, 위타천도 단운룡에 뒤지지 않았다. 오히려 투구와 갑주 때문에 더 기골이 장대해 보였다.

위타천이 먼저 물었다.

"너는 누구인가?"

위타천의 목소리엔 의아함과 흥미로움이 동시에 담겨 있었다.

단운룡의 대답은 없었다.

"대답하지 않는군. 무공을 보면 절로 드러날 터."

위타천은 틀림없는 강자였다.

그는 기수식조차 취할 생각이 없는 듯했다. 존재감 자체가 무지막지했다. 제천대성도 굉장했지만, 이자는 또 다른 자였다.

무신 위타천의 칭호가 과하지 않다. 무공 고하를 떠나, 이자에게서는 '절대강자'의 위엄이 묻어나고 있었다.

'뇌신으로는 안 돼.'

기수식은 단운룡에게도 의미가 없었다.

뇌정광구를 두드려 뇌전력을 끌어올리고, 전신으로 퍼뜨려 힘의 맥동을 가속화했다.

곧바로 음속발동이었다.

'간다.'

단운룡이 먼저 움직였다. 위타천의 전신에서 뿜어 나오는 압력이 실로 무지막지했지만, 그런 압력은 사부와 맞서면서도 충분히 경험했던 바였다. 자신보다 강한 상대에게 위축되지 않는 이유다. 넘어야 할 벽이 얼마나 높은가의 기준은 오로지 사부, 사패의 영역에 있는 까닭이었다.

텅! 꽈아앙!

음속 발동으로 땅을 박찼다.

단운룡의 움직임이 강력한 충격파를 만들었다.

그의 몸이 공간의 늪에 들어왔다. 여기선 바람결 하나조차도 진흙더미와 같은 무게를 지닌다. 광검결 손날이 무거워진 공기를 가르며 위타천의 목을 향해 짓쳐 들었다.

위타천이 옆으로 이동했다.

단운룡은 위타천의 움직임을 분명히 볼 수 있었다. 위타천은 이 영역에서도 빨랐다. 늪에 들어온 것 같은 제약을 전혀 받지 않는 것 같았다.

광검결의 손날이 허공을 갈랐다. 목덜미와 투구, 스칠 수조차 없었다.

위타천의 손이 다가왔다.

막대한 경파가 위타천의 손 주위에 형성되는 것을 감지할 수 있었다. 힘의 흐름을 읽은 단운룡의 두 눈에서 뇌전이 번뜩였다.

'이것은?'

한 발 뒤로 물러나고 몸을 돌렸다.

회전력으로 만드는 경력의 폭풍, 그리고 그 안으로 빨아들이는 강력한 흡인력. 틀림없었다. 착각이 아니었다.

'천룡의 무공!'

겪어본 무공이다. 맞서 싸웠던 무공이었다.

본능적으로, 아니 몸에 각인된 기억대로, 단운룡은 손가락을 접었다. 손바닥 가운데 광극진기를 모아 추법으로 밀어냈다. 단운룡의 손 한가운데에 백광에 가까운 유형기가 모여들었다.

콰아아! 콰가가가가각!

위타천의 장력과 단운룡의 극광추가 만났다.

단운룡은 오른손을 밀어내며, 극광추에 담긴 광극진기가 위타천의 경파를 가닥가닥 헤집어 놓는 것을 느낄 수 있었다.

꽈아앙!

폭음이 사위를 울렸다. 단운룡의 극광추가 위타천의 천룡강림장(天龍降臨掌)을 완전하게 뚫어내는 소리였다.

파아아아아! 터엉!

바람이 부서지고, 흙먼지가 휘몰아쳤다.

극광추가 위타천의 장력을 분쇄하긴 했지만, 위타천은 제대로 된 일격을 허용하지 않았다. 손바닥을 회수하고, 몸을 뒤로 빼며 충격파를 상쇄했다. 위타천이 단운룡보다 빨랐기에 가능한 일이다. 그러지 않았더라면 이 일격만으로도 위타천은 적지 않은 타격을 받았어야 했을 것이다.

턱.

위타천이 단운룡과 일 장 거리를 두고 섰다.

단운룡은 곧바로 음속 발동을 풀고, 광구의 개방을 조절했다. 음속의 순간 발동이 가능해진 지금, 음속 유지는 진기의 낭비일 뿐이었다. 찰나만 늦어도 목숨이 날아가겠지만, 위타천은 당장 기습 공격을 할 마음이 없어 보였다.

위타천은 놀랐고, 그 사실을 숨길 생각조차 하지 않았다. 그가 뚝뚝 끊어지는 말투로 물었다.

"너는, 누구인가!"

단운룡은 대답해 줄 말이 없었다.

이름이나 알자고 묻는 말이 아니기 때문이었다. 또한 그 질문은 도리어 그가 하고 싶은 말이기도 했다.

가면과 기도, 이자의 정체는 위타천이 분명했다. 한데, 구사하는 무공이 천룡의 무공이다. 의문이 생기지 않을 도리가 없었다.

그래서, 단운룡도 물었다.

"위타천. 맞나?"

위타천은 단운룡의 물음에, 잠시 동안 말이 없었다. 방금 전의 일합을 다시 떠올리고 있는 모양이었다. 이내, 그가 대답했다.

"그렇다. 내가 위타천이다."

"신마의 주구가 어찌하여 천룡의 무공을 지니고 있는 거지?"

위타천은 이 질문에도 곧장 대답하지 않았다.

단운룡의 말 속에서, 위타천 자신이 구하는 해답을 찾고 있는 것이다. 조금 더 길어진 침묵 끝에, 이윽고 위타천이 입을 열었다.

"너는 나를… 모르는군."

"알아야 하나?"

단운룡이 반문했다.

"물론 알아야지. 참으로 알 수 없다. 사부의 심중은 참으로 헤아릴 수가 없구나."

단운룡은 위타의 마지막 말에, 묘한 동질감을 느낄 수 있었다.

신마의 대적, 위타천을 만난 이 시점에서는 그야말로 어울리지 않는 감정이겠지만, 그가 받은 느낌은 분명 동질감 외엔 달리 표현할 단어가 없었다.

'사패의 제자다. 철위강에게 무공을 배웠어. 그것도 직접.'

단운룡 자신 또한 사패의 제자이기에 알 수 있다. 어쩌면 이 자는 강설영보다 더 철위강에 가까운 자인지도 모른다. 혈통으로 따지자면 적통이란 말이다.

그 자리에 서 있던 위타천이 마침내 발을 뗐다.

그가 한발 다가오며 말했다.

"네 무공을 더 봐야겠다."

또 한 발. 그의 목소리가 온몸에서 내뿜는 압력처럼 무거워졌다.

"천룡은 무적이다. 천룡을 깰 수 있다면 같은 천룡 외에는 없지."

그가 두 손을 활짝 폈다. 그 두 손에 불덩이와 뇌전은 없었다. 넘치는 천룡무제신기만 담겼을 뿐이다.

"네 무공 또한, 내가 가져가리라."

위타천이 땅을 박찼다.

위타천의 손에서 뿜어나온 장력은 방금 전과 달랐다.

막대한 흡입력도, 소용돌이치는 경파도, 첫 일격과는 판이하게 다른 위력을 담고 있었다. 마치 '이것도 받아낼 수 있나 보자' 말하는 듯했다.

뇌정광구의 힘을 끌어내 즉각 음속을 발동했다. 온몸이 무거워지는 영역에 들어온 단운룡은, 위타천의 손이 가슴 앞에 이미 와 있음을 알았다.

회피는 불가능이다.

극광추를 밀어내기엔 어깨로부터 힘을 받기가 어려운 거리였다.

선택의 여지가 없었다. 극광추가 아닌 다른 무공으로도 파훼의 묘를 발휘할 수 있을지 모르지만, 어떻게든 반격하지 않고서는 상체가 통째로 날아갈 판이었다.

손바닥을 펴고 두 손을 중단에 모았다.

'광뢰포!'

기합성을 내지를 여유도 없다. 명멸하는 뇌전은 없었지만, 눈에 보이는 것보다 훨씬 더 큰 기운이 단운룡의 정면을 가득 채웠다.

번쩍!

꽈릉!

빛없는 폭뢰가 팔방으로 뻗어나가 천룡의 경파와 어우러졌다.

그것은 단순히 장력을 쳐 내고 쌍장으로 막아내는 수준의 싸움이 아니었다.

광뢰포 폭뢰의 기운은 거대한 구(球)와도 같았다. 무엇이라도 삼켜 버리는 천룡의 흡인력도 감히 빨아들일 수 없다. 강대한 발톱과 이빨로 모든 것을 으깨 버리는 경파의 분쇄력도, 광뢰포의 폭발력은 흩어내지 못했다.

'그래도 밀린다. 엄청난 공력!'

파스스스스스! 꾸웅!

광뢰포의 힘은 부족하지 않았지만, 위타천이 내친 천룡강림장은 실로 무시무시한 힘을 지니고 있었다. 광뢰포가 천룡강림장의 경파를 대부분 상쇄시켰지만, 밀고 들어오는 장력을 완전히 막아내진 못했다.

공력의 차이가 그만큼 큰 것이다.

단운룡은 광뢰포 쌍장을 풀어냄과 동시에 몸을 뒤로 틀며 무릎을 올려 찼다. 음속 마광각 우슬격이었다.

위타천은 오른손을 회수하지 않았다. 그대로 손을 내려 단운룡의 무릎을 찍어 내렸다. 새로운 경파가 위타천의 손 주위에서 뭉클 솟아났다. 방금 전 천룡강림장에 비해서는 절반에도 못 미치는 경력이었지만, 단운룡이 급하게 쳐 올린 마광각 우슬격도 사정은 별반 다르지 않았다. 쌍방 다 위력을 완전히 살리지 못한 후속타였다.

파아앙!

위타천의 오른손과 단운룡의 왼 무릎이 부딪쳤다.

충돌에서 발생한 충격파가 단운룡의 허리와 상반신을 휩쓸었다. 일반적인 무인이라면 그것만으로도 큰 내상을 입었을 만한 위력이었다. 하지만 단운룡에겐 그렇지 않았다. 무릎에서 허벅지, 종아리까지 적지 않은 충격을 받았지만 뼈가 부서지지도, 내상을 입지도 않았다.

'상대할 수 있어.'

단운룡은 그것으로 분명히 알 수 있었다.

광극진기는 천룡무제신기의 상극이다. 위타천의 공력은 단운룡보다 훨씬 위다. 그럼에도 맞설 수 있는 이유는 단운룡이 익힌, 위타천이 익힌 무공 자체에 있다.

강설영과 싸우면서 느꼈던 것처럼.

광신마체는 천룡을 겨냥한 무공, 천룡을 꺾기 위한 무공이었던 것이다.

우우우우웅!

위타천의 몸에서 어마어마한 진기가 뻗어 나오기 시작했다.

위타천은 고수였다.

제천대성 이래, 어쩌면 제천대성을 포함해서도 단운룡이 맞닥뜨린 상대 중 가장 강한 고수일 것이다. 그런 고수가 '상극무공'이라는 예상 밖의 상황을 겪는다 하여, 손 놓고 당하고 있을 리 만무했다. 즉각적인 대응책을 내놓을 것이 분명했고, 그 대응책은 실로 명백했다.

눈앞에 보이는 것이 바로 그것이다.

넘실넘실 사위를 채워가는 것은 더 막강해진 천룡무제신기였다.

얼마가 되었든 더 강한 힘으로 박살 내겠다는 의지다.

실로 천룡의 후예다운 생각이었다.

위타천이 먼저 땅을 박차고, 몸을 회전시키며 발끝을 돌려 차 왔다. 단운룡도 동시에 몸을 틀었다. 두 사람의 동작은 거의 같 았다. 마왕익, 날개처럼 큰 동작으로 다리를 돌려 각법 대 각법 으로 맞섰다.

꽈아앙!

폭음이 터져 나왔다.

밀린 것은 단운룡 쪽이었다. 다리가 튕겨 나가고, 온몸의 균 형이 단숨에 무너졌다. 이것은 그냥 힘의 차이에서 비롯된 결과 다. 압도적인 천룡무제신기로 광극진기의 상쇄력까지 한꺼번에 밀어낸 것이다.

위타천의 공격이 이어졌다.

진각을 한 번 더 밟고, 손바닥을 내쳐 왔다. 손 전체로 뿜어내는 공력이 그야말로 해일과 같았다. 그대로 상체가 날아갈 판이었다.

무너진 자세에서 왼손으로 극광추를 밀어 쳤다.

위타천의 장력이 극광추를 덮어 눌렀다. 경파의 범위를 그물 처럼 넓게 펼쳐 극광추의 관통력을 겹겹이 둘러쳤다.

극광추의 진기는 더 이상 전진하지 못했다. 광극진기가 요동 을 치며 위타천의 장력을 분쇄했지만, 기력의 총량 차는 어찌 할 도리가 없었다.

'이것은……'

진정 놀라운 것은 공력의 차이보다 그 운용의 묘에 있다. 넓 게 펼친 장력을 비단자락이라도 되는 것마냥 몇 겹으로 접어서 장력의 방패를 세웠다. 불과 몇 합 만에, 상극의 무공을 막아낼 만한 신기(神技)의 공부를 선보인 것이다.

'천재로군.'

단운룡은 타인의 천재성에 처음으로 감탄하며, 왼손의 손날로 광검결을 전개했다. 천룡강림장의 방패가 단숨에 쪼개졌다.

위타천은 전혀 당황하지 않았다. 무한대의 내공이 있기라도 한 듯, 손을 위로 올려 강림장의 장력을 둘러치고, 주먹을 쥐어 천룡파황권을 내쳐 왔다. 단운룡은 천룡파황권이 익숙했지만, 강설영의 그것과 똑같이 마주할 수가 없었다. 거의 다른 무공이라 봐도 무방할 만큼 위력 차이가 심했다. 뒤로 한 발 물러나며 각법으로 맞섰다. 다시 한 번 마왕의 날개라는 마왕익이 하늘을 가르고 휘몰아쳤다.

꽈광!

천둥이 쳤다. 강씨금상에 짙게 깔린 검은 연기와 붉은 바람이 훅 하고 흩어졌다.

단운룡의 몸이 삼 장 뒤로 튕겨나갔다.

촤악! 콰가가각!

단운룡의 발밑에 깊은 고랑이 파였다.

그가 몸을 바로 세웠다.

발목, 발등, 다리 모두에서 은은한 통증이 올라왔다. 기혈이 크게 흔들린 탓이다. 상, 중, 하단전 중심 혈도는 모두 멀쩡하지만, 직접 부딪친 손발엔 적지 않은 타격을 받았다. 내상이라 봐야 한다. 광극진기가 천룡무제신기를 완전히 막아내지 못하고 있는 것이다.

'음속으로는 안 돼.'

단운룡은 그렇게 생각했다. 그러면서 도리어 음속 발동을 풀었다.

공력 낭비는 금물이다.

제아무리 지속시간이 길어졌다 한들, 아낄 수 있을 때는 아껴야 했다. 통상적인 방법으로는 이기기 어렵다는 판단이 든 지금, 단운룡에겐 한 줌의 진기도 아쉬울 수밖에 없었다.

"너의 무공은⋯⋯."

위타천의 목소리가 땅에 깔렸다.

그의 목소리엔 아까와 같은 놀라움이 담겨 있지 않았다.

놀라움 보다는 의아함이다. 주먹을 뻗은 자세 그대로 서 있었던 위타천이 권형(拳形)을 풀고 고개를 한 번 저었다.

"천룡의 무(武)와 같으면서도 다르다. 사부 자신이 스스로를 꺾기 위해 만든 무공인 것일까. 사부를 이길 수 있는 적수란 그 자신 외엔 없다는 뜻이라면⋯⋯."

위타천의 혼잣말은 혼잣말 같지가 않았다.

마치 들어주지 않는 누군가에게 직접 건네는 말 같았다. 단운룡은 그런 위타천의 목소리를 들으며, 빠르게 생각을 정리했다.

'이놈의 머릿속엔 천룡밖에 없다. 이용해 볼 수도 있겠지만, 지금은 아냐. 심리전이 통할 상대가 아니다. 기량은 나보다 몇 수 위, 단순히 기와 형만 강한 것이 아니라 순간적인 응변에 있어서도 탄탄함을 자랑한다. 천부적인 무(武)의 그릇에, 사패의 무공을 갖췄다. 저 가면도 장식만은 아닐 거다. 정직하게 싸워서는 승산이 없다. 가능한 한 아슬아슬하게 버틴다. 여력이 있음을 드러내면 안 돼. 음속 수준에서 뇌신까지 끌어내리는 한이 있더라도. 기회는 두 번 이상 오지 않아.'

위타천이 말을 끊고, 단운룡에게로 걸음을 옮긴다.

다행이라면 다행일까.

둘러쳐 쏟아내는 진기는 다시금 천룡무제신기다. 단운룡 입장에선 가능한 한 끝까지 천룡무제신기로 승부를 봐야 했다. 다른 무공이 튀어나왔다가는 어찌 될지 모른다. 위타천이 신마맹 위타천으로의 무공을 지니고 있고, 그 무공의 공부가 천룡의 무공과 비슷한 경지에 있다면 단운룡으로서는 감당이 되지 않을 것이다. 광극진기가 모든 무공에 상극인 것은 아닐 것이기 때문이다.

'결국, 천운에 거는 싸움인 거로군.'

하늘은 누구 곁에 있는가.

그걸 걸고 하는 싸움이다.

분명 지금까지는 하늘이 단운룡 곁에 있는 것이 맞다. 위타천이 순수한 신마맹의 위타천이었으면, 이렇게 일대일 맞상대가 불가능했을 수도 있다. 그나마 천룡의 후예이기 때문에 싸움이 되는 것이다. 천운에 걸어서라도 승부를 결해볼 수 있는 것이었다.

위타천은 계속 다가왔다.

마침내 그와의 거리가 일 장으로 좁혀졌다.

단운룡은 아무 조짐 없이 음속을 발동했다. 위타천은 발동 전후, 그 차이를 틀림없이 감지하고 있을 것이었다. 준비되었으면 다시 한번 붙어보자는 듯, 위타천이 가볍게 자세를 낮추고 양손을 쫙 폈다.

단운룡이 공격을 위해 땅을 박차려다가 순간적으로 몸을 멈추었다. 그것만으로 펑! 하고 흙먼지가 일었다.

거대한 바위와 같은 경파가 위타천을 둘러치고 있었다.

경이로울 정도로 막강한 진기였다. 한 겹, 두 겹, 방어막을 쌓아 가는데 치고 들어갈 엄두가 나지 않았다. 극광추로 때려 친들 뚫어낼 수 있는 진기가 아니었다. 광검결을 내친대도 쪼갤 수 있을 것 같지가 않았다.

'이게 전력인가. 상극이란 말이 실로 무색한 힘……!'

아까도 전력이 아니었단 뜻이다. 바닥이 어딘지 짐작조차 할 수 없다.

그래도 어쩔 수 없다.

기회를 잡으려면 일단 쳐들어가야 한다.

두고두고 장기전으로 시간을 끌며 틈을 만들기엔 단운룡이 지닌 무공의 한계가 너무나도 명확했다.

마음을 굳히고 땅을 박찼다.

공기를 뚫고 가는 폭음에, 충격파가 사위를 채웠다.

'더 좁혀서. 더 날카롭게.'

상대방이 넓고 큰 바위를 내세웠다면, 극광추는 더 뾰족하게 깊게 밀어 쳐야 했다. 광극진기를 손바닥 중심에 최대한도로 집중시켜 송곳처럼 다듬었다. 광극진기가 일순간에 모여들어 단운룡의 의념대로 무엇이라도 뚫을 수 있을 것 같은 송곳이 되었다. 마치 원래부터 극광추는 그렇게 운용했어야 했던 것처럼 진기의 반응이 즉각적이었다.

꽈아앙!

위타천의 장력과 단운룡의 극광추가 만났다.

사위를 휩쓰는 폭음이 울려 퍼졌다. 송곳이 구멍을 뚫고, 그 구멍 안에서 폭약이라도 터진 듯했다.

'부족해.'

위타천의 장력은 깨지지 않았다. 하지만 단운룡은 그 단단한 진기에 한 줄기 금이 갔음을 알았다. 단운룡은 지체없이 왼손의 광검을 꺼내 들었다. 더 예리하게, 천룡의 목을 벨 수 있는 용살신검(龍殺神劍)의 의념을 실었다. 그러자, 광극진기가 얇고 넓게 퍼지며 단운룡의 손날부터 팔꿈치에 이르기까지 신검(神劍)의 검기를 형성했다.

지금까지의 광검결과는 달랐다. 그러나 단운룡은 본능적으로, 이것이야말로 진정한 극광추, 광검결의 모습임을 알 수 있었다.

쩌어어엉!

위타천의 장력과 단운룡의 손날 사이에서, 신병이기가 전력으로 부딪치는 소리가 터져 나왔다.

단운룡은 멈추지 않았다.

변화하는 천룡이 그 막강함으로 광극진기를 압도하니, 광극진기 광신마체가 진화하여 천룡을 무찌르는 성장을 이뤄낸다.

광뢰포는 더 크게. 더 강력하게. 무엇도 부숴 버릴 수 있는 화력으로.

단운룡의 양손에서, 아까보다 더 격렬한 뇌운(雷雲)이 부풀어 올랐다.

천하의 그 누구라도 가벼이 받을 수 없는 일격이다.

위타천이 지금껏 그 어느 때보다도 강하게 왼발을 밟았다.

땅 전체가 흔들릴 만큼 강력한 진각이다. 진각에서 대지의 힘을 뽑아 올리고, 허리를 돌려 용신의 용틀임을 구현했다. 온몸에 휘감은 경파를 어깨와 등으로 몰아서 터뜨렸다.

위타천 전력의 천룡파황고가 단운룡의 광뢰포와 만났다.

꽈과과과광!

경천동지가 따로 없다.

파직거리는 광뢰포 전격의 여파가 흙먼지 사이를 수놓았다.

턱. 터억.

단운룡과 위타천 두 사람이 땅 위에 내려서는 소리였다. 대지에 발을 붙이고 있을 수 있는 폭발이 아니었다. 막대한 충격파가 두 사람의 신형을 땅에서 띄워 올렸던 것이다.

착지한 자세는 단운룡 쪽이 좀 더 불안정했다.

"쿨럭."

게다가 단운룡은 한 움큼의 핏물도 뱉어내야 했다.

완성형의 천룡무제신기에 맞춰, 광신마체도 완성형에 이르도록 진화하고 있었지만, 한 끝 차이로 부족했던 것이 이유였다. 그리고 그 부족함으로 인한 손해는 상상외로 컸다.

"그 무공… 너는 아직 극의에 이르지 못하였군."

위타천이 말했다.

단운룡은 부인하지 않았다. 그럴 필요도 없었다. 위타천의 말 그대로기 때문이다.

음속발동을 풀고, 광구로부터 새로이 진기를 끌어올려 손상받은 기혈을 점검했다.

'전신 기혈 대부분에 충격을 받았다. 이래서는 음속 유지도 만만치 않겠어.'

아슬아슬하게 버티려 했더니, 이젠 정말 아슬아슬하다.

지금부터는 진정 목숨을 걸어야 한다.

위타천이 온다.

주먹을 쥐고 천룡파황권의 경력을 일으키고 있다. 끝을 내려는 의지가 전해져 왔다.

위타천이 번쩍 공간을 격하고 쳐들어와 천룡파황권의 권격을 뿜어냈다. 단운룡은 찰나의 틈을 두고 음속을 발동하여 극광추로 대응했다. 한 점에 집약된 극광추를 짧게 올려쳐 위타천의 손목을 노렸다. 위타천은 뻗어오던 왼 주먹을 단숨에 멈추고, 그대로 오른손 손바닥을 휘둘러왔다. 팔꿈치까지 검날을 세운 광검결로 위타천의 우장을 방어하고는 곧바로 허리를 틀어 마광각으로 중단을 노렸다. 위타천의 몸이 순간적으로 사라졌다. 음속 이상, 음속의 시야에서도 따라잡지 못한 속도였다.

'위!'

괴물이다. 이 속도는 정말 말이 되지 않는다. 발끝은 하늘 위에, 발꿈치로 위에서부터 내려찍고 있었다. 음속의 시공 안에서 단운룡은 전력을 다해 뒤로 물러났다. 동시에 광극진기를 정면으로 집중시켜 좁은 폭의 방패를 의념화했다. 광극진기는 공격 일변도의 무공인지라 방패와 같은 힘을 낼 수 있을지 미지수였지만, 단운룡으로서는 선택의 여지가 없었다. 발꿈치의 궤도는 벗어났지만, 뒤따라오는 각력경파는 오기룡의 족도참격처럼 거리를 두고도 넘칠 만한 위력을 발휘할 터였기 때문이다.

꽈아아앙!

폭음과 함께, 단운룡의 몸이 뒤쪽으로 거세게 튕겨나갔다.

'제길……!'

역시나 광극진기는 방패로 쓸 만한 무공이 아니다. 어떻게 해도 천룡무제신기엔 효과가 있는지라, 용케 막아내긴 했지만 그저 그 뿐이다. 방어도 단단하지 못했고, 부서지는 것도 한 순간이었다.

콰아아아! 퍼어엉!

위타천은 더 이상 쉴 틈을 주지 않았다.

곧바로 박투 거리를 만들어, 천룡파황권과 천룡강림장을 연이어 펼쳐 냈다.

단운룡은 어렵게 버텼다.

오 합, 칠 합, 십 합.

일타 일격이 음속의 영역에서 벌어지는 싸움이라, 실제 싸움 시간은 첫 대면부터 통틀어도 그리 길지 않았다. 하지만 단운룡에겐 아니다. 반 나절은 되는 것처럼 길게만 느껴졌다.

폭음이 폭발을 부르고, 충돌이 충격파를 불렀다. 두 사람 사이에 남은 것은 아무것도 없었다. 바닥에 박혀 있던 청석조차도 모래와 같은 고운 가루가 되어 있었다.

파직, 파지직.

광극진기의 상쇄력이 아니었으면 벌써 죽었을 것이다. 단운룡과 위타천의 속도 차가 눈에 띌 만큼 커졌다. 단운룡의 몸에서 파직 거리는 전격이 새어나오기 시작한 것도 그때부터였다. 음속에서 뇌신으로 내려간다. 음속 구결이 뇌전력을 붙잡아 놓지 못하고, 방전을 시작한 것이다.

"수준이 점점 떨어진다. 잘 버티기에 숨겨진 한 수가 있을 줄 알았더니."

위타천이 다소 실망한 듯 말했다.

단운룡은 거기에도 대꾸하지 않았다.

'숨겨진 한 수? 물론 있지.'

몸 밖으로 한 번씩 뇌전이 번쩍이는 것이, 겉보기엔 더 위험스러워 보였지만, 위타천은 단운룡의 무위가 낮아지고 있음을 정확하게 간파하고 있었다.

그가 한 발 더 다가왔다.

"뭐가 있든 지금 안 꺼내면 죽는다."

위타천이 마지막으로 경고하듯 말했다.

바닥까진 봐주겠다는 무신(武神)의 자신감이다.

위타천이 다음 한 발로 진각을 밟았다.

강력한 진각, 그리고 회전.

이어 위타천의 어깨와 등이 단운룡의 눈앞으로 확대되었다.

'네놈 예상보단 만만치 않을 거다.'

단운룡이 마주 발을 밟았다.

새어 나오던 뇌전력이 훅하고 단운룡의 몸속으로 빨려 들어갔다.

단운룡의 몸이 위타천과 반대방향으로 회전했다.

천룡파황고 대 음속광혼고다.

파스스스스스스스스!

회전하는 진기가 소멸과 생성을 거듭했다.

꽈릉! 화아아아악!

바람을 갈기갈기 찢어발기며 진기의 파편이 사방으로 튀어나갔다.

흙먼지는 두 사람의 몸을 가리지 못했다. 충돌의 주위엔 아무 것도 있을 수 없었다.

어깨와 어깨를 마주 댄 채로, 두 사람의 몸이 멎었다.

단운룡의 등과 어깨엔 옷자락이 없었다. 어깨에서 등까지 살 갖은 온통 피투성이다.

위타천이 말했다.

"이게 전부로군."

조롱은 아니었다.

단순히 끝을 말하고자 함이었다.

단운룡의 몸엔 한 줌의 진기도 남아 있는 것 같지 않았다. 전력 을 다한 천룡파황고는 음속광혼고를 압도하는 위력을 지니고 있 었다. 상극으로서의 침투력도, 분쇄력도 완전히 박살 내버렸다. 음속의 기운은 꺼졌고, 뇌신의 진기조차도 새어나오지 않는다.

'지금, 발동.'

마신(魔身)이다.

광신마체 마신(魔身)의 발동은 아무것도 없는 무(無)에서부터.

마신(魔身)은 곧 마신(魔神)을 몸에 들이는 것과도 같으니, 그 것은 몸속에서 이루어내는 조화가 아니라 천지간의 뇌기(雷氣)와 동조함으로 시작된다.

단운룡의 몸에서 미세한 진동이 일었다.

단운룡의 발이 땅을 밟았다.

곱게 갈린 모래 위에 동심원이 일었다. 모래가 가볍게 출렁이 며 동심원 주위를 누비는 곡선을 겹쳐 겹쳐 그려낸다.

단운룡의 진각을 중심으로, 파동의 노래가 새겨지고 있었다.

위타천이 마주 발을 밟았다.

위타천의 진각은 힘의 진각이었다. 위타천은 단운룡이 방금 일격과 같은 형(形)의 고법을 펼치리라는 것을 알았다. 형은 같되, 더 강한 것이 오리라는 것을 예감했고 그마저 부숴 버리겠다는 마음을 먹는 것이다.

단운룡의 몸이 회전을 시작했다.

위타천도 허리를 틀었다.

위타천은 단운룡의 진기를 막아낼 요령을 이미 깨우치고 있었다. 아니, 깨우치고 있다고 생각했다. 천룡무제신기를 파훼할 목적으로 만든 무공인 듯, 구결 구결마다 맥을 절단하고 흐름을 파괴하는 성질이 있었지만, 위타천에겐 끊어진 맥을 이어붙일 방대함이 있었고, 파괴된 흐름에 진기를 부어 되살릴 정심함이 있었다.

파악은 끝났고, 승부는 결해졌다.

그게 위타천의 결론이었다.

그러나, 위타천은 허리를 틀고, 어깨로 진기를 모으는 그 짧은 순간.

온몸이 한순간에 정지된 듯한 느낌을 받아야만 했다.

'멈춘 듯, 아니다. 멈추었어.'

회전이 이어지지 않았다.

진기의 흐름이 이상했다. 천룡무제신기가, 그 도도하던 줄기가 그대로 멎어버렸다.

'끌려간다.'

이어, 위타천은 발뒤꿈치가 가볍게 들리는 것을 느꼈다.

강력한 흡인력이다.

지금까진 없었던 조화였다.

마치 천룡무제신기가 발하는 흡인력처럼.

상대의 몸 주위로 무지막지한 흡인력이 형성되고 있었다. 그러면서 위타천은 또한 느꼈다. 이 흡인력은 몸 전체에 작용하고 있었지만, 그를 두른 갑주에 더 강하게 작용하고 있었다. 갑주가 흡인력에 힘을 더하고 있다. 위타천이기에 느낄 수 있는 미세한 차이였다.

찰나와 찰나를 쪼갠 순간.

강력한 흡인력이 위타천의 발을 공중으로 띄운 그때.

단운룡의 몸에서는 박동성의 진기가 무시무시한 실체를 드러내고 있었다. 그것은 순간적인 용량으로 따졌을 때, 위타천의 전력에도 뒤지지 않는 마신의 파동기(波動氣)였다.

위타천의 선택은 그 다음 찰나에 이루어졌다.

어떤 조화에 의해서든 천룡무제신기의 흐름이 멎었다면, 그 흐름을 되살리거나 다른 흐름을 만들어야만 했다. 위타천의 두 손에서 뇌광과 화광이 솟아올라, 몸속으로 치달아갔다. 신마맹 위타가면의 진기, 뇌화쌍신의 진기가 그의 몸에 멈추었던 기(氣)의 운행을 만들어냈다.

신마의 진기로, 천룡의 형을 펼친다.

단운룡의 마신광혼고와 위타천의 천룡파황고가 강대한 폭발을 일으켰다.

파직, 파직, 파지지직!

폭발은 천둥이 몰아치는 폭풍과도 같았다. 먹구름 가득한 대해(大海)의 폭풍을 땅 위에 내려놓은 듯했다. 번쩍이는 소규모 전격(電擊)이 먼지구름 사이를 누비고 돌아다녔다.

철컹.

먼지구름이 땅바닥에 훅 하고 깔렸다. 그사이로 묵직한 금속성이 울려나왔다. 위타천의 몸에 붙어 있던 백색 갑주가 땅바닥에 떨어지며 난 소리였다.

"이 내가……."

위타천의 목소리엔 솔직한 당혹감이 깃들어 있었다.

한쪽 무릎마저 땅에 닿았다. 왼쪽 어깨부터 상체 반신이 온통 피투성이로 변해 있었다. 백색으로 빛나던 갑주도 절반이 뒤틀리고 부서진 채, 넝마처럼 겨우 매달려 있는 상태였다.

결과는 명백했다. 제대로 막아내지 못한 것이다.

뇌화쌍신의 진기가 무공의 형에 깃들기도 전에 직격을 당해서 그렇다.

이유는 달리 없었다. 흡인력이 문제였다.

빨아들이는 힘은 가까워질수록 급격해졌고 빨라졌다. 위타천으로서는 제대로 허를 찔린 셈이다. 신기에 이르는 내력 운용으로도 그 미세한 시간 차이를 극복하지 못했던 것이었다.

단운룡이 광혼고의 자세를 풀고 몸을 세웠다.

그가 우뚝 서서 위타천을 내려다보았다.

신마맹 무력 최강을 논한다는 위타천을 상대로, 이와 같은 광경을 만들어낼 수 있는 이는 온 천하에 흔치 않을 것이다.

위타천이 오른손으로 무릎을 짚고, 몸을 일으켰다.

위타천이 물었다.

"너, 이름이 뭐냐."

단운룡이 답했다.

"내 이름은, 단운룡이다."

단운룡의 목소리는 맑고 강렬했으며, 그 누구보다 당당했다.

"기억해 두마."

위타천의 왼손 끝으로 핏물이 뚝뚝 떨어지고 있었다.

그가 양쪽 어깨를 꿈틀 비틀었다. 단운룡의 일격에 갈기갈기 찢어진 백색 갑주가 한꺼번에 후두둑 떨어져 내렸다. 벗어낸 것은 상반신뿐이 아니었다. 망가진 갑주부터 멀쩡한 하체의 각반까지, 모조리 떨구어냈다. 마치 흑룡이 허물을 벗는 듯한 모습이었다.

갑주가 사라진 그의 몸에는 황금색 천룡이 새겨진, 헐렁한 흑색 무복이 감겨 있었다.

마지막으로 두 손을 올려 머리 위 날개 달린 투구까지 벗어들었다. 왼손의 핏물이 백색 날개 투구에 붉은색 손자국을 남겼다. 어깨까지 내려오는 머리카락이 미청년 가면 위로 흘러내렸다. 위타천이 손을 놓았다. 고운 모래 위에 투구의 날개 장식이 콱 하고 박혀 들었다.

휘황하던 백색갑주천신이 사라지고, 흑색금룡무복의 무신(武神)만 남았다.

무신이 두 주먹을 쥐며 단운룡을 보았다. 그가 말했다.

"내력이 온전치 못해졌군. 너에겐 과분한 무공이다."

무신, 위타천의 눈은 정확했다.

단운룡은 그 자리에 선 채 움직이지 않고 있었다. 당당하게

서 있는 것은 분명했으나, 사실 지금은 가만히 지켜 볼 게 아니라 공격을 이어가야 할 시점이었다. 그러지만 단운룡은 그럴 수 없었다. 마신 발동으로 인한 내상 때문이었다.

"내력이 온전치 못한 건 서로 마찬가지 아닌가?"

단운룡이 반문했다.

그의 말 또한 옳았다. 피차 입장은 같았다. 위타천이 갑주를 벗고 입을 연 것도 결국은 회복 시간을 벌기 위해서란 말이다.

위타천이 한 번 하늘을 올려보고, 단운룡에게로 시선을 고정했다. 이내, 마음을 결정한 듯, 위타천이 온몸에 강력한 힘을 둘러쳤다. 인간의 영역을 넘어 당장에라도 하늘 높이 승천할 듯한 기세가 뿜어져 나왔다. 천하를 압도하는 기운, 이번에도 천룡무제신기였다.

'또다시 천룡이군. 자존심이 하늘을 찌르는 것 같지만, 그게 다가 아냐. 파황고에 당한 후 가장 먼저 갑주부터 벗었다. 마신의 흡인력은 인체보다 금속에 더 강하게 작용한다. 그 짧은 순간에 감지한 거다. 갑옷을 벗었다는 것은 곧, 불리함을 즉각 버릴 줄 아는 놈이라는 뜻이다. 그런데도 다시 한 번 천룡을 택했어. 자부심으론 설명할 수 없다. 이유는 간단해. 정말 상극인지, 마지막으로 시험해 보려는 거다. 내게 주어진 기회도 이번뿐. 지금 잡지 못하면 천룡이 아닌 위타의 무공이 올 거다. 음속에서 기습적인 마신, 같은 방식으로 허를 찌르는 것도 더 이상은 통하지 않는다. 그렇다면……'

단운룡도 마음을 정했다.

"천룡의 무공으론 날 이길 수 없다."

도발이다. 천룡 외의 선택을 봉쇄하는 한마디였다.

위타천의 분노를 온몸으로 느끼며 광구를 해방했다.

무(無)로부터 광극진기를 집적시켰다. 광극마체 전신에 파동의 고리를 만들었다.

단운룡의 두 발 밑에서 곱게 갈린 모래가 동심원을 그렸다.

그의 몸에서 가느다란 뇌전이 새어나오기 시작했다. 무작정 파직거리며 흩뿌리던 뇌신 발동 때와는 다른 모습이다. 가늘게 요동치는 백색의 뇌전이 두 줄기 세 줄기 번져 나와 땅위를 누볐다. 백색의 뇌전 줄기가 위타천의 갑주에 닿았다. 위타천의 갑주가 덜그럭거리며 흔들리기 시작했다.

단운룡이 말했다.

"위타천. 덤벼라."

그 앞에서 그리 말할 수 있는 자도 천하에 흔치 않다. 단운룡에겐 그럴 자격이 있었다. 광신마체 마신을 일으킨 단운룡은 가면 속 위타천의 얼굴을 단숨에 굳어지게 할 만큼의 무력을 과시하고 있었던 것이다.

위타천이 먼저 땅을 박찼다.

접근 속도가 어마어마했지만, 단운룡은 위타천의 움직임을 온전히 다 볼 수 있었다.

위타천이 강력한 진각을 땅에 박았다. 단운룡의 발밑에 있는 동심원이 한꺼번에 파헤쳐졌다. 위타천의 주먹이 단운룡의 심장을 향해 곧바로 내질러졌다. 단운룡이 광검결을 전개했다. 백색의 전격이 손날에서 팔꿈치까지 이르는 선명한 검날을 형성했다. 이름 그대로의 광검(光劍)이다. 광검이 위타천의 주먹으로 짓쳐 들었다.

위타천은 천룡파황권을 끝까지 뻗을 수 없었다. 힘 대 힘, 공력 대 공력, 위타천은 천룡의 무(武)를 익힌 이래, 처음으로 주먹과 팔이 쪼개질 수 있다는 위기감을 느껴야 했다. 정면충돌에서의 열세는 위타천에게 있을 수 없는 일임에도, 단운룡의 손날은 천룡파황권의 경파를 너무도 쉽게 갈라오는 중이었다. 게다가 거리가 가까워지면 가까워질수록 온몸을 끌어당기는 흡인력까지 거세지고 있었다. 갑주를 입었을 때보다는 줄어든 것이 분명하지만 단운룡이 발하는 흡인력은 실로 심상치 않았다. 신체뿐만 아니라 천룡무제신기의 흐름 자체에도 영향을 미치고 있다. 뻗어내는 주먹과 팔이 뜨겁게 달아오른다. 끓는 물에 주먹을 담근 것처럼, 아니, 주먹과 팔이 통째로 끓어오르는 것 같았다.

위타천이 뻗어내던 주먹을 멈추고, 몸을 뒤로 젖혔다. 힘의 발출과 회수, 몸놀림은 그야말로 신기(神技)다. 위타천의 신법은 실로 천하제일을 논하기에 부족하지 않다. 절대적인 회피능력을 자랑하고 있다. 음속 이상의 힘과 속도를 담보하는 마신광검결이 아무것도 없는 허공을 갈랐다.

위타천이 한 발 더 물러나서 몸을 틀고 왼손으로 천룡강림장을 펼쳤다. 겹겹이 겹쳐서 방대하게 덮어씌우는 장력이었다. 단운룡은 극광추로 대응하지 않았다. 단운룡에겐 주어진 시간이 길지 않았다. 합과 합으로 하나씩 꺾어서 타격을 쌓는 것은 마신으로 할 수 있는 싸움이 아니었다.

'여기서 승부!'

마신의 경지와 천룡에의 상극성을 믿고 천룡강림장의 장력에

맨 몸으로 들이밀었다. 막강한 경파가 단운룡의 전신을 휘감아 긁었다.

콰아아아아아!

단운룡의 왼쪽 어깨 옷가지가 바스라졌다. 어깨와 상박의 피부가 갈라지며 피가 터졌다.

위타천이 후방으로 몸을 날렸다. 따라 붙는 단운룡의 속도는 위타천과 거의 같았다. 단운룡이 두 손을 중단에서 활짝 펼쳤다.

마신광뢰포다.

단운룡의 손에서 청백색 뇌광이 소용돌이치며 터져 나왔다. 위타천은 피격거리 바깥으로 뛰쳐나가려 했지만 그럴 수 없었다. 뇌광이 터져 나옴과 동시에 어마어마한 흡인력이 그의 몸을 옭아맨 탓이었다.

'흡인력이 전부가 아니다. 진기의 운용이, 천룡무제신기가 움직이질 않는다……!'

위타천은 마침내 깨닫는다.

단운룡의 무공은 천룡의 무공을 뿌리부터 제약하는 무공이다. 영향력이 극에 이르면 손가락 하나 닿지 않은 상태로도 천룡무제신기의 운용을 멈추게 만들 수 있는 힘을 지녔다. 그가 지닌 절대 회피의 신법마저도 제한할 수 있는 무공이란 뜻이다.

위타천은 천룡무제신기를 포기할 수밖에 없었다. 무공으로 그의 선택을 강제할 수 있는 사람이 있다면 온 천하에 한 사람뿐이라 생각했거늘, 그게 가능한 사람을 또 하나 만난 것이다.

순간적인 구결전환으로 뇌화쌍신진기를 온몸에 둘러쳤다.

제아무리 무공이 입신의 경지에 올랐다 해도, 전신 진기를 변환하는 것에는 어느 정도 이상의 시간이 필요한 법이었다. 당연히 위타천에게는 그런 시간이 충분치 못했다. 위타천은 가면의 주인과 싸운 이래, 실로 오랜만에 죽음의 위기를 느껴야 했다.

그가 두 손을 곧게 세우고 앞으로 내밀었다. 불완전한 내공으로 펼친 그 무공은 천룡강림장이 아니었다. 신마맹 위타천의 무공이다. 두 손으로 펼치는 두 겹의 뇌인. 쌍뢰인이었다.

파지지지지직! 콰아아아아아아아앙!

굉음이 사위를 휩쓸었다.

분노한 뇌전이 땅을 누비고, 명멸하는 백광이 하늘을 밝혔다.

그것은 인간 두 명이 자아내는 광경이라 말하기엔 분명 무리가 있었다.

그야말로 신들의 싸움. 두 마리 용의 다툼이라 할 만했다.

번개 구름이 잦아들며, 빛과 어둠에 가렸던 두 용의 모습이 드러났다.

단운룡과 위타천.

두 사람 모두 서 있다.

쿨럭.

먼저 피를 쏟은 쪽은 위타천이다. 미청년의 가면 밑으로 선혈이 흘러내려 굵은 목선을 탔다.

단운룡은 피를 토하는 위타천을 보면서도 웃을 수 없었다.

웃기는커녕, 죽음을 예감해야 했다.

피를 토했다. 그게 전부여서는 곤란했다.

위타천은 저렇게 서 있어서는 안 됐다. 사지 멀쩡하게.

마신광뢰포는 밑바닥까지 드러낸 단운룡의 전력이었다.

그 일격으로 끝냈어야 했다. 최소한 팔 하나, 직격 범위라면 상반신 전체를 날려 버렸어야 옳았다.

"너는, 분명히 강하다. 천룡을 상대로라면."

위타천의 목소리는 탁했다.

내상이 만만치 않음을 드러내는 목소리였다.

"하지만, 나는 지지 않는다. 언제나처럼, 이기는 것은 오직 나일 뿐이다."

단운룡은 아무 말도 할 수 없었다.

내상을 입었음은 단운룡도 매한가지였다. 들끓는 진기를 다스리는 것만으로도 단운룡은 온 정신을 집중해야 했다.

위타천이 한 발 다가왔다.

마신 발동은 불능.

이길 방도가 없다.

위타천의 몸이 흐릿하게 사라진다. 눈으로 좇을 수 없다.

'음속이라도……!'

억지로 진기를 움직여 음속을 발동한다.

보이지 않았다. 모든 것이 느려지고 무거워지는 영역에 들어왔음에도 위타천의 모습은 포착할 수 없었다.

'후방, 상단.'

위타천의 위치를 잡아낸 것은 눈이 아닌, 생명의 위협을 예지한 육감이었다.

이미 위타천의 발끝은 공간과 시간을 꿰뚫으며 단운룡의 목숨을 노리는 중이었다. 펼칠 수 있는 무공이 마땅치 않았다. 할 수 있는 일이라고는 허리를 틀고, 왼손을 들어 머리를 보호하는 것밖에 없었다.

쾅!

옆머리를 울리는 충격과 함께, 몸 전체가 번쩍 옆으로 튕겨나
갔다. 음속 발동이 풀리고, 속도를 빠르게 체감하는 영역으로
빠져나와 어깨부터 땅바닥에 처박혔다.

텅! 촤아아악!

땅에서 튕겨 올라 다시 곱게 갈린 땅 위를 미끄러졌다. 충격
으로 아득해지는 정신을 재빨리 붙잡고, 왼손으로 땅을 짚어 몸
전체를 뒤집었다. 낮게 몸을 일으켜 고개를 들었다. 위타천은
저 멀리서 휘둘러 찬 다리를 여유롭게 접어 내리는 중이었다.

후욱.

위타천의 몸이 순식간에 확대되었다.

너무나도 빨랐다. 움직임이 뚝뚝 끊겨 보였다.

위타천의 주먹이 단운룡의 옆구리를 파고들었다. 방어는커
녕, 음속조차 제대로 발동하지 못했다. 위타천의 주먹이 옆구리
에 깊이 박혔다. 허리가 절로 꺾였다. 내장파열을 걱정해야 할
만큼 완벽하게 들어온 일격이었다.

"……!"

입이 열렸지만 신음성조차 뱉어내지 못했다.

광구를 두드려 진기를 뽑아 올리려고 했지만, 원하는 만큼의
공력이 솟아나질 않았다. 뇌신이라도 펼치려는데, 다음 일격이
들어온다. 동작이 분절되어 보이는 절대 속도, 위타천의 몸은
몸 반대편에 와 있다. 위타천의 발이 단운룡의 어깨를 찼다.

텅! 터텅!

속절없이 날아간다. 땅바닥에 두 번이나 튕기며 땅을 긁고 나서야, 땅에 두 발을 박고 몸을 멈출 수 있었다.

힘겹게 몸을 세워, 위타천을 보았다.

울컥, 입에서 핏물이 솟구쳤다.

죽지 않은 이유부터 생각했다.

반응조차 하기 힘든 극속의 무공이지만, 타격에서 들어오는 충격량은 속도에 비해 크지 않았다. 원래대로라면 내장이 망가지고 어깨뼈가 통째로 박살 났을 일격이었다.

위타천도 제 위력을 내지 못한다는 뜻일 게다. 마신광혼고와 마신광뢰포가 끝모르던 위타천의 내공을 크게 깎아놓은 것이 틀림없었다.

'한 번의 기회만 더 있다면……!'

마신 발동을 생각했다.

물론 발동한다 해도 승리는 장담할 수 없었다.

단운룡은 알 수 있었다.

위타천은 천룡무제신기 없이도, 거의 그 위력에 필적하는 내공심법을 또 하나 구사하고 있었다. 허를 찌른 광혼고와 광뢰포를 버텨낸 것도 필경 그 덕분일 것이다. 신마맹 위타천 고유의 심법이 분명했다.

'천룡무제신기를 쓰지 않는 이상, 이 상태에서의 승산은 없다. 그나마 다행인 것은 저놈도 정상은 아니라는 사실이다. 상극 여부를 배제하더라도 마신이라면 힘으로 압도할 수 있어. 하지만 지금 진기로는 안 돼. 외부의 뇌기(雷氣)와 동조하기 위해서는 광극진기의 파동화가 필요하다. 결국 바닥난 진기를 끌어

올리는 것이 관건……!'

뇌정광구에 정신을 집중했다.

방대한 진기를 자랑했던 광구는 더 이상 전과 같지 않았다. 거대했던 뇌전(雷電) 덩어리는 마신 발동으로 대부분 소모해 버린 상태였다. 남은 것은 중심에 깃든 단단한 광핵(光核)뿐이었다.

광구의 광핵은 요지부동이었다. 해방하는 방법도, 해방이 가능한지조차도 알 수 없었다. 어떻게든 그 안에서 진기를 뽑아 올린다 한들, 제어가 될지도 의문이다. 단운룡은 이미 극심한 내상을 입은 상태였다. 전신으로 치달아 날뛰는 사나운 뇌기를 다스리는 것만으로도 벅찬 상황이었다.

반면에 위타천의 기세는 조금씩이지만 서서히 살아나고 있는 중이었다. 온몸을 둘러친 기운이 마신광뢰포를 받아낸 직후보다 훨씬 더 안정적으로 변해 있었다. 상상초월의 회복력이었다.

'돌파구가 없어. 이대로는 필패다.'

단운룡은 처음으로 '패배'라는 두 글자를 떠올렸다.

그때다.

위타천의 목소리가 그것을 확인시켜 주듯, 절망처럼 땅에 깔린다.

"순간적인 무력 증폭이라는 특성. 흥미롭지만 불안정한 무공이다. 단기전으로 승부를 내지 못하면 버티지 못한다. 너의 무(武)는 강하나, 완전하지 않다."

위타천은 무(武)의 본질을 관통하는 자였다.

단운룡이 지니고 있던 고질적인 약점까지 간파하여 만천하에 드러냈다.

위타천이 왼손을 들었다.

화르르르륵.

그의 손바닥 위에서 불덩이가 생겨났다.

아까보다 크기는 작았지만, 사람 하나 태워 버리기엔 결코 부족하지 않을 불덩이였다.

위타천이 왼손을 휘둘러 단운룡을 향해 불덩이를 날렸다.

단운룡은 날아오는 불덩이를 끝까지 보고, 아슬아슬하게 몸을 날렸다. 불덩이의 속도는 빨랐지만 전력을 다해서 떨쳐 내야 할 정도는 아니었다.

'순속이면 가능해.'

뇌신까지도 필요치 않았다. 순속 정도는 발동할 여력도 있다.

순속으로 땅을 박차 거리를 확보했다. 불덩이는 살아 있는 것처럼 단운룡의 뒤를 쫓아왔다. 불덩이의 쇄도보다는 위타천의 움직임을 놓치지 않는 데 주력했다. 그러나 위타천은 움직일 생각이 없어 보였다. 그 자리에 그대로 선 채, 손 하나 까딱하지 않고 있었다.

'함께 들어오지 않는다. 저 화염구와 양동으로 쳐들어오면 막을 방도가 없을 터. 무공과는 동시에 펼치지 못하는 것인가?'

그럴 수도 있다.

인간의 몸으로 부적 하나 법구 하나 없이 불덩이를 만들어 던진다는 것은 기실, 보통의 강호인으로서는 상상조차 어려운 신기(神技)였다.

무공에 제약을 받을 정도의 술법이라고 한다면, 지금 당장 역공을 고려해야 한다. 하지만 단운룡은 함부로 쳐들어갈 수가 없었다. 본능적으로 아니라 느꼈기 때문이다. 위타천은 자유롭다. 움직이지 못해서 움직이지 않는 것이 아니다. 뛰어들었다가는 곧바로 극속의 무공이 단운룡을 맞이할 것이 틀림없었다.

'회복시간을 벌고 있는 거다.'

단운룡은 다른 것에서 해답을 찾았다.

위타천은 호흡을 조절하며 몸 상태를 끌어올리고 있었다. 승기를 잡은 시점에서도 완벽함을 추구하고 있는 것이다. 지금 상황에서도 단운룡은 불리했다. 위타천이 내상을 회복하면 차이는 그만큼 더 벌어지게 되어 있었다. 변화가 필요했다. 그러려면 당장 뒤를 쫓는 불덩이부터 처리할 필요가 있었다.

화르르르륵.

하지만 위타천은 단운룡이 생각했던 것보다 더 철저했다. 다시 한 번 오른손을 올려 불덩이를 만들더니, 한 발 더 불덩이를 내던져 왔다. 두 개의 불덩이가 단운룡을 노리고 짓쳐 들었다.

'제길.'

상상할 수 있는 최악의 순간이었다.

이런 식으로 장기전이 되면 단운룡에겐 해답이 없다.

위타천의 선택은 전략적으로 완벽했다. 기본적으로 광신마체는 진기 소모가 극심한 무공이었다. 순속도 예전에는 피를 토할 만큼 유지가 힘들지 않았던가.

전방의 불덩이를 피하고 보니, 뒤쪽의 불덩이가 휙 방향을 꺾어 옆으로 날아든다. 뜨거운 열기가 훅 끼쳐 들었다. 불덩이를 막아낼 방도도 마땅치 않고, 그렇다고 위타천에게 직접 달려들기도 어렵다.

그때였다.

"단 공자!"

익숙한, 익숙했던 목소리다.

고개를 들자 저 앞에 그를 부른 강설영이 보였다. 창백한 얼굴, 여은의 부축을 받고서 위태롭게 서 있었다. 허리 아래로는 온통 피투성이다. 쓰러지기 직전으로 보이는 그녀의 발치에는, 이미 쓰러진 흑번쾌가 누워 있었다.

그녀가 그를 향해 길쭉한 물건 하나를 힘껏 던졌다.

물건은 멀리 날아오지 못했다. 그녀는 그것 하나 제대로 던지지 못할 만큼 기력이 없었다. 속도를 빨리해 땅에 떨어지기 직전의 물건을 잡아챘다. 그가 바로 방향을 틀었다. 불덩이 두 개가 앞서거니 뒤서거니 그를 쫓아왔다.

"펼쳐 막아요!"

등 뒤로 강설영의 목소리를 들었다.

손에 든 것을 내려다보았다. 두루마리였다. 철제 테두리가 둘러져 무게가 제법 묵직했다. 그는 망설임없이 곧바로 두루마리를 풀어냈다.

촤르르르륵!

경쾌한 소리와 함께, 그림이 펼쳐졌다. 사람 얼굴에 뱀의 몸뚱아리를 한 괴이한 괴수 한 마리가 그려져 있었다. 그림을 자세히 살펴볼 겨를도 없이 몸을 틀고 불덩이 앞에 그림을 들이댔다. 쏴아아아아아아아! 하는 소리와 함께, 그림으로부터 기이한 울림이 울려나오기 시작했다.

'법구?!'

불덩이 두 개가 연이어 그림을 덮쳤다. 펼쳐 버티는데 상당한 힘이 들었다. 수증기가 무서운 기세로 피어올라 눈앞을 가렸다. 불덩이가 요동을 쳤다. 두 손이 함께 흔들렸다. 발끝이 땅을 파고 들었다.

쏴아아! 화르륵!

불덩이 두 개가 사라졌다. 그가 강설영 쪽을 보았다. 강설영과 눈이 마주쳤다. 지치고 약해진 그녀의 눈동자가 단운룡의 가슴 한 구석에 저릿함을 안겼다.

이를 악물고 위타천을 보았다.

저 멀리서 위타천은 세 번째 불덩이를 만들고 있었다. 위타천의 손에서 불덩이가 날았다.

단운룡이 다시금 공공도를 들어 불덩이를 막았다.

수증기가 그의 몸을 휘감고, 불덩이가 꺼져 갈 때였다. 순간, 단운룡은 예지에 가까운 위기감을 느끼고는, 급하게 눈을 들었다.

"……!!"

위타천이 서 있던 곳.

없다.

순간적으로 시야가 밝아졌다.

수증기가 지워지고 있어서다. 그림이 비명을 질렀다.

쏴아아! 촤아악! 화르르르르륵!

들고 있던 그림이 둘로 갈라졌다. 공공도는 쇠로 만들어진 방패가 아니었다. 찢어발기기 어렵지 않은 한 장의 그림일 뿐이었다.

온 힘을 다해 후방으로 몸을 날렸다.

단운룡의 두 눈에 한가득 비쳐 든 것은 두루마리를 찢고 태워 버린 위타천의 붉은 손이었다.

화염구와의 양동공격, 상상했던 대로다. 이렇게 되면 방어할 방도가 없다.

위타천의 화인(火印)에 이어, 오른손이 왔다.

위타천은 너무나도 빨랐다.

음속을 발동하려 했다. 하지만 바닥난 뇌정광구와 들끓는 전신기혈은 이 절체절명의 순간에도 음속 발동을 허락하지 않았다.

"이만 죽어라."

위타천의 목소리를 들었다.

전격의 오른손이 단운룡의 중단에 닿았다.

손에는 파직거리는 섬전이 깃들어 있다.

뇌인(雷印)이다.

우우웅! 파지지지지지지지직!

단운룡의 신형이 덜컥 멎었다.

강력한 뇌광이 단운룡의 가슴으로 박혀들었다.

섬광이 사방으로 흩뿌려졌다. 쪽빛 옷가지가 군데군데 타들어갔다.

단운룡의 두 눈에서 섬광이 튀었다. 방전(放電)된 뇌전이 땅을 긁었다.

무릎이 꺾이고, 상체가 기울어졌다. 온몸에서 연기가 피어올랐다.

털썩.

단운룡은 그렇게 쓰러지고 말았다.

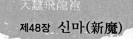

제48장 신마(新魔)

때는 난세(亂世)라, 수많은 가문의 수많은 혈사가 있었다지만, 강씨금상혈사는 여러모로 봤을 때, 실로 이례적인 일이었다 말할 수 있겠다.

사실 그 정도 규모의 혈사는 어쩌면 대수로운 일이 아닐 수도 있었다. 무림에서 성세를 누리던 가문이 어느 날 갑자기 잿더미로 변했다는 소문은, 며칠 동안 못 듣는 게 더 이상한 시절이었으니 말이다.

그래도 강씨금상은 달랐다. 전설이 된 많은 이야기들이 그때 거기서 시작되었다 해도 과언이 아닌 까닭이다.

"한낱 시비에 불과했던 제가, 살아생전에 그런 광경들을 보게 되리라곤 정말 상상도 못했죠."

광주 억양이 심하지 않았던 금약당주 여은은, 아직까지도 얼굴에 앳된 기운이 남아 있었다. 전설속 곤륜성산의 왕모궁에도 다녀왔다는 소문이 있는 여인이다. 심지어 본인은 기억도 나지 않는다 하지만, 밝고 올곧은 눈빛과 은은하게 드러나는 기품을 보자면, 왕모요지에 다녀왔다는 말도 헛소문만은 아니라는 생각이 들었다.

"비룡황? 달리 천잠비룡제라고 불리고 계신다죠?"

비룡제 단운룡이 발도각주를 만나기 전에도 친분이 있었다고 했다. 강호에 출도한 비룡제의 행보를 가장 잘 알고 있는 사람들 중 하나일 터였다.

"신마맹요. 대충 지은 이름이겠거니 했었어요. 제가요, 아주 어린 시절에는 말이죠, 저잣거리 협객서 같은 물건들을 참 좋아라 했었거든요. 왜 말도 안 된다고 하면서 보는 책 있잖아요. 장풍으로 산을 부수고, 막 하늘을 날아다니고 하는 거요."

얼굴만 앳된 것이 아니라, 말투도 순수하다. 강호의 풍파를 이만큼 겪은 사람이 이러기도 쉽지 않다. 듣고 싶은 이야기를 얼마나 듣느냐를 떠나, 만나기를 잘했다는 생각이 들었다.

"근데 말이죠? 세상엔 정말 그런 자들이 있더라구요. 위타천요? 절대무적 위타천이란 말까지 있잖아요. 왼손에서는 불을 뿜고, 오른손에선 번개를 터뜨리고요. 게다가, 하늘도 날아다녀요. 믿으셔야 해요. 강호에서 그냥 떠드는 괴소문이 아니랍니다."

강호에 위타천을 이런 식으로 말하는 이도 찾기 힘들 것이다.

위타천은 무신이다. 직접 상대해 본 자들은 하나같이 위타천을, 절정무공의 강자(强者)가 아닌 대적불가의 공포(恐怖)로 기억한다.

"신마맹 신마맹 하는데, 그날의 위타천은 정말 신(神)이나 다름없었어요. 번쩍이는 갑주를 입고, 하늘을 날며, 그러니까 화군과 뇌공의 화신이 세상에 내려온 것 같았죠. 한데, 아가씨한테 한 짓을 보면, 마(魔)도 그런 마귀가 없었어요. 아가씨가 그렇게 맥없이 쓰러지는 것을, 태어나서 정말 처음 봤는데, 세상에, 저건 정말 이 세상 인간이 아니구나 싶었어요. 아, 아, 비룡제요? 그날을 생각해 보면, 신마(神魔)란 이름은 위타천 못지않게 단 공자님에게도 어울리는 말이었죠. 아참, 내 정신 좀 봐! 아직도 단 공자라 부른다니까요! 호호호호."

그렇다. 비룡제도 그저 단 공자라 불리던 시절이 있었을 것이다. 지금은 그렇게 부르는 사람을 찾을 수 없다. 얼굴 한 번 보기도 쉽지 않은 사람이었다.

"처음엔 신과 신이 싸우는 것 같았어요. 그러다가 위타천이 휘황한 갑주를 벗고, 두 사람은 마왕(魔王)이 되었죠. 번개가 몰아치고, 불꽃이 번쩍이고, 그 와중에 오 당주와 손 대주는 저와 함께 아가씨랑 상주님이랑 어르신이랑 도 대주랑… 불패신룡? 불패신룡 맞죠? 그분 별호가? 그분은 잘 계세요? 여하튼, 그분도 대단했어요. 사실 서 있을 수도 없을 것 같았거든요. 근데 사람 같이 살려보자며 숨이 붙어 있는 금륜대원들까지 막 되는 대로 뒤쪽으로 끌어내고… 정말 근처에만 있어도 휩쓸려 목숨이 날아갈 판이었다니까요? 땅에서 막 번갯불이 번쩍번쩍! 아, 오 당주랑 손 대주요? 그날 살아남은 사람들은 다 출세했어요. 절 보세요, 시비 여은이 이젠 금약당주잖아요? 호호! 아아, 싸움요? 가끔 그런 명승부를 구경한 느낌이 어땠냐 물어보는 사람이 있어요. 영광이라나? 영광은 무슨 말도 안 되는 소리 말라 해요. 아가씨는 피가 철철 나고 있지, 아가씨만 그래요? 상주님에 어르신에, 잘 움직이지도 못하는 사람들 데리고, 주먹 한 방에 폭발이 일어나고 하늘과 땅에선 번개가 꽝꽝 터져 나오는데, 세상에, 그런 생지옥이 없었어요. 목숨 하나 건사하기도 힘든 상황이었단 말예요!"

비룡제와 위타천의 격전을 멀쩡히 구경했다 하였다. 영광이라 하는 사람도 이해 못할 바도 아니다. 그 정도는 아니라도 분명 행운은 행운이다. 대단히 큰. 직접 본 것, 살아남은 것 모두 다.

"정말 당시엔 오로지 단 공자님만이, 그냥 단 공자님이라 부를게요. 그게 아직도 익숙하네요. 그땐, 단 공자가 유일한 희망이었어요. 그분이 아니었음, 다 죽었죠. 그건 확실해요. 아무도, 아무도 살아남지 못했을 거예요. 근데, 그때도 정말 아찔했던 순간이 있었어요. 위타천은 정말 너무나도 강했어요. 위타천의 번개 손? 그걸 뭐라 하죠? 아, 뇌인(雷印), 뇌인요? 여튼 그거에 당한 단 공자님이 풀썩 쓰러지는데, 저까지 다 주저앉아 버렸었어죠. 다 죽었구나. 우린 이제 다 죽었어. 그땐 그랬어요. 그런데, 그래요, 다 죽었다고 생각했죠. 그런데, 그걸 뭐라 해야 할까요? 마왕(魔王) 현신(現身)? 적어도 천신(天神)처럼 보이진 않았어요. 정말 무시무시하고, 사람이 저럴 수 있나 싶기도 하고……."

그녀는 그때의 일이 생생하게 기억나는 듯, 몸을 떨었다…(중략)……

한백무림서 여담 편
금약당주 여은과의 만남 中에서.

은월당은 지대가 높고 외벽이 두터워 적습을 막아내기에 아주 적합한 곳이었다. 서남쪽으로는 금상서문과 연결되어 있어 언제든 금상 바깥으로 도주할 수 있는 이점까지 지니고 있었다.

은월당에 자리 잡은 정소교 일행은 한 차례 더 공격을 받았다. 적습을 물리치는 것은 어렵지 않았다. 도요화는 충분히 강했고, 싸울 수 있는 무인들의 숫자도 많았다. 어렵사리 찾아와 한두 명씩 합류한 이들까지, 금륜대원만 해도 열아홉 명이나 된다. 낭인들의 숫자도 조금 더 불어나 열두 명에 이르게 되었다.

"금마원(金馬院) 피해가 거의 없었습니다. 마차도 두 대 준비해 놨습니다. 언제든 떠나실 수 있습니다!"

남쪽 마차고(馬車庫)로 보냈던 금륜 대원 세 명이 은월당으로 돌아와 보고했다. 정소교는 바로 떠나지 않았다. 무작정 밖으로 나간다고 능사가 아닌 까닭이다. 금상 내부가 불바다인데, 바깥이라고 안전하리라는 보장이 없었다. 은월당 전각 앞 청동조각 앞에 진을 치고 미리 밖으로 내보내 외부동향을 살피라 했던 금륜대원들을 기다렸다.

"대로가 텅텅 비었습니다. 구경꾼들조차 얼마 되지 않습니다. 관병들도 비슷합니다. 바로 앞 추관에도 병사가 없고, 도성 쪽도 감감무소식입니다! 금상 앞 정용관에 알아보니 무슨 일이 생기든 관아에서 벗어나지 말라는 엄명이 있었다고 합니다!"

금륜대원들이 돌아오기까진 오래 걸리지 않았다.

좋은 소식은 없었다. 좋은 소식은커녕, 말이 안 되는 이야기뿐이었다. 그러나 정소교는 납득할 수 없는 보고를 들으면서도 침착함을 잃지 않았다.

'불가능한 일이야.'

금상은 거대한 상가였다. 거대하다 함은 염금을 위해 한껏 면적을 넓힌 부지의 광대함만을 뜻하지 않았다. 선성 광주의 백성들로부터 관아의 대작들과 귀족들까지 미치는 영향력 역시 이만저만이 아니라는 말이었다.

이런 사건이 터지면 관아에서도 촉각을 곤두세울 수밖에 없다. 아니, 촉각이야 예전부터 곤두세워져 있었을 것이다. 금상이 잇따른 습격을 받아 상권 전역에 피해를 입고, 무인들을 수소문했을 때부터 이미 관에서는 사태의 추이에 대해 지대한 관심을 보이고 있었어야 옳았다.

'한데, 관병들이 미동도 하지 않는다니……'

강씨금상이 불바다가 되고 있는 상황이다.

불이 이만큼 났으면 최소한 정용들이라도 보내서 화재(火災)가 번지는 것을 잡을 시도라도 해야 한다. 한데, 관아에서 나서지 말라고 엄명까지 내려왔단다. 황제라도 그런 명령은 내리지 않을 것이다. 적어도 이 선성 광주 관아에서는 절대 생겨서는 안 될 일이, 지금 여기에 현실이 되고 있었다.

"서문은 봉합니다. 밖으로는 나갈 수 없어요. 일단 여기는 안전하니, 위치를 고수합니다."

금륜대원 두 명이 달려가 서문을 닫고 빗장을 쳤다. 두 명은 내친 김에 남문과 동문도 봉하여 빗당을 댔다.

외부에서 무슨 일이 어떻게 벌어지고 있는지 알 수가 없었다.

수수방관하는 관가는 도리어 적이 될 수 있었다. 구경꾼들조차 얼마 없다고 하였다. 광동 강씨금상에서 불이 났는데, 구경꾼이 없다는 것도 이상한 일이었다. 사람이 구름처럼 몰려들어야 정상일 테니 말이다. 섣불리 금상 바깥으로 나갔다가는 무슨 횡액을 치를지 모른다. 기우(杞憂)라 하기에는 들리는 상황이 너무도 심상치 않았다.

"이곳은 이대로 괜찮지만, 안쪽은 아니겠지요. 낭인 무사님들, 여력이 되신다면 금약당 쪽에 힘을 보태주실 수 있으실까요? 보수는 지금까지보다 두 배 더 드리겠습니다."

정소교의 목소리는 또렷하여 힘이 있었다.

녹색 비단옷의 낭인과, 낭인들 몇 명이 서로를 둘러보며 눈빛을 주고받았다. 두세 놈이 나직하게 몇 마디 수군거리는 듯하더니, 얼굴에 피를 가득 묻힌 털보낭인 하나가 나서며 호기롭게 목소리를 높였다.

"마님, 이미 두 배 값은 했소. 이왕 줄 거 세 배 쳐주쇼."

금륜대원들 대부분이 낯빛을 굳히며 두 눈에 분노를 담았다. 하지만 이미 죽을 고비를 여러 번 넘긴 털보낭인은 그들의 눈빛에도 전혀 위축되지 않았다.

그때였다.

"다섯 배."

한 줄기 탁한 목소리가 모두의 시선을 한 곳에 모았다.

녹색 비단옷의 낭인이었다. 그 역시도 털보낭인과 같았다. 금륜대원 전원의 시선을 아무렇지 않게 받아 넘긴다. 누가 어떻게 쳐다보든 아랑곳하지 않은 채 빠른 어조로 말을 이어갔다.

"저 안쪽은 지금 사지(死地)요. 금약당엔 금상가주가 계신 걸로 알고 있소. 적들의 공격이 집중되어 있으리란 것은 바보라도 알 수 있을 게요. 두 배로는 아니 된단 말이오. 이 비단충이 아무리 비단과 돈을 좋아하여 황금충(黃金蟲)으로까지 불린다지만, 그 돈으론 못 들어가겠소이다. 다섯 배라도 목숨값으로는 싼 거요."

스스로 비단충이라 명호를 밝힌 그의 말에는 좀처럼 반박하기 힘든 묘한 설득력이 있었다.

모두가 시선을 돌려 정소교를 바라보았다.

그녀가 조금도 당황한 기색 없이, 단아한 목소리로 입술을 열었다.

"제가 상황의 다급함에 생각이 짧았군요. 이렇게 하겠습니다. 금약당의 정황을 살펴보는 데에만도 두 배, 싸움이 벌어지는 곳에 힘을 보태주는 것만으로도 세 배를 드리지요. 본가 가

주의 안전을 확보해 주시면 다섯 배가 아닌 열 배를 드리겠어
요."

그녀의 목소리엔 품격과 위엄이 있었다.

낭인의 설득력 따위 한 순간에 잊게 만들 정도였다. 비단충이
만족스럽게 웃으며 말했다.

"열 배라… 대상가는 뭔가 달라도 다르군. 이 잡충이 화끈하
게 목숨 한번 걸어보리다."

그는 지체없이 몸을 돌렸다. 방금 봉했던 빗장을 거칠게 열어
젖히고 동문을 활짝 열었다. 서로 눈치를 보던 낭인들 중 여섯
명이 비단충을 따라 은월당 바깥으로 몸을 날렸다. 털보 낭인도
그중 하나였다.

"저도 보내주십시오."

"저도 가겠습니다."

"이 함모도 가게 해주십시오."

금륜대원 세 명이 그녀에게 말했다. 돌아보니, 셋 모두 오래
전 금륜대로 통폐합된 가주직속 호위대 비각십이대 출신이다.
그녀가 대답했다.

"믿겠습니다. 부디 그분을 안전하게 모시도록 하세요."

그녀의 목소리엔 한 치의 망설임도 없었다.

생각 같아서는 금륜대 전원이라도 보내고 싶은 것이 그녀의
심정이었기 때문이다.

세 사람이 깊이 고개를 숙여 예를 표하고 재빨리 땅을 박찼
다.

그들의 뒷모습을 보며, 같이 못 가는 스스로를 원망했다. 그

녀에게 그들의 절반, 아니 십분지 일의 무공만 있었어도 직접 금약당으로 뛰어갔을 것이다.

하지만 그녀는 갈 수 없었다. 그녀가 안전하게 살아남는 것이야말로 진정 가주를 위한 일이기 때문이었다. 금상주 강건청은 정이 많은 남자였다. 그가 없는 그녀의 삶을 상상할 수 없듯, 그녀 없는 그의 삶도 상상할 수 없었다.

'제발. 아무 일 없기를……!'

불가능한 바람이란 사실도 잘 알고 있었다. 금약당 동쪽에서는 꽝꽝거리는 폭음이 지금 이 순간에도 아련하게 들려오는 중이었다.

"여협께서는 방명이 어떻게 되는지요?"

문득, 도요화에 시선이 닿은 그녀가 나직한 목소리로 물었다.

"도요화라 합니다."

"아, 도고악당의……?"

도요화의 아미가 위로 올라갔다. 정소교와는 생면부지의 그녀다. 이름만 듣고 그녀의 출신내력을 아는 것이 놀라울 만도 했다.

"딸아이가 이야기를 많이 했었어요. 진정 특별한 공부를 쌓으셨네요."

"아닙니다. 무공이라면 소상주가 대단했지요."

"딸아이도 제법 단단하게 크긴 했지만, 도 여협과 같은 재주는 없어요. 그 아이도 금약당 쪽에 있을 텐데, 아무래도 괜찮을지 걱정이 되어요. 그래서 말인데, 도 여협께서도 금약당으로 좀 가주실 수 있으실까요?"

정소교는 태연해 보였지만, 가족에 대한 마음까지 숨기지는 못했다.

도요화가 고개를 흔들며 대답했다.

"저는 가지 않습니다. 여기가 제가 있을 곳이에요."

"그래도, 도 여협이 가면 제 마음이 조금 더 편해질 것 같아서 그래요. 저들만으로 금약당까지 무사히 갈 수 있을지도 의문이고요. 제 욕심에 사지(死地)로 사람들을 몰아넣은 것이 아닌가 싶네요."

그것도 틀린 말은 아니었다. 금약당까지 어떤 적이 얼마나 있을지 알 수 없다. 도요화가 단호한 목소리로 말했다.

"그것이 바로 제가 여기에 있어야만 하는 이유입니다. 지금 이 금상은 그 어디도 안전하지 못해요. 이곳도 예외는 아니랍니다."

"도 여협⋯⋯."

그렇게나 침착하던 정소교에게도 한계라는 것이 있었던 모양이었다. 도요화는 그녀의 눈동자 깊은 곳에 자리한 떨림을 볼 수 있었다.

도요화가 뭐라고 위로라도 하기 위해 입술을 열려고 할 때였다. 무너지기 직전의 정소교를 보고 있던 도요화의 눈에 난데없는 무언가가 비쳐 들었다.

지금 상황과 너무도 어울리지 않는 그것.

그것은 하얀색 꽃잎이었다.

정소교와 그녀 사이로 꽃잎 하나가 하늘하늘 흔들리며 떨어지고 있었다.

'꽃……?'

처음엔 바람에 뭉쳐진 잿가루가 떨어지나 했다. 색 바랜 나뭇잎일 수도 있었다. 하지만 은월당 주위엔 불타는 전각이 없었다. 키 큰 나무도 꽃을 피운 꽃나무도 없었다.

'또……!'

눈의 착각인 줄 알았더니, 꽃잎이 또 하나 떨어지는 것을 볼 수 있었다. 분명히 꽃잎이다. 향긋한 향기까지 코끝을 스쳤다.

"웬 꽃잎들이……?"

도요화만 본 것이 아니었다. 정소교가 고개를 들었다. 하나 둘, 떨어지는 꽃잎은 이내 쏟아지는 꽃비가 되었다. 마지 흩날리는 눈송이처럼, 화사하게 떨어져 내리기 시작한다.

"이것이 무슨 조화죠?"

정소교가 도요화를 보며 물었다. 금륜대원들도, 몇 안 남은 낭인들 사이에도 소요가 일었다. 물론 도요화는 대답하지 못했다. 탁 트인 은월당에 꽃비가 내리고 있다. 그녀가 아니라 그 누구라도 설명할 수 없는 기사(奇事)였다. 기이한 일이면서 또한 묘하게 아름답고 환상적인 광경이었다.

도요화가 손을 들어 꽃잎을 잡아보았다. 하지만 꽃잎은 그녀의 손에 잡히지 않았다. 그녀가 눈을 내려 바닥을 보았다. 은월당 백석 바닥에 하얀 꽃잎이 융단처럼 깔리고 있었다. 그녀가 발을 옮겨 소복히 쌓이고 있는 꽃잎을 밟아보았다. 꽃잎은 뭉개지지도, 사라지지도 않았다. 은은한 꽃향기만 피어올리고 있었다.

"모두 병장기를 드세요."

도요화가 나직히, 긴장감 서린 목소리로 말했다.

설명할 수 없는 무엇.

지금 여기에 있어서는 안 되는 광경.

그것이 의미하는 바는 다른 것이 아니었다.

신마맹, 적의 출현이다. 그것 외엔 없었다.

하지만, 금륜대원들과 낭인들은 아름다운 꽃비에 취하기라도
한 듯, 그녀의 목소리에 반응하지 못했다. 도요화의 두 눈에 보
랏빛 광망이 스쳤다. 저절로 발현되는 음마요신의 능력이었다.
그녀가 한 손으로 전고를 펑! 하고 때리며 소리쳤다.

"적습입니다! 모두 준비하세요!"

그녀의 목소리가 북소리와 함께, 쩌렁, 하고 은월당 앞을 뒤
흔들었다.

금륜대원들과 낭인들이 퍼뜩 정신을 차리며, 각자의 병장기
를 꺼내 들었다.

"도 여협……."

"뒤로 가 계세요. 위험합니다."

도요화의 목소리는 다급했다.

그녀는 본능적으로 알았다. 감당 못할 무언가가 오고 있다는
것을.

그것은 무인의 본능이 아닌 음마요신의 본능이었다.

온몸에 내력을 끌어올리고, 북채를 꺼내 들었다. 그런 그녀의
모습에, 금륜대원들과 낭인들도 표정을 굳히며 병장기를 고쳐
잡았다. 그녀가 보여주었던 능력으로 비추어 볼 때, 그녀의 반
응은 모두를 긴장시키기에 충분하고도 남을 정도였던 것이다.

'동쪽? 아니, 남쪽이야.'

은월당의 구조는 단순했다.

자그마한 사당처럼 지어진 은월당 앞으로 쌍월의 청동 조각이 버텨 섰고, 금륜대원들과 낭인들은 그 청동 조각 앞에 정소교를 에워싼 방진을 형성하고 있었다.

서쪽 외문은 강씨금상 바깥으로 통하는 길과 이어졌고, 동쪽 외문이 곧 금약당 쪽으로 가는 길이다. 북쪽 꼭대기가 은월당 본당으로, 맞은편에 가장 큰 문이 남문이었다.

사위를 살피던 도요화가 남쪽 외문으로 시선을 고정했다.

꽃비는 멈추지 않았다.

살랑거리면서 춤추듯 쏟아지는 것이, 참으로 인세의 풍경 같지 않았다. 넓게 퍼져 흩날리던 꽃비가 어느 순간 한 줄로 짙어지더니, 땅위로 남문 쪽을 향한 하얀 꽃길을 냈다.

실로 기이한 일이었다. 꽃길이 다 만들어지자, 드문드문 꽃비가 잦아들었다.

남문의 빗장이 저절로 벗겨지고 육중한 나무문이 스르르 열렸다.

문 사이로 한 남자가 나타났다. 모습을 드러낸 순간부터 그 누구도 그에게서 시선을 뗄 수 없었다.

수려함이 하늘에 이른 미남자였다. 눈빛은 그윽하고 피부는 투명하다. 오똑한 코, 잘 뻗은 검미, 붉은 입술이 완전하게 조화를 이루었다. 상상 속에서나 있을 법한 미청년의 얼굴을 지니고 있었다.

복장이 먼저 눈에 들어오지 않았던 것도, 압도적인 미모(美

貌) 때문이다. 남자에게 미모라는 표현을 쓰기가 어울리지 않을 수 있겠지만, 달리 가져다 쓸 말도 마땅치 않을 정도다.

복식은 누구보다 특이했다.

이상하게 입어서가 아니다. 미남자의 외모에 완벽하도록 어울린다. 하지만, 대명 제국의 백성은 이런 복장을 갖추어선 안 된다. 그 자체로 역모(逆謀)라 불리기에 부족함이 없는 까닭이다.

머리부터 문제다. 머리 위엔 백옥장식 주렁주렁 매달린 옥관을 썼다. 이른바, 왕관과 같은 모양이다. 온몸에는 부드럽게 흔들리는 황금색 용포를 휘감았다. 애초에 황족이 아니고는 입을 수 없는 옷이었다. 오른손에는 비취 홀(笏)을 들었는데, 그 자태가 그야말로 신선 나라의 젊은 왕이 따로 없다.

드문드문 꽃비를 맞으며 하얀 꽃길 위를 여유롭게 걸어온다.

문무백관 모두가 고개를 조아리고, 화사한 궁녀들과 근엄한 호위들이 수십 명 따라붙어야 할 것 같은 모습이었다. 용감한 금륜대원들도 사나운 낭인무사들도 감히 누구냐 묻지 못했다. 그만큼의 위엄도 있었다. 누구도 대동하지 않고서 홀로 나타난 그가 천천히 입술을 열었다.

"재미있는 기운이 느껴져서 와봤더니. 업(業) 있는 자들만 하나 가득이로구나."

맑고 청량하여 마음까지 편안하게 만들어주는 목소리였다.

깊고 부드러운 눈빛이 한 사람에게 머물렀다.

그 사람은 정소교가 아니었다. 다름 아닌 도요화다.

그가 일행들 앞에 멈춰 섰다. 꽤 먼 거리였다. 그는 도요화에게서 시선을 떼지 않았다.

그가 엷은 미소를 지었다.

미소만으로 온 세상이 밝아지는 느낌이었다.

"방해를 받아서야 곤란하지."

그가 신하들을 앞에 둔 왕과 같은 자태로 좌중을 한번 둘러보았다.

그가 명했다.

"죽어라."

단순한 한마디였다.

그저 짧은 '언어'를 발했을 뿐이다. 하지만 그가 발한 언어는 거역할 수 없는 절대의 명령과도 같았다.

털썩. 털썩. 꾸웅.

낭인들과 금륜대원들이 하나둘씩 그대로 쓰러지기 시작했다.

도합 스무 명.

부상을 입었던 이들, 멀쩡했던 이들. 명령은 모두에게 동등했다. 방진을 짰던 이들이 앞에서부터 차례대로 줄 끊어진 인형마냥 땅 위로 고꾸라졌다.

쓰러진 자들은 다시 일어나지 못했다. 그들의 표정은 평온했다. 갑작스런 죽음에 의한 절망도, 숨이 끊어지는 고통도 없어 보였다. 말하는 대로 이루어지는 언령(言令)의 조화였다. 명령을 들은 자, 실제로 죽음을 맞이한 것이다.

예외도 있었다.

도요화, 정소교, 그리고 금륜대원 두 명이었다.

네 사람만 남았다. 모두가 땅에 누운 가운데, 서 있을 수 있었던 것은 그 네 사람뿐이었다. 정소교와 금륜대원 두 사람의 얼굴엔 경악만이, 도요화의 두 눈에는 보랏빛 광망만 가득했다.

죽음의 명을 내린 그가, 아름답지만 절대 아름답게 볼 수 없는 미소를 지으며 말했다.

"음마(音魔)의 힘이라… 역시나 저항하는군."

그의 시선은 여전히 도요화에게 머물러 있었다.

도요화가 울컥, 입에서 핏물을 토해냈다.

그녀는 막대한 충격을 입은 것 같았다. 그녀가 부르르 떨리는 손으로 북채를 들어 올렸다.

그가 다시 명했다.

"멈추어라."

그녀의 몸이 철퇴에라도 맞은 듯, 크게 흔들렸다. 북채는 들어 올린 채로 내려치지 못했다. 북채만 내려치지 못한 것이 아니라 온몸이 굳어져 버렸다. 북을 든 선녀상(仙女像)이라도 되어 버린 것 같았다.

멈춰 버린 것은 그녀뿐이 아니었다.

뒤에 있던 금륜대원 두 사람도 덜컥 그 자리에서 움직이지 못했다.

첫 죽음의 명령에서 살아남은 이유는 알 수 없었다. 두 사람은 아직도 앳된 소년의 얼굴을 간직한 젊은 녀석과, 내상이 심하여 거동하는 것만으로도 한계에 가까웠던 사십 후반의 고참이었다. 어찌 된 영문인지 죽음의 명은 피할 수 있었지만, 멈추라는 명령에는 저항하지 못했다. 쓰러진 자들을 살피려 했던 그들은 몸을 숙인 자세 그대로 굳어진 채, 더 이상 미동조차 할 수 없었다.

믿을 수 없는 일을 아무렇지 않게 현실로 만들어 놓은 그가, 천천히 걸음을 옮겨 도요화의 바로 앞에 섰다.

도요화는 이를 악물고 있었다. 입가로 선혈이 흘러내려 곱게 입은 비단 앞섶을 적셨다.

그가 손을 들어 도요화의 턱을 받쳐 들었다.

그는 육칠 척 장신의 큰 키를 지니진 않았지만 도요화보다는 분명히 더 컸다. 그가 보랏빛 광망이 서린 두 눈을 직시하며 고운 입술을 뗐다.

"과연, 건달바의 이름에 합당한 권능이다. 거부하지 말거라. 천신의 힘을 받아들여야 할 운명을 타고났으니."

도요화의 아미가 파르르 떨렸다. 두 눈에 혼란이 깃들었다. 보랏빛 광망이 눈동자와 함께 주체 못할 흔들림을 보였다.

그가 이번에는 정소교 쪽을 돌아보았다.

"평생토록 선행을 쌓았고, 악덕을 멀리하였으며, 공력조차 미미하다. 안타까울 뿐이다. 직접 손을 써야 한다는 것이. 오늘의 악업은 이미 넘치도록 쌓았건만……."

그가 미소를 거두고 슬픈 표정을 지었다. 그러자 세상이 다 어두워지는 것 같았다.

그가 정소교를 향해 왼손을 들어 올렸다가, 이내 표정을 풀고 손을 거두었다. 그가 다시금 미소를 지었다. 세상 어두움도 함께 씻겨 나가는 듯했다.

"다행이다. 때마침 오는군."

동문 쪽이었다.

타다다다닥! 땅을 밟는 소리와 함께, 백색의 털을 지닌 거대한 짐승이 빠르게 장내로 달려 들어왔다. 그 짐승은 개의 생김새를 지니고 있었다. 하나, 그 크기가 산더미와 같아 일견 개로는 도저히 볼 수 없을 정도였다.

거대한 개, 신견(神犬) 효천(曉天)의 등에서 무장 하나가 내려와 땅 위에 섰다.

"쿨럭!"

신견의 투구 밑으로 삼안의 가면을 썼다. 다름 아닌 이랑진군이었다. 가면 밑으로는 거품 섞인 핏물이 멈추지 않고 흘러내리는 중이었다.

이랑진군이 발을 옮겼다. 그는 제대로 걷지 못했다. 그 와중에 용케 챙겨온 삼첨양인도의 무게조차 감당하기 힘들어 보였다. 비틀비틀 다가온 이랑진군이 금룡포 백옥관의 미청년 앞에 이르렀다. 그가 그 자리에 한쪽 무릎을 꿇고 고개를 깊이 숙이며 말했다.

"소신 이랑이 상제를 뵈옵니다."

상제라 했다.

신마맹 이랑진군이 고개를 숙이고 상제라 부른다면, 그 신분은 달리 있을 수 없다.

신마맹.

요마련주 염라대왕, 맞은편의 천신회주 옥황상제.

그 이름 상제 옥황이 그의 정체였다.

제 주인처럼 효천견도 머리를 숙인 채, 꼼짝을 못하고 있었다.

"그대는 이만 일어나서, 해야 할 일을 하라."

옥황이 이랑진군에게 명했다.

"존명!"

상제령을 들은 이랑진군이 벌떡 일어나 삼첨양인도를 바로잡았다. 언제 그렇게 비틀거렸냐는 듯, 자세가 곧고 기운이 굳세졌다.

저벅저벅.

이랑진군이 도요화 쪽을 향해 걸음을 옮겼다. 그녀는 아직도 북채를 든 모습 그대로 굳어진 채였다. 이랑진군이 걸음을 멈추고 그녀를 보았다. 이글거리는 보랏빛 광망을 본 그가 의아하다는 목소리로 입을 열었다.

"음마요신?!"

"그녀를 해하지 말라. 데려가 음신(音神) 건달바에 봉하리라."

"상제의 명을 받듭니다."

이랑진군이 도요화를 지나쳐 나란히 누운 시체들 사이로 발을 옮겼다. 몸을 숙인 채 멈춰 버린 두 금륜대원 앞에서, 이랑진군은 망설임없이 삼첨양인도를 휘둘렀다.

퍼억! 푸화악!

두 사람의 몸에서 더운 피가 뿌려졌다. 석상처럼 굳어졌던 금륜대원들의 몸이 땅 위로 무너졌다.

남은 것은 정소교뿐이었다.

이랑진군이 그녀 앞에 섰다.

정소교가 한 발 물러났다. 그녀는 말 한마디로 모든 것을 부리는 옥황의 권능에도 큰 영향을 받지 않는 것 같았다. 그녀가 이랑진군을 보며 물었다.

"진명 대공자가 이 지경이 되어 여기로 왔다는 것은, 그분이 무사하다는 뜻이겠지요?"

그녀의 안목은 확실히 대단한 데가 있었다.

단숨에 알아볼 수 있었던 것은 아마도, 이랑진군 가면의 힘이 미약해질 대로 미약해져 있었기 때문일 것이다. 하지만 그만큼 쇠한 기력의 이랑진군일지라도 정소교 한 명의 목숨을 빼앗기엔 부족하지 않았다.

이랑진군이 삼첨양인도를 들어 올려 그녀의 목덜미를 겨누었다.

"나를 알아본 것은 놀랍소만, 부인의 짐작은 틀렸소. 상주는 무사하지 못하외다."

정소교의 얼굴이 하얗게 질렸다.

그토록 굳건히 지켜왔던 침착함이 기어코 무너지는 순간이다.

이랑진군의 삼첨양인도가 움직이기 시작했다.

세 가닥 흉험한 칼날이, 정소교의 목덜미에 이르렀다.

바로 그 순간!

퍼엉! 꽈앙!

이랑진군은 폭음을 들었다. 일발의 강력한 북소리와 함께 자신의 몸이 덜컥 튕겨져 나가는 것을 느껴야 했다.

터엉!

북소리가 이어졌다. 이랑진군의 몸이 한 번 더 뒤로 튕겨나갔다. 그가 삼첨양인도 철봉을 땅에 박고, 고개를 들었다.

도요화였다.

정소교의 위기 앞에 스스로 옥황의 금제를 풀고 타고공진격을 펼쳐 낸 것이다.

그녀가 옷깃을 휘날리며 몸을 돌리고 호쾌하게 북채를 휘두른다. 다음 일격을 내려치기 직전이었다.

"그만!!"

은월당을 쩌렁 울린 목소리는, 옥황의 그것이었다.

관옥 같은 미청년의 얼굴로, 위엄서린 고함성을 내지른 것이다.

도요화의 몸이 덜컥 멈추고, 이랑진군의 몸이 굳어졌다. 흩날리던 꽃비까지 하늘에서 멈춰 버렸다.

"상제령을 제 의지로 벗어나다니. 음마의 힘을 홀로 이만큼 각성할 수가 있단 말인가?"

옥황의 얼굴엔 순수한 놀라움이 깃들어 있었다.

도요화는 북채 끝은 지금도 흔들리는 중이었다. 금방이라도 다시 움직일 수 있을 것 같은 모양새였다.

"잠들라, 음마여."

옥황이 도요화에게로 다가가 왼손을 휘둘렀다. 점혈인지, 술법인지, 알 수 없는 무언가가 그의 손에서 펼쳐졌다. 힘을 다해 버티던 도요화의 보랏빛 눈동자가 급속도로 흐려졌다. 그녀의 몸이 털썩 무너져 내렸다. 옥황의 한 수에 의식을 잃어버린 것이다.

"진군은 천신의 업을 행하라."

옥황이 덧붙여 말했다.

창봉을 땅에 박은 채 이랑진군이 다시금 삼첨양인도를 들어 올렸다. 그가 정소교에게로 다가가다가 비틀비틀, 휘청이더니 한 움큼의 핏물을 왈칵 토해냈다. 토혈은 한 번으로 그치지 않았다. 격한 각혈(咯血)은 한참 이어졌다. 그 서슬에 가면과 투구까지 땅바닥에 떨어졌을 정도였다.

그런 그를 보는 옥황의 얼굴엔 아무런 표정이 없었다. 표정에 따라 세상의 색까지 변화시키는 듯하더니, 이제는 모든 것을 달관한 초월자의 얼굴이 저럴까 싶었다.

마침내, 이랑진군이 각혈을 멈추고, 몸을 세웠다. 낑낑거리는 기이한 짐승 소리가 들려왔다. 제 주인의 명운을 느낀 효천견이 내는 소리였다. 이랑진군, 아니 맨얼굴을 드러낸 이진명의 안색은 백짓장처럼 하얗게 변해 있었다. 그가 핏발이 선 눈으로 정소교를 바라보며 침중한 목소리로 입을 열었다.

"그간에 보여준 호의는 고마웠소이다. 하나 천신의 도리를 위해서는 인신의 정리(情理)를 버려야 할 때가 있소. 상주는 물론, 소상주도 죽음을 면치 못할 터요. 저승에서라도 가족의 연을 함께하시오."

삼첨양인도를 질질 끌고 걸어가 정소교 앞에 이른다.

옥황이 그 광경을 보지 않겠다는 듯, 몸을 돌렸다.

삼첨양인도가 휘둘러졌다.

그 흉악한 칼날을 막아줄 수 있는 것은 더 이상 아무것도 없었다.

연약하지만 단단했으며, 부드럽지만 강인했고, 현명한 처이자 든든한 어머니였던 금련부인 정소교, 그녀의 몸이 땅바닥에 쓰러졌다. 세 줄기 칼날이 파헤쳐 놓은 상처에선 더운 피가 끊임없이 흘러내려 은월당 백석 바닥을 붉게 물들이고 있었다.

털썩.

이랑진군의 한쪽 무릎이 툭하고 꺾였다.

삼첨양인도로 쓰러지는 몸을 버텨보려 했지만, 그의 오른손엔 삼첨양인도의 무게부터 감당할 힘이 없었다.

챙강. 터억.

삼첨양인도가 땅으로 넘어지고 남은 무릎 하나가 더 꺾였다. 두 무릎이 꿇어지고, 두 손이 땅에 떨어졌다. 울컥 하고, 입에서는 피거품이 쏟아져 내렸다. 당장 숨이 끊어져도 이상하지 않다. 아니, 죽음의 문턱을 이미 거의 다 넘은 상태였다.

옥황이 눈살을 찌푸리며 그의 옆에 섰다. 고개를 내린 그의 눈에 정소교의 얼굴이 먼저 들어왔다. 정소교는 아직 숨이 붙어있었다. 그러나 그녀도 곧 죽는다. 내뱉는 숨소리가 지극히 빠르고 짧았다.

옥황이 이진명의 어깨 위에 손을 올렸다. 이진명이 고개를 들었다. 그가 힘없는 목소리로 말했다.

"상제시여, 이러지 마십시오."

"나는 진군을 잃을 수 없다."

"아니 됩니다. 그동안 쌓은 것을 무너뜨릴 수는 없습니다."

옥황의 두 눈에 갈등이 스쳤다.

이랑진군은 업에 합당한 죽음을 맞이하고 있었다. 이것을 되돌리는 것은 역천이다. 하늘이 준 업보를 거스르는 일이었다.

"무너진 것은 다시 쌓으면 그만이다."

옥황의 망설임은 오래가지 않았다.

어깨 위에 올린 옥황의 손에서 밝고 따뜻한 빛이 솟아났다.

그때였다.

"멈추시오!!"

한 줄기 낭랑한 목소리가 은월당 위를 가르고 옥황의 손을 제지했다.

옥황의 손에 머물렀던 빛이 사그라들었다.

나타난 자가 누구이든, 옥황의 권속은 아니었다. 옥황은 천신회의 수좌가 되기에 충분한 무력을 지녔지만, '죽음에 이른 자를 살리는 권능'과 '적과의 전투'를 동시에 행할 능력까지는 갖추지 못했다.

옥황이 동문으로 시선을 돌렸다.

백의를 입은 자, 전신에는 하늘로 승천하는 천룡을 새겼다.

유광명, 그가 들어오고 있었다.

옥황은 입을 열었다.

"젊은 천룡상회주인가. 듣던 대로 두려움이 없군. 호위 하나 없이 내 앞에 직접 나타나다니."

그는 곧바로 유광명을 알아보았다.

하얀 꽃잎은 아직도 드문드문 흩날리고 있었다.

유광명이 천천히 걸어와 옥황 앞에 섰다.

효천견이 당장에라도 물어뜯을 듯 으르렁거리며 하얀 털을 곤두세웠지만, 어찌 된 일인지 유광명에게 달려들지는 못했다.

주인인 이랑진군도 움직이지 못했다. 삼첨양인도를 들고 일어나려 했으나, 그에게는 몸을 세울 힘도, 무거운 삼첨양인도를 들어 올릴 힘마저도 남아 있지 않았다.

유광명은 효천견과 이랑진군에게 시선조차 주지 않았다.

유광명의 눈이 옥황을 건너 쓰러진 정소교에 이르렀다. 별빛 같은 두 눈이 침중함으로 물들었다.

"금련부인은 둘도 없는 선자(善者)요. 저런 분을 죽이는 것은 크나큰 악업 아니오?"

그가 옥황의 눈을 직시하며 말했다.

가면을 쓰지 않은 옥황의 두 눈이 유광명의 말에 이채를 띄었다.

"보이는 대로일세. 죽인 것은 내가 아니야."

"직접 손을 쓰지 않아도 업이 쌓이는 것은 막을 수 없소. 이런 식이라면 당신은 영원히 염라를 따라잡지 못할 것이오."

옥황의 그윽한 눈에 살기가 더해졌다. 영수인 효천견이 가장 먼저 반응하여 꼬리를 내리고 뒷걸음질을 쳤다. 그가 살기를 품자, 온 세상이 핏빛으로 물드는 것 같았다.

"젊은 회주는 예상 외로 많은 것을 알고 있는 모양이로군."

"혼자 와도 될 만큼은 알고 있소."

"얼마나 아는지는 모르겠다만, 스스로를 과신하는 것 아닌가?"

옥황이 살기 어린 눈빛으로 미소를 지었다.

이 미소는 실로 무섭다. 선인과 악귀를 자유자재로 오가는 얼굴이었다.

유광명은 그런 옥황을 보고도 흔들림이 없었다.

"당신은 지금 당장에라도 나를 죽일 수 있을 거요. 그럴 만한 충분한 능력이 있소."

"한데?"

"나는 죽지 않소. 당신은 나를 죽이지 않을 것이오."

유광명의 목소리는 담담했다.

필요 이상의 확신이나, 주제넘은 만용 따위 조금도 내비치지 않았다. 있는 그대로의 사실만을 말하는 느낌이었다.

옥황이 손을 올렸다. 그의 손은 유광명의 심장 어림을 향하고 있었다.

"이유나 들어보지."

삶과 죽음이 갈리는 순간이었을 것이다. 옥황이 진정 그 순간 죽일 마음을 먹었으면, 유광명은 말 한마디 더 못 해보고 죽었을지 모른다. 그걸 충분히 알고 있는 유광명이었겠지만, 그는 안도의 한숨 따위 내쉬지 않았다. 애초부터 죽음 자체를 두려워하지 않는 듯했다. 생사를 초월한 달관자의 면모마저 엿보이고 있었다.

"옥황상제는 예로부터 생로병사를 주관하는 신이라 했소. 나는 당신이 이미 죽음에 이른 이자나 정 부인을 되살릴 수 있음을 알고 있소. 하지만 당신은 내키는 대로 모든 것을 하지 못하오. 하늘 아래 모든 것은 업(業)에 의해 움직이는 법, 당신은 공과격(功過格)을 지켜야 하는 이로서 천도를 함부로 어길 수 없는 존재이니 말이오."

옥황은 유광명의 말을 굳이 부인하지 않았다.

"그저, 놀라울 따름이군."

한마디로 긍정이다. 옥황은 그렇게 유광명의 말이 옳음을 확인시켜 주기까지 했다.

"그래서, 내가 자네를 죽이지 못할 거라 확신하는 이유가 무엇이지?"

"당신이 지금 날 죽이면, 그것은 나 한 사람만을 죽이는 것이 아니오."

"자네 하나가 아니다?"

"일만팔천."

"일만팔천?"

"당신이 죽이게 될 목숨의 숫자요."

옥황의 고운 검미가 위로 치켜 올라갔다. 살기 어린 미소가 더 짙어졌다.

"지금 자네를 죽이면, 일만팔천 명이 죽게 된다, 이 말인가?"

"그렇소."

"하하하하하."

옥황이 낭랑한 목소리로 웃었다.

하늘에서 산들산들 쏟아지는 꽃잎들도 함께 춤을 추었다.

"하늘의 이치와 인간의 업보란 그물처럼 얽히고 얽혀, 사람의 머리로는 간단하게 측량할 수 없게 마련이다. 내가 자네를 죽이는 것이 일만팔천 명의 목숨을 빼앗는 것과 직결된다고 그 누가 확신할 수 있겠는가. 황궁의 황제와 저잣거리 점소이는 본질적으로 똑같이 한 명의 사람이며, 그들의 목숨값도 한 명 분에 다르지 아니하다. 내가 자네를 죽였기에, 자네의 혈육이 태어나지 못하고, 자네의 혈육의 후손들이 태어나지 못하여 수백 명을 미리 죽인 거와 같다고 말한다면, 나는 자네 말대로 일만 팔천에 더하여 자네 후손들의 죽음까지 한꺼번에 악업으로 짊어져야 한다는 말인가? 하늘이 인도하는 인과의 법도를 범부의 어리석음으로 단정 짓지 말라."

유광명의 가슴을 향한 옥황의 손에 황금빛 빛무리가 일었다.

유광명이 고개를 저으며 등 뒤로 손을 돌렸다. 백룡포 자락으로 가려진 허리 뒤쪽엔 묵직한 행낭 하나가 매달려 있었다.

그가 그 안에서 무언가를 꺼내 들었다.

그 물건을 본 옥황이 미간을 좁히며 탄성 어린 한마디를 꺼내 놓았다.

"천공로?!"

"그렇소. 육백 년 전에 만들어진 진품이오."

"일만팔천 명의 목숨이라 함은……!"

그것은 하나의 청동향로였다. 크기는 사람 주먹 두 개를 합친 정도로, 도가(道家)적인 구름 무늬와 꽃무늬가 완벽한 조화로 새겨져 있었다,

유광명이 처음처럼 담담한 어조로 말을 이었다.

"나는 당신의 말처럼 범부에 불과하여 하늘의 이치를 읽을 수가 없소. 하지만 당신은 다르지. 당신에겐 하늘의 뜻을 거스르고 천기를 누설할 수 있는 예지력이 있소. 그 예지력으로 내다보시오. 당신이 지금 나를 죽였을 때, 당신이 짊어져야 할 일만팔천의 명업(命業)이 어느 정도인지 말이오."

옥황은 더 이상 웃지 않았다.

그에게는 옥황상제란 어마어마한 이름만큼의 무한한 권능이 있었지만, 인간의 몸으로 하늘의 힘을 누리는 것에 따른 강력한 제약 또한 함께 지니고 있었다.

손에 머물렀던 황금빛 광영이 이번에는 옥황의 눈에서 솟아났다.

유광명은 기다렸다.

진정한 승부처는 사실 이 순간이다. 옥황이 보는 미래가 어떠한지, 그의 예지력이 어느 정도인지는 유광명조차도 알지 못한다.

옥황의 눈에서 황금빛 광채가 사라지기까지는 오랜 시간이 걸리지 않았다.

옥황이 천천히 입을 열었다.

"여기까지 불러온 것도 그렇고. 자네는 나와의 독대를 위해, 준비를 참으로 많이 했군."

"차기 신마맹주 아니오? 준비를 소홀히 할 수는 없지 않겠소."

차기 신마맹주라는 말에 옥황의 눈에서 황금빛 광채와는 다른, 번뜩이는 빛이 스쳤다. 황금빛이 신(神)의 영역에서 발현된 빛이라면, 이 눈빛은 인간의 영역에서 솟구친 빛이라 할 것이다.

"자네는 안심하지 말게. 자네의 심계를 보아하니, 일만팔천이든, 육만이든, 어떤 악업을 쌓아서라도 지금 당장 싹을 잘라야 하는 게 아닌가 싶으니 말일세."

"당장 나를 죽이는 것보다는 좋은 방법이 있으리라 믿소."

"말해보게."

"일만팔천의 살업이란 당신에게도 부담일 것이오. 그렇다면 일만팔천을 살리는 것은 어떻소?"

옥황의 관옥 같은 얼굴이 순간적으로 굳어졌다.

의외의 제안이었기 때문이었다.

"천공로를 꺼내 놓은 것은 그래서였나?"

"이 물건은 본디 상제의 힘을 기반으로 한 신물(神物)이오. 본래의 힘을 되돌리는 것도 당신 외엔 불가능하오."

"하하, 하하하하하!"

옥황이 웃었다.

즐겁게 울리는 웃음소리는 마치, 옛날이야기 속의 전설적인 황제가 대궐을 울리며 웃는 듯한 아련함을 주었다.

"이제 보니, 자네는 정체를 숨긴 협객이 아니라 지극히 과감한 장사치였을 뿐이로군! 희대의 효웅(梟雄)이나 간웅(奸雄)이라 불리는 자도 이런 거래는 하지 않을 것이야."

"당신에겐 분명 득이 되는 거래요."

"일만팔천을 살린다는 것은 크나큰 정업(淨業)을 쌓는 일, 하나, 그것이 무엇을 뜻하는 것인지는 알고 있겠지?"

"물론 알고 있소."

"선업과 악업은 상쇄가 가능하네. 자네는 나에게 일만팔천의 생명을 살릴 공을 줌으로서, 역으로 일만팔천의 목숨을 빼앗을 수 있는 악업을 허용하게 되는 것일세. 묻겠네. 자네는 앞으로 벌어질 일을 감당할 수 있겠나?

"거래, 받아들이겠소?"

유광명은 반문으로 대답했다. 상대에게 대량살상의 권한을 주는 셈인데도, 유광명은 흔들림이 없었다. 옥황이 미소를 지었다. 잔잔한 미소였다.

"천공로를 이리 주게."

유광명은 망설임없이 천공로를 앞으로 내밀었다. 옥황상제가 손짓하자, 천공로가 공중을 천천히 날아 옥황상제의 손 위로 넘어왔다.

옥황은 천공로의 힘을 되돌리기에 앞서, 마지막으로 이랑진군을 돌아보았다.

"진군에겐 미안하게 되었네. 진군의 죽음은 업보에 합당한 결과라. 천도를 역행하지 않고는 되돌리는 것이 불가능한 일일세. 상제력의 소모가 극심할 수밖에 없다는 이야기이네. 이 천공로를 되살리는 것도 그와 같지. 지금 내게 허락된 권능으로 진군까지 살리는 것은 어렵겠어."

이랑진군 이진명은 이미 마음 깊은 곳으로부터 죽음을 받아들인 상태였다. 그가 아무렇지 않다는 듯, 평온한 목소리로 대답했다.

"상제의 뜻대로 하옵소서."

"자네 같은 충신은 신마맹에 달리 없네. 오로지 자네뿐이야."

"과찬입니다… 상제시여……. 천신의 힘을 받아… 영광……."

이랑진군의 고개가 완전히 꺾였다.

몸은 마지막 자존심인양 무릎을 꿇은 자세 그대로 뻣뻣하게 굳어져 기울어지지 않았다.

옥황의 두 눈에 슬픔이 자리했다.

옥황이 손을 한번 휘둘렀다. 이진명이 각혈을 하며 땅에 떨어뜨렸던 이랑진군 가면이 두둥실 떠올라 옥황의 손으로 날아왔다.

가면을 품에 넣은 옥황이 이진명을 한번 내려다보고는 동쪽 하늘을 향해 몸을 돌렸다.

옥황의 입에서 알아들을 수 없는 진언이 흘러나왔다. 짧은 진언이었다.

옥황이 다시 유광명 쪽으로 몸을 돌렸다. 그가 천공로를 두 손을 잡고 또 다른 진언을 쏟아내기 시작했다. 고색창연한 청동 향로에서 광채가 솟아났다. 손 안의 시간이라도 과거로 되돌리는 양, 청동향로가 마치 지금 막 주조한 새것처럼 변해가고 있었다.

상당한 시간이 흘렀다.

천공로 전체가 붉게 달아오르는가 싶더니, 천공로 뚜껑의 여덟 향공(香孔)에서 각기 다른 색의 팔색 기운이 넘실넘실 흘러나오기 시작했다. 팔색 기운이 천공로 주위를 여덟 바퀴를 싸고돌았다. 그리고는 흘러나왔던 구멍으로 다시 숨어들었다. 광채가 줄어들고, 이내 다시 고색창연한 청동향로가 되었다. 옥황이 손에서 천공로를 놨다. 천공로가 둥실, 부드럽게 떠올라 유광명의 손에 넘겨졌다.

"천공로는 예전의 힘을 찾았네."

"일만팔천의 목숨, 분명히 넘겨받았소."

"그런가? 지금 나는 몹시 궁금해진 상태이네. 자네가 다음으로 무엇을 준비했는지 말일세."

"거래는 끝난 것 아니었소?"

"공덕이라 함은, 남에게 맡기는 자보다 직접 행하는 자에게 가장 크게 쌓이는 법이지."

옥황이 웃었다.

아까 보여주었던 살기 어린 미소였다.

"천공로의 온전한 힘이 필요할 할 정도의 일이란, 세상에 흔치 않을 거야. 그것이 무엇인지 알아보는 것도 어려운 일이 아닐 걸세. 하여, 나는 생각했네. 지금 자네를 죽이고, 자네가 행하려고 했던 일을 내가 직접 행한다면, 일만팔천의 정업도 온전히 내 것이 될 수 있을 것 같네만."

옥황의 말엔 틀린 데가 없었다.

하지만 유광명은 놀란 척조차 하지 않았다.

유광명이 태연한 어조로 물었다.

"꼭 이래야만 하겠소?"

유광명의 눈엔 그 어떤 두려움도 없었다. 도리어 옥황이 이런 식으로 나오면 유광명 자신도 어쩔 수 없다 말하는 것 같았다.

옥황이 다시 한 번 웃으며 말했다.

"내 자네를 인정하지. 내 판단이 틀렸어. 처음 보는 순간 자넬 죽였어야 했던 것을."

옥황은 다시 손을 올리지 않았다.

그도 알고, 유광명도 알았다.

말은 쉽게 했지만, 유광명은 손짓 하나로 죽일 수 있는 이가 아니었다.

유광명은 철저한 남자다.

옥황과의 만남을 위해 동원 가능한 모든 것을 동원했다.

유광명이 무공을 펼치든 못 펼치든, 옥황의 술수 몇 합 정도
는 버텨낼 무언가를 가져왔을 것이 틀림없다. 처음부터 보여줬
던 담담함은 자신감을 감추기 위한 책략이다. 급하게 손을 쓴다
한들, 유광명은 죽지 않는다. 적어도, 지금은 늦었다.

"나 역시도 준비하길 잘했군. 미리 안 불렀으면 위험했겠어."

옥황이 웃음기없는 목소리로 말했다.

그 말을 들은 유광명의 별빛 어린 눈빛이 미세한 흔들림을 보
였다. 유광명은 한 번도 옥황에게서 시선을 떼지 않았었다. 그
의 머릿속에서 옥황의 말과 표정, 그가 행한 모든 행동이 빠르
게 되살아났다.

유광명의 눈이 번쩍 빛났다.

천공로를 복구하기 직전, 옥황은 동쪽을 바라보고 진언을 외
웠다.

최후를 맞이한 이랑진군을 위해 읊은 진언이라 생각했건만,
틀렸다.

죽은 이를 위한 진언은, 보통 하늘 구천 중 현천(玄天)이라 하
는 북천이나 유천(幽天)이라 하는 서북천(西北天)을 향한다. 창
천(蒼天)인 동천으로 망자(亡者) 진언을 하는 경우는 없다.

유광명이 동쪽을 바라보았다.

유광명이 동쪽을 볼 때, 옥황은 서쪽을 보았다.

서문, 금상 바깥으로 통해 있는 문이었다.

치익, 터벅. 치익, 터벅.

서문 바깥쪽으로부터 누군가의 접근을 알리는 소리가 들려왔
다. 발소리다. 발을 질질 끌고 있는 듯, 귀찮음과 나른함마저 느
껴지는 발소리였다.

서문에는 빗장이 쳐져 있었다.

치익, 터벅.

문 뒤에서 발소리가 멎었다.

텅.

가볍게 문을 치는 소리가 들렸다.

콰과과과과과광!

문이 무너진다. 산산조각이 되어 부서져 나갔다.

그가, 마침내.

후두둑 떨어지는 파편을 가르며.

그들 앞에 모습을 드러냈다.

*   *   *

파스스스스.

격전의 여파는 쉽게 수그러들지 않았다.

번뜩이는 전격이 파편처럼 튀어 곱게 갈린 땅 위를 누비고 있
었다.

서 있는 자는 흑색 천룡의를 입은 위타천뿐.

모두가 쓰러진 가운데, 오직 한 명만 남은 그 광경이 그리도
어울려 보일 수가 없었다.

위타천이 가슴 가득 숨을 들이쉬었다.

천지간의 기(氣)를 무신의 육체로 끌어와 싸움으로 소모된 공력을 되살렸다.

그가 쓰러진 단운룡을 일별하고 몸을 돌렸다.

아까운 무인이었다.

몇 년 더 강해진다면, 아니, 이 정도 경지에 이른 무인의 성장이란 어느 순간 갑자기 일어날 수도 있는 것이니만큼, 훨씬 더 단기간에 위타천 자신조차 목숨을 걸어야 할 수준까지 올라올 수 있었을지도 모른다. 위타천은 그에게서 그만큼의 가능성을 보았다.

하지만 그것도 이제는 헛된 가정일 따름이다.

단운룡은 죽었다.

위타천은 그의 심장이 멈추었음을 확인했다.

뇌인(雷印)에 당한 자는 모든 움직임이 멈춘다. 그 움직임에는 물론 심장의 박동도 포함된다. 제대로 들어가면 그 어떤 내공력으로도 방어가 불가능한 천신기다. 적어도 그가 쓰러뜨린 상대들 중엔 예외가 없었다.

위타천이 걸음을 옮겼다.

사위를 굽어보는 그의 시선에, 생존자들의 모습이 비쳐 들었다.

격전의 역장이 미쳤던 범위는 꽤나 넓었다.

장내는 그야말로 폐허와도 같았다.

싸움의 중심지에 쓰러져 있었던 자들은 대부분 살아남지 못했다. 근근이 숨이 붙어 있었던 자들도 무한정 몰아치던 힘의 폭풍에 휩쓸려 한 줌 고혼이 되고 말았다.

결국 목숨을 부지한 자들은, 사지와 정신이 멀쩡하여 역장 바깥으로 벗어날 수 있었던 자들과, 움직일 수 있는 자들이 옮겨준 부상자들뿐이었다.

반파된 담벼락에 옹기종기 붙어 있는 생존자들의 눈에는, 절망이 떠올라 있었다. 그들 입장에서는 위타천이 사신처럼 보일 터였다.

"어서, 가주님과 아가씨만이라도……!"

가슴과 등에 피칠갑을 한 채로 담벼락에 기대앉은 도담이 힘없는 목소리로 말했다.

살려낸 것이 용하다.

강설영, 강건청, 곽경무, 도담 모두 살았다.

그러나 어렵사리 살아난 그들도 희망란 것을 잃고 말았다.

움직임이 자유로운 이들이 몇 명 되지 않았다.

누군가를 들쳐 업고 뛸 수라도 있는 이는 금류대원 두 명에, 여은이 전부였다. 굳이 한 명 더 덧붙이자면, 오기륭이 있다. 하지만, 엄밀히 말해 오기륭은 사람을 들고 뛸 수 있을 상태가 아니었다. 의족을 의족 같지 않게 쓰는 것도 공력이 온전할 때 이야기다. 어깨에도 부상을 입은지라, 장정 하나 어렵사리 질질 끌고 움직이는 것도 쉽지 않을 정도였다. 그런데도, 오기륭은 여섯 명이나 살려냈다. 그 여섯에는 심지어 흑번쾌, 백금산까지 포함되어 있었다. 전격의 폭풍이 미친 듯 몰아치는데도, 그 한가운데에서 떨어져 나갔던 의족을 주워와 발에 연결하더니, 죽지 않는 확신이라도 있는 것처럼 쩔룩쩔룩 들어가 생존자들을 비틀비틀 잘도 끌고 나왔다.

용기라기보다는 만용을 보여준 오기룡이, 도담의 말을 받아 여은에게 말했다.

"그래, 둘이라도 데려가라. 아직 늦지 않았다."

애초에 멀리 벗어날 수 있었으면 좋았을 테지만, 그들에겐 그럴 여유 따윈 주어지지 않았다. 여기까지 끌어다 놓는 것만으로도 벅찼던 그들이다. 게다가 금륜대원 둘이 처음부터 강설영과 강건청만 데리고서 도망쳤다 한들, 저 담벼락 너머 어떤 적과 또 만났을지는 모르는 일이었다.

"늦지 않았다니… 대협은 참으로 대단하오. 저자의 무위를 보시오. 쿨럭, 크윽, 도망치는 것이 가당키나 하겠나 싶소만, 쿨럭, 쿨럭!"

피가 섞인 기침으로 말을 잇지 못하는 이는 다름 아닌 강건청이었다.

위타천이 다가오고 있었다.

강건청은 상인의 직감으로 알았다. 위타천의 목표는 강건청, 그였다. 위타천의 개인적인 목적이 무엇이었든, 고수들 무공대결의 향방이 어찌 되든, 궁극적으로 이 혈사의 끝은 강씨금상의 몰락으로 마무리되어야 한다. 그것이 저들, 신마맹의 의도일 것이다. 그러기 위해서는 강건청 자신이 죽어야 했다. 위타천이 난데없는 자비심을 보여 나머지 모두를 살려준다 해도, 강건청만은 살려두지 않을 게다. 위타천의 성향이나 성정과 관계없이, 문파 차원으로 가면 그게 정론이다.

'그렇다면……'

피 가래를 한번 뱉어내고, 입술을 훑으며 앞으로 발을 옮겼다. 강건청의 의도를 눈치챈, 강설영이 창백한 얼굴로 말했다.

"안 돼요."

"이 방법밖에 없다."

강건청은 강설영의 손을 뿌리치며 한발 성큼 앞으로 내딛었다.

그는 마음이 급했다.

짧은 순간이지만, 강건청이 위타천을 보며 느낀 것은 하늘이 내린 '무인' 그 자체였다. 신마맹의 일원으로 금상의 수장을 죽이는 거야 지당한 일일 테지만, 다른 이들에게까지 무차별적으로 살수를 펼칠 만큼의 무뢰배는 아니라는 계산이었다.

하지만 그렇게 혼자 죽겠다 나서도, 무슨 일이 벌어질 지는 장담할 수 없다. 위타천이 강건청을 죽이겠다며 불덩이 하나만 내던져도 근처에 있는 모두가 몰살이다. 마음이 급한 것도, 발걸음을 빨리한 것도 그래서다. 그런 사태를 막으려면 최대한 가까이 다가가, 그 홀로 죽음을 맞이해야 했다.

그때였다.

"포기하지 마시오."

같은 말, 오늘만도 두 번째다.

억센 손이 어깨를 잡아, 그의 발길을 막았다.

마치 곽경무처럼. 물론, 다른 이임을 잘 알고 있었다.

불패신룡, 오기룡이었다. 강건청은 뒤조차 돌아보지 않은 채, 침중하고 힘있는 목소리로 말했다.

"나만 죽으면 되오."

그것은 비단 오기륭에게만 들으라고 한 말이 아니었다. 위타천을 향한 말이기도 하다.

자기 하나로 끝내자. 다른 이들은 살려 달라. 완곡히 제안을 한 셈이었다.

강건청이 위타천을 바라보았다.

표정은 읽을 수 없다. 당연한 일이다. 저들은 가면을 쓰지 않던가.

하지만, 위타천은 자신의 감정을 감추려고 하지 않는 자였다. 위타천에겐 굳이 강건청을 죽이고 싶은 마음이 없어 보였다. 무공도 제대로 펼칠 수 없는 자를 상대로 손을 쓰는 것이 탐탁지 않은 것이다. 강건청은 그 모든 것을 고스란히 느낄 수 있었다.

"부탁컨대, 나 하나로 끝내주시오."

강건청이 힘주어 말했다.

이런 말이 통할 상대가 있고, 통하지 않는 상대가 있다. 위타천은 전자일 것이다. 진짜 무인이라면, 그 정도 부탁은 들어줄 거라 생각했다. 그럴 땐 직접 부탁할 줄도 알아야 한다. 거래 성사는, 그렇게 이루어지는 법이었다.

"상주, 그게 아니오."

한데…….

목숨 건 거래를 방해하는 목소리가 있다.

또 오기륭이었다. 그는 강건청의 어깨를 잡은 손을 놓지도 않았다.

강건청이 미간을 좁히며 오기륭을 돌아보았다.

"왜 이러는 거요. 이럴 때가……."

"상주."

오기륭이 강건청의 말을 딱 잘랐다.

"상주는 우리 문주가 어떤 녀석인지 모르는군."

오기륭의 눈에 떠올라 있는 것은 도무지 근원을 알 수 없는 자신감이었다.

그것은 맹목, 또는 맹신, 아니면, 무엇으로도 깰 수 없는 강력한 신뢰, 어쩌면 셋 모두를 합친 무언가쯤이 될 것이다.

"상주는 살 거요. 언젠간 죽겠지만. 적어도 지금은 아니요."

위타천이 성큼 다가왔다.

그가 흥미롭다는 목소리로 입을 열었다.

"이해할 수 없는 말이다만."

위타천의 두 손에 진기가 모여든다. 오기륭의 말을 헛소리로 만들겠다는 듯, 그가 한마디까지 덧붙였다.

"장담하는 것처럼은 안 될 것이다."

모두 다 쓸어버릴 기세였다.

강건청이 몇 발짝 앞으로 나섰다지만, 뒤의 담벼락하고는 충분히 가깝다. 천룡강림장 일격이면 강건청에 더해 기식이 엄엄한 자들 몇 명쯤은 삽시간에 목숨을 잃고 말리라.

위타천의 손 주위로 육신을 갈아버릴 경파가 형성될 때였다.

"거기 서."

한마디 강렬한 목소리가 위타천의 발을 멈춘다.

위타천의 가면 속 두 눈에 떠오른 것은, 불신과 불가해(不可解)다.

그는 지금껏 같은 경험을 해본 적이 없다. 단연코 없었다.

그는 어떤 상대라도 분쇄해 버릴 무공을 지녔지만, 살인을 즐기는 살성(殺星)은 아니었다. 손을 휘둘러 저항 못할 자들의 목숨을 빼앗는 것보다는, 경험하지 못한 무공의 천변만화하는 조화를 해석하는 것이 먼저인 자였다.

위타천이 손을 거두고, 몸을 돌렸다.

오기룡의 말이 예언이라도 된 양, 강건청은 죽지 않았다. 무신(武神) 위타천의 성정이, 강건청의 목숨을, 오기룡과 모두의 목숨을 살린 것이다.

"분명히, 심장이 멈추었을 텐데."

위타천의 목소리엔 순수한 놀라움이 담겨 있었다.

죽음을 확인하였음에도.

"기연(奇緣)이라고 해야겠지."

단운룡이 태연히 대답하며, 천천히 몸을 일으키고 있었다.

그의 모습은 전과 달랐다.

황록색 전광이 온몸을 타고 흐른다. 땅을 짚고, 몸을 세우는 움직임 하나하나에도 수십 가닥의 황록색 섬전이 명멸하며 흘러나와 다시 몸으로 들어가고 있었다.

단운룡이 몸을 곧게 세웠다.

뇌신(雷身)이 아니다. 둘러친 전격의 성질이 달랐다. 피부색마저도 기이했다. 푸르스름한 색과 불그스름한 색이 좌우를 뒤바꾸며 역전을 거듭한다. 얼굴 좌측 반쪽이 붉어졌다가 다시 푸르게 변하면, 반대쪽 오른쪽은 푸른색에서 붉은색으로 바뀌고 있다. 거기에 황록색 전격(電擊)이 순환하는 강물처럼 가슴을 중심으로 몸 전체를 누비고 있다.

그야말로 인간의 외양이 아니다.

옛 이야기 속 귀신, 또는 마신(魔神)이 땅 속에서 땅 위로 올라온 것 같았다.

"덤벼라, 위타천."

단운룡이 손짓했다.

까딱이는 손에서 미세한 전격이 불꽃처럼 번져 나왔다.

위타천은 단운룡의 도발을 무시하지 않았다.

"얼마든지 부숴주마."

그가 두 손을 활짝 폈다. 왼손에 붉은 화인(火印)이 맹렬한 열기를 품고, 오른손에 백색의 뇌인(雷印)이 번쩍이는 뇌기를 담았다.

후욱.

화인과 뇌인보다 더 위타천을 위타천답게 만드는 것은 그가 지닌 극속의 신법이었다. 그가 단운룡과의 공간을 찰나 간에 박투 거리로 압축했다.

위타천의 화인이 단운룡의 가슴으로 뻗어나갔다.

화기(火氣)를 머금은 붉은 잔상은, 단운룡의 몸에서 명멸하는 황록색 뇌전 못지않게 화려했다. 단운룡은 위타천의 화인을 극광추로 마주 받지 않았다. 횡으로 발을 내딛고, 다음 공간을 선점하며 광검결을 전개했다. 백색과 황록색 뇌전이 어지럽게 얽혀든 검형(劍形)의 진기가 위타천의 심장으로 짓쳐 들었다.

쉬익!

광검결의 속도는 어마어마했지만, 심장을 내주기엔 위타천의 신법 경지가 너무나도 높았다. 반 바퀴 몸을 회전시켜 광검결을 흘려내고, 극속의 각법으로 단운룡의 머리를 노려왔다.

파앙!

허공을 때리는 소리는 움직임보다 늦다. 각법을 피해낸 단운룡의 속도는 위타천에 근접해 있었다. 아니 움직임 자체가 위타천의 그것과 비슷하다. 단운룡의 동작도, 위타천의 그것처럼 분절화 경향을 보이기 시작하고 있었다.

각법을 비껴내고, 다시 광검결을 사선으로 올려쳤다. 회피에서 반격까지의 간격이 없음[無]에 가깝다. 아까의 마신을 상회하는 속도다. 황록색 전격의 검날이 반월의 광영을 남기며 위타천의 어깨를 베어갔다. 모든 공격에 절대 회피가 가능했던 위타천도, 이번 일격은 피하지 못했다. 피하려고 몸을 빼는 순간, 무서운 흡인력이 그의 몸을 단운룡에게로 끌어당긴 까닭이다.

"……!!"

피하지 못하면 마주 받아야 하는 법이다.

위타천에게는 흔치 않은 위기였다. 그러나, 그에겐 어떤 위기라도 극복할 만한 무신의 재능이 함께하고 있다.

위타천이 손날을 세워 만든 우수도(右手刀)에 뇌인(雷印)의 검(劍)이 만들어졌다. 사선에서 날렵하게 공간을 찢으며 들어온 위타천의 초식운용은, 광검결의 그것과 같았다. 두 뇌전(雷電)의 검이 허공에서 맞부딪쳤다.

쩌어어엉!

검과 검, 굉음이 울려 퍼졌다. 금속성보다 더 묵직하고 강한, 동조음이다.

두 진기의 검날이 부딪쳐 서로를 튕겨내는가 싶더니, 위타천의 뇌인(雷印)이 한순간 구겨지듯 우그러들며 허공을 격하고 단운룡의 손을 향해 빨려 들어갔다.

가면 속 위타천의 두 눈이 또 한 번의 놀라움으로 물들었다.

'흡수?!'

두 사람 머릿속에 같은 두 글자가 스쳤다.

놀란 것은 두 사람 모두가 같았다. 단운룡은 특히나 두 번 놀랐다.

위타천이 단운룡의 광검결에 대응하여 꺼내 든 뇌인의 검은, 틀림없는 광검결의 복제였다. 위타천이 본래 가지고 있던 무공이 아니라는 뜻이다. 진기의 운용은 다를지라도, 핵심의 형(形)은 흠잡을 수 없을 정도로 똑같았다.

단운룡 자신이 가능하기에 알 수 있었다. 이런 자 앞에서 같은 무공을 여러 번 보여주면 안 된다. 위타천은 의심할 나위 없는 무공의 천재다. 형만 베낀 것이 아니라, 광검결처럼 방어가 어려운 무공을 맨손으로 튕겨냈을 만큼, 충분한 위력까지 구현했다.

조금만 부족했어도 손이 날아갔을 순간인데, 처음 펼치는 무공을 당연하다는 듯 아무렇지 않게 구사해냈다. 손목을 걸고 한 도박이, 위타천에겐 도박이 아닌 거다. 무공 구사에 있어서는 처음 펼쳐보는 것이든, 수련을 거듭했던 것이든 막대한 자신감이 있다는 뜻이었다.

'역시 강해. 하지만…….'

단운룡이 느낀 두 번째 놀라움은 위타천이 놀란 이유와 같았다.

위타천은 자신의 천재성으로 광검결을 받아냈지만, 그 다음 결과는 예측치 못했다. 물론, 예측하지 못한 것은 단운룡도 마찬가지다.

뇌인을 분쇄한 것은 황록색 전격이다. 그리고 흩어놓은 뇌인을 끌어와 몸으로 빨아들인 것은 단운룡의 몸에서 새롭게 발산되고 있는 역장(力場)이었다.

황록색 전격과 새로운 역장.

요지부동이었던 광핵이 바로 그 근원이었다.

광구의 중심, 광핵은 두드려 개방하거나 억지로 진기를 끌어 쓰는 것이 아니었다.

요체는 회전에 있었다.

위타천의 뇌인에 직격당하여 쓰러졌던 순간, 중단을 파고든 뇌인이 촉발한 것은 광핵의 해방이 아니라, 광핵의 회전이었던 것이다.

광핵은, 어딘가에 박혀서 움직이지 않는 구슬이 아니었다. 광구가 차라리 내단과 같은 구슬에 가깝다면, 광핵은 광구 중심에 자리한 진기의 핵(核) 그 자체였던 것이다.

그 광핵은 지금, 고속으로 회전하고 있었다.

어떻게 그것이 가능하게 되었는지는 알 수 없었다. 위타천이 지닌 뇌기의 성질 무언가가 회전의 시발점이 되었을 거라고 짐작해 볼 뿐이다.

고속으로 회전하는 광핵은, 회전만으로도 막대한 뇌전력을 생성하고 있는 중이었다.

멈춰 버렸던 심장이 되살아 난 것도 광핵의 회전으로 말미암아 광구가 활성화된 덕분이었다. 심장 박동은 본디 전적으로 뇌전력에 의한다. 광구가, 광핵이 살아 있는 한, 단운룡의 심장은 멈추지 않을 것이며, 행여 멈추게 되더라도 곧바로 다시 뛰게 될 것이다. 위타천이 한 번도 겪어보지 못했던 상대, 뇌인 직격을 저항할 수 있는 내공심법을 지닌 자가 그였다.

'이거면 가능해. 상대할 수 있어.'

단운룡 스스로 기연이라 했다.

달리 표현할 말도 없다.

마지막 순간, 뇌인이 아니라 화인을 맞았으면, 그는 살아 있지 못했다.

회전하는 광핵은 지금 이 순간에도 흡수한 뇌인의 힘을 빨아들이며, 뇌정광구에 힘을 더하는 중이었다. 몸 밖으로 발산되는 흡인력도 이전보다 강해졌을 뿐 아니라, 뇌인의 뇌전력까지 끌어오는, 새로운 성질의 역장까지 더해졌다.

일순간의 죽음이, 그 기연이, 진정한 마신(魔神)을 불러낸 셈이다.

얼마나 유지될지는 모르겠지만 이 상태는 무적에 가깝다. 위타천의 어떤 무공이라도 얼마든지 상대할 수 있을 것 같았다.

우연이든 필연이든, 하늘은 그를 버리지 않은 것이다.

서로에게서 한 발 물러선 단운룡과 위타천은 곧바로 부딪치지 않았다.

선택의 시간이다. 두 사람 모두에게.

단운룡의 선택이란, 간단했다. 마신 유지냐, 음속 전환이냐, 둘 중 하나다. 결정은 결코 쉽지 않다. 마신은 유지가 부담스러운 무공이다. 광핵의 회전으로 전에 없이 안정적인 마신 상태를 구현하고 있었지만, 한계가 언제까지일지, 발동 후 후유증이 어느 정도일지 전혀 알지 못하는 까닭이었다. 음속 전환도 부담스럽기는 매한가지였다. 단운룡은 이전에 한 번도 들어와 보지 못한 영역에 들어온 상태다. 음속 전환 상태에서 마신 발동 시도할 때, 광핵의 고속 회전을 자유자재로 유도할 수 있을지, 그야말로 미지수다. 음속으로는 위타천의 상대가 되지 못한다는 것을, 이미 충분히 확인한 그다. 마신 일격을 제때 배합하지 못하면, 채 몇 합도 버티기 힘들 것이 뻔했다.

'이대로 간다.'

음속 전환은 없다.

단운룡은 결정을 내렸다. 광핵에 모든 것을 건 선택이었다.

그런 단운룡을 두고, 위타천이 입을 열었다.

"내가 잘못 알았군."

그는 뇌전이 사라진 자신의 오른손을 내려 보고 있었다.

"너는, 천룡일맥이 아니었어."

그의 목소리는 무거웠다. 어조에는 스스로에 대한 자책마저 묻어나오고 있었다.

때문에 위타천의 선택은 단운룡처럼 간단하지 않았다.

무적(無敵) 천룡의 후예로서, 무신(武神) 위타의 이름으로, 상대의 무공 연원을 잘못 파악했다는 것이 문제였다.

위타천은 선택에 있어 자존심을 배제할 수 없는 남자다. 그는 이미 천룡의 무공을 두고, 위타의 무공을 택한 상태였다.

그렇기에 위타천의 결정은 단순한 옳고 그름에 매여 있을 수 없었다.

그 결과가 어떠할지라도, 상관없다. 최강의 무공을 이었고, 최강의 이름을 얻었다.

잘못된 선택이라 판명 나더라도, 지닌 바 무(武)를 통해, 몇 번이든 결과를 뒤집을 수 있어야 했다.

위타천이 오른손 주먹을 쥐었다.

파직, 파지지지지지직!

그의 오른손에서 이전까지보다 훨씬 더 강렬한 뇌전이 흘러나오기 시작했다.

뇌인(雷印), 완전전개다.

그 막강함은, 뇌기(雷氣)를 다루는 단운룡이 가장 분명하게 느낄 수 있었다. 충격적일 정도의 힘이었다. 광뢰포 몇 발을 응축하여 손에 들고 있는 것 같았다.

"이것까지 받아내나 보겠다."

스스로의 강함에 대한 고집스런 의지가 고스란히 전해졌다.

위타천이 땅을 박차고 공간을 압축해 왔다.

단운룡은 이제 볼 수 있었다. 허공에 진기의 소용돌이를 만들어 그 중심을 꿰뚫어 온다. 무형의 경파를 이용하여 진각에서 얻은 추진력을 극대화해 음속 발동을 상회하는 이동속도를 실현하는 것이다.

화르르륵!

오른손은 결정타로 쓰겠다는 듯, 왼손의 화인이 먼저 열기를 뿜었다.

단운룡은 마광각 마왕익으로 대응했다.

허리를 회전시키며 하늘로 올려 차는 발끝에 무지막지한 파괴력이 실렸다. 공간이 물결처럼 일그러진다. 기이한 흡인력이 일어나 위타천이 내리찍는 화인의 궤도를 흐트러뜨렸다. 위타천이 빗나간 손을 회수하며 몸을 틀었다. 위타천의 전신에서 강력한 진기의 파동이 일어났다. 뿜어 나오는 진기는 거세기 짝이 없었다. 박동과 발산, 수렴과 응축이 순간적으로 반복되고 있었다. 단운룡은 본능적으로 알았다. 위타천은 단운룡의 흡인력에 대한 대응법을 찾고 있는 중이다. 뿜어내던 진기를 벌써부터 단단하게 체내로 갈무리시켜 가고 있는 것을 보면, 순식간에 어느 정도 가닥을 잡은 듯싶다.

'잠시라도 여유를 주면 안 되는 자!'

속전속결이 절대적으로 필요한 상대였다.

시간을 주면 해결책을 찾아낸다. 단운룡의 무공이 위타천의 그것과 상극이라 해도, 계속 시간을 끌다가는 그 차이마저 극복해 버릴 것 같았다.

단운룡이 땅을 박차고, 극광추를 내질렀다. 물결과도 같은 파동이 극광추와 함께 위타천의 상체를 흔들었다. 전신에 둘러친 위타천의 진기가 천변만화 살아 움직이며 단운룡의 파동성 진기를 막아내기 시작했다.

광신마체 마신의 파동역장은 신기에 이른 내공운용으로 방어하고, 짓쳐 오는 극광추는 화기를 끝까지 끌어올린 화인으로 받았다.

'안 돼.'

단운룡은 극광추를 끝까지 밀어내지 못했다. 화인의 열기가 마치 용광로처럼 느껴진 까닭이다. 뇌신, 음속, 마신은 예외없이 육체의 강인한 내열성을 전제로 하는 무공이었지만, 위타천의 화인은 내열성에 자신이 있다 하여 무작정 정면으로 부딪칠 수 있는 성질의 것이 아니었던 것이다.

극광추 왼손을 회수하고 오른손으로 광검결을 전개했다. 육장이 아닌 기(氣)로 화인과 맞서려는 생각이었다. 하지만 광검결은 화인에 닿지 못했다. 위타천의 몸이 순간적으로 시야에서 사라져 버린 까닭이다.

'더 빨라졌어.'

극속을 뛰어넘은 초가속이다. 단운룡은 하나 더 깨달았다. 이것은 뇌기(雷氣) 운용을 통한 가속이다. 광신마체를 통해 속도를 극대화하는 것처럼, 위타천도 뇌전력을 이용하여 신체의 반응 속도를 올리고 있는 것이다.

'왼쪽!'

눈으로 확인하지 못해도 예지력에 준하는 감각이 있다. 몸을 돌리고 진각을 끊어 박으며 그대로 왼쪽을 향해 광혼고 일격을 터뜨렸다.

꽈아아앙!

폭음이 터졌다.

모래바닥에 생긴 동심원이 일그러지며 순간적으로 부채꼴의 무늬를 만들었다. 진기의 파동이 전면을 휩쓸고 뻗어나갔다.

위타천은 마신광혼고를 직접 받아내지 않았다. 몸을 둘러친 경파의 방패로 광혼고의 흡인력을 중화하며 단운룡의 왼쪽 측면을 치고 들어왔다.

광혼고는 강력한 일격기였지만, 폭발적인 진기를 발산해 내는 만큼, 시전 후 즉각적인 공수 전환이 쉽지 않았다. 위타천은 그 틈을 놓치지 않았다. 그가 단운룡의 머리를 향해 오른손을 뻗어 올렸다.

파지지지지직!

오른손에 담긴 뇌인이 무지막지한 뇌광을 일으켰다.

눈이 멀어버릴 것 같은 전광이 단운룡의 시야를 가득 채웠다. 머리가 통째로 날아가도 이상하지 않을 일격이었다.

그때였다.

모래바닥에 새겨졌던 부채꼴 무늬가 빙글빙글 돌며 다시 동심원으로 변화했다. 마신광혼고로 터뜨려 발산했던 파동의 힘이 되돌아오고 있는 것이다.

마치 썰물 다음 밀물이 오는 것과 같았다. 강력한 역장이 외부에서 단운룡의 몸으로 급격하게 빨려들 듯 수렴되고 있었다.

역장의 힘은 실로 놀라웠다.

가까이 있는 모든 것을 비틀어 버릴 정도의 힘이다. 그것은 위타천의 뇌인도 예외가 아니었다. 턱부터 머리를 통째로 날려 버릴 듯 올라오던 뇌인의 손바닥이, 순간적으로 흔들리더니 뻗어오던 궤도가 크게 일그러졌다. 한두 치 차이가 아니었다. 머리 옆을 한참이나 빗나가 어깨 어림을 스치고 올라가 버렸다. 헛손질에 가까울 정도였다.

파지지! 파지지지직!

놀라움은 그것으로 끝이 아니었다.

역장의 파동이 허공을 때린 뇌인을 휩쓸자, 무서운 기세로 명멸하던 뇌인의 섬광이 바스러지듯 흩어지기 시작했다. 뇌전이 비늘처럼 벗겨지며 사방으로 뿌려지더니, 단운룡의 몸을 향해 끌려들어 왔다.

'또다시!!'

아까와 같다.

또다시 흡수다.

빗나가 스쳤던 어깨부터 목덜미와 얼굴까지, 산산조각 난 뇌인은 위치를 가리지 않고 빨려들었다. 파고드는 뇌전력은 무지막지했다. 그러면서도 마치 원래 가지고 있었던 진기인 것처럼 몸속으로 들어온다.

'광핵의 회전까지……!'

어떠한 저항도 없이 자연스럽게 광극진기를 타고 들어왔을 뿐 아니라, 중단에 이르러서는 광핵의 회전에 힘을 더해준다.

광구의 용량이 커진다. 그 어느 때보다도 충만해진 느낌이었다.

무엇이라도 가능할 것 같다.

무공에 있어 완전한 자유를 느낀다. 마신을 넘어선 광극의 경지가 이러할까 싶었다. 붉은색과 푸른색이 마구 뒤바뀌고 있던 얼굴색도 변화를 멈춘 채, 본래의 살색으로 돌아가고 있었다.

도취의 시간은 지극히 잠깐이다.

위타천의 뇌전을 빼앗아 또 한 번의 기연을 얻었다고 해도, 방심은 절대 금물이다. 단운룡은 지체없이 위타천을 향해 짓쳐 들었다. 광극진기로 활성화된 두뇌가 끊임없는 경고를 보내고 있다. 즉각적인 공격을 종용하고 있었다.

꽈아앙!

한 바퀴 무섭게 휘몰아치며 마신마광각을 차냈다. 땅바닥에 동심원이 순간에 몇 번이나 지워지고 새롭게 새겨졌다.

위타천은 회심의 뇌인을 제대로 써보지도 못한 채 고스란히 흡수당하고도, 전혀 당황해하는 것 같지 않았다. 흡인력에 대한 해법도 완전하게 찾아낸 듯, 피하고 물러서는 동작에 그 어떠한 흐트러짐도 보이질 않았다.

텅! 파직!

마지막 마왕익에 이어, 연환으로 두 손을 앞에 모아 광뢰포를 터뜨렸다.

꽈아아아아아아아앙!

무지막지한 폭발음이 사위를 채웠다.

파직거리는 뇌전과, 뜨거운 불꽃이 넘쳐흘러 대낮처럼 장내를 밝혔다.

폭발의 여파가 가라앉고, 한 발 물러선 두 사람의 모습이 드러난다.

'한 손으로……!'

광극진기, 마신이 위타천에게 몇 번이나 놀라움을 안겨줬다면, 이번 놀라움은 단운룡의 몫이었다.

앞서 몇 번이나 손해를 보았던 위타천은 반걸음도 물러나지 않았다.

곧게 선 그는 단지 왼손만을 앞으로 두고 있을 뿐이었다.

위타천이 가볍게 손을 내렸다.

그가 입을 열었다.

"천룡 상극에 뇌인은 흡수."

가면 속 두 눈이 날카로운 빛을 띠었다. 그가 말했다.

"누구에게 사사했나. 사문을 밝혀라."

단운룡이 광뢰포 쌍장을 떼고, 두 손을 늘어뜨렸다.

광핵의 회전은 멈추지 않는다. 외부에서 받아들인 위타천의 뇌인은, 새로운 세상, 새로운 경지를 열어주고 있었다.

단운룡이 위타천의 두 눈을 직시했다.

그가 말했다.

"사문을 묻고자 하면, 스스로의 사문을 밝히는 것이 예의다."

이번 것은 도발이 아니다.

단운룡의 목소리엔 강자의 위엄이 있다.

위타천이 답했다.

"네 말이 옳다."

그가 천천히 손을 올려 한 일은 놀랍게도, 가면을 벗는 것이었다.

그의 맨얼굴이 하늘 아래 드러났다.

얼굴의 생김을 상(相)이라 한다. 위타천은 강한 상(相)을 지녔다.

미청년은 아니나, 남자답게 짙은 눈썹, 심지가 곧은 눈이 인상적이다.

군림자나 야심가라기보다는 한곳에 매진할 줄 아는 정진자의 고집이 있다. 압도적인 정진의 일념이 천하최강의 야심으로 나타난 것인지도 모른다.

　오른쪽 광대 바깥에서 귀에 이르도록 일그러진 화상(火傷) 자국이 있으나, 보기 흉하지 않다. 그가 오른손에 가면을 쥐고, 두터운 입술로 말했다.

　"나는 사패 최강자 천룡대제 철위강에게 무공을 사사했고, 사부를 뛰어넘어 중원 최강이 되고자 했다. 그것을 위해 신마맹 위타천을 누르고 그의 힘을 얻었다."

　위타천이 다시금 가면을 올려 얼굴을 가렸다.

　미청년의 가면을 썼지만, 이젠 가면이 보이지 않는다. 강렬한 인상이 가면을 뚫고 그대로 보이는 듯했다.

　"사부에게 받은 이름은 일찍이 버렸다. 내 이름은 오롯한 무적의 상징인 위타천일 뿐이다."

　위타천은 포권 따위 하지 않았다.

　단운룡은 달랐다.

　그가 절도있게 포권하며 말을 받았다.

　"내 이름은 단운룡이다."

　잠시 말을 끊고, 사부를 떠올린다.

　그가 말을 이었다.

　"천하제일 협객, 협제 소연신에게 사사했다. 내가 그분의 하나 된 제자다."

　그의 한마디 한마디에 담긴 자부심은, 위타천이 발해온 천룡의 자존심에 조금도 뒤지지 않는다.

　"사패. 협제 일맥이었군."

　위타천은 비로소 모든 것이 이해된다는 듯 말했다.

말끝에는 허탈한 웃음기마저 담겼다.

그가 일보 앞으로 나서며 말을 이었다.

"이렇게까지 해야 하나 싶었건만."

위타천이 천천히 두 주먹을 말아 쥐었다.

"상대가 소연신의 제자라면 무엇이든 용납되겠지."

진심이 묻어나는 목소리다.

위타천의 왼손에서 불꽃이 피어오른다. 활활타는 불덩이가 왼손에서 솟아나더니, 다시 안으로 갈무리된다.

다음은 오른손이다.

오른손에 맺힌 것은 뇌전이 아니었다. 놀랍게도 왼손과 똑같은 불덩이었다.

이글거리는 화기를 뿜어내는 불덩이가 오른 주먹을 싸고돌더니, 주먹 안으로 압축되듯 빨려들었다.

화르륵. 화륵.

두 주먹이 붉게 변했다.

천하에 양강기공(陽强氣功)이라 하는 무공이 숱하게 많다지만, 화염 그 자체를 기공으로 쓰는 무공은 어딜 뒤져도 찾기 힘들 것이다.

붉은 기운은 두 주먹에 그치지 않았다.

열기를 감당 못한 두 손 무복의 소매가 치직거리면서 타들어 가고 있었다. 소맷자락이 재가 되어 부스러져 내렸다. 타들어가는 것은 팔꿈치에 이르러서야 멈췄다. 팔꿈치까지는 불꽃이 스멀스멀 올라올 정도였고, 붉은색 화기는 그 위까지 번져 있다. 드러나 있는 피부는 예외없이 붉은색이 되어 있다. 목덜미와 쇄골 주변도 마찬가지다. 이글거리는 열기가 전신에서 넘실거린다. 위타천의 육신 전체가 폭발 직전의 거대한 화탄이 되어버린 것 같았다.

"뇌공백(雷公魄)은 어차피 통하지 않을 터……."

단운룡을 바라보며 말한다.

입에서 불이라도 뿜고 있는가.

가면의 입 주위에서 작은 불꽃이 새어나온다.

"화군혼(火君魂)이다. 이것까지 이겨낸다면 이 위타천에게 첫 패배를 안기는 자가 될 것이다."

위타천이 발을 내딛었다.

두 발밑에도 불꽃이 남았다. 신발과 옷깃이 모조리 타버리지 않은 것은 융통무애 완전함에 이른 내공의 공부가 의복에까지 미치고 있기 때문일 것이다.

위타천이 땅을 박찼다. 불길의 잔영이 허공에 분절로 남았다.

단운룡이 이를 악물고 극광추를 밀어 쳤다.

위타천이 화인의 손바닥을 펴고 거침없이 극광추에 마주쳐 왔다.

극광추 정면에 무서운 역장과 흡인력이 동시에 일어났지만, 화인의 궤도를 흔들 수는 없었다. 뇌인을 전개했을 때보다 현저하게 줄어든 영향력이다.

꽈앙! 퍼어어엉!

화인과 극광추가 부딪쳤다. 단운룡은 손바닥을 파고드는 열기에 급히 밀어 치던 손을 멈추고 후방으로 몸을 뺐다.

상상했던 것보다 훨씬 더 뜨거웠기 때문이다. 쇳덩이라도 녹여 버릴 수 있을 것 같았다. 가히 양강기공의 극치라 할 것이었다.

위타천의 공격이 이어졌다. 극속으로 치고 들어와 발끝을 돌려차 오는데, 발끝에도 불꽃 어린 화기(火氣)가 감돈다. 단운룡이 왼발 뒤꿈치로 땅을 찍고, 오른 다리를 횡으로 휘둘러 마광각으로 맞섰다.

꽈아앙! 화르륵!

두 사람의 다리가 맞부딪쳐 튕겨 나갔다. 빠르게 자세를 잡으려니, 위타천은 벌써 연환격을 가해오고 있었다. 황급히 무릎을 세워 옆구리를 파고드는 단타를 막아냈다. 퍼엉! 하며 뇌전과 불길이 한꺼번에 일어났다.

위타천에게 가격당한 무릎 쪽 바지자락이 검게 타들어갔다. 피부도 성치 못했다. 순간에 입은 화상(火傷)으로 뜨거운 통증이 다리를 타고 올랐다.

'이런 무공이······!'

위타천의 바지자락은 멀쩡했다.

승기를 잡았다 싶으면 끝없이 새로운 것을 보여준다.

화신(火神), 화신(火身)이다.

위타천의 공부는 도대체 그 깊이가 어느 정도나 되는 것인지 알 수 없다. 타지 않는 옷깃이 증명한다. 광핵 회전, 마신의 공력으로도 밀리는 것이다.

이를 악물고 뒤로 물러나 양손을 곧게 폈다.

단운룡의 두 손에 광검결 전격의 쌍검이 벼려졌다. 파직거리는 뇌전의 광검을 황록색 섬전이 싸고돌았다.

마주 선 위타천이 단운룡처럼 두 손을 밑으로 내렸다.

화르르륵!

두 손에서 화기(火氣)가 일어난다. 손끝에서 팔꿈치까지, 이글거리는 화검(火劍)이 형성되었다. 단운룡의 광검결과 거의 같은 형태였다.

더 이상 놀랄 것도 없었다. 단운룡이 먼저 치고 들어가 심장을 노리고 광검결을 찔러갔다.

쩌어어어어어엉!

화염의 광검과, 뇌전의 광검이 부딪쳤다.

신검과 신검의 충돌이다. 강렬한 충격음은, 금속성에 가까웠다.

채앵! 쩌어어엉!

쌍검이 부딪친다. 경천동지, 천신과 마신의 대결이다. 누가 천신이고, 누가 마신인지 구분할 수 없다.

쩡! 파지지지직!

먼저 깨진 것은 뇌전의 광검이었다.

화염의 광검이 뇌전의 광검을 파고들어, 단운룡의 팔에 긴 상처를 남겼다.

출혈은 없었다. 베는 것과 동시에 상처를 태워 버렸기 때문이다.

쪼개져 버린 왼손의 광검을 접고, 마광각, 극광추, 광뢰포, 광혼고까지, 네 절기를 연환으로 몰아쳐 냈다.

꽝, 꽝, 꽝, 꽈아앙!

폭음이 거세게 이어졌다.

위타천은 막강했다. 화군혼의 힘을 극성으로 끌어올려 단운룡의 파동역장을 이겨내고, 각 절기의 폭발력을 광대한 무공으로 모조리 받아내 흩어버렸다.

'철위강의 제자, 사부를 뛰어넘어 중원 최강이 되기 위해……!'

위타천이 했던 말이 다시금 머릿속을 울린다.

단운룡은 깨닫는다.

바로 그 차이다.

위타천은 다르다. 철위강, 사부마저 강함으로밖에 형용하지 못했던 그 철위강을 뛰어넘겠다 말한다.

이것이 그 결과다.

단운룡은 사부의 제자이며, 제자로서 사부에게 의지했고, 제자로서 사부에게 받은 무공만을 믿고 따라왔다. 사부가 준 것으로 여기까지 온 단운룡은, 사부에게 받았기 때문에 여기까지온 단운룡은, 사부마저 넘어서려는 위타천을 이길 수 없는 것이다.

화르르륵!

위타천은 단운룡의 절기들을 모두 다 받아내고도 여력이 충분해 보였다.

즉각 반격이 온다. 극속의 신법으로 공간을 지배하고, 초고열의 화기를 머금은 주먹을 내쳐온다.

마신의 속도와 힘으로도 피하기가 버겁다. 땅을 박차고 몸을 한껏 젖혀 화인의 권격을 비껴냈다. 다음 일격은 회피 불가다. 뇌전력을 있는 대로 끌어올려 어깨 쪽에 공력방패를 만들었다.

위로부터 화염의 잔상을 남기며 극속의 각법이 내리찍어 왔다. 진각을 밟고 허리를 틀어 보았지만 전사력을 완성하지 못했다. 불완전하게나마 광혼고의 구결을 운용하여 타격점인 오른 어깨에 방어력을 더해보았다.

꽈아앙!

왼 무릎이 절로 꺾였다. 어깨의 옷깃과 피부가 타들어갔다. 침투한 화기가 몸속을 파고들어 극심한 고통을 선사했다. 위타천의 화기는 근원도 성질도 뇌전력과 완전히 달랐다. 광극진기에 섞이지 않을 뿐 아니라, 해소하여 흩어놓기도 쉽지 않았다.

어깨 주변 혈맥이 파괴되는 것을 느낄 수 있었다. 충격은 중단의 광핵까지 미쳤다. 광핵 회전에 일순 제동이 걸린 것처럼, 회전 속도가 줄어들어들기 시작했다.

'느려졌어. 이대로 멈추면……!'

속전속결로 끝냈어야 했다? 겨우 잡은 승기를 놓쳤다?

부질없는 말이다.

애초에 위타천이 이 화군혼이란 것부터 꺼내 들었으면, 이만큼 싸우지도 못했다.

'마신 없이는 버티지 못해. 죽는다.'

죽음의 위협이 심장을 옥죄었다.

땅을 박차고, 횡으로 치고 나가 공간을 만들었다.

위타천은 그런 단운룡을 두고 보지 않았다. 겨우 만든 공간을 단숨에 지워버리고, 단타의 연환각을 내차왔다.

가볍고 빠르게 들어오지만, 일격 일격이 머금고 있는 위력은 소형 화탄과 같다.

'한 발도 허용하면 안 돼.'

잘 알고 있던 사실을 분명히 확인했다.

광극진기는 방어형 무공이 절대 아닌 것이다. 광혼고든 광뢰포가 되었든 적의 무공을 막아내기 위해 쓰는 무공이 아니다. 직격을 허용하자마자 광핵 회전까지 흐트러졌다. 그런 식으로 몇 번만 공격을 허용한다면, 순식간에 목숨이 날아가고 말리라.

화륵! 파파팡!

심혼을 중단에 집중하고, 광구의 진기를 움직여 위타천의 각법 궤도만을 보았다. 광핵의 회전은 빨라지지 않았지만, 광구의 뇌전력은 그의 믿음을 배신하지 않았다.

머리 위로, 가슴 앞으로, 허리 옆으로 위타천의 발끝을 스쳐 보냈다.

'더 집중을……!'

위타천의 손이 그의 목으로 짓쳐 들었다. 화염의 광검이 위타천의 손날을 감싸고 있었다.

피할 수 없는 일격이었다.

그 순간, 단운룡의 머리를 스친 것은, 사부의 가르침도, 광극진기의 구결도 아니었다.

세모꼴의 화염광검 끝을 보며, 단운룡은 오래전, 까마득히 어렸을 때 오원 땅 한구석에서 땅바닥에 엎드려 보았던 촉사와 독개구리를 떠올렸다.

타가의 잡병 하나 잡는 데도 목숨을 걸어야 했던 그때.

제대로 된 무공 없이, 사부가 준 가르침 없이, 오로지 타고난

감각만으로 생존을 구하던 그 시절의 기억이다. 그릇을 꽉 채운 사부의 무공이 한계를 드러낸 지금, 그릇 자체가 지닌 천부의 재능이 깨어난다.

승부를 잊고, 상대의 이름을 잊고, 상대의 형(形)을 잊었다.

오직 앞에 있는 무공의 본질만을 보았다.

한두 치 차이로 피해서는 안 되는 일격이었다. 광검은 보이는 것보다 베는 범위가 넓다. 다섯 치 이상, 피해내려면 더 빨라야 했다. 더 빠르게 움직이기 위해서는 뇌전력의 운용을 통한 신체 통제가 완벽해야 한다. 필요하다면 그의 몸에서 뿜어 나오는 역장까지 이용해야 했다.

위타천처럼.

그가 경파로 극한의 가속을 구현하듯이.

뒤로 물러나는 단운룡의 신형이 끊어지듯, 분절되는 깜빡임으로 나타났다.

위타천의 신법과 거의 형태다. 광검의 일격을 완전히 피해냈을 뿐 아니라, 위타천이 일순 단운룡의 움직임을 시야에서 놓쳐버렸을 만큼, 사각까지 점했다.

위타천은 놀란 기색이 없다. 서로가 상대의 재능을 충분히 알고 있기 때문이었다.

단운룡의 위치를 정확히 알고, 발끝을 돌려 차왔다. 단운룡의 머릿속에 위타천의 각법 궤도가 그려졌다.

'좌하단에서 우상단 사선! 번신으로 이어 화염의 권격은 중단에서 두 치 위.'

마신의 경지는 일격일격 무공이 지닌 극한의 위력을 실현

한다.

단운룡이 진정으로 지닌 재능은 거기에 있지 않다.

사부가 주기 전부터 그가 가지고 있었던 것.

예지력에 준하는 육감.

광극진기가 극대화한 그 예지력은 금약당의 전경을 보고 금련각 정소교의 위기를 감지하는 식으로 쓰일 것이 아니었다.

타고난 감이 빛을 발하는 것은 싸움의 순간, 바로 지금이었다.

화륵! 퍼어엉! 파아아앙!

불꽃이 터지고 폭음이 울렸지만, 폭발이 닿은 것은 아무것도 없는 허공이었다. 위타천은 뇌인의 뇌전력을 운용하지 않음으로써, 단운룡의 파동역장에 대한 저항력을 극대화한 대신, 종전에 보여줬던 압도적인 극속을 포기한 상태였다. 그거면 충분하다. 속도에서 확실한 우위를 점하긴 힘들겠지만, 육감에서 오는 전투예지력을 더하면 위타천과 같은 수준의 완전회피가 가능해진다.

'다시 좌측, 이번엔 하단에서 상단까지 연쇄.'

위타천은 여전히 빨랐다.

순간을 놓치면 이격 삼격까지는 어떻게 피해내도, 사격 오격까지는 회피가 안 될 것이다. 위타천의 권격과 장력의 연쇄가 점점 더 정교해졌다. 단운룡의 신법이 위타천의 그것을 따라잡았으니, 더 완전한 무공으로 잡으려는 것이다. 하지만, 단운룡이 위타천의 무공을 벗어날 수 있었던 것은 형(形)의 문제가 아니었다. 위타천이 신에 이른 재능을 지니고 있어도, 단운룡의 머릿속까지 들여다볼 수는 없는 법이었다. 위타천의 무공투로가 완벽해지면 완벽해질수록, 오히려 단운룡의 회피는 수월해졌다. 예지와 예측이란 곧, 무공의 본질을 따라가게 되어 있으며, 투로가 완전해질수록 예측도 더욱더 완전해지고 있었다. 힘의 흐름은 어디로 귀결되는가. 그것이 곧 예지력의 핵심이자, 무공의 극의와 통하는 진실이기 때문이었다.

쫘앙! 화르르르륵!

인간이 낼 수 있는 속도의 정점에서 싸운다.

몇 합을 흘러보냈는지 셀 수조차 없다. 두 사람의 움직임은 점입가경으로 격해졌고, 천의무봉으로 완전해졌다.

서로가 서로를 더 높은 경지로 끌어올리는 순간이었다.

위타천의 가면 속 두 눈에서 붉은 화광이 비쳐 나왔다. 끝을 보려 함이다. 단운룡은 위타천과 비등할 정도의 재능을 지녔다. 위타천의 공력이 깊고 깊은 용광로와 같다 해도, 화군혼을 무한정 지속하는 것은 불가능한 일이었다.

위타천이 오른손을 활짝 펴고, 단운룡을 향해 짓쳐 들었다. 단운룡은 그의 손에서 붉은색 화기가 사그러드는 것을 보았다. 화기(火氣) 공급이 끊어져 버린 듯, 열기가 급격히 줄어들고 있었다.

단운룡은 아무것도 없는 맨손 육장을 쉽사리 마주 받지 못했다. 어떤 의도가 숨어 있는지 모르기 때문이었다. 하지만 그의 머릿속을 스친 예감은 달랐다. 당장 극광추를 때려내 저 오른손을 부숴 버리라고 말하고 있었다.

단운룡은 육감을 믿었다. 항상 그래왔듯, 그의 감각은 그를 배신하지 않을 것이다.

단운룡이 땅을 박차고 밀어치는 손바닥 중심에 극광추 광극진기를 담았다.

그때였다.

위타천이 급격하게 몸을 멈추고, 내뻗어오던 손바닥을 회수했다. 그가 무섭도록 빠른 속도로 거리를 벌리더니, 오른손으로 스스로의 머리를 가리키며 말했다.

"너, 상제력과 비슷한 걸 쓰는군."

위타천이 오른손 주먹을 쥐었다 폈다. 그의 손에 뇌인(雷印)의 뇌전이 파직거리면서 맺혔다. 그러자, 단운룡의 머릿속에도 뇌전이 쳤다. 위타천의 뇌인은 단운룡에게 통하지 않는다. 뇌인은 단운룡에게 흡수될 것이며, 느려지는 광핵 회전을 되살리는 역효과를 불러올 것이다. 방금 전까지 읽히던 위타천의 다음 수가 뿌옇게 흐려져 보이질 않았다. 예지력의 교란이다. 선택하지 말아야 할 선택지를 오른손에 들고, 완전한 위력을 자랑하는 화염을 왼손에 들었다.

'중원 최강을 노린다는 말은 허언이 아니다. 이런 자가 세상에 있다니.'

감탄을 이어갈 겨를이 없었다.

위타천이 먼저 땅을 박찼다.

그것도 뇌인이 명멸하는 오른손을 앞으로 했다.

맞서서 부딪칠 것이냐, 일단 피할 것이냐.

예지력은 믿음에서 비롯된다. 상단전의 완전한 활성화로부터 기인한 능력이나, 스스로에 대한 확신 없이는 온전할 수 없다.

단운룡은 마신의 파동역장을 극으로 끌어올리며 뇌인의 예봉을 막고, 화인의 일격에 즉각 반격하기 위하여 위타천의 왼쪽 측면을 노렸다. 굳이 예지력에 따른 것이 아니라도, 뇌인 운용은 멈춰야 정상이다. 하지만 머릿속에서 그려지는 위타천의 움직임은 달랐다. 위타천은 그대로 오른손을 앞으로 하여 쳐들어온 것이다. 뇌인의 뇌전력이 바스라져도 접근을 멈추지 않는다. 왼손 화인은 없다. 그저 짓쳐 들 뿐이다.

단운룡은 머리를 스친 위타천의 공격을 곧이곧대로 믿을 수가 없었다. 아니, 믿으려 했지만 늦고 말았다. 극속의 위타천에겐 찰나의 틈도 줘선 안 된다. 그 찰나의 틈을, 줘버리고 만 것이다.

파지지지직!

위타천의 뇌인이 부서져 흩어졌다. 그러나 그것은 마신의 파동역장에 의한 것이 아니었다. 손 안에서 진기를 충돌시켜 스스로 부숴버렸다.

콰악!

온전한 맨손이, 단운룡의 어깨춤 옷깃을 잡았다.

'금나……?!'

금나술 투로 중 하나로 소매를 잡아채는 추법(揪法)을 쓰는 문파들이 있다. 잡힌 옷깃에 위타천의 내공이 흘러들어 왔다. 화기(火氣)도, 뇌기(雷氣)도 아니다. 천룡기(天龍氣)도 아니었다. 아무런 성질이 없는 순수 내공이다.

단운룡이 땅을 박차고, 위타천의 손을 뿌리치려 했다. 옷깃을 틀어 쥐었으면 찢어 내서라도 벗어날 심산이었다. 그러나, 단운룡은 위타천의 손에서 벗어나지 못했다. 옷깃으로 흘러들어 온 내공이 그의 옷을 천잠보의처럼 질기게 만든 까닭이었다.

'칫!'

완전히 잡히고 있었다. 예지력이 경고를 발하고 있었다. 옷깃을 틀어쥔 채로, 위타천이 무릎을 올려쳤다. 화군혼의 화염기가 깃들어 있는 슬격(膝擊)이었다.

쌍장을 아래로 내려 광뢰포를 전개했다. 하나, 어깨가 자유롭지 못한 상태에서의 광뢰포는 그 위력이 절반에도 미치지 못했다. 불완전한 광뢰포가 위타천의 화염슬격에 맞서며 폭음을 울렸다.

꽈아아앙!

폭발이 일어난 것은 중단전 바로 앞이었다. 충격파가 상체 전체를 휩쓸었다.

이렇게 되면 예지력도 무용지물이다.

다시 한 번 무릎이 올라왔다. 역공 이외엔 방법이 없다. 광검을 만들어 위타천의 머리를 향해서 휘둘렀다. 위타천의 대응은 예지력이 온전했어도 파악이 되지 않을 만큼 충격적이었다. 그대로 옷깃을 잡아당기며 머리로 단운룡의 머리를 받아버린 것이다.

빠악!

머리가 인간의 몸에서 가장 단단한 부위 중 하나라곤 해도, 철두공(鐵頭功)이라 일컫는 박치기는 그들 같은 고수들 간의 싸움에서 나올 만한 것이 아니었다. 그야말로 예측 밖의 일격이었다. 그런 만큼, 타격도 컸다. 일순간 정신이 날아갔을 정도다.

콰직!

까맣게 변했던 의식을 되살린 것은 무시무시한 통증이었다. 고통과 함께 귓전을 울린 것은 상박의 뼈가 두 조각으로 부서지는 소리였다. 팔을 비틀어 팔꿈치로 찍어 부순 것이다. 제천대성에게 당했던 바로 그 팔, 그 부위였다.

위타천이 잡아챘던 옷깃을 놓았다.

"크윽……."

비틀, 몸을 가누려니, 왼쪽 눈앞이 빨갛다.

이마를 타고 선혈이 흘러내려 왼쪽 눈을 온통 적시고 있었다. 박치기에 머리 가죽이 찢어진 모양이었다. 두피의 출혈이란 항상 그 양이 만만치 않은 법이었다.

"너는 졌다, 패배를 인정하라."

위타천의 목소리가 머리 위로 내려왔다.

이를 악물며 의식을 붙들고, 중단전을 살폈다. 아직 광핵은 회전 중이다. 아까와 같이 기세 좋게 광구를 채우고 있진 않았지만, 적어도 완전히 멈추지는 않았다.

"더 할 생각인가?"

단운룡이 몸을 곧게 세웠다.

진기로 근육을 움직여 제천대성 때처럼 부러진 팔뼈를 손도 대지 않고 맞추었다.

"물론."

손을 올려 눈가의 피를 닦아냈다. 어릴 적 입었던 흉터가 새삼 손바닥에 느껴졌다.

"계속 덤비면 죽이겠다."

"웃기는 협박이로군."

언제는 죽을 위험이 없었던가.

단운룡이 웃었다.

하지만 위타천은 웃지 않았다. 막 끝장을 내겠다는 듯 짓쳐 들려던 위타천이, 멈칫 그 자리에 섰다.

심상치 않은 변화였다. 그가 그 자리에 선 채 고개를 돌렸다. 서쪽이다. 위타천은 서쪽 하늘 어딘가에 시선을 고정하고 있었다.

[그가 왔다. 서둘러 이쪽으로 오라.]

단운룡은 서쪽으로부터 바람에 실려온 한 줄기 목소리를 들었다.

가면을 쓴 자 외에는 들을 수 없는 목소리였을 것이다. 마신을 발동했기 때문에 엿들을 수 있었던 것이 분명했다.

위타천이 고개를 돌려 단운룡을 보았다.

또 한 번 선택의 순간이 온 셈이었다.

단운룡은 패배를 인정하지 않았다. 위타천은 투지가 꺾이지 않은 단운룡의 눈을 보았다.

"소연신의 제자, 운이 좋은 줄 알아라."

위타천이 남긴 말은 그것이 다였다.

그가 훌쩍 공중으로 몸을 띄웠다.

위이이이잉.

기이한 음성이 위타천의 몸 주위에서 흘러나왔다.

단운룡은 스스로의 눈을 의심했다.

위타천의 몸은 다시 땅으로 내려오지 않았다. 공중에 뜬 채, 서서히 상승하고 있었다.

'허공답보……!'

하늘을 나는 것은 신선의 능(能)이다. 인간에게 허락된 일이 아닐 것이다.

천외천.

하늘 위에 하늘이 있다는 듯, 위타천은 그렇게 하늘 위에 선 채, 더 이상 단운룡에게로 시선을 내려주지 않았다.

우우웅! 쫘앙!

손 닿을 수 없는 하늘까지 올라가더니, 일순간 폭음을 내고 는, 서쪽을 향해 까만 점이 되어 사라졌다. 무서운 속도였다.

'일찍이 없었던 강적……! 살아난 것이…….'

단운룡이 주위를 돌아보았다.

저 멀리, 살아 있는 이들이 보였다.

살아난 것 자체가 놀라움이다.

단운룡은 진실을 외면하지 않았다.

기적으로 여기까지 왔다.

몇 번이나 중첩된 기적이 아니었으면, 그는 이미 죽은 목숨이 다.

광극진기의 흐름이 끊긴다.

붉고 푸르게 변화하던 얼굴색이 온전히 돌아왔다.

광핵의 회전이 멈추고 있었다. 마신 운용도 한순간에 끊겨 버렸다.

더 싸웠으면 필패라는 뜻이다. 위타천은 그렇게 싸웠음에도
저 속도로 하늘을 난다.

인정하진 않았지만, 진실은 달리 있지 않다.

그는 졌다.

변명의 여지없는 완패였다.

* * *

저벅, 콰직.

부서진 문의 잔해를 밟으며, 그가 걸어 들어왔다.

머리카락은 길지 않았다.

눈썹은 굵게 뻗었고, 두 눈은 졸린 듯 나른한 빛을 내고 있었
다.

주름은 거의 찾아볼 수 없었지만, 나이는 도무지 짐작하기 힘
들다. 삼십대 같기도, 사십대 같기도, 오십, 육십대 뭐라 해도 다
가능해 뵌다.

만사가 귀찮다는 듯 천천히 발을 뗐다. 독특한 신발이 먼저
눈에 들어왔다. 납작한 가죽판 위에 널찍한 가죽 끈으로 발등만
감싼 신발이다. 뒤꿈치와 발가락이 다 드러나 있었다.

파스스스스.

가볍게 내리밟는 발밑으로 두터운 나무문 조각이 모래처럼
바스라졌다.

그의 걸음은 빠르지 않았다.

천천히 산책을 하듯 발을 옮겨왔다.

검은색 상의엔 소매가 없었다. 굵은 팔이 그대로 드러나 있다. 강인한 근육의 결이 그대로 살아 있었다.

붉은색 요대 밑으로 넓게 늘어뜨린 검은색 하의에는 황금색 천룡이 새겨져 있었다. 빛이 바랜 천룡은, 오래되었지만 낡아 보이지 않았다. 의도하지 않은, 고풍스런 멋이 가득했다.

그가 다가와 옥황의 앞에 섰다.

간간히 내리던 꽃비는 그의 몸에 닿지 못했다. 아니, 그의 주위엔 꽃비가 내리지 않았다. 발밑에 곱게 깔려 있던 꽃잎들도, 그의 주위엔 없었다.

그와 마주선 옥황이, 마침내, 전설의 이름을 말했다.

"천.룡.대.제……!"

한 자, 한 자 끊어서 말하는 그 이름이다.

천룡대제.

제아무리 신화회주 옥황이라 하여도, 가벼이 말할 수 없는 네 글자였다.

타국의 제왕을 마주하는 황제처럼, 옥황이 품격있게 웃으며 물었다.

"사패의 하나께서, 여기까진 어인 일로 행차하셨습니까?"

신들의 왕이라는 옥황의 이름을 지녔음에도, 그의 말투엔 전에 없던 예의가 깃들어 있었다.

천룡대제, 철위강은 곧바로 대꾸하지 않았다.

그가 만사가 귀찮다는 눈빛으로 사방을 둘러보았다.

동쪽하늘 화광이 충천했고, 매캐한 불 내음이 코끝에 가득했다. 철위강의 눈이 즐비한 금륜대원들의 시신들 한가운데에 멎었다. 그의 시선이 쓰러진 정소교에 닿았다.

나른했던 두 눈에, 작은 불빛이 스쳤다.

철위강이 옥황의 얼굴을 똑바로 바라보았다.

"네놈이 옥황인가?"

그의 목소리는 굵었다.

두 눈에 깃들었던 나른함이 줄어들고 있었다.

옥황의 얼굴에서 웃음기가 지워졌다. 옥황이 대답했다.

"놀랍소이다. 용케 알아봐 주시는구려. 세상사에 관심없는 분인 줄 알았거늘."

"여기가 어딘지는 알고 있겠지?"

모든 것을 초탈한 듯, 귀찮음이 엿보였던 표정도, 이제는 아니다.

은은한 분노가, 누구도 감당치 못할 천룡대제의 분노가 그의 두 눈에 서렸다.

옥황이 굳어진 얼굴로 되물었다.

"물론 알고 있소이다. 하나, 구름 위 사패께선 민초들의 세상에 관여치 않기로 한 것 아니었소이까?"

철위강이 옥황의 눈을 보았다.

키 차이가 크게 나지 않음에도, 철위강의 눈빛은 옥황을 한참이나 높은 곳에서 내려 보는 것 같았다.

"안 되겠군."

철위강이 툭 던지듯, 말하며 두 주먹을 가볍게 쥐었다.

그가 덧붙였다.

"일단 맞고 시작하자."

귀를 의심할 한마디다.

그것이 철위강이었다.

신화회 수장 옥황을 상대로, 온 세상에서 오직 그만이 그렇게 말할 수 있을 것이다.

꾸웅.

철위강의 발이 땅에 박혔다.

천공 아래, 온 대지가 흔들린다.

선공을 양보하는 아량 따위 없었다. 곧바로 주먹이 세상을 뚫었다. 마음에 들지 않으면 부숴 버릴 뿐이었다.

꽈아아아앙!

엄청난 폭음에 이어 무시무시한 충격파가 사위를 휩쓸었다.

충격파에 색이 있다면, 그 색은 비취색이라 할 것이다. 비취색 빛 조각이 깨진 유리 파편처럼 사방에 흩뿌려졌다.

일격이었다.

단 일격에 옥황의 몸이 저만치로 날아가 하얀색 꽃 길 위에 누웠다.

철위강이 말했다.

"일어나."

휘류류류류류.

옥황의 주위에서 바닥에 깔렸던 꽃잎들이 기이한 소리를 내며 올라왔다. 꽃잎이 누워 있는 그의 몸을 감싸고 돌았다.

옥황의 몸이 땅 위에서 올라왔다. 신비한 광경이었다. 꽃잎들이 그를 감싸서 들어 올리는 것 같았다.

옥황의 몸이 바로 섰다.

그가 손에 들고 있던 홀(笏)에서 비취색 광채가 밝아졌다 어두워지길 반복하고 있었다. 옥황이 언제 땅에 누웠다는 듯 평온한 얼굴로 말했다.

"역시 명불허전입니다. 영마벽을 일격에 부수다니요."

영마벽이란 법술계 최고위 방어술법을 의미한다.

무엇이든 막을 수 있다는 절대의 방어력은 술법을 상대로 할 경우에 국한된다 하지만, 술법이란 언제나 시전자의 역량에 따라 천차만별의 위력을 보이게 되어 있었다. 게다가 옥황상제의 영마벽이라 하면, 그 단단함이 어느 정도라 해도 이상하지 않다. 물리력으로 따져도 화탄 한두 개 정도는 능히 막을 수 있는 힘이 있다 할 것이다.

철위강의 강함이란, 그것마저도 넘어서 있다.

옥황의 영마벽을 주먹 하나로 깨버리고, 시전자의 몸까지 날려 버렸다.

옥황은 겉보기에 아무런 타격을 받은 것 같지 않았지만, 정면으로 싸워서는 상대가 어렵다는 것을, 단 일합으로 보여준 셈이었다.

철위강이 멈추지 않고 다가왔다.

옥황은 말로 그를 제지하는 것이 불가능함을 알았다. 철위강에겐 대화의 의지가 없는 것이 명백했다.

옥황의 손이 빨라졌다. 품속에 손을 넣었다 빼자, 보석 박힌 자그마한 수면인신상(獸面人身像) 여섯 개가 줄줄이 딸려 나왔다.

"자, 축, 오, 미, 술, 해, 신장들은 모습을 드러내라."

진언처럼 빠르게 풀려나오는 명령이다.

옥으로 만든 수면인신상들이 육색(六色)의 빛을 내며 공중에 떠올랐다. 이어, 여섯 개의 인영이 땅속에서 솟구치듯 올라와 철위강의 앞을 가로막았다.

선두에 선 것은 오 척 단신의 자신(子神)이었다.

쥐의 얼굴을 했고, 휘황한 갑주를 걸쳤다. 신장의 얼굴은 가면이 아니었다. 무언가를 덮어쓴 것이 아니라 짐승의 머리 그대로다. 두 손에는 긴 손톱과 함께 검은 털이 수북하게 나 있었다. 처음엔 전신이 반투명한 상태였으나, 손에 든 옥색 곤봉을 한번 휘두르자 갑주 입은 몸 전체가 선명하게 변했다.

소의 얼굴을 하고 덩치가 산만 한 축신(丑神).

마두(馬頭)에 항마저를 든 오신(午神).

뿔 달린 양의 머리에 구절검을 든 미신(未神).

견면(犬面)으로 뾰족한 청동장검을 들고 있는 술신(戌神).

배가 불룩하고 돼지머리를 한 해신(亥神)까지.

모두 여섯 신장이 병장기를 고쳐 잡았다.

실제 짐승 머리를 한 신장(神將)들이 나타났으니, 그야말로 방문좌도의 환술(幻術)이라 할 만했다. 그러나 여섯 신장이 뿜어내는 기세는 뼈와 살이 있는 무림고수의 그것이었다.

흐릿하고 탁한 귀기(鬼氣)가 아닌 진짜 생기(生氣)를 토해내고 있다는 말이다. 눈을 어지럽히는 좌도환술이 아니라 직접 신령을 불러내는 소환술(召喚術)이라 불러야 마땅했다.

쾅!!

여섯 신장이 땅을 박차고 철위강에게로 달려들었다.

십이지신의 이름을 지닌 여섯 신장은 그에 맞는 용력과 무력을 지니고 있었다.

술가(術家)에선 이들 중 하나만 불러내도 모든 잡귀와 횡액을 물리칠 수 있는 최고위 술법으로 본다.

하나, 상대는 철위강이다.

철위강은 그들과 맞서는데, 아무것도 필요치 않았다.

어차피 그에겐 단금절옥의 신병이기도, 기오막측한 술법무구도 없다.

오직 맨몸 하나면 족했다.

가장 앞에서 무서운 속도로 뛰어드는 쥐머리 자신(子神)에게, 철위강이 일권을 날렸다.

꽈아아앙!

폭음이 터져 나왔다.

자신의 머리와 어깨가 통째로 갈려 나갔다.

붉은 피는 튀지 않았다. 피처럼 보이는 기운이 허공으로 번졌을 뿐이다.

상체의 절반을 잃어버린 자신의 몸뚱이가 땅으로 꼬꾸라졌다. 동시에, 옥황의 앞에 떠올라 있던 자신의 인면수신상이 빛을 잃고 땅으로 떨어져 내렸다.

터엉! 꽈앙!

구 척을 넘어 십 척에 이르는 축신(丑神)이 거대한 몸으로 철위강을 덮쳐 왔다.

거신의 신장도 일권이면 충분했다.

일발 진각을 밟고, 주먹을 내지른다.

화려한 초식은 없다.

그저 앞으로 주먹을 뻗을 뿐인데, 그 일격이 세상을 꿰뚫고 모든 것을 파괴한다. 축신의 복부와 두 허벅지가 부서지듯 터져 나갔다.

갑주 파편과 육신의 조각이 진짜처럼 날아가 흩어진다.

축신의 몸이 밑으로 훅 꺼졌다.

말 머리를 한 오신(午神)과 양 머리를 한 미신(未神)이 동시에 달려들었다. 철위강의 손이 훅, 하고 들어가 오신의 목덜미를 움켜쥐었다.

콰악!

오신의 덩치도 칠 척이 넘었지만 철위강은 오신의 굵은 목을 아무렇지 않게 틀어쥐었다. 철위강이 한 손으로 오신의 육중한 몸을 휘둘러 미신의 몸을 내리쳤다.

쾅! 콰직!

미신은 오신의 몸뚱이를 피하지 못했다.

철위강의 손에 잡힌 순간부터, 오신의 몸은 거대한 병장기나 다름없었다.

미신의 몸이 바위에 깔린 듯 구겨지고 터져 나갔다.

칠 척 거신의 육신에, 그것도 진언으로 구현한 신령의 원영신에 내공경파를 실어서 내려친 것이다. 믿을 수 없는 공력운용이었다.

우지끈! 꾸웅!

오신의 목덜미를 놓고, 발을 들어 오신의 가슴팍을 밟았다.

오신의 가슴이 푹 꺼졌다. 오신의 몸과 부서진 미신의 몸뚱이 밑으로 커다란 구덩이가 생겼다.

두 신장의 몸을 땅에 처박고, 쳐들어오는 술신(戌神)의 청동 장검을 맞이했다.

철위강은 거침이 없었다.

그가 바깥쪽으로 주먹을 휘둘렀다.

쩌엉!

술신의 청동장검이 뚝 하고 분질러져 날아갔다.

철위강의 주먹이 술신의 어깨를 후려쳤다.

술신의 오른쪽 팔과 어깨가 그대로 뜯겨 나갔다.

앞으로 발을 한번 차냈다.

우지끈 술신의 몸뚱이가 부서지며 그대로 땅에 처박혔다.

마지막 남은 해신(亥神)은, 돼지의 머리에 거대한 몸뚱이를 지니고 있었다. 해신이 철위강에게로 돌진해 왔다.

철위강이 마주 몸을 던졌다.

꽈아아아아앙!

후두두둑!

간간히 내리던 꽃비가 소용돌이치며 흩어졌다.

온 세상이 흔들리는 것 같다.

그것이 진짜 파황고다.

육중했던 해신의 몸은, 원형조차 찾아볼 수 없었다.

막강한 무공이다.

공중에 떠 있던 수신인면상 여섯 개가 모두 땅에 떨어졌다.

여섯 신장 모두를 너무나도 쉽게 박살을 낸 철위강이었지만,

신장들은 본디 이렇게 당할 존재들이 아니었다. 십이지신 여섯 신장이면, 군소문파 하나 정도는 순식간에 지워 버릴 수 있는 전력이었다.

그 어떤 꾸밈을 가져다 붙여도 부족하다.

형언불가의 강력한 무공은 그를 설명하는 모든 것이며, 그 이외에 어떤 말도 필요치 않다.

"직접 뵈니, 상상 이상입니다."

옥황이 혀를 내둘렀다.

그가 손을 위쪽으로 끌어당겼다. 금이 가고 부서진 수신인면상 여섯 개가 그의 손을 거쳐 다시 품속으로 들어갔다. 십이신장을 여섯이나 소환했으면서 시간 끌기로밖에 쓰지 못했다. 그나마 긴 시간도 아니다.

철위강은 멈추지 않는다.

말 한마디 하는 사이 벌써 옥황의 눈앞에 이르렀다. 철위강의 주먹이 무적의 힘을 품고, 옥황이 손에 든 홀(笏)에 힘을 집중한다.

그때다.

철위강이 위쪽으로 고개를 들었다.

화르르르르륵!

머리 위가 밝아진다.

하늘 높은 곳으로부터 불덩이가 쏟아져 내렸다.

꽈아앙!

폭음이 철위강을 덮쳤다. 옥황의 전면에 비취색 막이 둘러쳐졌다.

화르륵! 퍼엉! 후두두둑!

세 개, 네 개, 다섯 개까지 불덩이가 연속으로 내리꽂혔다. 불꽃이 사방이 휩쓸었다. 붉은 화기가 땅바닥까지 번져 나갔다.

휘릭! 파라라라락! 터어엉!

잦아드는 불길 앞으로, 한 남자가 하늘로부터 내려와 폭음을 내고 착지했다.

불꽃 품은 먼지가, 두 천룡의 사이를 감싸고 물러났다.

"오랜만에 뵙습니다. 사부."

하늘에서 불을 뿜고 내려온 자, 위타천이다.

땅위에서 타오르는 불길을 밟고 선 자, 철위강이 위타천을 보며 짧게 입을 열었다.

"네놈이었나."

한마디 내뱉고, 위타천과 옥황을 본다.

하늘이 쏟아져 내리는 것 같다.

무지막지한 기운이 대지를 짓누른다. 불꽃이 땅바닥에 깔려 숨을 죽이고, 내리던 꽃비가 흩어져 사라졌다.

그는 다시 만난 제자에게 아무것도 묻지 않았다.

철위강이 위타천에게로 발을 옮겼다.

구구절절한 사연 따위, 알 바 없다.

주먹을 겨눴으면.

결국 그 끝에 남는 것은 누가 강한가뿐이다.

철위강이 거침없이 걸어가 일권을 내질렀다.

콰아아아아아!

제자에게조차 선공을 양보치 않는다. 천룡의 경파가 소용돌이친다. 공기를 찢어발기는 경력은 하늘을 지배하는 천룡의 이빨이다.

위타천은 놀라지 않았다.

문답무용으로 일권부터 내쳐 오는 것.

그것이 그의 사부다.

위타천이 손을 반만 접고, 철위강의 천룡파황권에 마주쳐 갔다.

손가락을 접어 붙여 손바닥으로 밀어내는 그 일격의 형(形)은, 다름 아닌 극광추의 그것과 같았다. 광극진기가 실리지 않아 완전한 파훼는 불가능했지만 투로와 형에 있어서도 상성만큼은 분명한 무공이다.

경파의 합은 천룡무제신기로 버텨낸다.

하늘의 장난처럼, 철위강의 천룡파황권과 위타천의 천룡극광추가 만났다. 두 사람 사이에서 강력한 폭발이 일었다.

꽈아아앙!

철위강은 제자리에.

위타천의 몸이 뒤로 튕겨나가 땅에 발을 끌고, 몸을 세웠다.

결과는 당연하나, 위타천에게도 손해는 없다.

철위강은 옛 제자를 만나 힘 조절 따위를 할 인물이 아니었다. 진짜 천룡파황권을, 내상없이 받아낸 것이다.

위타천은 내심, 단운룡의 무공에 감탄하며 자세를 바로잡았다.

철위강이 다시 온다.

위타천이 펼친 무공이 무엇이냐, 철위강은 묻지 않았다.

궁금해하지도 않을 것이다.

철위강이 다가오며 두 손바닥을 펼쳤다.

위타천은 거대한 천룡이 포효하는 환상을 보았다. 위타천도 두 손을 활짝 폈다.

파지지지지직!

천룡 대 천룡으로는 안 된다.

우열이 명백한 상대다.

펼쳐진 두 손에 작렬하는 뇌전이 깃들었다. 뇌전은 두 팔을 거쳐, 전신을 치닫는다. 뇌광이 번쩍이며 온몸을 휩싸고 돌더니, 은은한 뇌전의 광채만을 남기고는 몸속으로 스며들었다. 피부 밑에서 꿈틀거리는 섬광이 비치니, 육신에 뇌공(雷公)을 품은 천신이 된다.

뇌공백이었다.

위타천이 거대한 천룡의 화신을 천룡강림장을 맞이하여 뇌신의 광검을 꺼내 들었다.

광검결과 흡사한 형이었다.

철위강의 천룡강림장이 위타천을 덮쳤다. 온 세상을 뒤흔드는 천룡의 포효를 뇌전의 광검이 거슬러 올랐다.

파직! 파지지직!

광폭하게 요동치는 천룡에 맞서, 뇌공의 신검이 빛나는 새처럼 날아들었다. 위타천의 광검이 모든 것을 분쇄하는 천룡의 경파를 반으로 쪼갰다. 철위강의 손마저도 잘라 버릴 기세였다.

콰가각! 콰아아아아아아아아아!

철위강의 손이 꿈틀, 움직였다.

천룡의 포효가 일순간, 어마어마한 힘을 담았다.

손목까지 꿰뚫을 듯 뻗어나가던 광검이 단숨에 바스라졌다.

꽈앙! 터어엉!

위타천의 몸이 내던져지듯 무서운 기세로 튕겨나가 은월당 은월륜 청동상에 처박혔다.

압도적인 힘이었다.

무공의 상성을 간단히 무시해 버린다.

철위강은 휘청이는 위타천을 두고 보지 않았다.

그대로 땅을 박차고 위타천에게 짓쳐 들었다.

꽈앙! 콰르르륵!

위타천이 간발의 차로 철위강의 주먹을 피해냈다. 철위강의 주먹이 은월륜 청동상을 산산조각으로 부숴 버렸다.

위타천이 몸을 숙이고 철위강의 품 안으로 파고들어 뇌인(雷印) 쌍장을 터뜨렸다.

퍼엉! 하는 폭음과 함께 철위강의 가슴팍에서 뇌전이 비산했다.

철위강은 맨몸으로 뇌인을 맞고도 아무런 타격을 입지 않은 것 같았다. 표정조차 변하지 않았다. 그가 오른손을 휘둘러 위타천의 옷깃을 잡아챘다.

후욱!

위타천의 몸이 번쩍 위로 올라갔다.

철위강이 그의 몸을 통째로 휘둘러 땅바닥에 메다꽂았다.

꽈아앙!

폭음이 터져 나왔다.

바닥에 깐 백석이 박살 나며 커다란 구덩이가 생겼다. 철위강은 위타천을 놔주지 않았다. 다시 한 번 거칠게 들어 올려, 쌍월륜 청동상 벽돌누대에 내리찍었다. 색색깔 벽돌이 와르르 무너져 내렸다.

그것으로 끝이 아니었다. 철위강 두 손을 놓고, 벽돌더미를 발로 찼다. 폭발이 일었다. 위타천의 몸이 탄환처럼 튕겨 나가 삼 장 뒤 은월당 건물 벽을 부수고 들어갔다.

철위강의 신형이 은월당 건물로 쏘아졌다.

커다란 구멍이 뚫린 벽 안에서 위타천이 튀어나왔다. 위타천의 전신에서 뇌전의 광영이 폭출되었다. 그의 발끝이 철위강을 맞이하여 뇌전의 반월을 그렸다.

파직! 쫘앙!

철위강은 극강 그 자체였다. 극속의 무공이든, 천룡의 각법이든, 철위강의 앞에서는 그저 평범한 무공으로 보였다.

극속의 각법을 펼친 발을 두 손으로 잡아챘다. 어떻게 그것이 가능한지는 알 수 없었다.

그가 하면 그것마저도 그저 쉬운 일 같다.

그가 위타천의 몸을 몽둥이처럼 휘둘러 은월당 건물 벽에 때려 박았다.

쫘앙! 쫘직! 우지끈!

기둥이 부러지고 토벽 파편과 나무 조각 와르르 쏟아져 내렸다.

상상초월, 무지막지한 공격이었다.

그런 식으로 잔해에 깔리면 내가 고수라도 멀쩡하기 힘들다. 하나, 위타천의 육체 강도도 인간의 영역은 아니다.

이런 싸움이 익숙하기라도 하듯, 건물 더미에서 곧바로 튕겨 나와 철위강에게 일권을 날려 왔다.

철위강이 마주 주먹을 내질렀다.

주먹과 주먹이 부딪쳤다.

꽝! 하고 위타천의 몸이 휘청 뒤로 밀렸다. 균형을 잃은 위타천의 심장으로 철위강의 파황권이 짓쳐 들었다.

쾅!

폭발음이 사위를 울렸다.

그러나 위타천의 몸은 튕겨 나가지 않았다.

철위강의 주먹이 닿은 것은 위타천의 가슴이 아니었다.

권격을 가로막은 비취색 벽이 있었다. 벽은 강철과도 같이 견고했지만, 철위강의 권격은 그보다 더 강했다. 비색의 벽이 유리조각처럼 깨지면서 와르르 무너졌다.

위타천이 휘청이는 몸을 바로세우며 이를 갈았다.

"끼어들지 마시오!"

낭랑한 목소리가 위타천의 말을 받았다.

"자네 혼자서는 당적하지 못해. 이러다가 둘 다 죽겠어."

옥황이었다.

절체절명의 순간, 영마벽을 발동하여 철위강의 결정타를 막아준 것이었다.

옥황이 걸어와 위타천의 옆에 섰다.

그가 말했다.

"전 시대의 대제(大帝)께선, 천하의 균형 따위 안중에도 없으신 모양이야. 새 시대를 열기 위해 자네와 나를 이렇게 폭군의 앞에 세운 것인지도 모르지."

옥황과 위타.

그리고 철위강.

이 대 일이다.

옥황이 왼손을 들어 품속에 넣었다. 다시 나온 손에 들린 것은 수면인신상이 아니었다.

알이 굵은 구슬 네 개가 왼손에 잡혀 있었다. 붉은색, 푸른색, 검은색, 흰색 구슬이다. 그가 푸른색 구슬을 오른손에 옮겨 쥐었다. 그가 철위강에게 말했다.

"끝까지 하셔야겠소?"

"잔말 말고 덤벼라."

철위강은 그렇게 말했다. 하나, 그에겐 덤빌 때까지 기다려 줄 생각도 없었다. 먼저 철위강이 땅을 박차고 짓쳐 들었다.

옥황이 뒤로 훌쩍 물러나며 다급히 소리쳤다.

"화군혼을!"

위타천은 더 이상 고집을 부릴 수 없었다. 그 혼자서 철위강에 맞설 수 없음은 충분히 알고 있었다. 게다가 그는 단운룡과 싸운 뒤로 몸까지 온전치 않은 상태였다. 옥황의 말마따나, 이대로는 둘 모두 무사하지 못할 것이 틀림없었다.

위타천이 철위강의 주먹을 피해 물러나며 뇌공백을 풀고, 화군혼의 기운을 일으켰다.

옥황은 어떤 상황에서도 함부로 나서지 않는 자였다. 그가 직접 손을 쓰며 지시를 내린다는 것은 그럴 만한 이유와 가능성이 있다는 뜻일 터였다. 붉은색 화기가 그의 전신을 물들였다.

철위강은 두 사람의 준비를 그냥 놔두고 봐주지 않았다.

화군혼이 채 완전히 연성되기도 전에, 철위강의 일격이 들어왔다. 위타천이 고속의 신법으로 어렵사리 철위강의 주먹을 피해냈다.

그사이에, 옥황이 고속의 진언을 끝마쳤다.

"목신(木神), 청룡(靑龍)!"

마지막은 알아들을 수 있는 네 글자다.

푸른색 구슬에서 녹청색 기운이 번져 나와, 한 마리 꿈틀거리는 용이 되었다. 청룡(靑龍)의 형상이 허공을 날아 위타천의 몸을 감싸고돌았다.

위타천의 몸에서 뿜어 나오는 화기가 엄청나게 거세졌다.

목생화(木生火)의 이치다.

인간의 육신으로 저 열기를 어떻게 뿜어낼 수 있는지, 또 어떻게 버텨내는지 불가해한 일이었다.

화르르르르륵!

위타천이 붉은 기운을 끌고 철위강에게 뛰어들었다. 위타천의 손이 화염의 광검을 만들었다. 목신의 힘을 받은 일격에는 쇠라도 녹일 듯한 초고열의 화기가 깃들어 있었다.

콰악!

화염의 경파를 둘러치고, 광검결의 형(形)을 빌려 철위강의 천룡경파를 뚫고 들어갔다. 하지만 그것으로도 철위강을 위협할 순 없었다. 막강하다는 말은 이제 사족과 같았다. 위타천의 광검결은 끝까지 전개되지조차 못했다. 철위강이 맨손으로 위타천의 손목을 낚아채 버린 것이다.

치이이이익!

철위강의 손에서 연기가 치솟았다. 그것이 살갗이 타는 소리인지, 내공으로 열기를 식히면서 나는 소리인지는 알 수 없었다. 철위강은 얼굴에 그 어떤 고통의 기색조차 드러내지 않았다.

위타천은 왼쪽 손목을 잡힌 채로 자유로운 오른손을 휘둘러 화염의 천룡강림장을 펼쳐 냈다. 이글거리는 화기가 철위강의 전신을 휩쓸었다. 철위강은 물러나지 않았다. 한 발 옆으로 움직이며 전신에 서린 천룡기로 화기를 막아버리고, 마저 한 손을 뻗어 위타천의 왼쪽 팔꿈치를 움켜쥐었다.

치이이이익!

팔꿈치를 잡은 손에서도 연기가 솟아올랐다. 한 손은 손목에, 한 손을 팔꿈치에 대고, 가볍게 끊어 눌렀다.

우직! 하는 소리와 함께, 위타천의 팔이 기이한 방향으로 꺾였다.

위타천은 작은 신음성조차 흘리지 않았다.

팔이 부러지든 끊겨 나가든, 상관없다는 식으로 몸을 틀며, 철위강의 가슴팍을 향해 발끝을 올려 찼다.

철위강이 위타천의 팔을 놓았다. 그리고 손을 휘둘러 가볍게 위타천의 각법을 튕겨냈다.

화륵! 화르르르르르르륵!

거센 불길이 철위강의 전신을 덮친 것은 바로 그때였다.

계속하여 진언을 외우던 옥황이 본격적으로 술법을 펼친 것이었다.

목신 청룡을 뒤에 두고, 옥황의 양옆에는 두 마리 짐승의 형상이 나타나 있었다.

오른편엔 불길에 휩싸인 새의 형상이 날개를 펼쳤다. 손에 들린 붉은색 구슬에서 주홍색의 기운이 흘러나오고 있었다. 남천화신, 주작 소환이다.

왼편에 불려나온 것은 또 다른 화염의 영수(靈獸)였다. 꼬리가 길고 개처럼 주둥이가 뾰족했다. 털 달린 짐승 같으면서도, 다시 보면 불길에 휩싸인 도마뱀을 닮았다. 산해경에서 불의 재앙을 부른다 서술된, 이즉이란 영물이다. 화술계 최강술법이라는 이즉의 겁화였다.

두 화신(火神)의 힘을 빌려 화염의 술법을 펼친다.

목신청룡에 화신주작, 이즉겁화다.

이보다 강력한 화염술은 천하에 존재할 수 없다.

비로소 옥황이란 이름에 어울리는 진신실력을 보여주는 셈이었다. 상제력을 기반으로 법술의 극의(極意)를 구현했다. 철위강과 위타천 뒤로, 은월당 전면이 증발하듯 백색으로 화했다. 백화(白化), 순식간에 잿더미가 되어 겨우 형체만 유지하고 있는 것이다.

푸스스스스스.

쾅! 퍼석!

위타천의 일격으로 터져 나온 충격파가 잿더미를 무너뜨렸다. 절반만 남아 겨우 형체를 유지하고 있던 은월당 건물이 폭삭 주저앉았다.

불길이 또 한 번 철위강을 덮쳤다.

위타천의 공격이 이어졌다.

꾸웅.

처음으로.

철위강이 몸이 뒤로 밀렸다.

철위강의 양팔 살갗이 붉게 일그러져 있었다. 화상(火傷)이었다. 주작의 신화(神火)와 이즉의 겁화(劫火)에 이어, 불길 속에서도 멀쩡했던 화군혼 위타천의 연환격까지 들어갔다. 무적이라 했던 천룡대제의 방어를 기어코 뚫어낸 것이다.

"사패도 인간일 뿐이다. 뇌공백을 펼쳐라. 승부를 내자."

옥황이 말했다.

그가 검은 구슬을 오른손에 쥐고 진언을 외우며 어느새 뽑아든 부적 하나를 태웠다. 주작과 이즉의 형체가 사라졌다. 검은색 기운이 구슬에서 흘러나와 거북껍질에 뱀 꼬리를 지닌 현무(玄武)가 형체를 갖추었다.

쿠오오오오!

사나운 짐승의 포효 같기도 하고, 큰 영물의 울음소리 같기도 한 소리가 사위를 울렸다.

오른편에 현무, 왼편에는 부적으로 불러낸 풍륭(豊隆)이 날개를 폈다.

풍륭은 우레를 부르는 뇌신의 이름으로 용(龍)과 같은 몸에 사람 머리를 했고, 손에는 망치와 같은 몽둥이를 들고 있었다.

산해경 해내동경의 묘사와 일치하는 모습이었다. 이즉의 겁화와 마찬가지로 술가에서는 최고위 법술로 여겨지는 소환술이었다.

파직! 파지지지직!

현무의 수신기(水神氣)가 위타천의 몸을 감싸고돌며 뇌전의 기운을 증폭시켰다. 위타천이 뇌인을 펼쳐 일장을 내쳤다. 움직임을 따라 뇌광이 터지는 것이 정말 하늘에서 번개가 내리치는 듯했다.

꽈릉!

뇌인의 일장에 이어 풍륭의 힘을 받은 번개가 철위강의 전신을 휩쓸었다.

철위강의 무(武)가 하늘에 이르렀다 해도 이것은 쉽지 않다. 이처럼 중첩된 뇌기(雷氣)의 해일은 맨몸으로 받아낼 수 있는 성질의 것이 아니었다.

이런 것을 막으려면 철위강도 진신 실력을 보여야만 했다. 그의 몸에 서린 천룡기가 폭풍과도 같은 소용돌이를 형성했다.

무한정 쏟아지던 벼락 줄기들이 천룡무제신기의 소용돌이에 휩쓸려 철위강의 뒤편으로 날아갔다.

꽈릉! 꽈르으응!

위타천과 옥황상제의 합격은 그야말로 신(神)의 영역을 넘보는 위력을 지니고 있었다. 철위강이 뿜어내는 어마어마한 공력의 폭풍으로도 온전히 막아낼 수 없을 정도였다. 벼락줄기가 천룡무제신기를 비집고 들어와 철위강의 몸을 몇 번이나 강타했다. 철위강의 몸이 휘청 흔들렸다.

파직! 꽈앙!

뇌전의 폭풍 속에서도 자유로울 수 있는 위타천이 더 빨라진 극속의 속도로 짓쳐들어와 철위강의 전신에 권격 각법의 연환타를 퍼부었다. 어떤 투로를 펼쳐도 가볍게 튕겨내던 철위강의 방어에 균열이 생기기 시작했다.

퍼엉! 꽈르릉! 꽈앙!

뇌인의 장력에 이어 풍룡의 벼락이 철위강의 몸을 때렸다.

천룡무제신기의 방패가 흐트러졌다. 위타천의 공격이 거세졌다. 철위강의 정면에 뇌인의 쌍장을 폭발시켜 천룡무제신기의 경파를 완전히 흩어놓고는, 전신을 회전시키며 천룡파황고를 전개했다.

철위강은 마주 파황고를 시전하지 못했다. 현무의 기운이 더해진 풍룡의 벼락이 철위강의 움직임을 끊어놓은 탓이었다.

콰아아아아아아! 꽈앙!

벼락의 폭발이 있었다.

철위강의 몸이 뒤쪽으로 일장이나 밀려 나왔다. 옷깃이 찢어지고, 오른팔이 피투성이로 변했다. 사패의 육체에 이만큼의 상처를 입힐 수 있는 자는, 같은 사패 외에 존재할 수 없을 것이다.

사패는 무적이다.

무엇도 사패를 어찌할 수 없다.

그것이 지금까지의 진리였다.

그러나, 그 진리가 지금 깨졌다.

위타천과 옥황은 그 누구도 하지 못한 일을 했다.

세월의 부침을 보며 장강의 앞물결, 뒷물결을 이야기한다.

이 시대, 이 세대의 선두라 할 만했다.

꽝!

위타천은 그토록 작지만 거대한 성과에 도취되지 않았다. 그는 천룡대제에게 직접 무공을 사사했다. 자신보다 강한 상대를 만났을 땐 한 번 잡은 승기를 놓치지 말아야 한다는 사실을, 너무나도 잘 알고 있었다.

위타천이 멈추지 않고 땅을 박하며 철위강에게로 뛰어들었다.

철위강이 손바닥을 펴고 천룡강림장을 펼쳤다. 위타천은 그 손바닥이 일그러져 있음을 보았다. 청룡기 화군혼 때부터다. 그때도 철위강은 화상(火傷)을 피하지 못한 것이다.

위타천은 거기서 가능성을 보았다.

오른손 뇌인(雷引)에 단운룡에게서 얻은 극광추 투로를 실었다. 철위강의 천룡강림장이 부분적으로 파훼되며, 허점을 노출했다. 위타천이 그 틈을 파고들어 뇌인의 광검결을 시전했다. 광극진기의 구결이 없는 뇌인 광검은 온전치 못했다. 그렇게 온전하지 못한 광검도 철위강의 반격을 깎아내기엔 충분했다. 철위강의 천룡강림장 이격이 절반으로 쪼개졌다. 무공의 극상성이 다시 한 번 증명되는 순간이었다.

위타천의 몸이 급가속하며, 철위강의 중단과 하단에 극속의 각법을 뿌렸다.

그래도, 철위강은 철위강이었다.

두 손을 가볍게 휘둘러 각법 두 발을 단숨에 봉쇄했다.

철위강의 반격이 뒤따랐다. 전방에 한 발, 진각만으로 위타천의 투로를 송두리째 끊어놓고는, 막지 못할 힘과 속도로 천룡파황권을 내질렀다.

꽈앙! 쩌어엉!

비취색 충격파가 사방을 채웠다. 다시 한 번 영마벽이다. 조각조각 깨져 나가는 비취색 힘의 파편 뒤로, 위타천의 역반격이 이어졌다.

위타천의 뇌인 파황권이 철위강의 주먹과 부딪쳤다. 철위강의 발이 또 한 번 후방을 밟았다. 예측하지 못한 반격에 충격을 완전히 해소하지 못한 것이다.

기어코.

철위강의 입에서 분노의 목소리가 흘러나왔다.

"이것들이……!"

천룡대제의 분노는 온 천하를 숨죽이게 만들 만큼 무시무시했다. 천룡무제신기가 퍼져 나가 공기 중에 은은한 떨림을 만들었다.

위타천은 그 분노에도 굴하지 않았다.

도리어, 뇌공백 기운을 더 강하게 일으키며 철위강에게 덤벼들었다. 옥황도 상제력을 극으로 끌어올리며 벼락의 해일을 만들었다.

뇌인 일격을 중심으로 수십 가닥의 벼락줄기가 철위강의 전신으로 꽂혀 들었다.

우우우우우웅!

일타 일타, 주먹과 발을 쓰던 철위강이 마침내, 변화한다.

용(龍)이란, 변신하는 영물이라 했다.

철위강이 한 발 뒤로 물러나며, 오른손을 가슴 높이로 올렸다.

땅이 열린다.

순수하고, 귀하고 성스러운 빛이 땅에서 솟아올랐다.

빛은 하나의 기둥이 되었다.

철위강이 왼손 주먹을 쥐고, 앞으로 내밀어 오른손을 그 위에 올렸다. 주먹을 쥐었던 왼손 손가락이 가볍게 펴졌다. 오른손, 왼손, 열 손가락의 끝이 마주 닿았다. 손가락으로 만든 감옥이었다.

철위강의 입에서 마치 다른 사람의 목소리와 같은 한마디가 나직하게 흘러나왔다.

"봉쇄."

순간.

땅에서 솟구친 빛의 기둥이 열 개로 늘어났다. 무한한 진기를 머금은 빛 기둥이 해일처럼 밀려오는 벼락의 폭풍 앞에 열 개의 쇠창살을 세웠다.

파직! 파직! 꽈릉! 콰아아아아아아! 꽈르릉!

열 개의 빛 기둥이 움직이며 위타천과 벼락의 폭풍을 포위하듯 감싸고돌았다. 빛 기둥의 사이에 빈 공간이 있음에도, 벼락은 작은 한 줄기조차, 철위강에게로 뻗어오지 못했다. 위타천의 몸도 더 이상 전진하지 못했다. 뇌인의 일격도 명멸하는 광주(光株)에 닿자, 폭음과 함께 흩어지고 말았다.

세상에 존재하는 모든 법술과 진언들을 완전하게 봉쇄하는 힘이다. 무한의 봉인력을 갖춘 빛의 공부였다.

"협제신기(俠帝神氣)!"

경악이 어린 옥황의 한마디가, 그 공부의 이름을 알린다.

또 하나.

전설의 이름이었다.

『천잠비룡포』 14권 끝

한백무림서 여담(餘談) 편

❁옥황상제.

옥황상제는 우리나라와 중국을 비롯한 아시아권 민간 신들을 통틀어 최고위의 신으로 믿어져 왔다. 중국 민간 신화의 변천사를 짚어 보자면, 시대, 지역, 유행에 따라 옥황상제보다 높은 지위의 신들이 여럿 있어 왔지만, 희화화의 대상이 되거나 지위의 강등 등의 부침이 있을지언정, '옥황상제' 라는 네 글자는 의심의 여지없이 '천상의 황제' 라는 정체성 그 자체에 맞닿아 있다고 할 것이다.

일반적으로 중국신화의 최고위 신을 이야기할 때는 옥황상제와 함께 원시천존, 태상노군, 영보천존 등의 이름이 함께 거론되곤 한다. 세 신의 이름을 옥황상제와 동일시하는 경우도 있기는 하지만, 보통은 이들 네 신의 기원과 특징을 분명히 하여 각각 완전히 별개의 신으로 구분하는 것이 정론으로 받아들여지고 있다. 그러나 네 신 모두 다른 신들보다 우위에 있는 '최고신' 의 위치에 올라 있는 것은 분명하며, 민간에서 이들을 하나의 신으로 섞어서, 또는 혼동하여 불렀다 한들, 이론적인 오류라고 말하기도 어려운 것이 사실이다.

원시천존은 달리 반고진인(盤古眞人), 거인 반고(盤古)와 동일

시되곤 하는데, 우주만물의 창조신(創造神) 또는, 자신의 몸으로 우주(宇宙)를 이룬, 가장 근원적이고 초월적인 신(神)으로 믿어져 왔다. 존재 자체가 일반적인 신선들과 달리 인간적인 면모가 희박하고 우주(宇宙) 그 자체라는 추상적인 개념에 가깝기 때문에, 민간에서의 이해도와 인지도, 또는 인기는 태상노군이나 옥황상제에 비해 상대적으로 크지 않았다고 알려져 있다.

태상노군은 도교의 개조(開祖)라 일컬어지는 노자(老子)의 화신으로, 무위자연, 도덕경 등으로 대변되는 도가사상의 상징으로서 민간의 압도적인 지지와 인기를 바탕으로 인간이 신으로, 그것도 원시천존에 버금가는 최고위의 신으로 신격화된 케이스라 할 수 있다.

영보천존은 태고의 혼돈(混沌)을 신격화 이름으로 알려져 있으며, 그 혼돈은 모든 것이 어지러워 무질서한 상태인 chaos의 개념과는 다소간의 차이가 있다. '돌고 돌아 태극(太極)'이라는 도교에서 믿어지는 이상적인 상태에 오히려 더 가깝다고 볼 수 있으며, 이는 '있는 그대로의' 또는 '순수한 상태'를 뜻하는 우주의 핵이라는 의미에 해당한다. 즉 우주 그 자체를 나타내는 원시천존과 따로 떼어 생각할 수 없는 존재로, 민간에서의 인지도는 역시 태상노군과 옥황상제에 비해 떨어진다 할 수 있을 것이다.

이상, 원시천존, 태상노군, 영보천존 세 신을 묶어 삼청(三淸)이라고도 부르는데, 일반적으로 삼청상(三淸象), 삼청도(三淸圖)라 하면, 중앙에 원시천존, 좌측에 태상노군(태상천존), 우측에 영보천존, 셋을 함께 세우게 되어 있다. 이들은 셋이 함께, 또는 따로, 도교(道敎)의 상징으로 여겨지는 바다. 즉, 각자를 구분할 수는 있지만, 결국 하나로 봐도 무방하다는 뜻이다(기독교의 삼위일체와는 개념이 다르다). 이들은 근본이 민간보다는 도교에 있으므로, 옥황상제와는 분명히 구분되는 정체성을 지닌다. 각기 다른 개념들을 섞어서 가공 또는 융화하는 중국 문화의 특성 그대로, 옥황상제 역시 도교에 편입되어 도교신으로 받아들여지는 경향이 있기는 하지만, 옥황상제는 보다 민간에 가까운 신으로 보는 것이 맞다. 특히나 옥황상제는 관리(官吏)로의 역할이 뚜렷하게 두드러지며, 뭇 신들을 각각 천상세계의 관리로 대입하였을 때 그중에서도 가장 높은 위치인 황제에 해당하는 신이다.

여기서 굳이 각각의 신들을 구분하여 설명한 이유는, 단순히 신들의 이름을 소개드리기 위함이 아니다. 앞으로의 등장 여부에 대해 미리 밝히고자 함이다. 원시천존, 반고, 태상노군 등의 이름을 두고 신마맹 가면으로의 출연에 대해 기대해 주시는 분들이 많으신 것으로 알고 있다. 기대해 주시는 분들께는 죄송하지만, 적어도 천잠비룡포상에서는 원시천존과 태상노군 가면의 출연은 예정되어 있지 않다. 원시천존, 태상노군, 영보천존은 앞에서도 말씀드렸듯 실제로는 하나된 도교신의 세 얼굴로도 해석할 수 있으므로, 각각에 대해 가면을 구분하는 것은 어려우리라 보았다. 또한 심지어 우주(宇宙) 그 자체라고 하는 신의 신통력을 가면 하나에 종속시킨다는 것도 개연성 측면에서 아쉬움이 남을 것이라 생각했다.

옥황상제가 가면이 없는 맨얼굴로 나오는 것도 비슷한 이유에서다. 사람이 쓰는 가면이라 함은 사실, 단순히 유형화된 물체에만 국한시키기는 어려운 면이 있다. 평소와 다른 말투, 평소와 다른 복장, 평소와 다른 태도 등도 가면과 상통하는 부분이 존재하는 까닭이다.

천잠비룡포 내에서 옥황상제의 능력에 대한 설정은 공과격이나 업(業)과 같은 거창한 개념들을 포함하고 있다. 옥황상제라는 지위는 염라대왕처럼 일방적인 심판과 그에 따른 징벌에 특화된 것이 아니라, 균형의 수호자, 공정한 심판의 중재자로서의 의미를 지닌다. 물론, 염라대왕도 역시도 공정한 심판자로서 기능해야 옳지만, '이미 죄를 짓고 지옥에 떨어진 자'의 징벌 집행자로서의 직책을 수행하는 반면, 옥황상제는 그보다는 더 치우침이 없는, 집행자보다는 상위 판결자로서의 역할에 충실해야만 하는 특징이 있다. 또한 민간에서 믿어지길, 옥황상제는 죄 지은 자의 징벌뿐 아니라, 선행을 행한 자에게 상을 내리는 일도 담당한다고 하였다. 이를 균형있게 수행하지 않는다면, 옥황상제의 정체성에 합당치 않을 것이며, 당연히 행할 수 있는 신통력도 온전하지 않을 것이라 설정하였다.

본문에서 짧게나마 업과 상제력, 및 공과격에 대해 언급된 바가 있다. 업이라 함은, 상식적으로나, 불교 또는 도교에서의 이론적으로나, 한 명을 살렸으면 한 명을 죽여도 된다는 식의 단순계산으로 따질 수는 없는 것이 분명하다. 애초에 착한 일을 이만큼 했으니, 못된 일을 이만큼 해도 된다는 것은, 일대일 치환이 불가능한 문제가 아니겠냐는 것이 본 글쓴이의 생각이다. 그러나, 과거에 저지른 못된 일을 착한 일로 지울 수 있다는 이야기는, 장르문학에서 옳다 그르다 결론을 내려줄 수 있는 문제는 아닐 것이다. 이 시점에서 분명히 밝혀둘 것은, 업보라는 개념에 대해 거창한 철학적

접근을 시도하려는 의도는 없다는 사실이다.

장르문학은 삶에 대해 고민을 안겨주기 위한 글이 아니라, 힘든 삶에 즐거움을 주기 위한 글이라 생각하고 있다. 때문에, 옥황의 이능에 대한 업과 공과격의 작동원리는, 도교적 해석이나 학문적 이론과는 별개로 여겨주길 부탁드리며, 불교적인 관점에서 이건 틀린 생각이다, 내지는 민간신앙에서 보는 공과격은 이런 식이 아니다라는 지적들은 독자분들께서 당연히 해주실 수 있는 부분이겠으나, 이런 이야기는 사실 근본적으로 옥황의 이능을 그럴 듯하게 보이게 해줄 도구로서 쓰였을 따름이니, 지나친 몰입과 정오(正誤)에 대한 논란으로 불필요한 피곤함을 느끼는 일이 없으시길 바랄 뿐이다. 소설상의 모든 내용이란 결국 작중에서 설정하기 나름이나, 옥황의 능력과 업과 관련된 부분은 환상소설로 허용된 상상력에 준하여 지나치게 허황되지 않도록 최대한 노력해 볼 것이므로, 부디 즐겁게 기대해 주시고 지켜봐 주시길 감사함을 담아 부탁드린다.

옥황의 능력에 대해 독자분들께서 궁금해하시는 부분들을 정리하여 몇 가지만 덧붙여 보겠다. 여기서 독자분들께서 제기해 주신 의문점들이란, 인터넷상에서 한백무림서 카페(NAVER)를 통하였으며, 본 글쓴이 역시 이 카페의 일원으로 독자분들의 과분한 관심에 부응하고자 열심히 노력중이다.

다음의 사항들은 옥황의 설정 자료들에 해당된다.

옥황의 능력엔 한계가 존재하며, 옥황의 명령에 저항할 수 있는 이들에겐 각자의 이유가 있다.

'죽어라' 라는 명령은 자살 명령이다. 피시전자가 이와 같이 치명적인 명령을 수행하기 위해서는 스스로의 숨통을 단숨에 끊을 수 있을 만큼의 공력이 필요하다. 즉, 이는 자살 명령이라는 해석이 가능하며, 공력과 내공이 충분치 않은 자는 죽지 않는다.

피시전자의 공력이 출중하면 생명에 위해가 가해지는 명령들은 대체적으로 통하지 않는다. 즉, 어느 수준 이상의 고수들은 저항이 가능하다. 염라에 비하여 절정고수간의 싸움에 범용성은 떨어지지만, 일반 무인층을 대상으로는 대량학살이 가능한 이능이다.

'멈추어라' 와 같은 단순 명령은 피시전자의 공력 여부와 무관하게 작용할 수 있다.

선업을 많이 쌓은 사람을 죽이는 것은 공과격에 준한 옥황상제의 정체성에 부합되는 일이 아니다. 즉, 신통력에 타격을 받을 수 있다. 그러나 신통력에 타격이라 함은 그 정도를 양적으로 세밀하게 측량하는 것이 불가능하며, 상제력 활용에 대한 결과는 일반적인 예상과 완전히 맞아 떨어지지는 않는다.

옥황 스스로도 상제력을 운용하는 것에 따른 결과를 완벽하게 예측하지 못하기 때문에(옥황에게 예지력에 해당하는 신통력이 있음에도), 염라처럼 자유자재로 사용이 가능한 이능이 아니다. 상황에 따라서는 무한에 가까운 효용성을 보일 수 있지만 제약조건이 많기 때문에, 옥황의 전투력은 실제적으로 상제력보다는 그 일신의 순수무력에 따라 결정된다 해도 과언이 아니다.

옥황의 상제력은, 천신회 가면 모두와 요마련 가면 대부분에 대한 통제력을 포함한다.

옥황에 대해서는 몇 가지 주요 설정이 더 있으나, 미리 밝혔을 때 흥미를 떨어뜨릴 수 있으므로 이 이상은 작중에서 확인해 주시길 부탁드린다.

❦십이지신(十二支神).

옥황이 다루는 십이신장 소환술은 각기 하나하나가 무상지보들인 수면인신상들에서 비롯된다는 설정이다. 이들 십이신장들은 옥황이 손쉽게 불러낼 수 있어, 염라마신의 일월차사와 같은 수신호위로의 역할을 담당하는 것으로 되어 있다. 하지만, 기실 민간 설화에서 옥황상제의 수신호위는 이들 십이신장이 아닌, 백마장군으로 되어 있다. 백마장군을 배제하고 십이지신을 옥황의 수신호위로 삼은 것은 작중의 재미를 위한 것이니, 이 역시도 앞서 말씀드린 바와 같이 옳다 그르다의 논란만큼은 부디 피해주셨으면 좋겠다는 마음이다.

옥황상제와 십이지신의 연관성을 굳이 살펴보자면, 십이지신은 각자 맡은 시(時)에 따라 인간들의 선행과 악행을 보고하여 옥황상제의 공과격에 영향을 미친다는 설(設)이 있다. 그러나 이는 사실, 정론(正論)이라 보기는 어렵다. 오히려 십이지신, 십이신장은 옥황상제의 민간신앙보다 불교적 관점에서 체계화된 측면이 크다. 굳이 소속을 찾는다면 무속(巫俗)이나 도교(道敎)보다는 불교(佛敎) 쪽에 가깝다는 말이다. 그러나, 열두 띠를 이야기하며 현재까지도 영향을 미치고 있듯, 자축오미진사오미신유술해, 열두 동물은 유불선을 떠나 민간의 일상에서 지대한 역할을 해왔으며, 그러한 관점에서 볼 때 이들 신들의 계보를 불교에 국한시키는 것도 어려운 일이 아닐까 하였다(항상 말씀드리는 바이지만, 이것은 어디까지나 글쓴이의 상상력에서 기인한 작중의 견해일 뿐, 학문적인 이론을 밝히고자 하는 갓이 아님을 분명히 해둔다).

작중에서 옥황이 십이지신들 중 여섯만 불러낸 것은, 그에게 나머지 여섯 수면인신상이 없었기 때문이며, 작중에 나오지 않은 수면인신상들은 중원 각지에 흩어져 있어 환신전(가제)을 비롯한 다른 이야기들의 중요 아이템으로 쓰여지게 될 것이다.

❀사방신, 뇌공(풍륭), 이즉.

옥황상제는 동서남북 사방신에 해당하는 청룡, 백호, 주작, 현무의 신들을 소환능력을 지니고 있다. 작중의 네 개 구슬은 사방신주(四方神珠)로, 화산질풍검에 등장하는 사방신검만큼의 힘은 보이지 못하지만, 이를 매개로 사대신의 능력을 빌려 쓸 수 있는 법술무구들이다. 풍륭과 이즉은 산해경 및 여러 설화들에서 비치는 이름들인데, 옛 유물들(그릇이나 청동제기)서도 상당수 그 도안을 찾아볼 수 있는 신(또는 영물)이다. 풍륭, 또는 뇌공으로 일컬어지는 우레의 신은, 고정된 하나의 이미지가 아닌, 여러 가지 잡다한 형태로 나타나며, 구름의 신이나 용신과 동일시 될 때도 있고, 새의 부리와 날개를 지닌 인간신의 모습으로 보여질 때도 있다. 따라서 작중의 풍륭에 대해, "어? 내가 아는 이미지는 이것이 아닌데?" 하시는 분들도 있으실 것이다. 자연계 속성신들의 다양성에 입각한 묘사라고 너그러히 봐주시면 좋겠다는 마음이다. 또한 같은 신이라도, 옥황이 아닌 다른 주술사가 소환하면 다른 형태를 보일 수 있으며, 비슷한 힘을 내는 영물이라도 전혀 다른 이름과 전혀 다른 형태로 나타날 수 있음을 밝혀 둔다. 주작과 현무의 경우에도 그 힘과 형태 및 나타나는 형상의 크기는 술법가의 의지나 공력에 따라, 또는 무구의 종류에 따라 다소의 차이가 있을 수 있다. 이즉의 경우, 산해경 해내동경에서 소개된 영물로, 나타나면 큰 화재(火災)가 발생한다고 되어 있다. 여러 삽화에서 개와 비슷한 형상으로 나타나지만, 정작 청동화로나 조각으로 그려진 모습을 보면, 얼핏 도마뱀을 닮았다는 느낌이 들게 생겼다. 이 도마뱀이라는 묘사에서 서구의 영물 중 하나인 살라맨더(salamander)를 연상하신 분들이 계실 수 있을 것이다. 쉬운 이미지 대입과, 상상의 재미를 위해 의도한 측면이 없지 않다. 다만, 살라맨더, 또는 살라만다, 뭐라고 부르든 이 영물은 16세기 연금술사들의 등장과 함께 널리 알려진 이름으로, 천잠비룡포의 배경과는 시대적으로 맞지 않다. 즐겁게 봐주셨기만을 바랄 뿐이다.

❁광신마체, 마신(魔神).

단운룡의 광신마체 오식(五式), 마신(魔神)에 대해서는 몇 가지 짚고 나갈 부분이 있다. 많은 독자분들께서 알아보아 주셨듯, 마신은 뇌전(雷電)이란 광극진기의 특성을 기반으로, 뇌전력, 즉 전기의 흐름으로 형성되는 전자기력을 활용하는 것이 맞다. 단운룡이란 캐릭터 자체가 플레밍의 법칙에서 비롯되었다는 말씀까지 드린 적이 있으나, 실질적으로 인체를 통해 그와 같은 효과를 내는 것은 틀림없이 불가능한 일이다. 인간 신체에서 흐르는 전류는 기본적으로 세포 수준의 화학작용을 근원으로 하므로, 전력 생산의 용량 자체에 분명한 한계가 있게 마련이다. 따라서 갑옷을 잡아당길 만큼의 자성을 구현한다는 것은 완전한 허구에 해당한다. 감히 부탁드리오니, 무협이라 함은 어불성설의 판타지에서 비롯되는 장르이니만큼, 부디 전자기력의 형성 매커니즘이 허술하다, 내지는 전기생리학적인 지식이 부족하다, 라는 등의 지적만큼은 자제해 주셨으면 하는 바람이다. 물론, 지금 당장 물리를 공부하는, 공부해야 하는 많은 학생 독자분들께서 마신 발동 이론의 허점을 찾고자 교과서를 한 번이라도 더 읽어보는 계기가 된다면, 그보다 더 좋은 일은 없을 것이라 생각하고 있는 바다. 생화학, 생리학, 병리학, 조직학, 해부학 등의 기초 의학을 공부했던 경험으로, '이런 무공은 어떨까' 라는 흥미 위주의 상상력을 펼쳐 본 것이니, 여러 무협의 다른 무공들과 다소의 차별성이 있을지는 몰라도, 그 안에 학문적인 견고함이 있을 리는 만무한 일인고로, 지나치게 진지한 접근이나 현실성 여부에 대한 과도한 논란이 없었으면 하는 바람이다.

✣염라마신의 이능, 사망안.
다음은 이전에 이미 공개했던, 염라마신의 사망안에 대한 설명이다. 덧붙인 원문은 위키피디아에서 발췌하였음을 밝혀둔다.

Oculocardiac reflex.

From Wikipedia, the free encyclopedia.

The oculocardiac reflex, also known as Aschner phenomenon, Aschner reflex, or Aschner—Dagnini reflex, is a decrease in pulse rate associated with traction [disambiguation needed] applied to extraocular muscles and/or compression of the eyeball. The reflex is mediated by nerve connections between the trigeminal cranial nerve and the vagus nerve of the parasympathetic nervous system. The afferent tracts are derived mainly from the ophthalmic division of the trigeminal nerve, although tracts from the maxillary and mandibular division have also been documented.[1] These afferents synapse with the visceral motor nucleus of the vagus nerve, located in the reticular formation of the brain stem. The efferent portion is carried by the vagus nerve from the cardiovascular center of the medulla to the heart, of which increased stimulation leads to decreased output of the sinoatrial node.[2] This reflex is especially sensitive in neonates and children, and must be monitored, usually by an anaesthesiologist during paediatric ophthalmological surgery, particularly during strabismus correction surgery.[3] However, this reflex may also occur with adults. Bradycardia, junctional rhythm, asystole, and very rarely death,[4] can be induced through this reflex.

사망안(死亡眼)이라고도 불리는 염라마신만의 고유술법으로 해당술법은 '인간 중에는' 염라마신에게만 종속되어 있으며 똑같은 방식으로 구사할 수 있는 인물은 한백무림서상에 염라마신이 유일(유이)하다. 글을 유심히 읽으신 분들께선 알고 계시겠지만, 발동 조건은 'eye contact', 즉 눈과 눈의 마주침이다. 똑바로 눈을 마주치지 않으면 술법은 적용될 수 없으므로, 실제로는 눈만 피해도 심판의 눈에 당하지 않는 것으로 설정하였다. 하지만 눈은 마음의 창이라 하여, 한백무림서상 무인들의 대결에서는 눈을 보고 상대의 무력을 가늠하거나 상대의 의도를 짐작하는 경우가 일반적인 것으로 그려지고 있다. 모르고 마주치게 되는 대치 상황에서는 당할 확률이 비약적으로 높아질 수밖에 없다는 이야기다.

사실, 무협 소설상의 내공이나 술법 같은 것에는 어떻게 해도 과학적인 설명을 덧붙이기가 어렵다고 할 것이다. 물론 소설을 쓰는 창작자의 입장에서는 허구를 허구가 아닌 듯 표현하는 능력이 중요하게 여겨질 것이며, 이왕 실제처럼 서술하고자 한다면 스스로도 허구를 진짜처럼 믿어버리는 것이 편할 때가 있는 것이 사실이다. 또한, 어차피 말이 안 되는 이야기를 하고 있다 하더라도 이왕이면, '그렇게 생각하니 그럴 듯한데……' 라는 반응을 이끌어내고 싶은 것이, 환상세계를 서술하는 글쓴이들의 공통된 심정이 아닐까 한다(모두가 그런 것은 당연히 아니겠지만).

극중 등장인물에게 '눈만 마주쳐도 죽는다' 라는 사기적인 능력을 부여하기 위해서는 그것이 작동할 수 있는 나름대로의 근거를 마련해 주어야만 한다고 보았다. 그래서 첨부한 것이 위의 원문이다.

인체에서 발생하는 현상 중에는 oculocardiac reflex라는 것이 있다. 단어를 분석해 보자면 앞에 있는 oculo라는 것이 '눈' 에 해당하는 의미를 지니며, cardiac이 심장에 해당하는 의미를 지닌다. reflex는 반사라는 뜻을 갖고 있어 한글로는 '안구심반사' 라고 해석하면 될 것이다.

안구심반사란 무엇이냐. 위에 이미 기술된 이야기지만 이쪽 용어에 익숙하지 않은 분들께서는 쉽지 않은 내용이기에 중요한 대목만 추려서 설명해 보도록 하겠다. 눈[안구]의 움직임에는 삼차신경(trigeminal nerve)이라는 뇌신경이 관여하게 되어 있다. 이 삼차신경은 부교감신경계의 큰 부분을 차지하고 있는 미주신경(vagus nerve)과 상호작용하도록 특성을 지닌다. 부교감신경계의 중요한 역할 중 하나가 "심장박동 조절"이다. 여기에 핵심이 있다.

수술 중에 눈과 연결된 근육(눈을 위아래로 돌리고 양옆으로 움직이는 데에 필요한 작은 근육들. 여기에 문제가 생기면 사시 같은 현상이 발생함)을 건드리거나, 눈에 압력이 가해지는 등의 자극이 있을 때는, 심장 박동에 변화가 생길 수 있다. 눈에(안구에 붙은 근육에) 연결된 삼차신경으로 일정 수준 이상의 자극이 가해질 경우, 심장까지 연결된 미주신경의 부교감신경 작용에 의해 심박동에 문제가 올 수 있다는 말이다.

그리하여 핵심이 되는 내용은 마지막 문장이 된다. Bradycardia, junctional rhythm, asystole(심정지), and very rarely death(사망),[4] can be induced through this reflex.

'이 반사는 무려 "심정지"를 일으킬 수 있으며 드물게는 사망까지도 유발할 수 있다'라는 뜻이다. 간단히 요약하자면, 눈과 심장의 신경이 연결되어 있고, '눈에 가하는 자극으로 심장까지 멈추게 만들 수 있다'는 이야기가 된다(지나치게 단순화했다 내지는 오류가 있다는 지적을 피할 수 없겠으나, 쉬운 이해를 위해 축약한 것이니 동종업계 종사하시는 분들께서는 양해 부탁드린다).

물론 이 반응을 통한 심정지라는 합병증은 것은 결코 쉽게 일어나는 것이 아니다. 부정맥 등의 심장질환 존재여부, 복용 중인 약제의 종류, 마취 약제 종류, 자극의 정도, 부교감신경계(교감신경계)의 조절 이상 여부 등의 여러 가지 요인이 관련되어 있으므로 눈 좀 눌렀다고 사람이 죽거나 하지는 않을 것이다. 그러나 안과 수술 중(특히 사시 수술을 할 때) 심박동이 느려지는 현상은 아주 흔하게 접할 수 있으며, 이러다가 심장이 멈추는 것 아냐? 할 정도로 경각심을 가져야 할 때도 종종 있는 것이 사실이다.

결국 결론은, '눈에 가하는 자극은 심장에 영향을 줄 수 있다'라는 것이며 염라마신의 주술이 작동하는 메카니즘도 이와 비슷한 방식이라 설정하였다. 즉, 염라마신은 표적자의 눈을 통하여 심박동을 조절하는 부교감신경계에 영향을 주어 심정지에 이르도록 만든 것으로, 그 안에 다른 장기의 손상은 동반하지 않는다는 설정이다.

심장을 일정하게 뛰도록 하는 전기신호만을 망쳐 놓은 것으로 봐도 무방하다는 이야기다. 구조적으로 멀쩡한 상태인데 배터리가 다 닳은 전기기계처럼 멈춰 버리기만 했다는 설명도 가능하다. 그런 상태라면, 당연히 심장만 다시 뛰게 해주면 살아날 확률도 높아질 수밖에 없다. 막야흔을 비롯한 의협회 인물들이 소연신의 CPR에 반응하여 부활한 것도, 위와 같은 설정 공개를 통해 어느 정도 이상의 개연성을 확보한 것이 되었으면 한다.